Miguel Angel Asturias

Der Herr Präsident

(El Señor Presidente)

rotpunktverlag

fraccion mágica 8

Miguel Angel Asturias

Der Herr Präsident
(El Señor Presidente)

Roman aus Guatemala
mit einer erläuternden Nachschrift des Autors

Aus dem guatemaltekischen Spanisch
übersetzt von J. Bachmann

Die Nachschrift wurde aus dem Spanischen übersetzt
von A. Simmen, L. Suter

rotpunktverlag

Von Miguel Angel Asturias sind außerdem in deutscher Sprache erschienen:
«Weekend in Guatemala», rotpunktverlag
«Die Maismenschen», Lamuv, Dialog Dritte Welt
«Der böse Schächer», Verlag Volk und Welt und Suhrkamp
«Sturm», «Der grüne Papst», «Die Augen der Begrabenen»; Trilogie, Luchterhand und Ullstein
«Legenden aus Guatemala», Suhrkamp
«Don Niño oder die Geografie der Träume», Luchterhand und Ullstein

August 1984.

Die erste Ausgabe erschien 1946, bei Editorial Losada, Buenos Aires unter dem Titel "El Señor Presidente", nachdem die Originalausgabe 1933 in Guatemala sofort verboten wurde

Satz: WTS-Satz Basel
Druck: Fuldaer Verlagsanstalt, Fulda
Umschlag, Gestaltung, Layout: Heinz Scheidegger
Verlagsadresse: rpv, Postfach 397, CH-8026 Zürich
Auslieferung Schweiz: AVA, Postfach 89, 8910 Affoltern a.A.
BRD: Prolit, Postfach 111008, 6300 Giessen 11
Berlin: Regenbogen, Seelingstr. 47, 1000 Berlin 19
Österreich: Karl Winter, Landesgerichtsstr. 20, 1010 Wien
ISBN 3-85869-031-7
Printed in Germany

Inhalt

Erster Teil

21., 22. und 23. April

Leuchte, bläulich Feuer, scheußlicher Teufel! Noch brausten die Ohren vom Klang des Abendläutens; zwiefaches Unbehagen des Lichts im Dunkel und des Dunkeln im Licht. Leuchte, bläulich Feuer, scheußlicher Teufel, über der Fäulnis! Leuchte, bläulich Feuer, über der Fäulnis! Scheußlicher Teufel! Leuchte, leuchte, bläulich Feuer ... bläulich ... leuchte ... leuchte ... leuchte, bläulich Feuer ... leuchte, bläulich.

Verloren im Schatten der eisigen Kathedrale, schleppten sich die Bettler durch die Kneipen am Markt, gegen die Plaza de Armas, Straßen entlang, die so weit waren wie Meere, in der Stadt, die langsam zurückblieb, einsam, allein.

Wie die Sterne, fanden auch die Bettler sich bei Einbruch der Nacht zusammen, um vor der Pforte des Herrn zu schlafen. Nur das Elend verband sie untereinander. Einige von ihnen verleumdeten andere, beleidigten sich zähneknirschend mit dem Groll von Feinden, die Streit suchen. Oft gaben sie sich Rippenstöße oder wälzten sich kämpfend auf dem Boden, bespuckten sich und bissen einander vor Wut. Weder Ruhekissen noch Vertrauen fand je diese Familie der Ausgestoßenen. Sie legten sich einzeln nieder, ohne sich auszuziehen, und schliefen wie die Diebe, den Kopf auf ihrem Besitz: Fleischabfällen, ausgetragenen Schuhen, Kerzenstummeln, einer Handvoll in Zeitungen gewikkeltem gekochtem Reis, Apfelsinen, dürren Früchten.

Auf den Treppen vor der Pforte sah man sie, gegen die Mauer gekehrt, ihr Geld zählen, die Nickelmünzen zwischen die Zähne nehmen, um sie auf ihre Echtheit zu prüfen, Selbstgespräche führen, Mund- und Kriegsvorräte durchsehen, denn kriegerisch zogen sie durch die Straßen mit Steinen und Skapulieren bewaffnet, und im versteckten Reste trockenen Brotes verschlingen.

Daß sie sich je untereinander geholfen hätten, ist nicht bekannt; geizig wie alle Bettler mit den Abfällen, gaben sie eher den Hunden etwas als ihren Leidensgefährten.

Nachdem sie gegessen hatten, legten sie sich mit dem Geld

in einem am Gurt befestigten, siebenfach verknüpften Taschentuch auf den Boden und fielen in bewegte, traurige und beengende Träume, die von hungrigen Schweinen, mageren Frauen, schwächlichen Hunden und Wagenrädern belebt waren oder von gespensterhaften Patern, die im beinernen Mondlicht der fröstelnden Nacht in die Kathedrale schritten, um eine Totenmesse zu lesen. Manchmal weckten sie die Schreie eines Idioten, der sich in der Plaza de Armas verloren fühlte, aus den schönsten Stellen der Träume, manchmal das Seufzen einer Blinden, die träumte, sie hänge mit Fliegen bedeckt an einem Haken wie das Fleisch im Schlachthaus. Manchmal die Schritte einer Streifwache, die einen politischen Gefangenen wegschleppte, dem Frauen folgten, um mit tränennassen Taschentüchern die Blutspuren wegzuwischen. Manchmal auch das Schnarchen eines grindigen Alten oder der Atem einer schwangeren Taubstummen, die aus Angst weinte, weil sie in ihrem Bauch ein Kind fühlte. Der Schrei des Idioten jedoch war der traurigste. Er zerriß den Himmel. Es war ein langer, aus den Tiefen der Seele kommender Schrei, der nichts Menschliches mehr an sich hatte.

An Sonntagen kam in jene seltsame Gesellschaft auch ein Betrunkener, der, im Schlaf weinend, wie ein Kind nach seiner Mutter rief. Wenn der Idiot das Wort Mutter hörte, das im Munde des Betrunkenen zugleich Verwünschung und Klage war, richtete er sich auf, blickte von einem Ende der Pforte zum andern und weckte nun auch die Genossen mit seinem Schreien, weinte aus Furcht und begleitete so das Geheul des Betrunkenen.

Es bellten Hunde, man hörte Stimmen, und die am meisten Verärgerten standen auf und machten noch mehr Lärm beim Versuch, die Ruhe wiederherzustellen. Ruhe, oder möge die Polizei kommen! Doch die Polizei wollte sich ihnen nicht nähern. Keiner von ihnen besaß genug, um eine Buße bezahlen zu können. »Es lebe Frankreich«, rief Patahueca inmitten der Schreie und Sprünge des Idioten, der schließlich zum Spottobjekt der Bettler geworden war wegen jenes hinkenden und verleumderischen Kerls, der während der Woche manchmal den Betrunkenen nachahmte. Patahueca ahmte den Betrunkenen nach, und Pelele, dies war der Spitzname des Idioten, der, wenn er schlief, den Eindruck eines Toten machte, lebte bei jedem Schrei auf, ohne auf die mit Lumpen bedeckten Bündel zu achten, die, wenn sie ihn halb von Sinnen sahen, rohe Worte wechselten und schrill lachten. Mit fernen Augen über die scheußlichen Gesichter seiner Genossen hinwegblickend, ohne etwas zu sehen, ohne etwas zu hören, ohne etwas zu fühlen, vom Weinen müde, schlief er schließlich ein. Jeden Abend jedoch weckte ihn bald darauf die Stimme Patahuecas:

»Mutter ...!«

Pelele riß sogleich die Augen auf, wie einer, der träumt, er falle durchs Leere; seine Pupillen öffneten sich weit; im Tiefsten verwundet, begannen seine Tränen zu fließen. Dann schlief er, von der Müdigkeit überkommen, wieder ein. Sein Körper war zusammengefallen, und ein Anflug von Ekel bewegte sein gebrochenes Bewußtsein. Doch kaum eingeschlafen, weckte ihn schon eine andere Stimme.

»Mutter ...!«

Es war die Stimme Viudas, eines heruntergekommenen Mulatten, der mit dem verzerrten Gesicht einer Alten unter Lachen fortfuhr:

»... Mutter des Erbarmens, unsere Hoffnung, Gott möge dich retten, zu dir flehen wir, wir, die Ausgestoßenen, die wir fallen ...«

Der Idiot erwachte lachend, es schien, auch ihn mache sein Leid, sein Hunger lachen, und dennoch stach ihn schmerzlich der Spott des Geläch-äch-ächters der Bettler, das die Luft, die Luft erfüllte, des Geläch-äch-ächters. Ein Dickbäuchiger mit einem Schnurrbart voller Straßenstaub schnappte nach Luft; ein Einäugiger pißte vor Lachen und schlug mit dem Kopf gegen die Mauer wie eine junge Ziege. Die Blinden wehrten sich, man könne nicht schlafen bei einem solchen Aufruhr, und Mosco, ein Blinder, dem beide Beine fehlten, rief, diese Art sich zu vergnügen sei weibisch.

Die Blinden hörte man, wie man das Geräusch eines Besens hört, Mosco aber hörte man überhaupt nicht. Wer würde schon auf sein Geplapper achten! »Ich, der die Kindheit in einer Artilleriekaserne verbrachte, wo mich die Hufschläge der Maultiere und die Schritte der Offiziere zum Manne machten, der etwas von Pferden versteht, was mir als Jüngling ermöglichte, meine Drehorgel durch die Straßen zu schleppen! Ich, der, ohne zu wissen wie, die Augen in einer Sauferei verlor, das rechte Bein in einer andern Sauferei, ohne zu wissen wann, und das linke Bein in einer dritten Sauferei, ohne zu wissen wo, als Opfer eines Autounfalls ...!«

Durch die Bettler wurde im ganzen Ort bekannt, daß Pelele beim Hören des Wortes Mutter beinahe den Verstand verliere. Straßen, Plätze, Höfe und Kneipen durcheilte der Unglückliche in seinem Drang, dem Pöbel zu entfliehen, der ihm zu jeder Stunde wie ein Fluch des Himmels das Wort Mutter zurief. Er flüchtete sich in Häuser, aber Hunde und Diener verjagten ihn. Man trieb ihn aus den Gotteshäusern, aus den Verkaufsläden, versagte ihm jede Ruhe, ohne auf seine tierische Müdigkeit zu achten oder auf seine Augen, die trotz ihrer Unrast um Vergebung baten.

Die große, für seine Ermattung unendlich große Stadt wurde immer kleiner für seinen Kummer. Auf Nächte des Schreckens folgten Tage der Verfolgung, an denen ihn die Leute hetzten und sich nicht mit den Worten zufriedengaben: »Pelelito, am Sonntag wirst du deine Mutter heiraten ... die Alte ... Tölpel ... elender Kerl!«, sondern ihn schlugen und seine Kleider zerrissen. Von Kindern verfolgt, flüchtete er sich in die Armenviertel. Dort aber war sein Schicksal noch härter; dort, wo alle am Rande des Elends lebten, wurde er mehr als beschimpft; wenn er so verstört vorbeieilte, warf man mit Steinen, toten Ratten oder leeren Blechbüchsen nach ihm.

Aus einem dieser Viertel kommend, stieg er an einem Tag wie heute zur Stunde des Gebets zur Pforte des Herrn hinauf, die Stirne verletzt, ohne Hut, einen Drachenschweif nach sich ziehend, den man ihm aus Spott angesteckt hatte. Es schreckten ihn die Schatten der Mauern, die Tritte der Hunde, die von den Bäumen fallenden Blätter, das unregelmäßige Rollen der Gefährte ... Als er in der Dämmerung zur Pforte gelangte, zählten die Bettler, gegen die Wand gedreht, ihr Geld, zählten und zählten wieder. Patahueca stritt sich mit Mosco; die Taubstumme betastete ihren für sie unerklärlich runden Bauch, und die Blinde schwankte im Traum an einem Haken, mit Fliegen bedeckt, wie das Fleisch in den Schlachthäusern.

Der Idiot fiel halbtot hin. Seit mehreren Nächten hatte er kein Auge zugetan, und seit mehreren Tagen hatten seine Füße nicht mehr geruht. Die Bettler schwiegen und kratzten nach Flöhen, ohne schlafen zu können. Sie horchten aufmerksam auf die Schritte der Streifwache, die auf dem schlechtbeleuchteten Platz auf und ab ging, oder auf die Schläge der Waffen der Schildwachen, in gestreifte Überwürfe gehüllte Gespenster, die an den Fenstern der nahen Kaserne wie jede Nacht kampfbereit über das Leben des Präsidenten der Republik wachten, dessen Wohnsitz man nicht kannte, da er gleichzeitig mehrere Villen in den Außenbezirken der Stadt bewohnte; man wußte weder, wie er schlief, denn es wurde erzählt, neben seinem Telefon und mit einer Peitsche in der Hand, noch wann, denn seine Freunde versicherten, er schlafe überhaupt nicht.

Ein Schatten näherte sich. Wie Würmer zogen sich die Bettler zusammen. Dem Knirschen der Militärstiefel antwortete das Krächzen eines unheilvollen Vogels in der finsteren, unbestimmten und unendlichen Nacht...

Patahueca riß die Augen weit auf; in der Luft lag etwas wie eine Drohung von Weltuntergang; Patahueca sagte zur Eule:

»Uhu, uhu, nimm dein Salz und deinen Pfeffer..., ich will dir weder gut noch böse, auf alle Fälle sei verwünscht...«

Mosco griff sich an den Kopf. Die Atmosphäre war drükkend wie vor einem Erdbeben. Unter den Blinden bekreuzigte sich Viuda. Nur Pelele schlief endlich einmal tief und schnarchte.

Der Schatten hielt an, ein Lachen verzerrte sein Gesicht, er näherte sich dem Idioten auf den Fußspitzen und rief zum Spott:

»Mutter!«

Weiter nichts. Durch den Schrei vom Boden hochgerissen, warf sich Pelele auf ihn, ohne ihm Zeit zu lassen, seine

Waffen zu gebrauchen, grub die Finger in seine Augen, zerbiß ihm die Nase mit den Zähnen und zerquetschte mit den Knien seine Geschlechtsteile, bis er leblos liegenblieb.

Die Bettler schlossen entsetzt ihre Augen, die Eule flatterte wieder vorbei, und Pelele entschwand durch die vom Nebel durchdrungenen Gassen, verstört durch die Tat seiner schrecklichen Leidenschaft. Eine blinde Macht hatte dem Obersten José Parrales Sonriente, alias der Mann mit dem Maultier, das Leben entrissen.

Es tagte.

2 Moscos Tod

Die Sonne vergoldete die vorspringenden Altane der zweiten Polizeistation, einige Leute gingen auf der Straße vorüber; die protestantische Kapelle; man sah die eine und andere Türe offenstehen; und ein Backsteingebäude, an dem die Maurer arbeiteten. In der Station warteten Gruppen barfüßiger Frauen auf die Gefangenen. Sie saßen im Hof, in dem es immer zu regnen schien, oder auf den Steinbänken der finsteren Korridore, den Korb mit Eßwaren in der Mulde ihres Rockes zwischen den gespreizten Knien. Wie Trauben hingen die Kinder an ihnen; die kleinen sogen an den hängenden Brüsten, und die großen bedrohten das Brot im Korb mit ihrem Hunger. Sie erzählten sich mit leiser Stimme ihre Leiden und weinten dazu, wobei sie sich die Tränen mit einem Zipfel des Kopftuches abwischten. Eine fiebernde Alte war naß von Tränen und schwieg, als wollte sie zeigen, daß ihr Mutterschmerz bitterer sei. Es fand sich kein Mittel gegen das Elend des Lebens und jenes trüben Ortes der Hoffnung, mit den zwei oder drei verlorenen Bäumchen und der trockenen Reihe farbloser Polizisten, die während der Woche ihre Zelluloidkrägen mit Speichel glänzend rieben. Ihnen blieb nur die Macht Gottes übrig.

Ein rothäutiger Polizeisoldat schleppte Mosco an ihnen vorbei. Er hatte ihn an der Ecke des Colegios de los Infantes erwischt und zog ihn hinter sich her wie einen Zirkusaffen. Aber die Frauen bemerkten den komischen Vorfall gar nicht. Sie spähten nach den Wärtern, die jeden Augenblick kommen konnten, um den Gefangenen das Essen zu bringen, und die Nachrichten brachten: »Er sagt... Sie sollen sich nicht um ihn sorgen, es gehe ihm schon besser! Er sagt... Sie sollen ihm etwas Soldatensalbe bringen, sobald der Laden offen sei! Er sagt, daß das, was sein Vetter ausrichtete, nicht wahr sein könnte! Er sagt... er suche einen Verteidiger; Sie sollen mit einem Winkeladvokaten sprechen, da die anderen zu teuer seien! Er sagt... ich soll sagen, es sei nicht so; es gebe bei ihnen keine Männer; Sie sollen nicht eifersüchtig sein; sie haben vor einigen Tagen einen von jenen gebracht ..., aber er habe schon einen Freund gefunden! Er sagt ... Sie sollen ihm ein paar Blutegel schicken, er könne nicht arbeiten! Er sagt, wenn Sie Hunger leiden, sollen Sie den Kasten verkaufen!«

»Zum Teufel«, schimpfte Mosco gegen die schlechte Behandlung. »Sie gehen mit mir um, als wollten Sie eine Schlange töten! Nur weil ich arm bin! Arm, aber ehrlich! Ich bin nicht Ihr Kind, hören Sie? Nicht Ihre Puppe oder Rotznase! Sie haben mich nicht so zu behandeln! Schlau, uns ins Bettlerasyl zu bringen, um den Amerikanern zu gefallen! Welche Schweinerei! Man spielt immer mit uns! Wenn man wenigstens gut behandelt würde! Als der sich in alles einmischende Mr. Nos kam, hingen wir drei Tage ohne Essen an den Fenstern, wie die Verrückten in Decken gehüllt...«

Die Bettler, die gefangengenommen wurden, kamen sogleich in eine der »Drei Marien«, enge und finstere Verliese; Mosco wurde rückwärts hineingeschoben, wie eine Krabbe. Seine Stimme, die durch die Prügel und die Flüche der nach feuchtem Stoff und Tabak stinkenden Wächter erstickt worden war, gewann unter dem Gewölbe des Verlieses an Stärke.

»Ay, was für ein Grobian! Ihr bloßer Name ist ein Fluch! Gott steh mir bei...!«

Seine Gefährten heulten wie Tiere. Ihre Augen trockneten langsam aus vor Angst, denn sie waren dort, wo schon viele vor Hunger und Durst gestorben waren, vor Angst, man werde aus ihnen wie aus Hunden Seife machen oder sie schlachten, um der Polizei zu essen zu geben. Menschenfressergesichter, leuchtend wie Laternen, wankten durch den Nebel, die vollen Wangen von der Größe eines Gesäßes, die Schnurrbärte wie Schokoladengeifer ...

Ein Student und ein Küster befanden sich in der gleichen Zelle.

»Wenn ich mich nicht täusche, waren Sie der erste hier. Sie, dann ich, nicht wahr?«

Der Student sprach, um etwas zu sagen, um sich von der Furcht zu befreien, die ihn in der Kehle würgte.

»Ich glaube, ja ...«, antwortete der Küster und suchte in der Finsternis das Gesicht dessen, der zu ihm sprach.

»Ich wollte Sie fragen, warum Sie hier sind ...«

»Aus politischen Gründen, sagen sie ...«

Ein Schauer durchfuhr den Studenten vom Kopf bis zu den Füßen, als er mühevoll stotterte: »Ich auch ...«

Die Bettler tasteten ihre Umgebung nach ihren Vorratstaschen ab; im Büro des Vorstehers hatte man ihnen jedoch alles, sogar was sie in den Taschen hatten, weggenommen, damit sie nicht einmal ein Streichholz in die Zelle nehmen könnten. Die Vorschriften waren streng.

»Und Ihr Prozeß?« fuhr der Student fort.

»Ich habe keinen Prozeß, wie Sie glauben; es war höherer Befehl!«

Während er so sprach, rieb er seinen Rücken an der rauhen Mauer, um die Läuse zu zerquetschen.

»Waren Sie ...«

»Nichts ...!« unterbrach ihn der Küster mißmutig. »Ich war nichts!« In diesem Augenblick kreischten die Türangeln, als wollten sie bersten, um einen anderen Bettler hereinzulassen.

»Es lebe Frankreich!« schrie Patahueca beim Eintreten.

»Man verhaftete mich ...«, gestand der Küster.

»Es lebe Frankreich!«

»... wegen eines Verbrechens, das ich durch einen Irrtum beging. Stellen Sie sich vor: statt einen Anschlag der Jungfrau des O wegzunehmen, entfernte ich vor der Vortüre der Kirche, in der ich Küster war, den Hinweis auf den Geburtstag der Mutter des Herrn Präsidenten!«

»Wie erfuhr man denn das...?« flüsterte der Student, während sich der Küster die Tränen mit den Fingerspitzen aus den Augen wischte.

»Ich weiß nicht... Mein Unheil... Gewiß ist, daß sie mich packten und mich ins Büro des Polizeidirektors schleppten, der, nachdem er mir einige Schläge versetzt hatte, befahl, man solle mich in dieses Gefängnis bringen; Nachrichten dürfen mir keine überbracht werden, sagte er, denn ich sei Revolutionär.«

Aus Angst, vor Kälte und Hunger weinten die Bettler, im Finstern kauernd. Sie konnten nicht einmal ihre eigenen Hände sehen. Manchmal fielen sie in tiefen Schlaf. Dann strich, einen Ausgang suchend, der Atem der taubstummen, schwangeren Frau über sie hinweg.

Wer weiß wann, vielleicht um Mitternacht würden sie aus dem Kerker herausgeholt werden. Es handle sich darum, ein politisches Verbrechen aufzuklären, sagte ihnen ein untersetzter Mann mit einem runzeligen, safranfarbenen Gesicht, schlechtgepflegtem Schnurrbart über dicken Lippen, einer etwas stumpfen Nase und eingefallenen Augen. Schließlich fragte er sie alle, ob sie etwas vom Mord bei der Pforte wüßten, dem letzte Nacht ein Oberst des Heeres zum Opfer gefallen sei.

Eine schmutzige Laterne beleuchtete den Raum, in den sie gebracht wurden. Es war, als schiene schwaches Licht durch Wasserbrillen. Wo waren die Dinge? Wo war die Mauer? Wo dieser Gewehrständer, der besser bewaffnet war als die Kiefer eines Tigers, und dieser Polizeigurt mit Revolverpatronen?

Die unerwartete Antwort ließ den obersten Feldrichter, der sie ausfragte, von seinem Stuhl aufspringen. »Ihr werdet mir die Wahrheit sagen!« schrie er und riß seine Augen mit dem Basiliskenblick auf hinter der Brille des Kurzsichtigen, nachdem er einen donnernden Faustschlag auf den Tisch gegeben hatte, der ihm als Schreibtisch diente.

Einer nach dem andern wiederholten sie ihm, daß Pelele der Mörder sei, und beschrieben mit zitternder Stimme die

Einzelheiten des Verbrechens, das sie mit ihren eigenen Augen gesehen hatten.

Auf ein Zeichen des Richters hin stürzten sich die Polizisten, die horchend an der Türe gewartet hatten, auf die Bettler und schlugen sie. Dann drängten sie sie in einen zerfallenen Raum. Vom Hauptbalken herab hing, kaum sichtbar, ein langes Seil.

»Es war der Idiot!« schrie der erste Gemarterte und wollte der Folter durch die Wahrheit entgehen. »Herr, es war der Idiot! Es war der Idiot! Bei Gott, es war der Idiot! Der Idiot! Der Idiot! Pelele! Pelele! Der da! Der da!«

»Man riet dir, das zu sagen, aber bei mir gibt es keine Lügen! Tod oder Wahrheit! – Weißt du es nun? Hörst du! Hör zu, wenn du es noch nicht weißt!«

Die Stimme des Richters verlor sich wie rinnendes Blut in den Ohren des Unglücklichen, der, ohne die Füße auf den Boden stellen zu können, an den Daumen aufgehängt, immer weiter schrie:

»Der Idiot war es! Es war der Idiot! Bei Gott, es war der Idiot! Der Idiot war's, der Idiot war's! Der Idiot ... Es war der Idiot!«

»Lüge ...!« sprach der Richter, und nach einer kleinen Pause, »Lüge, du Schuft ...! Ich sage dir jetzt, wer den Obersten José Parrales Sonriente ermordete! Ich werde es sagen! Wagst du es zu verneinen? General Eusebio Canales und Rechtsanwalt Abel Carvajal!«

Ein eisiges Schweigen folgte; dann ... dann ein Stöhnen, noch ein Stöhnen und schließlich ein »Ja« ... Als das Seil gelöst wurde, fiel Viuda bewußtlos auf das Gesicht. Seine von Schweiß und Tränen nassen Mulattenwangen glichen regengetränkter Kohle. Seine Genossen zitterten unter den Fragen wie die Hunde, die in der Straße am Gift der Polizei verenden. Alle bestätigten die Worte des Richters, nur Mosco nicht. Ein Ausdruck von Furcht und Ekel war auf seinem Gesicht. Sie hingen ihn an den Fingern auf, denn vom Boden her versicherte er, halb begraben schon, bis zur Mitte begraben, wie alle, die keine Beine haben, daß seine Freunde lögen, um fremde Leute eines Verbrechens schuldig zu erklären, für das allein der Idiot verantwortlich sei.

»Verantwortlich...!« griff der Richter das Wort heraus. »Wie wagst du es zu sagen, ein Idiot sei verantwortlich? Schau dir deine Lügen an! Ein Unzurechnungsfähiger verantwortlich!«

»Er selbst soll es...«

»Wir müssen ihn schlagen!« rief ein Polizist mit einer Frauenstimme. Ein anderer schlug ihm eine Rute übers Gesicht.

»Sag die Wahrheit!« schrie der Richter, als die Peitsche über Moscos Wangen fuhr. »Die Wahrheit, oder du bleibst die ganze Nacht hier hängen!«

»Sehen Sie nicht, daß ich blind bin...?«

»Verneine, daß Pelele...«

»Nein, denn es ist die Wahrheit, und ich bin kein Feigling!«

Ein doppelter Peitschenhieb schlug ihm das Blut aus den Lippen...

»Du bist blind, doch höre; sag die Wahrheit, bezeuge, wie deine Freunde...!«

»Ja«, stammelte Mosco mit erlöschender Stimme; der Richter glaubte gesiegt zu haben. »Ja, der Vierschröter Pelele war...«

»Trottel!«

Das Schimpfwort verlor sich in den Ohren der Hälfte eines Menschen, der nie mehr hören würde. Als man das Seil löste, fiel die Leiche Moscos wie das Blei eines abgebrochenen Perpendikels zu Boden.

»Alter Schuft, deine Aussage wäre nutzlos gewesen, denn du warst blind!« rief der Richter, als er an der Leiche vorbeiging.

Er eilte, um dem Präsidenten die ersten Ergebnisse des Prozesses mitzuteilen, in einem von zwei hageren Pferden gezogenen Wagen, in dessen Scheinwerfern sich die Augen des Todes spiegelten. Die Polizei warf den Körper Moscos in einen Abfallwagen, der sich nach dem Friedhof fortbewegte. Die Hähne begannen zu krähen. Die freigelassenen Bettler tauchten wieder in den Straßen auf. In ihrer Angst weinte die Taubstumme, denn sie fühlte das Kind in ihren Eingeweiden...

3 Peleles Flucht

Pelele floh durch die schmalen, sich wie Eingeweide krümmenden Gassen der Vororte, ohne mit seinem zügellosen Geheul den Atem des Himmels zu stören oder den Schlaf der Menschen, die im Spiegel des Todes einander ebenso gleichen, wie sie verschieden sind im Kampf, den sie bei Sonnenaufgang wiederaufnehmen werden; die einen, indem ihnen das Nötigste fehlt, gezwungen, zu arbeiten, um ihr Brot zu verdienen, die anderen, umgeben von Überfluß und Muße: Freunde des Herrn Präsidenten, Besitzer von Häusern, von vierzig, fünfzig Häusern, Geldleiher zu neun, neuneinhalb und zehn Prozenten im Monat, Beamte, die sieben oder acht öffentliche Ämter bekleiden, Inhaber von Konzessionen, Titeln, Sparkassen, Spielhäusern, Höfen für Hahnenkämpfe, Schnapsbrennereien, Bordellen, Gaststätten und subventionierten Zeitungen.

Das Morgenrot färbte die Ränder des Trichters, den die Berge um die Stadt bildeten, in die Ebene gestellt, wie eine schmutzige Kruste. Durch die noch im Schatten liegenden Straßen gingen die ersten Handwerker an ihre Arbeit, Gespenster im Nichts einer Welt, die jedes Morgengrauen neu schaffte. Ihnen folgten mehrere Stunden später Büroangestellte, Beamte, Arbeiter und Schüler; gegen elf Uhr, als die Sonne schon hoch am Himmel stand, kamen die Herren zu einem Verdauungsspaziergang, um sich Appetit für das Mittagessen zu verschaffen oder um einen einflußreichen Freund zu besuchen und die verspäteten Lohnzahlungen eines hungrigen Lehrers zum halben Preis zu erstehen. Durch die stillen, immer noch im Schatten liegenden Straßen raschelten die gestärkten Röcke des Mädchens aus dem Volke, das sich in seiner Arbeit für den Unterhalt der Familie keine Pause gönnte – die Dirne, die Butterverkäuferin, die Trödlerin, die Kuttelnverkäuferin und jene, die sehr früh aufsteht, um fleißig ihren Geschäften nachzugehen. Als die Helligkeit des Morgens sich von Rosa zu Weiß auflöste, ähnlich einer Begonienblüte, hörte man die kurzen Schritte des schmächtigen Angestellten, auf welchen die stolzen Damen hochmütig herabschauten, die erst, wenn die Sonne schon heiß schien, ihre Gemächer verließen, um im Korridor ihre Glieder zu recken, ihre Träume den Mägden zu erzählen, die Vorbeigehenden abzuschätzen, die Katze zu necken, die Zeitung zu lesen oder sich im Spiegel zu betrachten.

Halb in Wirklichkeit, halb im Traum rannte Pelele, von den Hunden verfolgt, unter der Peitsche eines feinen Regens. Er rannte aufs Geratewohl, entsetzt, mit offenem Mund, mit hängender Zunge, geifernd, keuchend, die Arme in den Lüften. Türen und Türen und Türen und Fenster und Türen und Fenster flogen an ihm vorbei ... Plötzlich hielt er inne, die Hände vor das Gesicht geschlagen, um sich gegen Telegrafenstangen zu verteidigen; innewerdend, daß die Stangen harmlos waren, brach er in ein Gelächter aus und rannte weiter, wie einer, der aus einem Gefängnis entweichen will, dessen Mauern aus Nebel vor ihm zurückweichen, immer mehr, in dem Maße, als er sich ihnen nähert.

In den Vororten, wo langsam die Stadt in die Landschaft übergeht, fiel er wie einer, der endlich sein Bett erreicht, in eine Abfallgrube und schlief ein. Über dem Abfallhaufen lag ein Spinngewebe von alten Bäumen voller Aasgeier, schwarze Vögel, die, ohne die bläulichen Augen von ihm zu wenden, sich auf die Erde niederließen und seinen bewegungslosen Körper im Totentanz der Raubvögel umhüpften. Ununterbrochen nach allen Seiten spähend, bereit, bei der leisesten Bewegung der Blätter oder des Windes im Abfall wegzufliegen, schlossen sie den Kreis immer enger, bis Pelele vor ihre Schnäbel zu liegen kam. Ein wildes Krächzen gab das Zeichen zum Angriff. Pelele sprang auf und verteidigte sich. Einer der Verwegensten hatte den Schnabel schon wie einen Pfeil durch seine Oberlippe bis zu den Zähnen getrieben, während die anderen sich mit Schnabelhieben um die Augen und das Herz stritten. Der, welcher den Schnabel in den Lippen hatte, versuchte ein Stück Fleisch wegzureißen, ohne sich darum zu kümmern, daß seine Beute noch lebte. Dies wäre ihm gelungen, hätte sich Pelele nicht inmitten einer Wolke von Staub und Überresten, die sich wie Krusten lösten, in die Tiefe der

Abfallgrube fallen lassen.
Der Abend sank. Grüner Himmel. Grüne Felder. In der Kaserne blies die Trompete ihr Sechs-Uhr-Signal. Zeichen der Wachsamkeit einer mittelalterlichen, belagerten Festung. In den Verliesen bemächtigte sich die Qual der Gefangenen, die man durch Jahre hindurch langsam dem Tode näher brachte. Die Horizonte reckten ihre Häupter, um in die Straßen der Stadt hineinzuspähen, Schnecken mit tausend Hörnern. Man kehrte von einer Audienz beim Präsidenten, erhört oder abgewiesen, zurück. Die Lichter der Spielhöllen durchstachen die Dunkelheit.
Der Idiot kämpfte mit dem Gespenst des Aasgeiers, den er auf sich fühlte, und gegen den Schmerz eines Beines, das er beim Sturz gebrochen hatte, schwarzer, unerträglicher Schmerz, der ihm das Leben entreißen wollte.
Die ganze Nacht hindurch klagte er, sanft und heftig, sanft und heftig wie ein verletzter Hund ...
»Erre, erre, ere ... Erre, erre, ere.«
Zwischen den wilden Pflanzen, die die Abfälle der Stadt in herrlichste Blumen verwandelten, neben einem Süßwasser-Tümpel, beschwor der Idiot in der kleinen Welt seines Kopfes tobende Stürme herauf.
»E-e-err ... E-e-eerr ... E-e-err ...«
Mit fiebergeschärften Fingernägeln kratzte er sich die Stirne auf. Auflösung der Gedanken. Geschmeidigkeit der Welt im Spiegel. Phantastisches Mißverhältnis. Fieberorkan. Eine Flucht, schwindelerregend, eben, senkrecht, schief, neugeboren und in Spiralen gestorben ...
Erre, erre, ere, ere, erre, ere, erre ...
Bogenvonbogenimbogenvombogenbogenvonbogenvonbogenimbogen die Frau Loths. (Erfand sie die Lotterie?) Die Maulesel, die die Straßenbahn zogen, verwandelten sich in die Frau Loths, und ihr Stillestehen reizte die Tramführer. Sie gaben sich nicht zufrieden, wenn sie ihre Peitsche zerbrochen und die Tiere mit Steinen beworfen hatten, und ahmten die Ritter nach, die von den Waffen Gebrauch machten. Die Anständigsten hatten kleine Messer. Mit Stichen trieben sie die Maulesel an ...
... Erre, erre, ere ...

I-N-R-Idiot! I-N-R-Idiot!
... Erre, erre, ere ...
Der Schleifer wetzt sich die Zähne, um zu lachen! Schleifer des Lachens! Zähne des Schleifers!
Mutter!
Der Schrei des Trunkenen schüttelte ihn.
Mutter!
Zwischen aufgeblähten Wolken leuchtete der helle Mond. Auf den feuchten Blättern glänzte sein weißes Licht wie Porzellan.
Sie nehmen schon ...!
Sie nehmen schon ...!
Sie nehmen schon die Heiligen aus der Kirche und begraben sie!
Oh, wie lustig, oh, sie begraben sie, oh, sie begraben sie, oh, wie lustig.
Der Friedhof ist heiterer als die Stadt, sauberer als die Stadt! Oh, wie lustig, sie werden sie, oh, begraben!
Ta-ra-ra! Ta-ra-ri!
Tit-tit!
Tarara! Tarari!
Simbaran, bum, bum, simbaran!
Und über alles stolpernd, rannte er weiter, von einem Vulkan zum andern, von Stern zu Stern, Himmel zu Himmel, halb wach, halb schlafend, zwischen großen und kleinen Mäulern, mit und ohne Zähne, mit und ohne Lippen, mit Doppellippen, mit Haaren, mit Doppelzungen, mit dreifachen Zungen, die schrien: »Mutter! Mutter! Mutter!«
Tu-Tut ...! Er bestieg die Bahn, um schnell aus der Stadt zu kommen, den die Vulkane umringenden Bergen entgegen, jenseits der Sendetürme, jenseits des Marktes, des Artillerieforts, einer Pastete, mit Soldaten gefüllt.
Doch wie ein Kinderspielzeug an der Schnur kam die Bahn zum Ausgangspunkt zurück – pisch-pusch, pisch-pusch –, und eine näselnde Gemüsehändlerin, mit Haar wie Ruten, rief ihm zu: »Brot für den Idioten, Papagei? ... Wasser für den Idioten! Wasser für den Idioten! ...«
Von der Gemüsehändlerin, die ihn mit einem Wassereimer bedrohte, verfolgt, rannte er gegen die Pforte des Herrn.

Doch kaum kam er an... *»Mutter!«* Ein Schrei ... ein Sprung... ein Mann... die Nacht... Der Kampf... Tod... Blut ... die Flucht ... der Idiot ... Wasser für den Idioten! Wasser für den Idioten!

Der Schmerz im Bein weckte ihn. Er fühlte einen Wirrwarr in den Knochen. Seine Augen ermatteten im Licht des Tages. Kühle Weiden, in denen schöne Blumen wuchsen, luden ihn ein, in ihrem Schatten zu schlafen an der Frische einer schäumenden Quelle, die einem zwischen Moos und Farnkraut herunterhängenden silbernen Eichhörnchenschwanz glich.

Nichts. Niemand. Pelele tauchte wieder in die Nacht seiner geschlossenen Augen, um mit seinem Schmerz zu kämpfen. Er suchte für sein gebrochenes Bein eine neue Lage zu finden, während seine Hand die zerfetzte Lippe festhielt. Doch als er seine brennenden Lider öffnete, strichen ganze Meere von Blut über sie hinweg. Durch ihre Blitze flohen die Schatten der Würmer, in Schmetterlinge verwandelt...

Er gab sich mit beiden Schultern dem Fiebertraum hin, in dem sich eine kleine Glocke rührte. Schnee für die Sterbenden! Der Eismann verkauft das Sterbesakrament! Der Pfarrer verkauft Schnee! Schnee für die Sterbenden! Bimbam! Schnee für die Sterbenden! Das Sterbesakrament! Der Eisverkäufer! Hut ab, geifernder Stummer! Schnee für die Sterbenden!...

4 Cara de Angel

Zugedeckt von Papieren, Lederresten, Lumpen, Schirmskeletten, Rändern von Strohhüten, durchlöcherten zinnernen Geräten, Porzellanscherben, Kartonschachteln, Buchdeckeln, zerbrochenen Scheiben, Schuhen, deren Sohlen sich unter der Sonne gewölbt hatten, Kragen, Eierschalen, Baumwolle, Tischabfällen, träumte Pelele. Nun sah er sich in einem großen Hof, von Masken umgeben; doch die Masken waren nur Gesichter, die aufmerksam einem Hahnenkampf zuschauten. Der Kampf war kurz wie ein Strohfeuer.

Einer der Hähne fiel ohne Todeskampf unter den finstern Augen der Zuschauer, die zufrieden waren, als sie die Schnäbel und Klauen des Gegners voller Blut sahen. Es roch nach Branntwein. Tabakbrauner Speichel. Eingeweide. Tierische Mattigkeit. Schläfrigkeit. Schlaffheit. Tropische Breiten. Jemand ging auf den Fußspitzen durch seinen Schlaf, um ihn nicht zu wecken...

Es war Peleles Mutter, Geliebte eines Hahnenzüchters, der die Gitarre wie mit steinernen Fingernägeln spielte. Sie war das Opfer seiner Eifersucht und seiner Laster. Die Geschichte ihres Elends hört nicht auf: Weib jenes Mannes, und Märtyrin des Kindes, das sie, nach Ausspruch der Hebammen, unter dem direkten Einfluß des Mondes geboren hatte; in ihren Wehen vereinigte sich der übermäßige Kopf des Sohnes, ein großer runder Kopf mit zwei Hörnern wie der Mond, mit den knochigen Gesichtern aller Kranken des Spitals, mit ihrem Ausdruck des Entsetzens, des Ekels, mit ihrem Angstschlucken und mit dem Erbrechen des Hahnenzüchters, eines Trunkenboldes.

Pelele hörte das Rascheln ihres steifen Rockes, Wind und Blätter, und lief ihr mit Tränen in den Augen nach.

Im Schoß der Mutter wurde ihm leichter. Wie ein Fließblatt saugte sie die Schmerzen seiner Wunden auf. Unzerstörbare Zuflucht. Stärkste Verbundenheit... Kleine weiße Lilie! Kleine weiße Lilie! Ich liebkose dich! Wie sehr liebkose ich dich! In den geheimsten Gängen seines Gehörs hörte er den Hahnenzüchter trällern:

> Warum nicht...
> warum nicht...
> warum nicht, schön liolio,
> warum nicht, ich bin der Hahn liolio,
> der, wenn er seinen Fuß hebt liolio,
> den Flügel nachschleppt liolio!

Pelele hob den Kopf, und ohne zu sprechen, sagte er:

»Verzeih, Mutter, verzeih!«

Und der Schatten der Hand, die zärtlich über sein Gesicht fuhr, antwortete auf seine Klage:

»Verzeih, mein Sohn, verzeih!«

Die Stimme seines Vaters, gleich dem Rinnsal aus einer Schale Branntwein, ließ sich von sehr ferne hören:

Ich habe mich verhängt ...
Ich habe mich verhängt ...
Ich habe mich verhängt mit einer Weißen.
Wenn die Manioka gut ist,
Rupft man nur die Blätter ab

Pelele murmelte:
»Mütterchen, mir tut's in der Seele weh!«
Und der Schatten, der ihm liebkosend über das Gesicht strich, antwortete zärtlich auf seine Klage:
»Mein Sohn, mir tut's in der Seele weh!«
Das Glück hängt nicht am Fleisch.
In ihrer Nähe neigte sich der Schatten einer Pinie, als wollte er die Erde küssen, kühl wie ein Bach. Und in der Pinie sang ein Vogel, und gleichzeitig, daß er Vogel war, war er auch ein Glöckchen aus Gold:
»Ich bin der Rotapfel des Paradiesvogels, ich bin das Leben; eine Hälfte von mir ist Lüge, die andere ist Wahrheit; ich gebe jedem ein Glasauge und ein richtiges; jene, die durch mein Glasauge schauen, sehen, weil sie schauen. Ich bin das Leben, der Rotapfel des Paradiesvogels, ich bin die Lüge von allem, was wirklich ist, und ich bin die Wirklichkeit aller Einbildungen!«
Jäh rannte er vom mütterlichen Schoße hinweg, um vorüberziehende Seiltänzer zu sehen. Pferde mit Mähnen wie Trauerweiden, geritten von Frauen in Paillettenkleidern. Karren, geschmückt mit Blumen und Seidenpapierstreifen, über das Pflaster rollend, mit dem gestörten Gleichgewicht Betrunkener. Eine Gruppe fetter Musikanten, Trompetenbläser, Geigenkratzer, Trommelschläger.
Mehlweiße Clowns verteilten buntfarbene Programme, auf denen die Galavorstellung zu Ehren des Präsidenten der Republik angekündigt war. Der um das Vaterland Wohlverdiente, der Führer der liberalen Partei und Beschützer der arbeitsamen Jugend.
Sein Blick irrte durch den Raum eines sehr hohen Gewölbes. Die Seiltänzer ließen ihn verloren zurück in einem

graugrünen, über abgründiger Tiefe erstellten Bauwerk. Die Bänke waren mit ihren Lehnen an die Vorhänge geknüpft wie Hängebrücken. Die Beichtstühle fuhren zum Himmel und senkten sich zur Erde nieder: Aufzüge für Seelen, vom Goldkugelengel und vom tausendhörnigen Teufel betrieben. Aus dem Stall trat die Jungfrau des Karmel und fragte ihn, was er wolle und was er suche. Und mit ihr, der Besitzerin des Hauses, dem Honig der Engel, der Daseinsberechtigung der Heiligen, dem Trost der Armen, mit ihr sprach er. Sie hörte ihm freundlich zu. Diese große Dame war kaum einen Meter hoch, aber wenn sie sprach, erweckte sie den Eindruck, alles zu verstehen wie große Leute. Durch Zeichen gab Pelele ihr zu verstehen, wie gerne er Wachs kauen würde: und sie, halb ernst, halb lächelnd, forderte ihn auf, eine der am Altar brennenden Kerzen zu nehmen. Dann hob sie ihren Silbermantel, den sie sonst nachschleifte, führte ihn an der Hand zu einem Teich mit farbigen Fischen und gab ihm den Regenbogen, damit er an ihm wie an einem Zuckerstengel lutsche. Es war das vollkommene Glück! Er fühlte sich froh von der Zunge bis zu den Zehenspitzen. Was er im Leben nie gefunden hatte: ein Stück Wachs zu kauen, einen Pfeffermünz-Zuckerstengel zu lutschen, einen Teich mit farbigen Fischen zu besitzen, eine Mutter zu haben, die ihm das gebrochene Bein rieb und dazu sang: »Geheilt, geheilt, kleiner Froscharsch! Du kannst wieder gehen für dich und dein Mütterchen.« Das alles erlebte er schlafend in der Abfallgrube.

Doch es gibt kein Glück, das länger dauert als ein Platzregen vor der Sonne... Auf einem milchigen Sträßchen, das sich in der Abfallgrube verlor, kam ein Holzhacker herabgestiegen, gefolgt von seinem Hund, eine Bürde auf dem Rücken, die Jacke darübergelegt und das Buschmesser in den Armen, wie man ein Kind trägt. Die Grube war nicht tief, aber in der Dämmerung verwechselte man sie leicht mit den Schatten, die die Abfälle einhüllten: Überreste menschlichen Daseins, die in der Nacht die Angst verkleinern.

Der Holzhacker blickte sich um. Er hätte geschworen, daß ihm einer folge. Etwas weiter vorn blieb er stehen. Er witterte die Gegenwart eines Wesens, das sich versteckt hielt. Mit gesträubtem Haar, als habe er den Teufel gesehen, begann der Hund zu heulen. Ein Luftwirbel hob schmutzige Papierfetzen hoch, verschmiert wie vom Blut einer Frau oder vom Saft einer Rübe. Der Himmel schien sehr fern zu sein, sehr blau, geschmückt wie ein hoher Grabhügel mit Kronen von Aasgeiern, die verschlafene Kreise zogen.

Plötzlich rannte der Hund an den Ort, wo Pelele sich befand. Dem Holzhacker liefen Angstschauer über den Rükken. Schritt für Schritt hinter dem Hunde herschleichend, kam er heran, um nachzusehen, wer der Tote sei. Er lief Gefahr, sich die Füße zu verletzen an Scherben, gebrochenen Flaschenhälsen, leeren Sardinenbüchsen, und übersprang stinkenden Kot und finstere Schattenstrecken. Wasserbecken, halb gefüllt, lagen herum wie sinkende Schiffe auf dem Meer...

Ohne sich Zeit zu nehmen, seine Last abzulegen, denn die Furcht bedrückte ihn mehr, zog er an einem Fuß den vermutlichen Leichnam hervor und sah zu seinem Erstaunen, daß er einen lebenden Menschen vor sich hatte, dessen krampfhaftes Zucken Angstkurven zeichnete, die seine Schreie und das Gebell des Hundes durchdrangen wie der Windstoß, wenn er den Regen verdoppelt. Jemandes Schritte, die in einem nahen Wäldchen von Pinien und alten Guavenbäumen vorübergingen, vollendeten die Verwirrung des Holzhackers.

Wenn es ein Polizist wäre... wirklich... das hätte gerade noch gefehlt...

»Pst! Pst!« rief er dem Hund zu. Da dieser weiterbellte, gab er ihm einen Fußtritt. Sei still, Tier, halt die Schnauze!

Er wollte fliehen, doch fliehen hieße eine Schuld eingestehen... noch schlimmer, wenn es wirklich ein Polizist wäre. Er neigte sich wieder über den Verwundeten:

»Schnell, ich helfe Ihnen!... Bei Gott, wenig fehlte, und sie wären tot!... Schnell! Fürchten Sie nichts! Schreien Sie nicht! Ich tue Ihnen nichts Böses. Ich kam hier vorüber und sah Sie liegen...«

»Ich sah, daß du ihn ausgegraben hast«, sagte plötzlich eine

Stimme hinter seinem Rücken, »und kam zurück, weil ich dachte, es könnte ein Bekannter sein. Bringen wir ihn weg von hier.«

Der Holzhacker drehte den Kopf, um zu antworten, und beinahe wäre er selbst vor Überraschung umgefallen.

Es verschlug ihm den Atem. Was ihn zu fliehen verhinderte, war der Verwundete, der sich kaum aufrecht halten konnte. Der zu ihm sprach, war ein Engel: Hautfarbe wie vergoldeter Marmor, blonde Haare, kleiner Mund, ein weibischzarter Ausdruck, der im Gegensatz stand zu dem tiefen Schwarz der Augen und seinem männlich kühnen Blick. Er war grau gekleidet. Sein Kleid, im Licht der Dämmerung, glich einer Wolke. Er hielt in seinen zarten Händen einen sehr dünnen Bambusstab und einen breiten Hut, der einer Taube ähnlich sah.

»Ein Engel ...« Der Holzhacker ließ den Blick nicht von ihm ... »Ein Engel ...«, wiederholte er.

»Man sieht an seiner Kleidung, daß er ein armer Teufel ist«, sagte der Neuhinzugekommene; »wie traurig ist es doch, arm zu sein!«

»Es kommt darauf an, in dieser Welt hat alles eine gute und eine schlechte Seite. Ich zum Beispiel, sehen Sie, bin sehr arm, die Arbeit, meine Frau, meine Hütte, aber ich finde mein Schicksal nicht traurig«, stotterte der Holzhacker wie im Traum, um den Engel gütig zu stimmen, der ihn vielleicht aus einem Holzhacker in einen König verwandeln konnte, um seine christliche Ergebenheit zu belohnen. Und sekundenlang sah er sich in Gold gekleidet, bedeckt mit einem Purpurmantel, eine gezackte Krone auf dem Kopf und ein Zepter aus Diamanten in der Hand. Die Abfallgrube verlor sich immer weiter weg ...

»Seltsam«, bemerkte die Erscheinung, deren Stimme die Klagelaute Peleles übertönte.

»Wieso seltsam? Schließlich sind wir Armen die Ergebensten. Was soll man schon tun? – Es stimmt zwar mit den Schulen, daß jene, die lesen gelernt haben, unmögliche Ideen bekommen. Selbst bei meiner Frau kommt es vor, daß sie sich manchmal betrübt, weil sie an Sonntagen Flügel zu haben wünschte.«

Zwei- oder dreimal verlor der Verletzte sein Bewußtsein am immer steiler werdenden Hang. Die Bäume hoben und senkten sich vor den Augen des Sterbenden wie die Finger chinesischer Tänzerinnen. Die Worte jener, die ihn stützten und beinahe trugen, durchschwankten seine Ohren gleich den Tritten Trunkener über schlüpfrigem Boden. Ein großer schwarzer Fleck verdeckte ihm das Gesicht. Heftige Schauer durchwehten seinen Körper wie die Asche seiner verbrannten Phantasiegebilde.

»Deine Frau möchte also Flügel haben am Sonntag?« sagte die Erscheinung. »Flügel haben, und zu denken, wenn sie sie hätte, wären sie ihr zu nichts nütze.«

»Man kann nie wissen! Sie sagt, sie möchte sie, um spazierenzufliegen, und wenn sie mit mir zankt, so bittet sie den Wind, ihr Flügel zu geben.«

Der Holzhacker hielt inne, um sich mit dem Rockärmel den Schweiß von der Stirn zu wischen, und rief:

»Der hat aber sein Gewicht!«

Während der andere sagte:

»Dazu genügen ihr die Füße schon, denn selbst wenn sie Flügel hätte, flöge sie nicht davon.«

»Bestimmt nicht! Es geschähe aber nicht aus Liebe, denn die Frau ist ein Vogel, der nicht ohne Käfig leben kann, und weil ich nicht genügend Holzstücke hätte, um sie über ihrem Rücken zu zerschlagen.« Er erinnerte sich, daß er mit einem Engel sprach, und beeilte sich, die Pille zu vergolden: »Zu ihrem Besten, glauben Sie mir!«

Der Unbekannte verharrte in Schweigen.

»Wer hat wohl diesen armen Mann hier geschlagen?« fügte der Holzhacker hinzu, um dem Gespräch eine andere Wendung zu geben, denn er schämte sich dessen, was er soeben gesagt hatte.

»Es gibt immer einen ...«

»Wirklich, es gibt Leute für alles. Bei dem hier kann man sagen, man behandelte ihn, als wollte man eine Schlange töten: ein Messerstich in den Mund und ... in die Abfallgrube mit ihm!«

»Er hat bestimmt noch andere Wunden.«

»Die an der Lippe wurde ihm, glaube ich, mit einem Rasiermesser zugefügt. Dann warf man ihn hier hinunter, glauben Sie mir, damit das Verbrechen geheim bleibe.«

»Aber zwischen Himmel und Erde ...«

»Gerade das wollte auch ich sagen.«

Die Bäume füllten sich mit Aasgeiern, bereit, auszufliegen, und die Angst, mehr denn der Schmerz, brachte Pelele zum Schweigen. Er rollte sich korkzieherartig wie ein Igel zusammen in todähnliches Schweigen.

Der Wind strich leicht über die Ebene. Er blies aus der Richtung der Stadt gegen das Feld, sanft, liebenswürdig, vertraut ...

Der Unbekannte blickte auf seine Uhr; und nachdem er einige Geldstücke in die Tasche des Verletzten hatte gleiten lassen, verabschiedete er sich vom Holzhacker in freundlicher Weise.

Wolkenlos glänzte der Himmel. Die Vororte der Stadt wuchsen in die Ebene hinaus, durchstochen von elektrischen Lichtern, die an jene Zündhölzchen erinnerten, die man krachend anstreicht, wenn in einem Theatersaal das Licht ausgegangen ist. Das wogende Laub der Bäume hob sich ab vom Dunkel der ersten Häuser. Lehmhütten, die nach Stroh rochen, Holzbaracken mit Indianergeruch, große Häuser, deren Hallen wie Pferdeställe stanken, Herbergen, darin Futter verkauft wurde, und ein Mädchen, dessen Freund in der Kaserne war, und eine abendliche Versammlung von Eseltreibern in der Dunkelheit.

Bei den ersten Häusern ließ der Holzhacker den Verletzten zurück; er zeigte ihm aber noch den Weg zum Spital. Pelele schlug die Lider auf und suchte nach Erleichterung, nach etwas, das ihn vom Schlucken befreien sollte, aber sein sterbender Blick, steif und spitz wie ein Stachel, nagelte seine stumme Bitte an verriegelte Türen menschenleerer Straßen. In weiter Ferne hörte man die Signalhörner, Zeichen der Unterwürfigkeit eines Nomadenvolkes, und Glocken, die den gläubig Verstorbenen mit drei zu drei zitternden Glockenschlägen sagen: Er-barmen! ... Er-barmen! ... Er-barmen! ...

Ein durch die Dämmerung schleppender Aasgeier erschreckte ihn. Die nachträgerische Klage des Tieres, dessen einer

Flügel gebrochen war, schien ihm eine Drohung zu bedeuten. Nach und nach entfernte er sich langsam, sich die Mauern entlang tastend, dem kaum spürbaren Beben der Mauern entlang, Klage um Klage ausstoßend, ohne zu wissen, wohin er ging, mit dem Wind im Gesicht, mit dem Wind, der in das Eis biß, bevor er in die Nacht blies. Das Schlucken plagte ihn ...
Im Hof seiner Hütte ließ der Holzhacker wie gewohnt das Drittel seiner Bürde fallen. Der Hund, der ihm vorausgeeilt war, empfing ihn mit Festfreude. Er stieß den Hund zur Seite, und ohne seinen Hut abzulegen, öffnete er fledermausartig seine Jacke, die über seinen Schultern lag, und näherte sich dem Feuer, das in einer Ecke brannte, über dem seine Frau die Tortillas wärmte; er erzählte ihr, was ihm zugestoßen war.
Bei der Abfallgrube bin ich einem Engel begegnet ...
Der Widerschein der Flammen zitterte auf den Bambuswänden und unter dem Strohdach wie der Flügel noch anderer Engel.
Der Hütte entwich ein weißer zittriger, pflanzenähnlicher Rauch.

5 Dieses Tier!

Der Sekretär des Präsidenten hörte Dr. Barreño zu.
»Und ich sage Ihnen, Herr Sekretär, seit zehn Jahren pflege ich mich jeden Tag in meiner Eigenschaft als Militärchirurg in eine Kaserne zu begeben. Und ich sage Ihnen, ich war das Opfer einer unsäglichen Beleidigung, ich wurde verhaftet; schuld daran war ... Und ich sage Ihnen folgendes: Im Militärspital tauchte eine seltsame Krankheit auf. Jeden Tag starben zehn bis zwölf Männer am Morgen, zehn bis zwölf Männer am Nachmittag und zehn bis zwölf Männer in der Nacht. Der Vorsteher des Militärgesundheitsamtes beauftragte mich und einige Kollegen, die Angelegenheit zu prüfen und den Grund zu suchen, aus welchem Leute starben, die am Vorabend gesund oder nahezu gesund ins Spital gekommen waren. Und nach fünf Autopsien stellte

ich fest, daß die Unglücklichen an einer Durchlöcherung des Magens von der Größe eines Geldstückes starben, die ein seltsames, mir unbekanntes Gift verursacht hatte. Dieses Gift war eine Art Glaubersalz, welches man ihnen als Abführmittel verabreicht hatte. Es stammte aus einer schlechten Mineralwasserfabrik. Ich sage Ihnen, meine Kollegen dachten nicht wie ich und wurden zweifellos deshalb auch nicht verhaftet. Sie sahen darin eine neue Krankheit, die erforscht werden müßte. Ich sage Ihnen, es sind hundertundvierzig Soldaten gestorben, und immer noch bleiben zwei Fässer des Salzes. Ich sage Ihnen, der Vorsteher des Militärgesundheitsamtes opferte hundertvierzig Männer und die, die noch sterben werden, um einige Pesos einzukassieren. Ich sage Ihnen ...«

»Dr. Luis Barreño!« rief in der Tür des Sekretariats ein Diener des Präsidenten.

»... und ich werde Ihnen mitteilen, Herr Sekretär, was er mir sagen wird.«

Der Sekretär begleitete Dr. Barreño einige Schritte weit. Abgesehen von der menschlichen Seite interessierten ihn die Leidenschaft und der Schwung seines gestuften Vortrages, der eintönig und langweilig im Einklang stand mit seinem ergrauten Kopf und seinem Gelehrtengesicht, das einem vertrockneten Beefsteak ähnlich sah.

Der Präsident der Republik empfing den Arzt stehend, mit erhobenem Haupt; einen Arm nachlässig herabhängend, den anderen auf den Rücken gelegt, ließ er ihm keine Zeit, ihn zu grüßen, sondern fuhr ihn an:

»Passen Sie auf, Don Luis, ich habe nicht die Absicht, das Ansehen meiner Regierung durch dummes Geschwätz alberner Ärzte im geringsten beeinträchtigen zu lassen. Meine Feinde sollten dies wissen und es nicht vergessen, denn bei der ersten Gelegenheit werden ihre Köpfe fallen! Sie können gehen! Hinaus! Und rufen Sie mir dieses Tier.«

Rückwärts schreitend, den Hut in der Hand, eine tragische Falte auf der Stirn, bleich wie am Tage seines Begräbnisses, verließ Dr. Barreño den Raum.

»Verloren bin ich, Herr Sekretär, verloren! Alles, was ich hörte, war: ›Ziehen Sie sich zurück, gehen Sie hinaus, rufen Sie mir dieses Tier!‹«

»Dieses Tier, das bin ich!«

Von dem Schreibtisch in einem Winkel erhob sich ein Schreiber, der diese Worte gesprochen hatte, und begab sich hinüber in den Raum des Präsidenten, durch die Türe, durch die Dr. Barreño herausgetreten war.

»Ich glaubte, er würde mich schlagen! Wenn Sie gesehen hätten, wenn Sie gesehen hätten!« lispelte der Arzt, indem er sich den Schweiß trocknete, der ihm vom Gesicht rann. »Wenn Sie gesehen hätten! Aber ich halte Sie auf, Herr Sekretär, und Sie sind sehr beschäftigt. Ich gehe, nicht wahr? Und vielen Dank ...«

»Auf Wiedersehen, Doktorchen. Ist gern geschehen. Viel Glück.«

Der Sekretär stellte die Post fertig zusammen, die der Präsident in einigen Augenblicken unterzeichnen würde. Die Stadt trank den Orangensaft ihres Sonnenuntergangs, bekleidet mit hübschen kleinen Wölkchen aus Musselin mit Sternen auf dem Kopf wie ein lobsingender Engel. Von den leuchtenden Glockentürmen fiel in die Straßen der Heilgesang des Ave-Maria.

Barreño kehrte niedergeschmettert in sein Haus zurück. Er schloß die Tür hinter sich und schaute nach den Dächern, von denen eine verbrecherische Hand heruntergreifen könnte, ihn zu erwürgen. Er verbarg sich in seinem Zimmer hinter einem Kleiderständer.

Die Anzüge hingen einer neben dem andern, feierlich wie Gehängte, die man in Naphthalin aufbewahrt. Und bei ihrer düsteren Gleichnishaftigkeit erinnerte sich Barreño des Mordes an seinem Vater, der in einer Nacht vor vielen Jahren auf einsamem Weg stattgefunden hatte. Seine Familie mußte sich mit einer gerichtlichen Nachforschung ohne Ergebnis zufriedengeben, die durch eine schändliche Posse gekrönt wurde: ein anonymer Brief traf ein, der ungefähr folgendes enthielt:

»Gegen elf Uhr nachts ritten mein Schwager und ich auf dem Weg von Vuelta Grande nach La Canoa. Wir hörten einen Schuß in der Ferne, zwei, drei, vier ... bis fünf konnten wir zählen. Flüchteten in ein nahes Wäldchen. Wir hörten, daß Reiter im Galopp auf uns zukamen. Die Pferde berührten uns beinahe, als sie vorbeistürmten; wir setzten den Ritt nach einer kleinen Weile fort, als alles ruhig war. Doch unsere Pferde bäumten sich bald. Während sie wiehernd zurückdrängten, stiegen wir, die Pistolen in der Hand, ab, um nachzusehen, was es war. Wir fanden die Leiche eines Mannes, das Gesicht nach unten, und unweit davon ein verwundetes Maultier, welches mein Schwager von seinen Schmerzen erlöste. Ohne Zögern kehrten wir um, das Vorgefallene in Vuelta Grande zu melden ... In der Kommandantur trafen wir Oberst José Parrales Sonriente, ›den Mann mit dem Maultier‹, inmitten einer Gruppe von Freunden, die um einen mit Gläsern bedeckten Tisch saßen. Wir riefen ihn zur Seite und erzählten ihm leise, was wir gesehen hatten. Zuerst die Schüsse, dann ... Er zuckte die Achseln, heftete seinen Blick auf die rote Flamme der Kerze und sprach langsam: ›Gehen Sie nur schön nach Hause, meine Herren, ich weiß, was ich sage, und sprechen Sie nie mehr davon ...!‹«

»Luis ...! Luis ...!«

Barreño sprang auf, er begann in einem Buch zu blättern, zwei Schritte von seiner Bibliothek. Der Schreck, den seine Frau erlitten haben würde, wenn sie ihn hinter dem Kleiderständer versteckt gefunden hätte! ...

»Das ist nicht mehr lustig! Das ewige Studieren wird dich umbringen oder zum Wahnsinn treiben! Denk, daß ich es dir schon immer sagte! Begreifst du noch immer nicht, daß man mit Beredsamkeit in dieser Welt weiterkommt als mit Wissen? Warum soviel Studieren? Was gewinnst du damit? Nichts! Höchstens ein Paar Socken, aber ...! Das hat gerade noch gefehlt! Das hat gerade noch gefehlt ...!«

Das Licht und die Stimme seiner Frau gaben ihm die Ruhe zurück.

»Das hat gerade noch gefehlt! Studieren ... studieren ... Wozu studieren? ... Damit man nach deinem Tode sage, was man von jedermann sagt, du seiest ein Gelehrter gewesen. Bah! ... Die Empiriker sollen studieren; du hast es nicht nötig, dazu ist ja dein Titel da, und ... vor allem, kein böses Gesicht! Statt einer Bibliothek wäre es besser, Patienten zu haben. Wenn du an Stelle jedes dieser nutzlosen Bücher einen Kranken hättest, wären wir hier im Hause besser dran. Ich würde gern dein Wartezimmer voll Leute sehen und das Telefon andauernd klingeln hören! Ich möchte, daß du gerufen würdest ... daß du endlich etwas bist ...!«

»Du sagst: ›etwas sein‹ ...«

»Nun, etwas Wirkliches ... Dazu ist nicht nötig, daß du den ganzen Tag über die Bücher gebeugt bist. Die andern Ärzte würden gern die Hälfte von dem wissen, was du weißt. Doch es genügen ihnen gute Ellbogen, um sich einen Namen zu schaffen. Arzt des Präsidenten hier, Arzt des Präsidenten dort ... das, das ist etwas, das heißt ›etwas sein‹ ...«

»Da-a-ann«, Barreño zog das Wort in die Länge, um eine Gedankenflucht zu überbrücken ..., »da-ann, mein Kind, gib die Hoffnung auf. Du würdest in Ohnmacht fallen, wenn ich dir sagte, daß ich soeben vom Präsidenten komme, ja, vom Präsidenten!«

»Ah, caramba! Was hat er gesagt, wie hat er dich empfangen?«

»Schlecht. Enthaupten war alles, was ich ihn sagen hörte. Ich hatte Angst, und was schlimmer ist, ich fand die Tür nicht mehr, um hinauszugehen.«

»Ein Verweis? Du bist weder der erste noch der letzte, den er verweist. Die anderen schlägt er!« Nach einem langen Schweigen fügte sie hinzu: »Und was dir immer geschadet hat, ist die Furcht ...«

»Nun, meine Liebe, zeige mir einen, der Mut behält vor einem Raubtier.«

»Nein, Freund, nicht das meine ich, ich spreche von der Chirurgie, da du ja nicht Arzt des Präsidenten werden kannst. Und dazu ist es dringend nötig, daß du deine Furcht überwindest. Was ein Chirurg braucht, ist Mut. Glaube mir! Mut und die Entschlußkraft, das Messer einzusenken. Eine Schneiderin, die nicht wagt, einen Stoff zu verderben, wird nie den guten Schnitt eines Kleides erreichen. Und ein Kleid, das stellt etwas vor, ein Kleid. Im Gegensatz dazu können sich die Ärzte im Spital an den

Indianern üben. Mach dir keine Sorgen über das, was dir beim Präsidenten zugestoßen ist. Komm essen! Der Präsident ist übel gelaunt wegen dieses scheußlichen Mordes an der Pforte des Herrn.«

»Paß auf! Schweig! Sonst geschieht, was hier noch nie geschehen ist: ich gebe dir eine Ohrfeige! Es war kein Mord, und es ist nichts Scheußliches daran, wenn dieser häßliche Henker umgebracht wurde, der meinen Vater auf einem einsamen Weg ermordete, einen hilflosen Greis ...«

»Nach einem anonymen Brief. Man würde nicht sagen, du seiest ein Mann! Wer achtet schon auf anonyme Briefe?«

»Wenn ich auf anonyme Briefe achten wollte ...«

»Du bist kein Mann! ...«

»Laß mich sprechen! Wenn ich auf anonyme Briefe achten wollte, wärest du nicht in diesem Haus«, Barreño wühlte mit fieberhafter Ungeduld in seinen Taschen, »wärest du nicht in diesem Haus. Hier, lies!«

Blaß, ohne jede andere Farbe im Gesicht als das künstliche Zinnoberrot ihrer Lippen, nahm sie das Papier, welches ihr der Gatte hinhielt, und überflog es in einem Augenblick.

»Doktor, machen Sie uns das Vergnügen, Ihre Frau zu trösten, jetzt wo der ›Mann mit dem Maultier‹ ins bessere Jenseits hinübergegangen ist. Rat von Freunden und Freundinnen, die es gut mit Ihnen meinen.«

Mit schmerzlichem Gelächter gab sie den Brief ihrem Gatten zurück, mit einem Gelächter, das wie ein zu untersuchendes Gift die Reagenzgläschen und Retorten in Barreños kleinem Laboratorium durchwogte. Ein Mädchen sprach in der Türe:

»Das Essen ist aufgetragen!«

Im Palast unterschrieb der Präsident die Post, wobei ihm der kleine Alte half, der nach Barreños Weggehen auf den Anruf »dieses Tier« hineingegangen war.

»Dieses Tier« war ein ärmlich gekleideter Mann, mit rosafarbener Haut, ähnlich einer jungen Maus, schlecht gepflegtem, goldblondem Haar, trüben blauen Augen, die sich hinter eigelbfarbenen Brillen verloren.

Der Präsident setzte seine letzte Unterschrift, und der Alte, der zu schnell löschen wollte, goß das Tintenfaß über den

unterschriebenen Bogen.
»Tier!«
»Mein Herr!«
»Tier!«
Ein Glockenzeichen, noch eines, noch eines. Schritte und ein Adjutant unter der Tür.
»General, man gebe sofort zweihundert Schläge diesem hier«, brüllte der Präsident. Dann zog er sich in seine Residenz zurück. Der Tisch war gedeckt.
Die Augen »dieses Tieres« füllten sich mit Tränen. Er sprach nicht, weil er nicht konnte, und auch, weil er wußte, daß es nutzlos war, um Vergebung zu bitten. Der Präsident war wie besessen vom Mord an Parrales Sonriente. Vor den verschleierten Augen »des Tieres« erschienen seine Frau und seine Kinder, für ihn um Gnade bittend: eine müde Alte und ein halbes Dutzend magerer Sprößlinge. Mit verkrampfter Hand griff er in die Westentasche, um sein Taschentuch zu suchen und bitterlich zu weinen, dabei konnte er den Schmerz nicht durch Schreie lindern, und er dachte nicht wie alle andern Sterblichen, jene Strafe sei ungerecht; im Gegenteil, man mußte ihn schlagen, um ihn zu lehren, nicht so ungeschickt zu sein, dabei konnte er seinen Schmerz nicht durch Schreie lindern, um ihn zu lehren, die Aufträge genau auszuführen, nicht die Tinte auf die Briefe zu gießen, dabei konnte er seinen Schmerz nicht durch Schreie lindern!...
Zwischen seinen gepreßten Lippen traten die Zähne gleich den Zacken eines großen Kammes hervor und verliehen ihm zusammen mit den eingefallenen Wangen und der Furcht das Aussehen eines zum Tode Verurteilten. Schweiß klebte sein Hemd an den Rücken. Eine seltsame Angst erfüllte ihn. Noch nie hatte er so geschwitzt...! Und er konnte seinen Schmerz nicht durch Schreie lindern. Und der Breichreiz der Angst schü-schü-schüttelte ihn.
Der Adjutant schleifte ihn am Arm hinaus, halb bewußtlos, in düstere Dumpfheit versunken, mit starrem Blick, in den Ohren ein schreckliches Gefühl der Leere, die Haut schwer, sehr schwer, in der Nierengegend sich zusammenziehend, schlaff, immer schlaffer werdend...

Einige Minuten später im Speisesaal:
»Gestatten der Herr Präsident?«
»Herein, General!«
»Herr Präsident, ich komme, Ihnen mitzuteilen, daß ›dieses Tier‹ die zweihundert Schläge nicht ausgehalten hat.«
Die Serviertochter, die gerade dem Präsidenten die Platte hinhielt – es waren Bratkartoffeln –, begann zu zittern...
»Und Sie, warum zittern Sie?« schnauzte der Herr sie an. Dann, sich gegen den General wendend, der in Stellung wartete, die Mütze in der Hand, ohne eine Miene zu verziehen: »Gut, Sie können gehen!«
Ohne die Platte abzustellen, eilte die Serviertochter dem Adjutanten nach, um ihn zu fragen, warum der andere die zweihundert Schläge nicht ausgehalten habe.
»Wieso, warum? Weil er gestorben ist!«
Immer mit ihrer Platte in der Hand, kam sie in den Speisesaal zurück.
»Herr«, sagte sie beinahe weinend zum Präsidenten, der ruhig weiteraß, »er sagt, er habe es nicht ausgehalten, weil er gestorben ist.«
»Und was ist denn dabei? Bringen Sie den nächsten Gang!«

6 Der Kopf eines Generals

Miguel Cara de Angel, der Mann, der das volle Vertrauen des Präsidenten besaß, trat gleich nach Tisch ein.
»Ich bitte tausendmal um Verzeihung, Herr Präsident«, sagte er noch auf der Türschwelle. (Er war schön und schlecht wie der Satan.) »Ich bitte tausendmal um Verzeihung, daß ich so spät komme ... aber ich mußte einem Holzhacker helfen, einen Verletzten zu tragen, den er aus der Abfallgrube gezogen hatte, und so konnte ich nicht früher kommen! Es handelte sich um einen Unbekannten, um einen Mann von der Straße.«
Wie immer war der Präsident nach der strengsten Trauersitte gekleidet: schwarze Schuhe, schwarzer Anzug, schwarze Krawatte, schwarzer Hut, den er nie abnahm. Hinter dem grauen Schnurrbart, den er über die Mundwinkel

gekämmt hatte, versteckte sich sein zahnloser Mund. Überaus haarige Wangen und abgeschabte Wimpern.
»Und brachten Sie ihn hin, wohin er gehört? ...« fragte er, die Augenbrauen hebend.
»Herr ...«
»Was sagen Sie da! Einer, der sich schmeichelt, der Freund des Präsidenten der Republik zu sein, verläßt nicht auf der Straße einen Verletzten, das unglückliche Opfer einer frevlerischen Hand!«
Eine leichte Bewegung an der Türe des Speiseraumes ließ ihn den Kopf wenden.
»Herein, General ...«
»Mit der Erlaubnis des Herrn Präsidenten ...«
»Sind Sie schon bereit, General?«
»Jawohl, Herr Präsident.«
»Gehen Sie selbst, General. Drücken Sie der Witwe mein Beileid aus und übergeben Sie ihr diese dreihundert Pesos vom Präsidenten der Republik als Beitrag für die Begräbniskosten.«
Der General, der in Stellung verharrte, die Mütze in der Hand, ohne eine Miene zu verziehen, sozusagen ohne zu atmen, verneigte sich, nahm das Geld vom Tisch, machte auf den Absätzen kehrt, um wenige Minuten später mit dem Auto wegzufahren, das den Sarg mit den Überresten »dieses Tieres« enthielt.
Cara de Angel beeilte sich zu erklären:
»Ich wollte den Verletzten ins Spital bringen, aber dann sagte ich mir: Mit einem Befehl des Präsidenten würde er besser behandelt. Und da ich ja auf Ihren Ruf hierherkommen mußte und Ihnen sagen wollte, wie unerträglich mir der Mord ist, den einige Verbrecher an Parrales Sonriente verübten ...«
»Ich werde den Befehl geben ...«
»Nichts anderes war von dem zu erwarten, von dem man sagt, daß er dieses Land nicht regieren sollte ...«
Wie gestochen sprang der Präsident auf.
»Wer sagt das?«
»Ich als erster, Herr Präsident, als erster von vielen, die glauben, ein Mann wie Sie müßte ein Land wie Frankreich,

die freie Schweiz, das industriereiche Belgien, das wundervolle Dänemark regieren!... Aber Frankreich... Frankreich vor allen... Sie wären die ideale Gestalt, um das Schicksal des großen Volkes eines Gambetta und eines Victor Hugo zu lenken...«

Ein kaum wahrnehmbares Lächeln zeichnete sich unter dem Schnurrbart des Präsidenten ab, der, indem er seine Brille mit einem weißen Seidentüchlein reinigte, ohne Cara de Angel aus den Augen zu lassen, dem Gespräch eine andere Richtung verlieh.

»Ich rief dich, Miguel, für etwas, das noch diese Nacht durchgeführt werden sollte. Die zuständigen Behörden haben die Verhaftung dieses schelmischen Eusebio Canales befohlen, des Generals, den du kennst, und sie werden ihn morgen in der Frühe in seinem Haus festnehmen. Aus bestimmten Gründen, obwohl er einer der Mörder Parrales Sonrientes ist, würde es der Regierung Abbruch tun, wenn er ins Gefängnis käme; seine sofortige Flucht ist notwendig. Geh hin und suche ihn, erzähl ihm, was du weißt, und gib ihm von dir aus den Rat zur Flucht, noch diese Nacht. Du kannst ihm helfen. Aber wie jeder Berufsoffizier wird auch er an die Ehre glauben und den Tod der Flucht vorziehen. Doch wenn sie ihn morgen fangen, laß ich ihn köpfen. Er darf nichts von diesem Gespräch wissen, es bleibt unter uns... Und paß auf, daß die Polizei keinen Verdacht schöpft, wenn du hingehst; verhüte jedes Aufsehen, und überzeuge diesen Gauner davon, daß er fliehen muß. Nun kannst du dich zurückziehen.«

Der Günstling ging hinaus, das Gesicht zur Hälfte im schwarzen Halstuch verborgen. (Er war schön und schlecht wie der Satan.)

Die Offiziere, die den Speisesaal des Herrn Präsidenten bewachten, grüßten militärisch. Vorgefühl? Oder hatten sie etwa gehört, daß seine Hände den Kopf eines Generals hielten? Sechzig Verzweifelte gähnten im Audienzzimmer und warteten darauf, daß der Präsident frei würde. Die Straßen in der Nähe des Palastes und der Residenz waren mit Blumen bestreut: Gruppen von Soldaten schmückten, unter dem Befehl des Waffenkommandanten,

die Fassaden der nahen Kaserne mit Laternen, kleinen Fahnen und blauen und weißen Girlanden.
Cara de Angel schenkte diesen Festvorbereitungen keine Aufmerksamkeit. Er mußte den General suchen, einen Plan schmieden und ihm zur Flucht verhelfen. Alles schien ihm leicht, bis er das Gekläff der Hunde aus den scheußlichen Büschen vernahm, die den Herrn Präsidenten von seinen Feinden trennten. Beim leisesten Geräusch spitzten die Bäume die Ohren, als habe ein Sturmwind sie berührt. Nicht der geringste Ton entging diesen Millionen von Baumknorpeln. Die Hunde hörten nicht auf zu bellen. Ein unsichtbares Netz von Fäden, noch unsichtbarer als Telegrafendrähte, verband jedes Blatt mit dem Herrn Präsidenten, der auf alles achtete, was im Innersten seiner Bürger vor sich ging.
Wenn es möglich wäre, mit dem Teufel einen Pakt einzugehen, ihm die Seele zu verkaufen und dafür die Wachsamkeit der Polizei täuschen zu können, dem General die Flucht zu ermöglichen ... Doch der Teufel gibt sich nicht her für Wohltätigkeitszwecke, obwohl dieses Unternehmen bedeutende Folgen haben könnte ... Der Kopf eines Generals und noch etwas mehr ... Er sagte die Worte, als trüge er wirklich den Kopf des Generals in seinen Händen und noch etwas mehr dazu.

Er war nun bei Canales' Haus angekommen. Es befand sich im Viertel der Merced; ein großes Eckhaus, nahezu hundert Jahre alt. Seine acht Balkone auf der Hauptstraßenseite und die Pforte, die auf die andere Straße hinausführte, verliehen dem Haus die Würde einer alten Münze. Der Günstling beabsichtigte, hier zu warten und zu rufen, man solle ihm öffnen, falls er drinnen Laute hören würde. Doch die auf dem gegenüberliegenden Gehsteig auf und ab gehenden Polizeisoldaten hielten ihn davon ab. Er beschleunigte seine Schritte und spähte zu den Fenstern hinauf, um jemanden zu finden, dem er ein Zeichen geben könne. Er sah niemanden. Es war unmöglich, länger zu verweilen, ohne Verdacht zu erregen. Auf der anderen Seite der Straße befand sich eine billige Weinschenke. Das beste war, hineinzugehen und etwas zu trinken, denn so konnte er unauffällig in der Nähe bleiben. Ein Bier.

Er sprach einige Worte zur Wirtin, und das Bierglas in den Händen, drehte er den Kopf, um nachzusehen, wer sich auf einer an der Wand gelehnten Bank befinde. Er hatte beim Eintreten aus den Augenwinkeln flüchtig die Silhouette eines Mannes gestreift. Der Unbekannte trug den Hut tief in die Stirne gedrückt, beinahe über die Augen hinaus, ein Tuch um den Hals, den Rockkragen hochgestellt, überweite Hosenbeine, ungeknüpfte Schnürstiefel mit hohen Absätzen aus kaffeebraunem Wachstuch mit gelben Lederrändern. Zerstreut hob der Günstling die Augen und sah die ausgerichteten Flaschenreihen auf den Gesimsen der Schenke, das glühende »S« der elektrischen Lampe, eine Reklame für spanische Weine – Bacchus ritt auf einem Faß zwischen wohlbeleibten Mönchen und nackten Frauen – und ein Bild des Herrn Präsidenten, auf dem er stark verjüngt war: mit Eisenbahnen als Epauletten und einem kleinen Engel, der ihm einen Lorbeerkranz aufs Haupt setzte. Ein Porträt besten Geschmackes! Von Zeit zu Zeit blickte er zum Hause des Generals hinüber. Sollten der Mann auf der Bank und die Wirtin mehr als Freunde sein, so wäre jede ungeschickte Bewegung verhängnisvoll. Er knöpfte seinen Rock auf, kreuzte die Beine und stützte sich mit den Ellenbogen auf den Schanktisch, wie einer, der nicht beabsichtigt, bald wegzugehen. Sollte er noch ein Bier verlangen? Er verlangte es, und um Zeit zu gewinnen, bezahlte er mit einer Hundert-Pesos-Note. Vielleicht hatte die Wirtin kein Kleingeld. Sie öffnete die Schublade der Kasse, suchte unter den schmutzigen Noten und schlug die Schublade wieder zu. Sie hatte kein Kleingeld. Immer dasselbe: sie mußte hinausgehen, um die Note wechseln zu lassen. Sie warf sich die Schürze über die nackten Arme und ging auf die Straße, nicht ohne die Augen auf den Mann auf der Bank gerichtet zu haben, ihn so auffordernd, auf den Gast aufzupassen, damit er nichts stehle. Unnötige Vorsicht, denn im selben Augenblick trat ein Fräulein aus dem Hause des Generals, als sei sie vom Himmel gefallen, und Cara de Angel wartete nicht länger.

»Fräulein«, sagte er, neben ihr herschreitend, »benachrichtigen Sie bitte den Herrn des Hauses, das Sie soeben verlassen haben, daß ich ihm etwas durchaus Dringendes zu sagen habe...«
»Meinem Papa?«
»Sie sind die Tochter des Generals Canales?«
»Ja, mein Herr...«
»Dann ... stehen Sie nicht still; nein ... gehen Sie ... gehen wir, gehen wir... Hier haben Sie meine Karte. Sagen Sie ihm bitte, ich erwarte ihn bei mir, so schnell wie möglich; ich gehe nun geradewegs nach Hause und erwarte ihn dort. Sagen Sie ihm auch, sein Leben sei in Gefahr... Ja, ja, bei mir zu Hause, so schnell wie möglich...«
Der Wind trug seinen Hut davon, und er mußte umkehren, um ihm nachzueilen. Zweimal oder dreimal hatte er ihn fast in den Händen. Schließlich erwischte er ihn – Gebärden eines Mannes, der in einem Hühnerhof ein Huhn zu fangen versucht...
Er kehrte unter dem Vorwand, das Kleingeld zu holen, in die Schenke zurück, denn er wollte sehen, welchen Eindruck sein plötzliches Weggehen auf den Mann auf der Bank gemacht habe, und er fand ihn im Kampf mit der Wirtin. Er drückte sie gegen die Wand, und sein ungeduldiger Mund suchte den ihren zu einem Kuß.
»Unglückspolizist, nicht umsonst heißest du Bascas«, sagte die Wirtin, als der andere, durch die Schritte Cara de Angels eingeschüchtert, sie losließ.
Cara de Angel trat freundschaftlich dazwischen, um seine eigenen Pläne zu begünstigen. Er »entwaffnete« die Wirtin, die eine Flasche ergriffen hatte, und betrachtete den Mann auf der Bank.
»Beruhigen Sie sich, beruhigen Sie sich, meine Dame! Was ist denn das? Behalten Sie das Kleingeld, und schließen Sie Frieden. Ein Skandal ist zu nichts nütze, die Polizei kann kommen, aber wenn der Herr...«
»Lucio Vásquez, zu Ihren Diensten...«
»Lucio Vásquez? Sucio Bascas! Und die Polizei ... für alles kommen Sie mit der Polizei! Sie sollen mal versuchen! Sie sollen mal versuchen, hier einzutreten! Ich fürchte mich vor

niemandem; ich bin keine Indianerin, damit mir dieser hier mit dem ›Neuen Haus‹ drohen könnte!«

»In ein Haus des Vergnügens kann ich dich stecken lassen, wenn ich wollte!« schimpfte Vásquez leise und spuckte etwas aus, das er durch die Nase in den Rachen hinuntergesogen hatte.

»Das solltest du versuchen, Dreckskerl!«

»So schließen Sie doch endlich Frieden!«

»Ich sage ja schon nichts mehr, mein Herr!«

Vásquez' Stimme war unangenehm. Er sprach wie eine Frau, mit kleiner Stimme, sanft, grell und falsch zugleich. Über alle Ohren verliebt in die Wirtin, kämpfte er Tag und Nacht mit ihr, um einen Kuß zu erhalten; mehr wollte er nicht. Doch die Wirtin ließ sich nicht überzeugen und erklärte immer wieder: Wer einen Kuß gibt, gibt auch den Rest. Flehen, Drohen, Geschenke, echte und gespielte Tränen, Serenaden, Lügen, alles stieß gegen das starrköpfige »Nein« jener Frau, die niemals nachgab und sich nie überlisten ließ. »Der mich liebt«, sagte sie, »weiß, daß die Liebe für mich ein Ringen mit heiratsfähigen Armen ist.«

»Jetzt, da Sie schweigen«, fuhr Cara de Angel fort, er sprach wie mit sich allein, mit dem Finger über eine im Schanktisch eingelassene Nickelmünze streichend, »will ich Ihnen erzählen, was es mit dem Fräulein von gegenüber für eine Bewandtnis hat.«

Er wollte erzählen, ein Freund habe ihn beauftragt, sie zu fragen, ob sie seinen Brief erhalten habe, als die Frau ihn unterbrach:

»Glückskerl, wir sahen schon, daß Sie ihr den Hof machen!«

Der Günstling hatte einen Einfall ... den Hof machen ... Erzählen, die Familie sei dagegen ... eine Entführung vortäuschen ...

Er fuhr fort, den Finger an der Münze zu reiben, nur etwas schneller.

»Es stimmt«, antwortete Cara de Angel, »aber ich bin in einer dummen Lage, weil ihr Vater nicht will, daß wir heiraten ...«

»Sprechen Sie nicht von diesem Alten«, rief Vásquez dazwischen. »Alle die Bosheiten, mit denen er uns quält, als trügen wir die Schuld an dem Befehl, ihn dauernd überwachen zu müssen.«

»So sind die Reichen!« erklärte die Wirtin mißmutig.

»Und daher«, bedeutete Cara de Angel, »habe ich mir vorgenommen, sie zu entführen. Sie ist damit einverstanden. Soeben haben wir es beschlossen, und wir werden es noch diese Nacht durchführen.«

Die Wirtin und Vásquez lächelten.

»Bring uns was zu trinken!« befahl ihr Vásquez, »die Sache wird interessant.« Dann wandte er sich wieder an Cara de Angel: »Rauchen der Herr?«

»Danke, nein ... aber, um Sie nicht zu verletzen ...«

Die Wirtin servierte drei Gläser, während sich die beiden ihre Zigaretten anzündeten.

Als das Feuer des Schnapses seine Kehle zu brennen aufgehört hatte, sagte Cara de Angel:

»Kann ich auf Sie zählen? Koste es, was es wolle, Sie müssen mir helfen! Doch noch heute muß es durchgeführt werden.«

»Nach elf Uhr kann ich nicht mehr, da habe ich Dienst«, bemerkte Vásquez, »aber die da ...«

»Die da – bei Gott, du könntest höflicher sein!«

»Man nennt sie Masacuata«, und er blickte erneut auf die Frau, »sie wird an meiner Stelle helfen. Sie zählt für zwei. Wenn Sie es nicht vorziehen, daß ich Ihnen eine andere Hilfe sende? Ich habe einen Freund, auf den ich bei jeder Gelegenheit rechnen kann!«

»Immer mußt du mit diesem Genaro Rodas kommen, diesem Mandelmilchkürbis!«

»Was bedeutet denn ›Mandelmilchkürbis‹«, erkundigte sich Cara de Angel.

»Er ist wie tot, immer ›farblos‹ ... ich kann ja nicht mehr sprechen ... ›farblos‹ ...!«

»Und was ist denn dabei?«

»Ich sehe nichts daran ...«

»... doch, doch, verzeihen Sie, daß ich Sie unterbreche, ich wollte es Ihnen nicht sagen: die Frau des Genaro Rodas, eine gewisse Fedina, erzählt überall, die Tochter des Generals werde die Taufpatin ihres Sohnes sein; dies bedeutet, daß Genaro Rodas, dein Freund, nicht die geeignete Hilfe ist.«

»Quatsch!«

»Bei dir ist alles Quatsch!«

Cara de Angel dankte Vásquez für seinen guten Willen und gab ihm zu verstehen, daß es besser wäre, nicht mit der Hilfe des Mandelmilchkürbisses zu rechnen, da er, wie die Wirtin sagte, nicht der geeignete Mann sei.

»Es ist wirklich schade, mein lieber Vásquez, daß Sie mir in dieser Angelegenheit nicht helfen können ...«

»Ich bedaure ebenfalls, nicht mit Ihnen gehen zu können; wenn ich es früher gewußt hätte, würde ich mir einen Urlaub genommen haben.«

»Wenn mit Geld etwas zu machen wäre ...«

»Nein, unmöglich, es ist nicht meine Art. Es ist wirklich nichts zu machen«, und er kratzte sich hinterm Ohr.

»Nun, wenn es ganz unmöglich ist ..., ich komme später gegen halb zwei oder Viertel vor zwei Uhr noch einmal vorbei.«

Er verabschiedete sich auf der Schwelle der Tür und hielt seine Armbanduhr ans Ohr, um sich zu vergewissern, daß sie noch ging. Welch zitterndes Schicksal in ihrem gleichmäßigen Pulsschlag! Er ging eilends davon, das schwarze Halstuch übers bleiche Gesicht geworfen, in seinen Händen den Kopf eines Generals und noch etwas mehr dazu.

7 Die Absolution des Erzbischofs

Genaro Rodas stand gegen die Mauer gedreht und zündete sich eine Zigarette an. Lucio Vásquez tauchte auf, als Genaro das Streichholz an der Schachtel rieb. Ein Hund erbrach sich gegen das Gitter der Kirche.

»Ein verfluchter Wind!« schimpfte Rodas beim Anblick seines Freundes.

»Wie geht's?« grüßte Vásquez, und sie fuhren fort, weiterzugehen.

»Wie geht's dir, Alter?«

»Wohin gehst du?«
»Wohin soll ich gehen? Du machst mich lachen! Haben wir nicht abgemacht, uns hier zu treffen?«
»Ich glaubte, du hättest es vergessen. Ich werde dir erzählen, was vorgefallen ist. Gehen wir ein Gläschen trinken. Ich weiß nicht, aber ich habe Lust dazu. Komm, gehen wir an der Pforte vorbei, um zu sehen, ob dort was los ist!«
»Ich glaube kaum, aber wenn du willst, können wir ja gehen! Doch seit sie den Bettlern verboten haben, dort zu schlafen, geht keine Katze mehr hin!«
»Um so besser! Durchqueren wir die Vorhalle der Kathedrale, willst du? Was für ein Wind . . .!«
Seit der Ermordung des Obersten José Parrales Sonriente verließ die Geheimpolizei die Pforte des Herrn keinen Augenblick. Die Überwachung war den zähesten Männern anvertraut. Vásquez und sein Freund durchliefen die Pforte von einem Ende zum andern, stiegen die Stufen auf der Seite der Erzbischofsresidenz hinauf und gingen durch die »Cien Puertas« hinaus. Dort, wo ehemals die Bettler lagen, ruhten jetzt die langen Schatten der Säulen. Eine Leiter, eine andere und noch eine zeugten davon, daß ein Freskenmaler das Gebäude verjüngte. In der Tat, unter den Verfügungen, welche die ehrenwerte Stadtverwaltung erlassen hatte, um dem Präsidenten der Republik ihre große Zuneigung zu zeigen, kam an erster Stelle diejenige, das Gebäude, das Schauplatz des gräßlichen Attentates gewesen war, zu renovieren, und zwar auf Kosten der nach verbrannten Lumpen stinkenden Türken, die dort ihre Basare aufgestellt hatten. »Die Türken sollen bezahlen, sind sie doch in gewissem Sinn am Mord des José Parrales Sonriente schuldig, da sie am Orte leben«, so drückten sich die Ädilen, goldene Worte sprechend, in ihren gestrengen Schlußfolgerungen aus.
Und die diesen Rachesteuern unterworfenen Türken wären bald ärmer als die Bettler geworden, die ehemals vor ihren Türen schliefen, hätten sie nicht die Hilfe einflußreicher Freunde genossen, denen es gelang, die Gutscheine des Schatzamtes, mit denen die Renovation und Bemalung der Pforte des Herrn hätte bezahlt werden sollen, zum hal-

ben Preis zu kaufen.
Doch die Anwesenheit der Geheimpolizei beunruhigte sie. In flüsternder Stimme fragten sie nach dem Grund dieser Überwachung. Waren die Einnahmen nicht in den Kalkkesseln aufgegangen? Hatte man nicht auf ihre Kosten Pinsel gekauft, wuchtig wie die Bärte der Propheten Israels? Sie vermehrten vorsichtigerweise die Zahl der Riegel, Ketten und Schlösser an den Türen ihrer Geschäfte.
Vásquez und Rodas verließen die Pforte durch die »Cien Puertas«. Die Stille verschlang das dichte Echo ihrer Schritte. Weiter oben in der Gasse betraten sie eine Schenke, die den Namen »Zum erwachenden Löwen« trug. Vásquez begrüßte den Wirt, bestellte zwei Gläser Wein und setzte sich neben Rodas an einen kleinen Tisch hinter einer spanischen Wand.
»Erzähle nun, wie es um meine Angelegenheit steht«, sagte Rodas.
»Prosit!« Vásquez hob das Glas mit hellem Branntwein. »Auf dein Wohl, mein Alter!«
Der Wirt, der sie bedient hatte, fügte automatisch hinzu: »Auf Ihr Wohl, meine Herren!«
Beide leerten ihr Glas mit einem einzigen Schluck.
»Nichts zu machen...« Vásquez spuckte diese Wörter mit dem letzten Tropfen des im schaumigen Speichel aufgelösten Alkohols aus. »Der Subdirektor hatte seinen Schützling vorgeschlagen, und als ich für dich ein Wort einlegte, hatten sie sich schon für jenen entschlossen, der vielleicht gar nichts taugt.«
»Zum Teufel!«
»Wo der Kapitän befiehlt, hat der Matrose nichts zu sagen... Ich ließ ihn wissen, daß du der Geheimpolizei beitreten möchtest, daß du der passende Mann seiest. Aber du weißt ja, wie das so geht!«
»Und was sagte er?«
»Was du schon weißt: daß ein Schützling die Stelle habe, und das verschlug mir die Sprache. Ich sage dir, es ist jetzt schwieriger, in die Geheime aufgenommen zu werden, als zu meinen Zeiten, denn alle haben bemerkt, daß es die Karriere der Zukunft ist.«

Rodas antwortete mit einem Schulterzucken und einem unverständlichen Wort. Er war in der Hoffnung gekommen, Arbeit zu finden.
»Nein, mein Alter, nimm es nicht schwer, nimm es nicht schwer! Sobald ich von einer anderen freien Stelle weiß, kannst du sie haben. Bei Gott, bei meiner Mutter schwöre ich, daß du sie haben wirst. Besonders jetzt, da die Lage ameisenfarben wird und die Bestände erhöht werden. Erzählte ich dir schon...« Vásquez schaute sich nach allen Seiten um. »Ich bin kein Schwätzer! Ich sage besser nichts!«
»Gut, gut, dann sagst du eben nichts! Was macht es mir schon aus!«
»Die Sache ist sicher!«
»Schau mal, Alter, erzähl mir nichts! Schweig! Du mißtraust mir!«
»Nein, Mensch! Du bist verdächtig!«
»Schweig! Ich mag dieses Mißtrauen nicht leiden! Wie ein Weib! Wer fragt dich denn etwas, daß du so tust?«
Vásquez erhob sich, um zu sehen, ob jemand ihn höre, und flüsterte dann leise, indem er sich Rodas näherte, der ihn mißmutig anhörte, durch sein Verhalten gekränkt. »Ich weiß nicht, ob ich's dir schon erzählte, aber die Bettler, die in der Nacht des Mordes unter der Pforte schliefen, haben schon gesprochen, und jedermann kennt die Namen der Mörder des Obersten.« Er hob die Stimme: »›Wer‹, wirst du fragen.« Um das Staatsgeheimnis zu verraten, wurde die Stimme wieder leise. »Niemand anders als General Eusebio Canales und der Rechtsgelehrte Abel Carvajal...«
»Ist das wahr, was du da erzählst?«
»Heute wurde der Befehl zu ihrer Verhaftung erlassen. Jetzt weißt du alles.«
»Schön, mein Alter«, gab Rodas etwas beruhigt zu. »Dieser Oberst, von dem man sagte, er töte mit dem Revolver eine Fliege auf hundert Schritte, von dem das Schlimmste erzählt wurde, dieser Oberst wurde umgebracht, ohne Dolch, ohne Revolver, durch bloßes Umdrehen des Halses, wie ein Huhn! In dieser Welt kommt es allein auf den Entschluß an. Zum Teufel mit denen, die ihn mordeten!«

Vásquez schlug eine weitere Runde vor und bestellte sie:
»Zwei Gläser, Don Luis!«
Don Lucho, der Wirt, füllte die Gläser von neuem. Er tat dies so, daß die Kunden seine schwarzen Seidenhosenträger sehen konnten.
»Komm, hinunter mit ihnen«, drängte Vásquez, und nachdem er gespuckt hatte, sprach er zwischen den Zähnen: »Beeil dich, sonst fliegt der Vogel aus. Du weißt, daß ich keine vollen Gläser sehen kann, und wenn du's nicht wußtest, so weißt du's jetzt. Auf dein Wohl!«
Rodas, der etwas zerstreut gewesen war, beeilte sich, anzustoßen, und kaum hatte er das leere Glas von den Lippen entfernt, rief er aus:
»Die Mörder des Obersten, wenn sie keine Dummköpfe sind, kehren nicht mehr zur Pforte zurück! Nie!«
»Wer sagt denn, daß sie zurückkommen werden?«
»Was?«
»Du verstehst einen Dreck davon!«
»Was redest du da? Was ich sagen will, ist, wenn sie schon wissen, wer den Obersten in eine andere Welt befördert hat, brauchen sie nicht erst zu warten, bis diese Herren wieder zur Pforte kommen, um sie zu verhaften. Oder dann ... dann bewachst du die Pforte der hübschen Gesichter der Türken wegen. Stimmt es?«
»Halt dein Maul über Dinge, die du nicht verstehst!«
»Mach keine Witze zu dieser Stunde!«
»Was die Geheimpolizei an der Pforte des Herrn tut, hat nichts mit der Geschichte des Obersten Parrales zu tun und geht dich ...«
»... einen Dreck an!«
»Einen Dreck, jawohl, einen Dreck!«
»Unsinn! Nichts als Unsinn!«
»Nein, im Ernst, das Ganze hat nichts mit dem Mord zu tun. Ganz bestimmt nicht. Du kannst dir nicht vorstellen, was wir dort tun ... Wir erwarten einen Tobsüchtigen.«
»Du erlaubst, daß ich lächle?«
»Erinnerst du dich an den, dem die Leute auf der Straße ›Mutter‹ zuriefen? Jener Große, Knochige, mit krummen Beinen, der wie ein Verrückter durch die Straßen rannte ...

Erinnerst du dich? ... Du mußt dich an ihn erinnern! Auf diesen lauern wir an der Pforte, von der er seit drei Tagen verschwunden ist. Wir werden ihm etwas Blei verabfolgen ...«

Während er so sprach, griff er mit der Hand an die Pistole ...

»Kitzle mich, damit ich lache!«

»Nein, mein Alter, es ist kein Witz, es ist wahr, glaube mir! Er hat verschiedene Leute gebissen, und die Ärzte haben ihm eine Bleikugel verordnet. Kapiert?«

»Hältst du mich für blöd? Der, der mich dieses glauben macht, ist noch nicht geboren. Die Polizei wartet an der Pforte, bis die Würger des Obersten dorthin zurückkommen ...«

»Nein und nochmals nein! Welch ein Idiot! Auf den Stummen, hörst du, auf den Stummen, der die Tobsucht hat, der Leute gebissen hat, auf den warten sie! Soll ich's dir wiederholen?«

Peleles Stöhnen durchdrang die Straßen. Er schleppte seinen Körper, an dessen Hüften der Schmerz nagte, mühsam weiter. Bald kroch er auf dem Bauch, den die Steine aufkratzten, und half mit den Händen und den Füßen nach, bald auf den Ellbogen und dem Oberschenkel des unverletzten Beines. Endlich kam er zum Platz. Der Wind, der die Baumäste bewegte, verursachte ein Geräusch, das dem Flügelschlag der Aasgeier ähnlich war.

Pelele fürchtete sich, blieb eine lange Weile bewegungslos, beinahe ohne Bewußtsein liegen. Die Furcht stieg aus seinen Eingeweiden zu seiner geschwollenen Zunge hinauf, die ausgetrocknet war wie ein toter Fisch in der Asche, während der Schweiß über seine Schenkel rann. Stufe um Stufe stieg er zur Pforte des Herrn hinauf, Stufe um Stufe sich lang ziehend wie eine sterbende Katze.

In einer finsteren Ecke verkroch er sich, den Mund offen, die Augen glasig; die Lumpen, in die er gekleidet war, standen steif vor Blut und Schmutz. Die Schritte der letzten Fußgänger zerschmolzen in der Stille, das leise Klirren der Waffen der Wache und das Trippeln der strolchenden

Hunde, die, die Schnauze am Boden, Knochen, Papiere und Maisüberreste durchstöberten, die der Wind vor sich hertrieb.

Noch einmal füllte Don Lucho die beiden großen Gläser, die man »zweistöckig« nannte.

»Warum willst du mir nicht glauben?« fragte Vásquez mit schrillerer Stimme als gewöhnlich, indem er vorher und nachher gehörig spuckte. »War ich nicht daran, dir zu erzählen, daß ich so um neun Uhr, vielleicht halb zehn Uhr, bevor ich zu dir kam, der Masacuata den Hof machte und daß da einer ein Bier trinken kam? Sie bediente ihn rasch. Er bestellte ein zweites und zahlte mit einer Hunderternote. Sie hatte aber kein Kleingeld und wollte den Hunderter wechseln lassen. Ich war auf der Hut, denn mit seinem Erscheinen sagte ich mir... sagte ich mir, hier droht Gefahr. Und ich hatte recht, mein Alter! Ein Weibchen verließ das gegenüberliegende Haus, und kaum war sie auf der Straße, war er schon hinter ihr her. Ich konnte nichts mehr sehen, da in diesem Augenblick die Masacuata zurückkam, und ich versuchte sie zu küssen...«

»Und die hundert Pesos?«

»Wirst du gleich hören. Wir kämpften, als der Kerl plötzlich wieder eintrat und das Kleingeld holen wollte. Wie er uns so umarmt sah, faßte er Zutrauen und erzählte uns, er sei in die Tochter des Generals Canales verliebt und beabsichtige, sie, wenn möglich, noch diese Nacht zu entführen. Die Tochter des Generals sei soeben auf die Straße gekommen, um die Angelegenheit mit ihm zu besprechen. Du stellst dir nicht vor, wie er mich bat, ihm zu helfen, doch wie hätte ich es tun können, bei dieser Überwachung der Pforte...«

»Du machst aber Geschichten!« Rodas begleitete diesen Ausruf mit einem kräftigen Spucken.

»Und mir scheint, ich hätte dieses Individuum mehrmals in der Residenz des Präsidenten gesehen...«

»Was du nicht sagst! Er muß zur Familie gehören!«

»Nein, er gehört nicht zu ihr, bestimmt nicht. Was mich erstaunte, war die Eile, die er hatte, die Kleine noch diese

Nacht zu entführen. Etwas muß er von der Verhaftung Canales' wissen, und vielleicht will er den Augenblick ausnützen, um sich das Mädchen ungestört zu holen.«
»So wird es sein!«
»Noch eine letzte Runde – und an die Arbeit!«
Don Lucho füllte die Gläser, und die Freunde zögerten nicht, sie gleich wieder zu leeren. Sie spuckten auf den Boden, der mit Spucke und Zigarettenstummeln überdeckt war.
»Wieviel schulden wir, Don Lucho?«
»Sechzehn und vier ...«
»Für jeden?« wollte Rodas wissen.
»Wie denn? Natürlich nicht! Alles zusammen«, antwortete der Wirt, als ihm Vásquez einige Noten und vier Nickelmünzen in die Hand zählte.
»Auf Wiedersehen, Don Lucho!«
»Don Luchito, auf Wiedersehen!«
Die Stimmen vermischten sich mit derjenigen des Wirtes, der sie zur Tür geleitete und sie dort verabschiedete.
»Zum Kuckuck, welche Kälte ...!« rief Rodas, als er auf die Straße hinaustrat, und steckte die Hände tief in die Hosentaschen.
Langsam näherten sie sich den Krämern beim Gefängnis, an der Ecke zur Pforte des Herrn. Auf die Bitte Vásquez', der ganz zufrieden schien, sich dehnte und streckte, als werfe er eine große Last Faulheit zu Boden, blieben sie stehen.
»Dies ist der erwachende Löwe mit der lockigen Mähne«, sagte er und streckte sich. »Wie schwierig es für einen Löwen sein muß, Löwe zu sein! Sei fröhlich, denn heute ist meine fröhliche Nacht, meine fröhliche Nacht, ich sage dir, meine fröhliche Nacht!«
Kraft dieser Wiederholungen in schriller Stimme, in immer schriller werdender Stimme, schien er die Nacht in ein schwarzes Tamburin mit goldenen Schellen zu verwandeln, im Wind die Hände unsichtbarer Freunde zu drücken und dem Marionettenbudenbesitzer an der Pforte sowie seinen Spielern den Hals zu kitzeln, damit sie laut herauslachten. Er lachte und lachte, hüpfte tanzend einher, die Hände in

den Taschen seiner kurzen Jacke; sein Lachen wurde langsam zur Klage, denn er fühlte keine Freude mehr, sondern Schmerz. Er krümmte sich nach vorn, preßte die Hand auf den Mund, um die Übelkeit des Magens zu unterdrücken. Plötzlich schwieg er. Das Lachen wurde hart in seinem Mund wie der Gips, dessen sich der Zahnarzt bedient, wenn er einen Abdruck nimmt. Er hatte Pelele gesehen. Seine Schritte durchdrangen die Stille der Pforte. Das alte Gebäude verzweifachte, verachtfachte, verzwölffachte sie. Der Idiot stöhnte leise und dumpf wie ein verwundeter Hund. Ein Schrei zerriß die Nacht. Pelele sah Vásquez mit dem Revolver in der Hand auf sich zukommen und schleppte sein gebrochenes Bein gegen die Stufen, die zum Palast des Erzbischofes führten. Rodas wohnte dem Ganzen bei, bewegungslos, mit stockendem Atem, schweißbedeckt.
Beim ersten Schuß rollte Pelele die Treppe hinunter. Eine zweite Kugel vollendete die Tat. Die Türken verkrochen sich zwischen den beiden Schüssen. Niemand sah etwas, aber an einem Fenster des Bischofspalastes standen die Augen eines Heiligen dem Unglücklichen in seinem Sterben bei, und als sein Leichnam hinunterrollte, erteilte ihm eine mit Amethyst beringte Hand die Absolution und öffnete ihm das Reich Gottes.

8 Der Marionettenspieler an der Pforte

Beim Knall der Schüsse, dem Aufschrei Peleles und der Flucht Vásquez' und seines Freundes begannen die Straßen, vom Mondlicht schlecht bekleidet, einander nachzurennen, ohne zu wissen, was vorgefallen war. Die Bäume auf dem Platz krümmten ihre Finger vor Schmerz, daß sie das Geschehene nicht dem Wind und den Telegrafendrähten mitteilen konnten. Die Straßen trafen sich an den Kreuzungen, um sich zu fragen, wo das Verbrechen sich zugetragen habe. Und verwirrt liefen sie weiter, die einen nach dem Mittelpunkt der Stadt, die andern nach den Vorstadtgebieten.
Nein, es war nicht in dem Judensträßchen geschehen,

das sich beschmutzt im Zickzack krümmt wie die Zeichnung eines Betrunkenen. Auch nicht im Gäßchen der Escuintilla, wo seinerzeit die Abkömmlinge alter Familien ihre Schwerter im Blut armer Polizeisoldaten umkehrten, um die Abenteuer der Ritter und Musketiere wieder auferstehen zu lassen. Und ebenfalls nicht im Sträßchen des Königs, von den Spielern bevorzugt, von dem man sagt, daß keiner hindurchgehe, ohne dem König einen Gruß zu entbieten. Ebensowenig in der Straße der heiligen Theresa mit ihrer rauhen Umgebung und dem steilen Abhang. Auch nicht in der Hasengasse noch in der Richtung der Habana-Säule noch jener der »Fünf Straßen« noch beim Martinico...!

Es war auf dem Hauptplatz geschehen, dort, wo das Wasser immerwährend mit ich weiß nicht was für einer weinerlichen Klage die Bedürfnisanstalten spült; dort, wo die Wachen immerfort ihre Gewehrkolben gegen den Boden hämmern; dort, wo die Nacht wandert und wandert unter der eisigen Wölbung, die den Himmel und die Kathedrale umhüllt.

Durch die Schüsse an seinen Schläfen verletzt, fuhr der Wind einher in verwirrten Stößen. Sein Atem vermochte nicht mehr den Baumkronen die vorgefaßte Meinung abzustreifen, die sich ihre Blätter gemacht hatten.

Plötzlich ging eine Tür an der Pforte des Herrn auf, und hinaus wischte wie eine Maus der Puppenspieler. Es war seine Frau, die ihn in die Straße hinausstieß mit der Neugier eines fünfzigjährigen Kindes, das endlich wissen möchte, was geschehen war. Was war geschehen? Was hatten die zwei rasch aufeinanderfolgenden Schüsse zu bedeuten?

Der Puppenspieler schämte sich, unfertig angezogen vor die Tür hinauszutreten, einzig um die Neuigkeitssucht der Doña Venjamón, seiner Frau, zu befriedigen, die so gerufen wurde, sicherlich nur, weil er Benjamin hieß; und er fand es grob von ihr, daß sie ihm in ihrer Aufregung die spitzen Nägel ihrer Finger in die Rippen grub, damit er den Hals noch weiter hinausstrecke, um nachzusehen, ob nicht ein Türke umgebracht worden sei.

»Aber Frau, ich sehe nichts, was willst du, daß ich dir berichte? Was stellst du für Ansprüche?«
»Was sagst du...? War es bei den Türken?«
»Ich sage dir, ich sehe nichts; was für ein Eigensinn...«
»Um Himmels willen, sprich deutlicher!«
Wenn der Puppenspieler sein Gebiß nicht im Munde trug, so senkten sich Wangen und Lippen einwärts, wie von innen her angesogen durch einen Schröpfkopf.
»Ah! Jetzt seh' ich! Warte! Jetzt seh' ich, was los ist!«
»Aber, Benjamin, ich verstehe dich nicht«, und fast weinerlich, »versteh doch endlich, daß ich dich nicht verstehe!«
»Ich sehe, ich sehe; dort unten an der Ecke des bischöflichen Palastes stehen Menschen beisammen!«
»Mann, heb dich weg von der Türe, da du doch nichts siehst, bist du unnütz, überdies verstehe ich kein einziges Wort.«
Don Benjamin machte seiner Frau Platz, die ungekämmt heraustrat, eine Brust aus dem gelben Baumwollhemd heraustretend, die andere in die Rosenkranzperlen der Jungfrau von Karmel verwickelt.
»Dort drüben bringen sie eine Tragbahre herbei«, sagte Don Benjamin noch.
»Ah, gut, gut, dort drüben ist es geschehen! Ich glaubte schon, es wäre auf der Seite der Türken. Warum hast du es mir nicht gesagt, Benjamin, daß es dort drüben war? Darum also sind die Schüsse so nahe gefallen!«
»Schau, man bringt eine Tragbahre herbei«, wiederholte der Marionettenspieler. Seine Stimme schien aus der Tiefe der Erde zu kommen, wenn er hinter seiner Frau sprach.
»Von was?«
»Ich sage dir, was ich gesehen habe, man bringt eine Tragbahre herbei!«
»Schweig still! Ich höre doch nicht, was du sagst; du tätest besser, deine Zähne zu holen – wenn du ohne sie sprichst, klingt es, als würdest du englisch reden!«
»Ich sage dir, ich habe gesehen, schau...«
»Nein, man bringt sie jetzt erst!«
»Nein, Kleine, sie war eben schon da!«
»Daß sie sie jetzt bringen, sage ich, ich bin doch schließlich

nicht verrückt? Oder etwa?«
»Das weiß ich nicht, aber ich habe sie gesehen ...!«
»Was hast du gesehen? Die Tragbahre? Ich habe verstanden ...«
Doña Benjamin, aus gutem Hause stammend, füllte in der Straßenbahn zwei Plätze aus, einen mit jedem Hinterbacken. Sie benötigte achteindrittel Fuß Stoff für ein Kleid. Don Benjamin, der mager, kaum ein Meter hoch, mit Haaren bedeckt wie eine Fledermaus war, konnte, hinter seine Frau gestellt, unmöglich sehen, warum diese Gruppe von Gendarmen und Leuten beisammenstand.
»Aber du allein siehst etwas«, sagte schüchtern Don Benjamin, in dem Versuch, seiner totalen Finsternis zu entkommen.
Aber es war, als er dies sagte, als habe er »Sesam öffne dich« gerufen. Doña Venjamón drehte sich um, als würde ein Berg sich umdrehen, und stürzte sich auf ihn.
»Jesus Maria, ich nehme dich in meine Arme!« schrie sie, hob ihn vom Boden auf und trug ihn auf ihren Armen durch die Tür wie ein kleines Kind.
Aus Wut spuckte der Marionettenspieler grün, violett, orange, in allen Farben aus. Während er über dem Bauch seiner Frau zappelte, überschritten vier angetrunkene Männer den Platz und trugen auf der Bahre den Körper Peleles weg.
Doña Venjamón bekreuzigte sich. Die Spülwasser der Bedürfnisanstalten beweinten den Verstorbenen, und der Wind täuschte immer noch den Flügelschlag der Aasgeier in den Bäumen des Parkes vor, farblos wie Staubmäntel.
»Eine Amme gebe ich dir und nicht eine Dienerin, hätte der Pfarrer am Tage unserer Hochzeit sagen sollen – verwünscht sei er«, brummelte der Puppenspieler, als seine Frau ihn wieder auf die Erde setzte.
Seine bessere Hälfte ließ ihn sprechen, eine überdimensionierte bessere Hälfte, denn er war kaum die Hälfte einer Mandarine, während sie die Hälfte einer ganz großen Orange darstellte; sie ließ ihn sprechen, teils, weil sie seine Worte nicht verstand, wenn er ohne Zähne sprach, teils, um es nicht an Ehrfurcht vor dem Gatten fehlen zu lassen.

Eine Viertelstunde später schnarchte Doña Venjamón, als müßte ihr Atmungsapparat kämpfen, um von diesem ungeheueren Fleischklumpen nicht erdrückt zu werden. Don Benjamin, das Herz voller Groll, fuhr fort, den Tag seiner Hochzeit bitter zu verfluchen.

Aber sein Puppenspiel gedieh von diesem seltsamen Ereignis an. Seine Puppen wagten sich seither aufs Gebiet der Tragödie, mit Tränen, die dank einem System von Röhrchen und Leitungen und einer Klistierspritze unermüdlich flossen. Vorher hatten die Marionetten nur gelacht, und wenn sie einmal geweint hatten, dann nur mit lächerlichen Trauermienen ohne den beredten Fluß von Tränen, der von nun an über ihre Wangen quoll und die Bühne der lustigen Farcen in ein wahres Meer von Tränen verwandelte.

Don Benjamin glaubte, die Kinder würden weinen bei seinen Stücken, die jetzt mit Tragik gespickt waren. Und grenzenlos war sein Staunen, als er sie lachen, hell herauslachen hörte, und zwar mit größerem Vergnügen noch als früher. Die Kinder lachten, wenn sie weinen sahen... Die Kinder lachten, wenn einer geschlagen wurde...

»Unlogisch, unlogisch!« folgerte Don Benjamin.

»Logisch, relogisch!« widersprach ihm Doña Venjamón.

»Unlogisch! unlogisch! unlogisch!«

»Relogisch! relogisch! relogisch!«

»Streiten wir nicht!« schlug Don Benjamin vor.

»Nein, streiten wir nicht!« nahm sie an.

»Aber es ist unlogisch...«

»Relogisch ist es! Relogisch! Re-re-relogisch!«

Wenn Doña Venjamón sich mit ihrem Gatten stritt, so fügte sie den Wörtern Vor- und Endsilben bei, Sicherheitsventile, damit sie nicht platzte.

»Illollogisch!« brüllte der Puppenspieler, nahe daran, sich vor Wut die Haare zu raufen!

»Relogisch! Relogisch! Rerererelogisch!«

Wie dem auch sei, das kleine Puppentheater an der Pforte des Herrn nützte den Trick mit der Klistierspritze lange aus und ließ so die Puppen weinen, und die Kinder lachten darob.

9 Das Glasauge

Der Kleinhandel schloß seine Türen in den frühen Abendstunden, nachdem man abgerechnet, die Zeitung empfangen und die letzten Kunden bedient hatte. Kindergruppen vergnügten sich in den Gassen mit Maikäfern, die, vom Licht angezogen, um die elektrischen Lampen schwirrten. Jedes gefangene Tier wurde einer Reihe von Qualen ausgesetzt, die einzelne Nichtsnutze in die Länge zogen, weil sich keiner fand, der mit mitleidigem Fuß dem Spiel ein Ende gesetzt hätte. An den Fenstern sah man Liebespaare, ihren Liebesqualen hingegeben. Mit Bajonetten oder Knüppeln bewaffnete Patrouillen durchstreiften die ruhigen Straßen, Mann hinter Mann, alle im Schritt des Führers. Manchmal aber war alles anders. Die friedlichen Schlächter der Maikäfer spielten Krieg und lieferten sich Schlachten, deren Dauer vom Vorrat an Geschossen abhing, denn die Kämpfer zogen sich nicht zurück, solange es noch Steine auf der Straße gab. Die Mutter der Verlobten machte durch ihr bloßes Erscheinen den Liebesszenen ein Ende und trieb den Jüngling fort, der, den Hut in der Hand, die Flucht ergriff, als sei ihm der Teufel erschienen. Und die Patrouille, um sich zu zerstreuen, hielt irgendeinen Fußgänger an, untersuchte ihn von Kopf bis zu den Füßen und brachte ihn ins Gefängnis, auch wenn er keine Waffen trug, unter dem Vorwand, er sei verdächtig, er vagabundiere, er sei ein Verschwörer, oder, wie der Führer sagte, weil er mir nicht paßt...

Der Eindruck, den die Armenviertel zu dieser Stunde der Nacht machten, war der einer grenzenlosen Einsamkeit; eines schmutzigen Elends, darin Spuren orientalischer Gleichgültigkeit übriggeblieben waren, die durch religiösen Fatalismus zum Willen Gottes gestempelt worden waren. Die Abwässer in den Straßengräben spiegelten den Mond, das Trinkwasser in den Zisternen zählte die endlosen Stunden eines Volkes, das sich zur Sklaverei und zum Laster verdammt glaubte.

In einem dieser Viertel verabschiedete sich Lucio Vásquez von seinem Freund.

»Auf Wiedersehen, Genaro!« sagte er und gab ihm mit den Augen einen Wink, das Geheimnis zu wahren, »ich beeile mich, denn ich will sehen, ob es noch reicht, dem Liebhaber der Generalstochter zu helfen.«
Genaro hielt einen Augenblick inne, mit der unentschlossenen Gebärde eines, der zögert, seinem Freund noch ein Wort zu sagen, bevor dieser sich entfernt. Dann näherte er sich einem Haus – er wohnte in einem Laden – und pochte mit dem Finger an.
»Wer ist da? Wer ist da?« fragte es aus dem Innern.
»Ich«, antwortete Genaro und neigte sich gegen die Tür wie einer, der einem Kleineren etwas ins Ohr flüstert.
»Wer, ich?« fragte eine Frau, als sie öffnete.
Im Nachthemd, mit gelöstem Haar hob seine Frau, Fedina Rodas, den Arm, um mit der Kerze sein Gesicht zu beleuchten.
Nachdem Genaro eingetreten war, schob sie den Riegel mit viel Lärm wieder vor, senkte die Kerze und ging wortlos zu Bett. Sie stellte die Kerze neben den Wecker, damit ihr schamloser Gatte sehen möge, zu welcher Stunde er zurückgekehrt sei. Genaro streichelte die Katze, die auf dem Ladentisch schlief, und versuchte dazu ein fröhliches Liedchen zu pfeifen.
»Was gibt es Neues, das dich so fröhlich stimmt?« fuhr Fedina ihn an, die ihre Füße abrieb, bevor sie wieder ins Bett stieg.
»Nichts!« beeilte sich Genaro zu antworten, verloren wie ein Schatten in der Finsternis des Ladens; er fürchtete, seine Frau könnte an seiner Stimme den Schmerz erkennen, der ihn drückte.
»Du wirst immer enger Freund mit diesem Polizisten, der wie eine Frau spricht.«
»Nein!« schnitt Genaro das Wort ab und ging in den Hinterraum, der ihnen als Schlafzimmer diente, den Hut tief in die Augen gedrückt.
»Lügner! Hier habt ihr euch verabschiedet! Ich weiß, was ich sage; nicht viel wert sind diese Männer, die wie dein Freund mit einem Stimmchen reden, nicht Gockel noch Huhn. Du verkehrst mit ihm, damit er dir einen Posten in

der Geheimpolizei verschaffe. Handwerk für Faulenzer; schämen solltet ihr euch!«

»Und dieses hier?« fragte Genaro, indem er, um dem Gespräch eine andere Wendung zu geben, ein Kleidchen aus einer Pappschachtel zog.

Fedina nahm den Rock wie eine Friedensfahne aus den Händen ihres Mannes und setzte sich ganz begeistert aufs Bett, um ihm zu erzählen, daß der Rock ein Geschenk der Tochter des Generals Canales darstelle, die bereit sei, Taufpatin ihres ersten Kindes zu werden. Rodas verbarg sein Gesicht im Schatten der Wiege seines Sohnes, mißmutig und ohne auf die Worte seiner Frau über die Taufvorbereitungen zu achten. Er hob seine Hand zwischen Augen und Kerze, um das Licht abzuschirmen, zog sie jedoch sofort wieder zurück und schüttelte sie, um sie von dem Blut frei zu bekommen, das an seinen Fingern klebte. Das Gespenst des Todes erhob sich aus der Wiege seines Kindes wie aus einem Sarg. Man sollte die Toten schaukeln wie die Kinder. Es war ein Gespenst von eiweißer Farbe mit verwölkten Augen, haarlos, brauenlos, ohne Zähne, das sich in Spiralen drehte wie das Innere der Rauchgefäße während der Totenmesse. Wie von weither hörte Genaro die Stimme seiner Frau. Sie sprach von seinem Sohn, von der Taufe, von der Tochter des Generals; sie wolle die Nachbarin von gegenüber einladen, den dicken Nachbarn, die Nachbarin vom Hinterhaus, den Nachbarn an der Ecke, denjenigen vom Gasthaus, den von der Fleischhandlung und jenen von der Bäckerei.

»Wie fröhlich werden wir sein!«

Und sich plötzlich unterbrechend:

»Genaro, was hast du?«

Dieser schrak zusammen:

»Mir, mir fehlt nichts!«

Der Ruf seiner Frau übersäte das Gespenst des Todes mit schwarzen Punkten; kleine schwarze Punkte, die im Schattenwinkel ein Skelett zeichneten. Es war das Skelett einer Frau: Aber von einer Frau hatte es nichts, außer den schwachen, haarigen Hängebrüsten, die wie Ratten an den Rippen des Brustkastens hinunterhingen.

»Genaro, was hast du?«
»Ich habe nichts.«
»Gehst du auf die Straße, um nachher kleinlaut wie ein Schlafwandler zurückzukommen? Zum Teufel mit einem Mann, der nicht zu Hause bleiben kann!«
Die Stimme seiner Frau überdeckte das Skelett.
»Nein, nichts ist mir zugestoßen.«
Ein Auge wanderte über die Finger seiner rechten Hand wie das Lichtmeer, das aus einer kleinen elektrischen Lampe bricht. Vom kleinen Finger zum Mittelfinger, vom Mittelfinger zum Ringfinger, vom Ringfinger zum Zeigefinger, vom Zeigefinger zum Daumen. Ein Auge ... nichts als ein Auge ... dessen Zuckungen ihn erschaudern ließen. Er schloß die Hand zur Faust, um es zu zerdrücken, stark, bis ihn seine Fingernägel im Fleisch schmerzten. Unmöglich! Als er seine Hand öffnete, erschien es wieder, kaum größer als das Herz eines Vogels, aber scheußlicher als die Hölle. Dick und warm wie dampfende Fleischsuppe rann der Schweiß über seine Schläfen. Wer schaute ihn durch dieses Auge an, das er in der Hand trug, das gleich der Roulettekugel in einem Totentanz hin und her rollte?
Fedina zog ihn von der Wiege weg, darin ihr Sohn schlief.
»Genaro, was hast du?«
»Nichts.«
Und dann nach einigen Seufzern:
»Nichts! Ein Auge verfolgt mich, es ist ein Auge, das mich verfolgt. Ich sehe meine Hände ... Nein, nein, es ist nicht möglich! Es sind meine Augen, es ist ein Auge ...!«
»Empfiehl dich dem Herrn!« riet sie ihm zwischen den Zähnen, ohne sein Gestammel zu verstehen.
»Ein Auge ... jawohl, ein rundes Auge, schwarz, mit Wimpern, wie aus Glas!«
»Betrunken bist du, betrunken!«
»Woher denn auch, wenn ich doch nichts getrunken habe!«
»Nichts! Dabei stinkst du nach Alkohol!«
In der Hälfte des Raumes, die das Schlafzimmer ausmachte, die andere Hälfte war der Laden, fühlte sich Rodas verloren wie in einem weiten Kellergeschoß, fernab jeden Trostes, zwischen Fledermäusen und Spinnen, Schlangen und Kröten.

»Etwas hast du getan«, fuhr Fedina weiter und unterbrach den Satz durch ein Gähnen, »es ist das Auge Gottes, welches dich anschaut!«
Mit einem Sprung warf sich Genaro aufs Bett und schlüpfte mit den Schuhen, vollständig angezogen, unter die Decke. Nahe beim Körper seiner Frau, dem schönen Körper einer jungen Frau, sprang das Auge weg. Fedina löschte das Licht, doch es war noch schlimmer; das Auge vergrößerte sich in der Dunkelheit mit solcher Geschwindigkeit, daß es in wenigen Minuten alles einnahm, die vier Wände, den Fußboden, die Zimmerdecke, das Haus, das Leben, seinen Sohn...
»Nein«, erwiderte Genaro auf die fernen Worte seiner Frau, die bei seinen Schreckensschreien das Licht wieder angezündet hatte und ihm den kalten Schweiß mit einem Tuch von der Stirne wischte, »nein, es ist nicht das Auge Gottes, es ist das Auge des Teufels...«
Fedina bekreuzigte sich. Genaro bat sie, das Licht wieder zu löschen. Im Übergang vom Licht zur Dunkelheit wurde das Auge zu einer Acht, dann krachte es; es schien, es würde gegen etwas aufprallen, und bald zerschellte es an den Schritten eines Fußgängers auf der Straße.
»Die Pforte! Die Pforte!« schrie Genaro. »Ja! Ja! Licht! Streichhölzer! Licht! Bei deinem Leben! Bei deinem Leben!«
Sie griff über ihn hinweg nach den Streichhölzern. In der Ferne hörte man die Räder eines Gefährtes. Genaro steckte seine Finger in den Mund und sprach, als sei er am Erstikken. Er wollte nicht alleine bleiben. Er rief seiner Frau, die in den Unterrock geschlüpft war, um ihm eine Tasse Kaffee zu wärmen.
Auf die Schreie ihres Gatten eilte Fedina, von der Furcht gepackt, wieder zum Bett zurück. »Spricht er im Fieber...? Oder?« fragte sie sich und folgte mit ihren schönen schwarzen Augen den Zuckungen der Flamme. Sie dachte an die Würmer, die man im Magen der kleinen Enriqueta gefunden hatte, derjenigen von der Theaterschenke, an das Moos, das man im Spital anstelle des Hirns im Kopfe eines Indianers fand, an das Fabeltier, das einen nicht schlafen

läßt. Wie eine Henne, welche die Flügel öffnet und die Küchlein zu sich ruft, wenn sie einen Sperber sieht, so legte sie eine Medaille des heiligen Blasius auf die Brust ihres Neugeborenen und sprach ganz laut ein Gebet.
Das Gebet schüttelte Genaro, als würde er geschlagen. Mit geschlossenen Augen stieg er aus dem Bett, näherte sich seiner Frau, die an der Wiege stand, und auf den Knien, ihre Beine umfassend, erzählte er, was er gesehen hatte.
»Auf den Stufen, ja, unten, lag er und verlor beim ersten Schuß Blut, und er hat die Augen nicht geschlossen. Mit gespreizten Beinen und starrem Blick ... Ein kalter, haftender Blick ... Ein Auge, das blitzartig alles erkannte und sich auf uns heftete! Ein Auge mit langen Wimpern, das an mir klebt, hier an den Fingern, hier! Mein Gott, hier!«
Ein Stöhnen des Kleinen ließ ihn schweigen. Sie hob das warm eingewickelte Kind auf ihre Arme und gab ihm die Brust, ohne sich von ihrem Gatten entfernen zu können, der sie anekelte, der kniend ihre Beine umschlang und stöhnte.
»Das Schlimmste ist, daß Lucio ...«
»Heißt der, der wie eine Frau spricht, Lucio?«
»Ja, Lucio Vásquez ...«
»Nennt man ihn ›Samt‹?«
»Ja ...«
»Und weshalb, zum Teufel, hat er ihn getötet?«
»Es war ein Befehl. Der Alte war tobsüchtig. Doch das Schlimmste ist, was Lucio mir erzählte: Es gibt einen Haftbefehl gegen General Canales, und jemand will noch diese Nacht seine Tochter entführen.«
»Die Señorita Camila? Die Taufpatin unseres Kindes?«
»Ja.«
Als sie das Unglaubliche hörte, weinte Fedina mit der Leichtigkeit und mit dem Übermaß der Leute des Volkes, die fremdes Unglück beweinen. Auf das Köpfchen ihres Söhnchens, das sie einschläferte, fielen ihre großen Tränen, lauwarm wie das Wasser, das die Großmütter in die Kirche bringen, um es dem kalten Weihwasser bei der Taufe beizumengen. Der Kleine schlief ein. Die Nacht war vorbei. Beide lagen wie unter einem Zauber, als unter der Tür ein

goldner Strahl der Morgenröte durchschimmerte und das leise Klopfen der Brotausträgerin die Stille unterbrach.
»Brot! Brot! Brot!«

10 Fürsten der Miliz

General Eusebio Canales, mit Spitznamen Chamarrita, das Pelzmäntelchen, genannt, verließ Cara de Angels Haus in militärischer Haltung, als wollte er sich an die Spitze eines Heeres stellen. Doch kaum hatte er die Tür geschlossen und sich davon überzeugt, daß er allein in der Straße war, löste sich sein Paradegang in kleine Schritte auf, wie die eines Indianers, der auf den Markt geht, um dort eine Henne zu verkaufen. Die raschen Schritte der Spione hingen an seinen Fersen. Er preßte seine Finger auf den schmerzenden Leistenbruch, der ihn zum Brechen reizte. Seinem stockenden Atem entwichen einzelne Worte und abgehackte Jammerlaute. Er hatte das schmerzhafte Gefühl, sein Herz wolle bald zerspringen, bald ersticken oder aufhören zu schlagen. Mit verwirrtem Blick griff er an seine Brust, des Denkens unfähig, und versuchte, das Herz trotz der Rippen wie ein gebrochenes Glied unter einem Gipsverband zu halten, damit es wieder schlage. Er erreichte die Ecke, die noch vor einer Minute so weit weg zu sein schien. Und nun zur nächsten Ecke! Doch diese schien ihm durch seine Mattheit hindurch weit weg... Er spuckte. Wenig fehlte, und er wäre gestürzt. Eine Fruchtschale. Am Ende der Straße rollte ein Wagen. Er würde bald rollen. Er sah den Wagen, die Häuser, die Lichter... Er beeilte sich. Er konnte nichts anderes tun. Er kam zur Ecke, die ihm noch vor wenigen Minuten so weit weg zu sein schien. Und nun die andere, doch diese war... durch seine Mattigkeit so weit weg...! Er biß sich auf die Lippen vor Anstrengung, Herr über seine Knie zu bleiben. Er stand beinahe still, mit steifen Knien und einem lästigen Jucken in der Kehle und im Rückgrat. Die Knie. Bald mußte er sich schleppen, auf allen vieren kriechend nach Hause gehen, mit den Händen und den Ellbogen nachhelfend, mit allem, was sich in ihm regte, um dem Tode zu entrinnen. Er verlangsamte seinen Gang. Die Straßenkreuzungen blieben menschenleer. Mehr noch, es schien, sie würden sich in der traumlosen Nacht vermehren, wie die Felder einer spanischen Wand. Er machte sich lächerlich, in seinen eigenen Augen und in denen der andern, der andern, die ihn sahen, und derer, die ihn nicht sahen. Sein hohes Amt erklärte dies: Sogar in nächtlicher Einsamkeit fühlte er die Blicke seiner Mitbürger auf sich gerichtet. »Komme, was da wolle«, flüsterte er vor sich hin, »meine Aufgabe ist es, im Hause zu bleiben, besonders wenn das, was mir dieser Schnorrer Cara de Angel soeben erzählte, wahr ist!«

Und dann etwas später:

»Flüchten heißt, mich schuldig bekennen!« Das Echo verdoppelte seine Schritte. »Flüchten heißt, mich schuldig bekennen ...! Aber bleiben?« Das Echo verdoppelte seine Schritte ... »heißt, mich schuldig bekennen ... aber bleiben?« Das Echo verdoppelte seine Schritte.

Er machte eine Gebärde mit der Hand gegen die Brust, um sich das Pflaster der Furcht abzureißen, das ihm der Günstling aufgeklebt hatte ... Seine militärischen Orden fehlten ihm ... »Flüchten heißt, mich schuldig bekennen? Aber bleiben ...?« Der Finger Cara de Angels wies ihm den Weg ins Exil als einzig mögliche Rettung ... »Sie müssen Ihre Haut retten, General. Noch ist es Zeit!«

Alles, was er war, was er bedeutete, was er mit kindlicher Zärtlichkeit liebte, Vaterland, Familie, Erinnerungen, Überlieferung, und Camila, seine Tochter ... alles drehte sich um diesen schicksalhaften Zeigefinger, der zur Achse des Universums geworden war, um die seine wirren Gedanken wirbelten.

Doch wenige Schritte weiter ließ diese Vision des Schwindels nur noch Tränen in seinen Augen zurück.

»Die Generäle sind die Fürsten der Miliz«, habe ich in einer Rede gesagt ... »Dummkopf! Wie teuer mich diese Redensart zu stehen kommt! Der Präsident wird mir diese ›Fürsten der Miliz‹ niemals verzeihen, und da er mich sonst schon nicht ausstehen kann, befreit er sich von mir, indem er mich des Mordes an einem Obersten beschuldigt, der für meine weißen Haare nichts als Achtung und Ehrfurcht hatte.«

Ein dünnes, bitteres Lächeln wurde unter dem grauen Schnurrbart sichtbar. Aus seinem innersten Ich kam ein anderer General Canales zum Vorschein, ein General Canales, der sich im Schildkrötentempo vorwärts bewegte, seine Füße nachschleppend, wie die Mönche in einer Prozession, stumm, finster, traurig, den Pulvergeruch einer abgeschossenen Patrone an sich tragend.

Der wahre Chamarrita, der Canales, der Cara de Angels Haus arrogant verlassen hatte, der auf dem Höhepunkt seiner Militärkarriere stand, der auf seinen Titanenschultern die Last ruhmreicher Schlachten Alexanders, Julius Cäsars, Napoleons und Bolivars trug, wich plötzlich der Karikatur eines Generals, eines Generals Canales, der ohne Tressen, ohne Federbausch, ohne schimmernde Epauletten, ohne Stiefel und ohne goldene Sporen einherschritt. Neben diesem Eindringling, in die Farbe des Unheilvogels gekleidet, schlecht rasiert, eingefallen, neben diesem Begräbnis dieses Armen, schritt der andere; der echte andere, der wahre Chamarrita, ohne Übertreibung ein Erster-Klasse-Begräbnis, mit seinen Kordeln, Fransen, Lorbeeren, mit seinem Federbausch, seinem feierlichen Grüßen. Der entblößte Canales ging der Stunde einer Niederlage entgegen, die die Geschichte nie kennen würde. Er ging dem echten, der zurückblieb, voraus, wie ein Gespenst in Gold und Blau gebadet, den Dreispitz vor den Augen, mit gebrochenem Degen, unnützen Fäusten und verrosteten Kreuzen und Auszeichnungen auf der Brust.

Ohne den Schritt zu verlangsamen, wandte Canales den Blick von seinem Doppelgänger in Galauniform ab. Er fühlte sich moralisch besiegt. Eine Vorstellung beängstigte ihn: Er sah sich im Exil, in der Uniform eines Portiers; der Rock war entweder zu lang oder zu kurz, zu weit oder zu eng, nie genau sitzend. Er schritt über seine eigenen Ruinen in der Länge der Straßen, seine Tressen mit den Füßen zertretend.

»Aber ich bin unschuldig!« Und mit der überzeugten Stimme seines Herzens wiederholte er: »Wenn ich doch un-

schuldig bin, weshalb fürchte ich mich?«
»Darum!« antwortete ihm sein Gewissen in der Sprache von Cara de Angel. »Darum! Alles wäre anders, wenn Sie es begangen hätten. Das Verbrechen ist kostbar, denn es sichert der Regierung die Zustimmung des Bürgers. Das Vaterland? Retten Sie sich, General, ich weiß, was ich sage! Es gibt nichts, was dem Begriff Vaterland entspricht. Gesetze? Ein Hohn! Retten Sie sich, General, Sie erwartet der Tod!«
»Aber wenn ich doch unschuldig bin!«
»Fragen Sie sich nicht, General, ob Sie schuldig oder unschuldig sind: Fragen Sie sich, ob Sie auf das Wohlwollen des Präsidenten zählen können oder nicht, denn einem Unschuldigen, der der Regierung nicht genehm ist, geht es schlechter als einem Schuldigen.«
Er hörte nicht mehr auf die Stimme Cara de Angels und äußerte Worte der Rache, die das Zucken seines Herzens erstickte. Später dachte er an seine Tochter. Sie wartete bestimmt mit unruhigem Herzen auf ihn. Im Turm der Merced schlug die Glocke. Der Himmel war klar, sternenbesät, wolkenlos. Als er in die Straße einbog, in der sein Haus stand, sah er die Fenster erleuchtet. Ihr Schimmer, der bis in die Mitte der Straße reichte, war das Zeichen einer großen Angst ...
»Camila wird bei meinem Bruder Juan bleiben, und später werde ich sie nachkommen lassen. Cara de Angel bot mir an, sie noch diese Nacht oder morgen früh dorthin zu bringen.« Er brauchte den Schlüssel, den er schon in der Hand trug, nicht, denn kaum war er angelangt, öffnete sich die Tür von selbst.
»Papachen!«
»Sei still ...! Komm ...! Ich werde es dir erklären ... Wir müssen Zeit gewinnen ... Ich werde es dir erklären ... Meine Ordonnanz soll im Stall ein Tier anschirren ... Das Geld ... Einen Revolver ... Die Wäsche könnt ihr mir nachsenden ... Jetzt nur das Nötigste in einem Köfferchen. Ich weiß nicht, was ich dir sage, und du kannst mich nicht verstehen! Befiehl, man solle mein rotbraunes Maultier satteln, und mache du mein Gepäck, während ich mich umziehe und meinen Brüdern einen Brief schreibe. Du wirst

einige Tage bei Juan bleiben.«
Ein Verrückter hätte Camila nicht mehr erschrecken können als ihr Vater, ein sonst sehr ruhiger Mann, der nun in diesem Zustand der Erregtheit nach Hause kam. Die Sprache erstarb ihr. Sie erblaßte. Nie hatte sie ihn so gesehen. Von der Hast gedrängt, vom Schmerz gebrochen, ohne richtig zu verstehen oder etwas anderes als: »Ach, du mein Gott! Mein Gott!« flüstern zu können, eilte sie, die Ordonnanz zu wecken, damit sie das Reittier sattle, ein wunderbares Maultier mit feurigen Augen, und kam zurück, um das Köfferchen zu packen, sie sagte nicht mehr packen (Handtücher, Socken, Brötchen ... ja, mit Butter, aber sie vergaß das Salz). Dann lief sie in die Küche, weckte ihre Amme, die dort auf der Kohlenkiste in der Nähe der warmen Feuerstelle – das Feuer war bereits Asche geworden – zu schlafen pflegte, zusammen mit der Katze, die von Zeit zu Zeit die Ohren schüttelte, um ein Geräusch loszuwerden.
Der General schrieb mit fliegender Feder, als die Magd in seinem Zimmer alle Fenster dicht verschloß.
Stille lastete über dem Haus. Es war aber nicht die seidene Stille ruhiger und sanfter Nächte, die Stille nächtlichen Kohlepapiers, das die glücklichen Träume durchzeichnet, die Stille, die leichter ist als die Gedanken der Blumen, die weniger flüssig ist als das Wasser ... Die Stille, die sich jetzt des Hauses bemächtigte, die nur das Husten des Generals, das Kommen und Gehen der Tochter, die Schluchzer der Dienerin und ein zaghaftes Öffnen und Schließen der Kasten, Kommoden und Wandschränke unterbrach. Diese eingeschrumpfte, gespannte, geheuchelte Stille war mühsam zu tragen wie ein fremdes Kleid.

Ein winzig kleiner Mann mit verschmitztem Gesicht und dem Körper eines Ballettänzers schreibt, ohne die Feder vom Papier zu heben, geräuschlos, als wöbe er ein Spinnetz:
»An Seine Exzellenz
den konstitutionellen Präsidenten der Republik.
Exzellenz,
gemäß den erhaltenen Befehlen wird General Eusebio Ca-

nales unablässig überwacht. Ich habe nun die Ehre, dem Herrn Präsidenten mitzuteilen, daß er im Hause eines Freundes seiner Exzellenz, des Herrn Don Miguel Cara de Angel gesehen worden ist. Die Köchin, die den Herrn und die Magd ausspioniert, und die Magd, die ihrerseits den Herrn und die Köchin ausspioniert, teilen mir mit, daß sich Cara de Angel mit General Canales während ungefähr fünfundvierzig Minuten in seinen Gemächern einschloß. Sie fügen bei, daß der General das Haus in sehr erregtem Zustand verlassen habe. Den Instruktionen gemäß wird nun die Überwachung von Canales' Haus noch strenger durchgeführt, wobei der Todesbefehl im Falle jedes Fluchtversuches erneuert wurde.

Die Magd, die Köchin weiß nichts davon, vervollständigt die Mitteilung. Ihr Herr gab ihr zu verstehen, so teilt sie mir telefonisch mit, Canales habe ihm seine Tochter versprochen, wenn er sich beim Präsidenten wirksam für ihn verwende.

Die Köchin, und das weiß die Magd nicht, ist ausführlicher. Sie sagt, als der General das Haus verlassen habe, sei ihr Herr sehr zufrieden gewesen und habe ihr befohlen, sobald die Läden offen seien, Konserven, Likör, Nahrungsmittel und Zuckerwaren zu kaufen, denn eine junge Dame aus guter Familie werde nun bei ihnen wohnen.

Dies ist, was dem Herrn Präsidenten mitzuteilen ich die Ehre habe...« Er setzte das Datum hin und unterzeichnete, ein schlängelnder Schnörkel, und als habe er etwas Vergessenes wiedergefunden, fügte er, sich an der Nase kratzend, ohne die Feder wegzulegen, bei: »PS Zusatz zur Mitteilung von heute morgen: Dr. Luis Barreño: Drei Personen besuchten diesen Nachmittag seine Klinik, von welchen zwei bedürftig waren; am Abend ging er mit seiner Frau im Park spazieren. Lizentiat Abel Carvajal: Am Nachmittag war er im Banco Americano, in einer den Kapuzinern gegenüberliegenden Apotheke, im deutschen Klub. Dort unterhielt er sich während einiger Zeit mit Herrn Romsth, den die Polizei getrennt verfolgt, und kehrte um halb acht in seine Wohnung zurück. Man hat ihn seither nicht mehr gesehen, und den Instruktionen gemäß wird die Bewa-

chung des Hauses strenger durchgeführt.«
Weiter oben unterzeichnet. – Selbes Datum.

11 Die Entführung

Nachdem er sich von Rodas verabschiedet hatte, eilte Lucio Vásquez zur Masacuata, um zu sehen, ob er bei der Entführung der Generalstochter noch behilflich sein könne. Halb tot vor Angst ging er an der Pila de la Merced vorüber, Ort des Schreckens und der Verbrechen, wie der Volksmund sagt, wo die Frauen am schmutzigen Wasserfaden, der in ihre Krüge tropft, die Nadeln der Lügen und der Verleumdungen einfädeln.
Jemandem einen Streich spielen, ist großartig, dachte Peleles Mörder, ohne den Schritt zu verlangsamen. Da ich mich meines Auftrages an der Pforte so früh entledigen konnte, darf ich mir das leisten. Man weiß nicht, wohin vor Freude, wenn man eine Henne stiehlt; großer Gott, wie mag das erst bei einer Frau sein!
Endlich wurde die Schenke der Masacuata sichtbar, doch Schweiß brach ihm aus, als er die Uhr der Merced erblickte. Es war beinahe die Stunde ... wenn er recht gesehen hatte. Er grüßte einige Polizisten, die das Haus Canales' bewachten, und mit einem letzten Sprung, einem Hasen ähnlich, erreichte er die Tür der Schenke.
In Erwartung, daß es zwei Uhr morgens werde, hatte die Masacuata sich hingelegt; ihre Nerven waren aufs äußerste gespannt. Sie preßte ihre Beine gegeneinander, quetschte die Arme in unbequemen Stellungen, warf und drehte den Kopf auf ihrem Kissen herum, ohne die Augen schließen zu können; ihre Poren schwitzten glühende Tropfen aus.
Auf das Klopfen Vásquez' hin stürzte sie angstvoll aus dem Bett zur Türe; ihr Atem ging so rauh wie eine Pferdebürste.
»Wer klopft?«
»Ich, Vásquez. Mach auf!«
»Ich erwartete dich nicht!«
»Wie spät ist es?« fragte er beim Eintreten.

»Eineinviertel Uhr!« antwortete die Wirtin sogleich, ohne auf die Uhr zu schauen, mit der Sicherheit derjenigen, die in Erwartung, daß es zwei Uhr morgens würde, die Minuten, die fünf Minuten, die zehn Minuten, die Viertelstunden, die zwanzig Minuten gezählt hat.
»Wie kommt es, daß ich an der Turmuhr der Merced schon Viertel bis zwei Uhr gelesen habe?«
»Nicht möglich, es sei denn, die Uhr der Pfaffen gehe schon wieder vor.«
»Sag, ist der Mann, der die Note hier ließ, noch nicht zurückgekommen?«
»Nein.«
Vásquez umarmte die Wirtin, darauf gefaßt, daß sie seine Zärtlichkeit mit einer Ohrfeige beantworten würde. Aber nichts davon. Sanft wie eine Taube ließ die Masacuata Vásquez gewähren, und als sich ihre Lippen fanden, besiegelten sie das stumme Versprechen, sich in dieser Nacht nichts zu verweigern. Das einzige Licht, das das Zimmer erhellte, flackerte vor dem Bildnis der Jungfrau von Chiquinquirá. Daneben lag ein Sträußchen Papierrosen. Vásquez blies die Kerze aus und brachte mit seinem Fuß die Wirtin zu Fall. Das Bild der Jungfrau ging unter in der Dunkelheit; die beiden Körper rollten über den Fußboden, verflochten wie ein Knoblauchzopf.

In der Nähe des Theaters tauchte raschen Schrittes Cara de Angel auf, gefolgt von einer Gruppe gedungener Gesellen.
»Sobald ich das Mädchen in meiner Gewalt habe, könnt ihr das Haus plündern«, sagte er ihnen. »Ihr werdet bestimmt nicht mit leeren Händen weggehen. Aber, daß ihr mir aufpaßt, jetzt und auch nachher, und nicht schwatzt, denn wenn ihr mir keine richtige Hilfe sein wollt, so helft mir lieber gar nicht!«
An einer Straßenbiegung hielt eine Patrouille sie an. Der Günstling verständigte sich mit ihrem Führer, während die Soldaten sie umringten.
»Wir bringen jemandem ein Ständchen, Hauptmann.«
»Und wo das, wo das, bitte?« sagte jener, indem er zweimal mit dem Säbel auf den Boden klopfte.

»Dort, im Callejón de Jesus.«
»Sie haben weder eine Marimba noch eine Gitarre bei sich ... Es wird ein stummes Ständchen geben ...«
Cara de Angel drückte dem Offizier diskret einen Hunderterschein in die Hand, der allen Schwierigkeiten ein sofortiges Ende setzte.
Die Masse des Tempels der Merced tauchte am Ende der Straße auf. Ein schildkrötenförmiger Tempel, in dessen Kuppel sich wie zwei Augen zwei Fenster befanden. Der Günstling befahl, es sollten nicht alle gleichzeitig bei der Masacuata ankommen.
»Im Wirtshaus ›El Tus-Tep‹, verstanden!« sagte er ihnen mit lauter Stimme, bevor sie sich trennten. »Aufgepaßt! Niemand gehe anderswohin! ›El Tus-Tep‹, gerade neben einem Bettwarengeschäft.«
Die Schritte der Männer verloren sich in verschiedenen Richtungen. Der Fluchtplan war der folgende: Beim zweiten Schlag der Turmuhr der Merced würden einige von Cara de Angel geschickte Männer auf das Dach des Hauses von General Canales klettern. Sobald ihre Schritte auf dem Dach hörbar wurden, würde die Tochter des Generals an einem Fenster der Vorderseite des Hauses erscheinen, laut um Hilfe vor den Dieben schreien und so die Aufmerksamkeit der Polizisten erregen, die den Häuserblock bewachten. So könnte der General, die allgemeine Verwirrung ausnutzend, unbemerkt durch die Hintertür entweichen.
Ein Dummkopf, ein Verrückter oder ein Kind hätten keinen absurderen Plan ersinnen können. Er hatte weder Hand noch Fuß, und wenn ihn sowohl der General als auch Cara de Angel annahmen, dann nur, weil jeder darin im geheimen eine doppelte Falle sah. Für Canales stellte die Anwesenheit des Günstlings die Flucht sicherer als jeder andere Plan; für Cara de Angel hing der Erfolg nicht von dem ab, was sie zusammen besprochen hatten, sondern vom Herrn Präsidenten, dem er die genaue Zeit sowie alle Einzelheiten seiner Kriegslist telefonisch mitgeteilt hatte.
In den Tropen sind die finsteren, kalten, windigen und traurigen Aprilnächte Witwen der warmen Märztage. Cara de Angel tauchte an der Ecke der Schenke und Canales'

Haus auf und zählte die Schatten der Polizisten des Überfallkommandos von der Farbe der Abogatfrucht, die da und dort Wache standen. Schritt für Schritt umging er das Haus und schlüpfte zurückkehrend gebückt durch die Türe des »Tus-Tep«: Vor jeder Haustür in der Umgebung stand ein Polizist, nicht eingerechnet die Zahl der Polizisten, die unruhig auf und ab gingen. Er hatte ein schlechtes Gewissen.

»Ich stehe im Begriff, bei einem Verbrechen mitzuhelfen«, sagte er sich, »man wird diesen Mann niederschlagen, sowie er aus seinem Hause tritt.« Je länger er sich mit diesem Gedanken beschäftigte, um so schwärzer erschien er ihm. Die Tochter jenes dem Tode Geweihten zu entführen, erschien ihm scheußlich und abstoßend, während dies bei gelungener Flucht eine angenehme und willkommene Dankesgabe darstellen würde. Empfindungslos, wie er geworden war, drückte ihn nicht das Erbarmen vor dieser Falle, die im Herzen der Stadt einem wehrlosen Bürger gestellt wurde, der sich im Schutze des Schattens eines Freundes des Herrn Präsidenten zu retten glaubte. Doch dieser scheinbare Schutz war nichts anderes als eine ausgeklügelte Grausamkeit, um die Enttäuschung des Opfers in seinen letzten Minuten, wenn es sich so genarrt, verraten und überlistet sah, mit Bitterkeit zu erfüllen. Darüber hinaus war es ein geschickt gewähltes Mittel, den Mord zu rechtfertigen, denn so konnte behauptet werden, die Behörden hätten einschreiten müssen, um die Flucht eines mutmaßlichen Verbrechers zu verhindern, dessen Verhaftung für den folgenden Tag angeordnet war. Doch Cara de Angel mißbilligte diese Machenschaften aus einem ganz anderen Gefühl. In gutem Glauben hatte er sich zum Beschützer des Generals machen lassen und dafür gewisse Rechte auf seine Tochter erhalten, Rechte, die er verloren sah, als er entdeckte, daß man ihn wie immer nur als blindes Instrument, als Häscher, als Henker benutzte. Ein seltsamer Wind blies über die Ebene seines Schweigens. Eine wilde Vegetation rankte empor, mit dem Durst seiner tränenlosen Augenwimpern, mit dem Durst der stacheligen Kakteen, der Bäume, den das Wasser des Himmels nicht löschte Warum war es so?

Warum haben die Bäume noch unter dem Regen Durst?
Der Gedanke, alles rückgängig zu machen, durchzuckte ihn wie ein Blitz, bei Canales zu läuten, um ihn zu warnen... (er sah im Geiste seine Tochter, die ihm dankbar zulächelte). Doch er war schon in der Schenke drin, wo Vásquez und seine Leute ihn aufmunterten, jener durch seine Worte, diese durch ihre Anwesenheit.
»Zählen Sie auf mich. Ich stehe zu Ihren Diensten. Sehen Sie, ich bin bereit, Ihnen in allem zu helfen, verstehen Sie? Ich bin von jenen, die keine Furcht kennen und die sieben Leben haben, ein tapferer Maurensohn!«
Vásquez bemühte sich, dem Gesagten trotz seiner Frauenstimme einen männlichen Akzent zu verleihen.
»Hätten Sie mir nicht großes Glück gebracht«, fügte er leise hinzu, »würde ich bestimmt nicht auf diese Weise mit Ihnen sprechen, glauben Sie mir! Sie haben mir die Dinge mit der Masacuata erleichtert; sie hat sich jetzt mit mir anständig benommen!«
»Es freut mich, Sie so entschlossen hier zu treffen; so gefallen mir die Männer!« rief Cara de Angel aus, indem er die Hand des Mörders von Pelele herzhaft drückte. »Ihre Worte, Freund Vásquez, geben mir den Mut wieder, den ich beim Anblick der Polizisten verloren hatte. Vor jeder Tür steht einer!«
»Trinken wir ein Glas, um die Furcht zu vertreiben!«
»Oh, nicht für mich habe ich Angst, denn es ist nicht das erstemal, daß ich der Polizei ein Schnippchen schlage; ihretwegen ist es, denn Sie verstehen doch, daß ich nicht beim Verlassen des Hauses mit ihr zusammen abgeführt werden möchte.«
»Wer könnte Sie schon verhaften? Es wird kein einziger Polizist auf der Straße bleiben, wenn sie sehen, daß eingebrochen wird. Ich wette meinen Kopf! Seien Sie beruhigt! Sobald sie sehen, daß es was zu tun gibt, eilen alle hin. Davon bin ich überzeugt!«
»Wäre es nicht vorsichtiger, wenn Sie mit ihnen sprechen würden, jetzt, da Sie schon die Güte gehabt haben, zu kommen. Die andern wissen, daß...«
»Quatsch! Nichts gibt es ihnen zu sagen, nichts! Sobald sie

die Tür offen sehen, werden sie denken: Dort, dort ist was zu machen... Das können Sie mir glauben! Um so eher, wenn sie mich sehen, denn ich bin ihnen sehr wohl bekannt, seit dem Tage, da ich mit Antonio Libélula beim Pfarrer einbrach, der es mit einer solchen Angst zu tun bekam, als er uns durchs Fenster in sein Zimmer treten sah, daß er uns die Schlüssel des Schrankes, in dem Geld war, in einem Taschentuch eingewickelt zuwarf, damit sie nicht klirrten; dann stellte er sich schlafend. Ja, damals bin ich ehrenvoll davongekommen! Ihre Jungen sind kampflustig«, bemerkte Vásquez schließlich und zeigte auf die nicht viel Vertrauen einflößenden Männer, die still, von Flöhen bedeckt, ein Glas Branntwein ums andere hinunterschütteten und nach jedem bitter auf den Boden spuckten. »Jawohl, angriffslustig sind sie!«
Cara de Angel erhob sein Glas, um mit Vásquez auf die Liebe anzustoßen. Die Masacuata schenkte sich ein Glas Anis ein, und sie tranken zu dritt.
Sie befanden sich im Halbdunkel; aus Vorsicht war das elektrische Licht nicht angezündet worden. Es gab keine andere Helligkeit im Raum als die Kerze vor der Jungfrau von Chiquinquirá. Die zerlumpten Gestalten der Männer zeichneten auf den Mauern von der Farbe trockener Kuchen gazellenartig verlängerte Schatten, sie und die Flaschen auf den Gestellen flackerten wie kleine Flammen in allen Farben. Alle starrten auf die vorrückende Uhr. Ihre Spucke zerplatzte am Boden mit trockenem Geräusch. Von den andern abgewandt, mit dem Rücken gegen die Mauer gelehnt, wartete Cara de Angel nahe beim Bildnis der Jungfrau. Seine großen schwarzen Augen folgten von Möbel zu Möbel dem Gedanken, der ihn mit der Aufdringlichkeit einer Fliege in den entscheidenden Augenblicken verfolgte: Frau und Kinder haben. Er lächelte für sich, als er sich an jene Anekdote von dem zum Tode verurteilten politischen Häftling erinnerte, der zwölf Stunden vor seiner Hinrichtung den Militärrichter empfing, der im Auftrage der Regierung einen letzten Wunsch gewähren sollte, um ihn, falls er seine Aussagen ändere, zu begnadigen. »Mein letzter Wunsch ist, einen Sohn zu zeugen«, antwortete der An-

geklagte schlagfertig. »Gewährt«, sagte der Untersuchungsrichter und glaubte sich witzig, als er eine Dirne kommen ließ. Der Verurteilte schickte sie wieder weg, ohne sie berührt zu haben; und als der Richter zurückkam, sagte er zu ihm: »Söhne von Dirnen gibt es schon genug!«
Ein anderes Lächeln zog seine Mundwinkel in Falten, als er zu sich selber sprach: »Ich war Rektor eines Gymnasiums, Chefredakteur einer Zeitung, Diplomat, Abgeordneter, Bürgermeister und bin jetzt nur noch Führer einer Bande von Übeltätern.«
»Caramba, was ist das Leben! ›That is the life in the tropic!‹«
Zwei Glockenschläge erschütterten die Steinmauern der Merced.
»Alles auf die Straße!« befahl Cara de Angel, und den Revolver in der Hand, sagte er zur Masacuata, bevor er wegging: »Bald komme ich mit meinem Schätzchen wieder!«
»An die Arbeit!« ordnete Vásquez an und kletterte wie eine Eidechse zu einem Fenster des Hauses des Generals hinauf. Zwei Helfershelfer folgten ihm. »Gnade denen, die sich dünnmachen!«

Im Hause des Generals klangen noch die beiden Glockenschläge nach.
»Kommst du, Camila?«
»Ja, Papachen!«
Canales trug Reithosen und eine blaue Jacke, von der sich sein greises Haupt in makelloser Weiße abhob. Die Rangabzeichen waren von seinem Rock entfernt worden. Camila warf sich in seine Arme, tränenlos, wortlos. Die Seele kann im ersten Augenblick weder Glück noch Unglück erfassen. Man muß vorher schon in ein tränennasses Taschentuch gebissen haben, mit Leidenschaft, man muß es mit den Zähnen in Stücke zerrissen haben. Für Camila war das Ganze ein Spiel, ein Alpdruck, vielleicht; Wirklichkeit nicht, Wirklichkeit konnte es nicht sein; etwas, das geschah, das ihr geschah, das ihrem Vater geschah, konnte es nicht sein. General Canales nahm sie zum Abschied in seine Arme.

»So umarmte ich meine Mutter, als ich fürs Vaterland in den letzten Krieg zog. Die Arme war vom Gedanken besessen, ich würde nicht mehr zurückkehren. Und sie war es, die nicht auf mich warten durfte.«
Beim Geräusch von Schritten auf dem flachen Dach riß sich der General aus den Armen Camilas, durchquerte den Hof, an den Töpfen und Blumenbeeten vorbei und begab sich zur Tür des Wagenschuppens. Der Duft jeder einzelnen Azalee, jedes Geraniums, jedes Rosenstrauchs sagte ihm Lebwohl. Die Blumenvasen, die erleuchteten Fenster, alles sagte ihm Lebwohl. Auf einmal erlosch für ihn alles, wie abgeschnitten von allen andern Häusern. Flucht ist eines Soldaten unwürdig... Doch der Gedanke, an der Spitze einer freiheitbringenden Revolutionsarmee in sein Land zurückzukehren...
Plangemäß warf sich Camila an ein Fenster und schrie um Hilfe:
»Diebe dringen ein! Diebe dringen ein!«
Bevor noch ihre Stimme sich in der weiten Nacht verlor, kamen schon die ersten Polizisten, die die Vorderseite des Hauses bewacht hatten, herbeigerannt und bliesen in ihre langen, gekrümmten, hohlen Pfeifenrohre. Mißklang aus Metall und Holz. Sie drangen durch die Tür ins Haus hinein. Andere Polizisten, in Zivil, erschienen an der Ecke, ohne zu wissen, worum es sich handelte. Sie waren zurückhaltend, eben weil sie es nicht wußten, und trugen den scharf geschliffenen Dolch in der Faust, den Hut tief in die Stirn gedrückt, den Rockkragen hochgestellt. Die weitoffene Tür verschlang sie alle. Ein reißender Fluß. In einem Haus gibt es viele Dinge, die mit ihrem Besitzer nicht in Einklang stehen... Vásquez durchschnitt die elektrischen Leitungen, als er aufs Dach stieg. Die Gänge und Zimmer versanken in harter Dunkelheit. Einige zündeten Streichhölzer an, um die Kasten, Geschirrschränke und Kommoden zu finden, die sie schamlos von oben bis unten durchwühlten, nachdem sie die Schlösser gesprengt, die Glasscheiben mit dem Revolvergriff eingeschlagen oder die Edelholzbeschläge zertrümmert hatten. Andere, verloren im Salon, warfen Stühle, Tische und Konsolen mit den darauf

stehenden Fotografien um. Tragisches Durcheinander im Dunkel. Sie hieben mit den Fingern auf einen kleinen Flügel ein, der offenstand und bei jedem Schlag wie ein gequältes Tier aufstöhnte.

Aus der Ferne hörte man das Klirren von Gabeln, Löffeln und Messern, die auf den Boden geworfen wurden – und plötzlich ein Schrei, den ein Schlag zum Verstummen brachte. Die Chabelona versteckte Camila im Eßzimmer, zwischen der Wand und einem Anrichtetischchen. Der Günstling stieß sie grob beiseite. Ihre Zöpfe verfingen sich im Griff einer Schublade mit Silberzeug, deren Inhalt klirrend zu Boden stürzte. Vásquez brachte die Chabelona durch einen Knüppelhieb zum Schweigen. Er hatte aufs Geratewohl geschlagen. Man sah in der Dunkelheit nicht einmal seine Hände.

Zweiter Teil

24., 25., 26. und 27. April

Sie verbrachte Stunden und Stunden vor dem Spiegel in ihrem Zimmer. »Du wirst noch den Teufel zu sehen bekommen, wenn du mit deinen Affereien fortfährst«, schalt ihre Amme. »Es gibt keinen größeren Teufel, als ich einer bin!« antwortete Camila. Das schwarzflammende Haar wirr, das Gesicht braun und glänzend von eingeschmierter Kakaobutter, ihre Art es zu reinigen, die grünen, mandelförmigen Augen, leicht nach oben gezogen, mit verlorenem Blick. »Chinesin Canales«, wie sie in der Schule genannt wurde. Obwohl noch im undankbaren Mädchenalter stehend, war sie weniger häßlich als die anderen, echt fraulich und launenhaft.

Fünfzehn Jahre, sagte sie sich vor dem Spiegel, und ich bin immer noch ein Eselchen mit zahllosen Onkeln und Tanten, Vettern und Basen, die aneinander hangen wie Insekten.

Sie zerrte sich an den Haaren, stieß kleine Schreie aus, schnitt Grimassen. Sie ertrug es schwer, immer nur ein Teil zu sein dieses Verwandtschaftsklüngels. Das kleine Mädchen zu spielen. Mit ihnen zur Parade zu gehen, ihnen überallhin zu folgen: zur Zwölf-Uhr-Messe auf den Karmelberg, das falbe Pferd zu reiten, rund um das Theater herum zu flanieren, die Schluchten von El Sauce hinauf- und hinunterzusteigen.

Die Onkel glichen Vogelscheuchen mit Schnurrbärten, deren Fingerringe klimperten. Ihre Vettern, schlecht gekämmt, pausbäckig und aufgeplustert; ihre Tanten abstoßend. So wenigstens sah Camila sie, verzweifelt darüber, daß die Vettern ihr wie einem Kind Tüten mit Naschwerk anboten, die Onkel sie liebkosten mit nach Zigarren riechenden Händen, mit Daumen und Zeigefinger ihr die Wangen kniffen, um ihr den Kopf nach rechts oder nach links zu drehen, so daß sie instinktiv den Nacken steif machte; die Tanten küßten sie, ohne ihr Hutschleierchen zu heben, was auf ihrer Haut die Empfindung zurückließ, als sei ihr ein Spinngeweb mit Speichel aufgeklebt worden.

An den Sonntagnachmittagen schläferte sie sich ein vor Langeweile im Saal, überdrüssig geworden vom Betrachten der Familienbilder in verblichenen Alben, müde der Porträts, die von rot tapezierten Wänden herunterschauten, wie auch der Fotografien, die auf schwarzen Schemelchen, auf silberbeschlagenen Tischen und Marmorkonsolen herumlagen. Ihr Vater schnurrte behaglich wie eine Katze, während er durch das Fenster die verödete Straße betrachtete oder den Gruß eines Bekannten oder Nachbarn erwiderte, der im Vorübergehen ihm zuwinkte. Sie zogen ihre Hüte. Er war eben der General Canales. Und der General antwortete mit dröhnender Stimme: »Guten Abend ... Auf Wiedersehen ... Freut mich, Sie zu sehen ... Viel Erfolg ...!«

Die Bilder ihrer Mutter als jungverheiratete Frau: von ihr selbst nur Gesicht und Finger zu sehen, das übrige war Diktatur der Mode, ein bis auf die Knöchel fallendes Kleid, Halbhandschuhe, die bis zu den Ellbogen reichten, der Hals in Pelze gehüllt, der Hut überrieselt von Bändern und Federn unter einem Sonnenschirmchen, das von Spitzen überbordete; ihre Tanten, mit Busen wie hartgestopfte Polstermöbel, das Haar gepflastert mit Edelsteinen über kleinen Stirnreifen; Bildnisse der Freundinnen von damals, einige mit der Mantilla, das mit Kämmen geschmückte Haar fächerförmig aufgesteckt, andere im kurzärmeligen Hemd der Indianerinnen und mit Sandalen, dem Kopftuch und dem Krug auf der Schulter; wieder andere in der Mantilla der Madriderinnen, mit aufgeklebten Schönheitspflästerchen und reichem Schmuck. Diese Fotografien versetzten Camila in einen Dämmerzustand oder führten sie dazu, nach den Widmungen zu forschen: »Dieses Bild wird dir folgen wie dein Schatten.« – »Allzeit mit dir, als blasser Zeuge meiner Zärtlichkeit.« – »Wenn Vergessen diese Buchstaben auswischt, wird mein Andenken erlöschen.« Unter andern Fotografien, zwischen vertrockneten, mit farblosen Papierstreifen angeklebten Veilchen, war mehr zu lesen: »Remember, 1898 ...«; »Angebetete«; »Bis über das Grab hinaus«; »Deine Unbekannte ...«

Ihr Vater grüßte wohl von Zeit zu Zeit jene, die durch die

verlassene Straße gingen, aber seine dröhnende Stimme wurde zur Antwort auf die Widmungen. »Dies Bild wird hinter dir hergehen wie dein Schatten.« – »Freut mich, daß es Ihnen gut geht.« – »Mit dir, zu jeder Stunde, als blasser Zeuge meiner Zärtlichkeit.« – »Gott befohlen, bleiben Sie gesund . . .!« – »Wenn Vergessen diese Buchstaben auswischt, wird mein Andenken erlöschen.« – »Zu Ihren Diensten, grüßen Sie mir Ihre Mama!«

Manchmal entschlüpfte ein Freund einem der Alben und versäumte sich, um mit dem General am Fenster zu plaudern. Camila belauerte ihn, hinter den Gardinen versteckt. Es war jener, der im Bild einem Herzbrecher ähnlich sah, jung, schlank, mit buschigen Brauen, auffällig karierten Hosen, zugeknöpftem Gehrock, steifem Hut, halb Melone, halb Zylinder, Tracht eines Gecken um die Jahrhundertwende.

Camila lächelte und sagte sich: »Sie hätten besser getan, mein Herr, ihrem Bilde treu zu bleiben . . . Sie würden zwar altmodisch wirken, man würde Ihren Museumsaufzug verspotten, aber Sie wären nicht dickbäuchig, kahl, mit aufgedunsenen Wangen, als würden Sie Bonbons lutschen.«

An diesen häuslichen Nachmittagen, verborgen im Halbdunkel der Samtgardinen, die nach Staub rochen, näherte Camila ihre grünen Augen den Fensterscheiben. Nichts schwächte die Grausamkeit ihrer Pupillen, die ebenso hart schienen wie das Fensterglas, durch das sie auf die Straße starrte, um zu sehen, was dort vorging.

Ihr Vater und ein Freund, getrennt durch die Balkonstäbe, vertrieben sich die Zeit: der Vater mit auf dem Fensterkissen aufgestützten Ellbogen, von dem sich die Ärmel seines Leinenhemdes abhoben (er hatte die Jacke ausgezogen); der andere, mit dem er vertraut zu sein schien, war ein Herr mit galliger Gesichtsfarbe, Hakennase, Schnurrbärtchen und einem Stock mit Goldknauf. Durch einen seltsamen Zufall war er durch diese Straße gegangen. Der General hielt ihn an mit dem Ausruf: »Gesegnet die Augen, die dich hier in der Gegend der Merced erblicken. Welch ein Wunder!«, und Camila war ihm im Album begegnet. Es war nicht leicht gewesen, ihn zu erkennen. Der gute Herr hatte darin eine wohlgeformte Nase, ein sanftes Gesicht und volle Wangen. Man sagt wohl, die Zeit zeichne den Menschen. Jetzt war sein Gesicht eckig geworden, mit vorspringenden Backenknochen, gelichteten Augenbrauen und hartem Unterkiefer.

Während er sich mit stockender und abgehackter Stimme mit ihrem Papa unterhielt, führte er alle Augenblicke den Knauf seines Stockes an die Nase, als ob er an dem Golde riechen wolle.

Das Unmeßbare in Bewegung. Sie selbst in Bewegung. Alles, was bisher in ihr unbeweglich war, ist in Aufruhr geraten. Als sie zum ersten Male das Meer zu sehen bekam, formten sich Worte der Überraschung auf ihren Lippen. Jedoch als ihre Onkel sie fragten, was dieser Augenblick ihr bedeute, antwortete sie scheinbar gleichgültig: »Das war mir alles schon aus Abbildungen längst bekannt . . .!«

Der Meerwind schaukelte in ihren Händen einen rosafarbenen Hut mit breitem Rand, ähnlich einem Faßreifen oder einem großen runden Vogel.

Die Vettern, mit offenen Mündern und vorstehenden Augen, erholten sich kaum von ihrem Erstaunen. Das betäubende Geräusch der Wogen erstickte die Worte der Tanten. »Wie schön! Ist das möglich! So viel Wasser! Man könnte glauben, das Meer sei zornig! Und dort, schaut . . . dort versinkt die Sonne! Haben wir nichts in der Bahn liegengelassen? Wir mußten uns ja so beeilen! Wir müssen schauen, ob wir alles haben, die Koffer zählen!«

Die Onkel trugen Koffer mit leichter Wäsche, wie man sie an der Küste benutzt, jene wie trockene Trauben zerknitterten Anzüge, die die Sommerfrischler tragen, und ganze Berge von Kokosnüssen, die, nur weil sie billig waren, ihre Frauen auf den Durchgangsstationen den Händen der Händler entnommen hatten, und eine Unzahl von Säcken und Körben. Unter dieser Last schritten sie im Gänsemarsch zum Hotel.

»Ich merkte mir, was du sprachst . . .«, sagte schließlich der aufgeweckteste ihrer Vettern. (Das Blut stieg in Camilas bronzene Wangen.) »Ich faßte es nicht so auf, wie du es sagtest. Ich glaube, du wolltest sagen, das Meer sei wie auf den Bildern der Kulturfilme, nur größer.«

Camila hatte von den Filmen gehört, die man bei der Pforte des Herrn, in den »Cien Puertas« vorführte, aber sie wußte nicht, wie diese waren, und konnte sich auch kein Bild davon machen. Mit dem jedoch, was ihr Vetter sagte, konnte sie es sich leicht ausdenken; sie brauchte nur den Kopf zu drehen und das Meer anzuschauen. Alles war in Bewegung. Nichts stand fest. Bild folgte auf Bild, drehte sich, zerfiel in Stücke, um jeden Augenblick ein neues flüchtiges Bild entstehen zu lassen; nichts war fest, nichts flüssig, nichts gasförmig; es war wie der Zustand des Lebens im Meer.

Die Zehen in den Schuhen gekrümmt, den Blick überall zugleich, betrachtete Camila das, was ihre Augen zu sehen nicht aufhörten. Wenn in den ersten Augenblicken sie ihre Pupillen zu leeren glaubte, um das Unendliche fassen zu können, so fühlte sie sich nun vom Unendlichen erfüllt. Die Flut stieg in ihre Augen.

Sie schritt, vom Vetter gefolgt, langsam zum Strand hinunter (es war nicht leicht, auf dem Sand zu gehen), um näher bei den Wellen zu sein; statt ihr ritterlich die Hand zu bieten, begrüßte sie der Pazifik mit einem leichten Wasserspritzer, der ihre Füße traf. Die Überraschung ließ ihr kaum Zeit, zurückzutreten, und als Pfand hinterließ sie den rosafarbenen Hut, den man nun als einen winzigen Punkt inmitten des Schaumes und Gischtes erblickte. Mit dem Stimmchen eines verwöhnten Kindes, das sich bei seinem Vater beklagen möchte, rief sie: »Ah ... mar!«

Weder sie noch er merkten es: »Mar« bedeutet Meer, »amar« lieben, und diese Worte hatte sie nun zum ersten Male ausgesprochen, indem sie dem Meer drohte. Der tamarindenfarbene Himmel über dem Sonnenuntergang ließ das tiefgrüne Meer kalt erscheinen. Warum hatte sie ihren Arm geküßt, als sie am Strand den Geruch ihrer braunen, mit einer Salzschicht bedeckten Haut einatmete? Weshalb tat sie dasselbe mit den Früchten, die sie nicht essen durfte, indem sie sie an ihre zusammengepreßten Lippen hielt? »Alles, was säurehaltig ist, tut den jungen Mädchen nicht gut«, predigten die Tanten im Hotel, »und ebenso nasse

Füße und das Herumspringen!« Camila hatte ihren Vater und ihre Amme geküßt, ohne einen bestimmten Geruch wahrzunehmen. Den Atem anhaltend, hatte Camila den wie eine beschädigte Wurzel anmutenden Fuß des Jesusbildes der Merced geküßt. Ohne den Geruch des Geküßten ist der Kuß farblos. Ihre salzige, sandgoldene Haut, die Tannzapfen und die Quitten lehrten sie, beim Küssen gierig den Geruch zu suchen. Doch als am Ende der Ferien ihre Entdeckung in Erfahrung überging, indem der Vetter, der vom Film gesprochen hatte und den »Argentinischen Tango« pfeifen konnte, sie auf den Mund küßte, wußte sie nicht, ob sie ihn roch oder biß.

In die Stadt zurückgekehrt, ließ Camila ihrer Amme keine Ruhe, bis diese sie in einen Film führte. Es war bei der Pforte des Herrn, in den »Cien Puertas«.

Sie schlichen von zu Hause weg, zitternd, sich in die Finger beißend und Gebete murmelnd. Wenig fehlte, und sie hätten kehrtgemacht, als sie den Saal so voller Leute sahen. Sie setzten sich auf zwei Stühle, nahe bei einem weißen Vorhang, den von Zeit zu Zeit ein grelles Licht überflutete. Man machte die Apparate bereit, die Objektive, drehte den elektrischen Strom an. Die Projektoren summten wie die Kohlen der elektrischen Straßenbeleuchtung.

Auf einmal wurde der Saal dunkel. Camila hatte das Gefühl, sie spiele Verstecken. Auf der Leinwand war alles unklar. Bilder mit heuschreckartigen Zuckungen. Schatten von stummen Personen, die beim Sprechen zu kauen, beim Gehen zu hüpfen und beim Bewegen eines Armes auseinanderzufallen schienen. Mit solcher Schärfe erinnerte sich Camila, wie sie sich einmal mit einem Knaben in einem von einer Luke erhellten Zimmer versteckt hatte, daß sie darob den Film vergaß. Die Kerze flackerte in der finstersten Ecke des Raumes vor einem beinahe durchsichtigen Christus aus Zelluloid. Sie versteckten sich gemeinsam unter einem Bett und mußten sich dazu auf den Boden legen. Das Bett hörte nicht auf zu krachen. Es war ein altes, wurmstichiges Möbelstück. »Tuero«, rief man aus dem Innenhof. »Tuero! Tuero...!« Die Stimme, die suchend rief: »Tureo, wart, ich komme!« reizte Camila zum Lachen. Ihr Spielgefährte blickte sie drohend an, damit sie stillbleibe. Als aber aus einem offenen Nachttischchen ein unausstehlicher Gestank herausdrang, hätte sie ihr Lachen nicht zurückhalten können, wäre ihr nicht im gleichen Augenblick ein Staubkorn in die Augen geraten, wodurch sie sich mit Tränen füllten, während gleichzeitig ein Schlag auf ihren Kopf niedersauste.

Und wie damals ihr Versteck, so verließ sie nun den Vorführungsraum mit Tränen in den Augen und von denen gestoßen, die sich in der Dunkelheit zur Türe drängten. Sie hielten nicht an bis zum »Portal de Comercio«. Dort vernahm Camila, daß die Leute der Exkommunizierung wegen geflohen seien. Auf der Leinwand hatten eine Frau in eng anliegendem Kleid und ein Mann mit langen Haaren, Künstlerschnurrbärtchen und Künstlerkrawatte den »Argentinischen Tango« getanzt.

Immer noch mit dem Knüppel bewaffnet, mit dem er die Chabelona zum Schweigen gebracht hatte, trat Vásquez auf die Straße. Er gab mit dem Kopf ein Zeichen, und Cara de Angel erschien, die Tochter des Generals auf den Armen.

Die Polizei fing an, mit der Beute zu flüchten, als beide im »Tus-Tep« verschwanden.

Wer von den Polizisten sich nicht mit einem Sattel beladen hatte oder über seinem Rücken eine Standuhr davontrug, einen großen Spiegel, einen Tisch, ein Kruzifix, eine Statue, eine Schildkröte, Hühner, Enten, Tauben, alles, was Gott geschaffen hatte, der war bepackt mit Männerkleidern, Damenschuhen, chinesischen Nippes, Blumen, Heiligenbildern, Vasen, Schüsseln, Lampen, Leuchtern, Kerzenständern, Medizinfläschchen, Fotografien, Büchern, Schirmen.

Die Wirtin des »Tus-Tep« wartete, den Riegel in der Hand, um die Türe sogleich zu verrammeln.

Camila hätte nie geträumt, daß eine stinkende, feuchte Hütte sich so nah bei dem Hause befand, darin sie, gestern noch glücklich und von ihrem Vater verwöhnt, gewohnt hatte, unter der Fürsorge ihrer Amme, die nun schwer verletzt war; die Blumen ihres Hofes, gestern noch blühend, lagen heute zertreten; die Katze war geflohen, der Kanarienvogel tot, mitsamt seinem Käfig erdrückt. Als der Günstling ihr die schwarze Binde von den Augen nahm, glaubte sie sich weit weg von zu Hause ... Zwei- oder dreimal fuhr sie mit der Hand übers Gesicht und schaute nach allen Seiten, um herauszufinden, wo sie sei. Sie stieß einen Schrei aus, als sie das Unheilvolle ihrer Lage bemerkte. Sie träumte nicht.

»Fräulein ...« (an ihren schwer benommenen Körper drang die Stimme dessen, der ihr am Abend das Unheil verkündet hatte), »hier sind Sie sicher. Was können wir Ihnen geben, damit Sie Ihre Angst verlieren?«

»Angst vor dem Wasser und Angst vor dem Feuer!« sprach die Wirtin und eilte zur Feuerstelle, die ihr als Küche diente, um die Glut wieder anzufachen. Lucio Vásquez benützte den Augenblick, um sich ein Glas guten Branntweins einzuschenken, das er hinuntergoß wie Medizin.

Die Wirtin blies heftig in die Glut und murmelte dabei ununterbrochen durch die Zähne: »Feuer, brenn schnell; brenn schnell, Feuer.« Hinter ihr, auf der von der Glut rotgefärbten Wand des Hinterzimmers, glitt Vásquez' Schatten in den Hof.

»Hier sagte er zu ihr ...«, stotterte Lucio, ohne den Satz zu beenden. Auf Regen folgt Sonnenschein, auf den Hagel auch. Wer vom Saufen lebt, stirbt am Saufen.

Das Wasser in der Schüssel zischte wie ein erschreckter Mensch, als Masacuata eine glühende Kohle hineinwarf. Schwarz, wie der Kern einer Höllenfrucht, lag das Stück Kohle im Wasser, bevor sie es mit der Feuerzange herausfischte. »Furcht vor Wasser und Feuer!« wiederholte sie. Nach den ersten kleinen Schlucken fand Camila ihre Stimme wieder.

»Und mein Vater?« war das erste, was sie sagte.

»Seien Sie beruhigt; machen Sie sich keine Sorgen! Trinken Sie noch ein wenig; dem General ist nichts geschehen«, antwortete Cara de Angel.

»Sind Sie sicher?«

»Ich nehme es an ...«

»Und ein Unheil ...«

»Pst! Beschwören Sie es nicht herauf!«

Camila schaute Cara de Angel an. Das Gesicht sagt oft mehr als Worte. Doch ihre Augen verloren sich in den schwarzen und stummen Pupillen des Günstlings.
»Sie müssen sich setzen, meine Kleine«, bemerkte Masacuata. Sie zog die Bank heran, auf der Vásquez am Abend gesessen hatte, als der Herr mit dem Bier und der großen Note zum erstenmal eingetreten war...
Am Abend! Sind es Jahre oder Stunden her? Der Günstling heftete seine Augen bald auf die Tochter des Generals, bald auf die Kerze, die der Jungfrau von Chiquinquirá geweiht war. Ein schwarzes Licht flackerte in seinen Augen auf: die Kerze ausblasen und das Mädchen an sich reißen. Löschen... und sie gehört ihm aus freiem Willen oder mit Gewalt. Sein Blick kehrte von der Jungfrau zu Camila zurück. Aber beim Anblick dieses im Stuhl zusammengesunkenen Wesens, des tränenvollen Gesichtchens, des unordentlichen Haares und des kaum geformten, engelhaften Körpers, änderte sich sein Ausdruck. Er stellte Camilas Tasse weg und sagte zu sich: »Die Ärmste...«
Die Wirtin hüstelte diskret, um ihnen zu verstehen zu geben, daß sie sie nun allein lassen würde. Als sie aber Vásquez vollständig betrunken auf dem Boden des nach Rosen duftenden Hinterhofes liegen sah und in einen Schwall von Schimpfwörtern ausbrach, begann Camila aufs neue zu weinen.
»Du bist in einem schönen Zustand, du schamloser Kerl!« schrie Masacuata voller Wut. »Zu nichts bist du nütze und verursachst nur Ärger. Man kann sich nicht umwenden, ohne daß du gleich etwas stehlen mußt! Du brauchst mir nicht zu sagen, du liebtest mich. Man sieht es! Man sieht es! Kaum drehe ich dir den Rücken, stiehlst du die Flasche! Dich kostet das nichts...! Man kann niemandem mehr trauen... Ich trage den Schaden...! Dieb! 'raus mit dir, oder ich schmeiße dich hinaus!«
Die klagende Stimme des Trunkenen, die Schläge seines Kopfes gegen den Boden, als die Wirtin ihn an den Füßen zog... Der Wind schlug die Tür zum Hof zu. Man hörte nichts mehr.
»Es ist vorbei, es ist vorbei...«, flüsterte Cara de Angel

Camila in die Ohren, die schluchzte. »Ihrem Vater droht keine Gefahr, und Sie sind hier in Sicherheit; ich bin da, Sie zu beschützen... Es ist vorüber; weinen Sie nicht! Das Weinen macht Sie nur nervöser... Schauen Sie mich an, weinen Sie nicht, und ich werde Ihnen erzählen, wie alles sich zugetragen hat.«

Langsam beruhigte sich Camila. Cara de Angel strich ihr mit der Hand über den Kopf, nahm ihr Taschentuch und wischte ihr die Tränen aus den Augen. Ein Anstrich von Kalk und hellroter Farbe: Der Tag stieg am Horizont empor, zwischen den Gegenständen, unter den Türen. Der Deutlichkeit des Tages ging ein Ahnen voraus. Die Bäume, die das überschwengliche Getriller der Vögel juckte, konnten sich nicht kratzen. Die Brunnen gähnten und gähnten. Der Wind verwehte das schwarze Haar der Nacht, das schauerliche Haar des Todes, und schmückte sich mit einer blonden Perücke.

»Sie müssen sich unbedingt beruhigen, sonst verderben Sie alles. Sie schaden sich selbst, ihrem Vater und mir. Ich werde heute abend wiederkommen und Sie zu Ihrem Onkel führen. Wir müssen nur Zeit gewinnen. Haben Sie Geduld! Es braucht Geduld, um gewisse Dinge in Ordnung zu bringen.«

»Ich sorge mich nicht um mich. Nach dem, was Sie mir gesagt haben, fühle ich mich in Sicherheit, und ich bin Ihnen dankbar. Ich verstehe, daß ich hierbleiben muß. Ich ängstige mich um meinen Vater. Ich möchte Gewißheit haben, daß meinem Papa nichts geschehen ist.«

»Ich verspreche Ihnen, Nachrichten zu bringen...«

»Noch heute?«

»Noch heute...«

Bevor er ging, munterte Cara de Angel Camila mit einem zärtlichen Klaps auf die Wange auf.

»Beruhigt?«

Die Tochter General Canales' hob die Augen, voller Tränen, zu ihm auf und antwortete:

»Nachrichten...«

Genaro Rodas' Frau stürzte auf die Straße, ohne das Brot aus dem Korb genommen zu haben. Gott würde ihr diesen Leichtsinn verzeihen. Sie ließ ihren Mann, diesen Taugenichts, angezogen auf dem Bett liegen und ihren Säugling im Korb schlafen, der ihm als Wiege diente. Sechs Uhr morgens.

Beim ersten Schlag der Turmuhr der Merced klopfte sie an die Tür des Hauses des Generals Canales. »Sie werden mir schon verzeihen, daß ich sie so früh wecke«, sagte sie sich, den Klopfer in der Hand, um ein zweites Mal zu schlagen. Würden sie ihr öffnen oder nicht? Der General mußte so rasch wie möglich wissen, was Lucio Vásquez gestern abend ihrem Dummkopf von Mann in der Kneipe »Zum erwachenden Löwen« erzählt hatte ...

Sie hörte auf zu klopfen, wartete, daß man ihr öffne, und dachte bei sich: Die Bettler beschuldigen ihn des Mordes an der Pforte des Herrn, und heute früh wird er verhaftet werden; doch das Schlimmste, das Allerschlimmste, ist, daß man seine Tochter entführen will ...

»Welche Frechheit! Welche Frechheit!« sagte sie sich und klopfte wieder.

Ihr Herz schlug heftig. Daß man den General verhaftet, mochte noch angehen; er war schließlich ein Mann und konnte das ertragen. »Aber das mit der Tochter ... bei Gott! Das wäre das größte Unheil. Ich wette meinen Kopf, daß es die Idee eines gemeinen und schamlosen Kerls ist, eines jener verschlagenen Bergbewohner, die in die Stadt übersiedelten.«

Sie klopfte wieder. Das Haus, die Straße, die Luft dröhnten wie eine Trommel. Es war zum Verzweifeln: Niemand öffnete. Sie buchstabierte den Namen der Kneipe an der Ecke, um sich die Zeit zu vertreiben: »El Tus-Tep« ... Es gab nicht viel zu buchstabieren, wenn sie nicht die beiden gemalten Gestalten betrachtete, die links und rechts der Tür standen: ein Mann und eine Frau. Aus dem Mund der Frau trat der Spruch: »Komm, tanze mit mir einen kleinen Tustep!«, und am Rücken des Mannes, der eine Flasche in

der Hand hielt, antwortete eine andere Aufschrift: »Nein, denn ich tanze einen großen Tustep!«
Des Klopfens müde, es war niemand zu Hause, oder man wollte nicht öffnen, stieß sie die Tür auf. Ihr Körper folgte ihrer Hand vorwärts, denn die Tür war nicht verschlossen ... Ihr Herz pochte heftig. Sie zog den gefransten Schal enger um sich, durchschritt die Vorhalle und betrat, ohne zu wissen, was sie tat, den Korridor. Der Anblick ließ sie erstarren, wie eine Bleiladung einen Vogel. Schneeweiß, mit ausdruckslosem Blick und gelähmten Gliedern stand sie vor den zu Boden geworfenen Blumentöpfen, den zerbrochenen Fensterscheiben und den zertrampelten spanischen Wänden, vor den zerschlagenen Spiegeln, aufgebrochenen Schränken und abgewürgten Schlüsseln, vor den mißhandelten Schriftstücken, Anzügen, Möbeln und Teppichen, die alle in einer Nacht unbrauchbar, ein trauriges Chaos geworden waren, ein leblos schmutziger Abfall, ohne Bedeutung, ohne Seele ...
Mit blutverkrustetem Schädel irrte die Amme Chabelona auf der Suche nach dem Fräulein durch diesen Trümmerhaufen.
»Hahaha ...!« lachte sie. »Hihihi! Wo sind Sie versteckt, Fräulein Camila ...? Achtung, ich komme ...! Warum antworten Sie nicht ...? Tuero! Tuero! Tuero!«
Sie glaubte mit Camila Verstecken zu spielen und suchte sie in allen Ecken, zwischen den Blumen, unter den Betten, hinter der Tür. Sie durchwühlte alles wie ein Wirbelwind.
»Hahaha ...! Hihihi ...! Ohohoh ...! Tuero! Tuero! Kommen Sie hervor, Camila! Ich finde Sie nicht! Hahaha ...! Kommen Sie, Tuero! Achtung, ich komme! Hihihi! Ohohoh ...!«
Als sie so suchte, näherte sie sich dem Brunnen, dessen ruhiges Wasser ihr Gesicht widerspiegelte. Sie schrie auf wie ein verwundeter Affe. Das Lachen auf ihren Lippen verwandelte sich in ein Zittern der Angst. Das Haar vor dem Gesicht, die Hände überm Haar, kauerte sie sich nieder, um dieser schaurigen Vision zu entfliehen. Sie murmelte Entschuldigungen, als ob sie um Verzeihung bitten wollte dafür, so häßlich, so alt, so unscheinbar und unor-

dentlich geworden zu sein...

Plötzlich stieß sie einen neuen Schrei aus. Durch den verworrenen Regen ihrer Haarsträhnen, durch das Gitter ihrer Finger hindurch sah sie die Sonne vom Dach springen und auf sie hinunterstürzen, um ihr den Schatten zu entreißen, den sie im Hof betrachtete. Von Zorn gepackt, sprang sie auf und rächte sich an ihrem Bild, indem sie das Wasser und den Boden schlug, das Wasser mit den Händen, den Boden mit den Füßen. Sie wollte Bild und Schatten auswischen. Der Schatten krümmte sich wie ein gepeitschtes Tier, aber er blieb trotz ihrer Schläge. Ihr Bild zerbrach in den Wellen des schäumenden Wassers, wurde aber wieder sichtbar, sobald ihre Schläge aufhörten. Die Chabelona heulte mit dem Zorn eines wütenden Raubtieres vor Ohnmacht, dieses über den Boden verbreitete dunkle Bild wegzuwischen, das ihre Schläge floh, als schmerzten sie sie wirklich, und ebenso andere, leuchtende auf dem Wasser, das ihr so unheimlich ähnlich sah und das sie durch Schläge der flachen Hand oder durch Fausthiebe zu zerschmettern suchte.

Schon bluteten ihre Füße, schon hingen ihre Hände schlaff an den Armen, doch Schatten und Bild blieben unzerstörbar.

Zitternd vor Zorn, mit der Verzweiflung dessen, der alles wagt, stieß sie mit dem Kopf gegen den Brunnen...

Zwei Rosen fielen ins Wasser...

Ein dorniger Rosenzweig hatte ihr die Augen ausgekratzt...

Ihrem eigenen Schatten gleich krümmte sie sich auf dem Boden und blieb regungslos neben einem Orangenbaum liegen, auf den eine Kletterpflanze blutrote Flecken zeichnete.

Die Militärkapelle marschierte durch die Straße. Rohe Gewalt und Kriegsmusik! Wacher Drang nach Triumphbogen! Trotz der Anstrengungen der Trompetenbläser, laut und im Takt zu spielen, waren die Leute weit davon entfernt, schon beim Erwachen die Ungeduld des Helden zu empfinden, der den Degen nicht länger tatenlos im reifen Korn liegen sehen will. Ihre Augen waren vielmehr auf die Aussicht eines Festtages gerichtet; und sie faßten den einfachen Entschluß, sich Gott zu empfehlen und ihn zu bitten, er möge sie vor schlechten Gedanken, bösen Worten und üblen Taten, die sich gegen den Präsidenten der Republik richteten, bewahren.

Aus einer kurzen Ohnmacht erwachend, vernahm die Chabelona die Musik. Sie lag im Dunkel. Sicher war das Fräulein auf den Fußspitzen gekommen und hatte ihr von hinten die Augen zugehalten.

»Fräulein Camila! Ich weiß, daß Sie es sind! Lassen Sie mich sehen!« stotterte sie und hob die Hände zum Gesicht, um sich vom Griff des Fräuleins zu befreien, der sie schrecklich schmerzte.

Der Wind blies die Klänge der Militärkapelle die Straße hinunter. Die Musik und die Finsternis der Blindheit verbanden ihre Augen wie in einem Kinderspiel und erinnerten sie an die Schule, wo sie die ersten Buchstaben lernte, dort unten im »Alten Dorf«. Ein Sprung in der Zeit – und schon sah sie sich im Schatten von zwei Mangobäumen sitzen und dann, langsam, ganz langsam, nach einem weiteren Sprung auf einen Ochsenkarren, der auf ebenen, nach Heu riechenden Wegen rollte. Das Kreischen der Räder ließ den doppelten Dornenkranz aufbluten, den das Schweigen um den Karrentreiber legte, der sie zur Frau gemacht hat. Ohne Unterlaß käuend, zogen die ins Joch gespannten Ochsen das Hochzeitsbett vorwärts. Trunkenheit des Himmels über der weit sich dehnenden Ebene. Doch bald zerfiel die Erinnerung, und mit der Heftigkeit eines Wasserfalles sah sie eine Welle Männer ins Haus eindringen... Sie hörte ihren Atem, der jenem schwarzer Tiere glich, ihre höllischen Schreie, ihre Flüche, ihr grobes Gelächter; der Flügel stöhnte, als risse man ihm die Zähne mit der Hand aus. Camila verflüchtigte sich wie der Duft einer Blume; und schließlich der heftige Schlag mitten auf ihre Stirne, begleitet von einem seltsamen Schrei, den ein fürchterliches Dunkel verschlang.

Die Gattin Genaro Rodas', Fedina, fand die Chabelona auf dem Boden im Hof, mit blutüberströmten Wangen, wirrem Haar, zerrissenen Kleidern, wie sie gegen die Fliegen kämpfte, die eine unsichtbare Hand ihr haufenweise ins Gesicht zu werfen schien; wie eine, die plötzlich vor einem Gespenst steht, floh sie, von Furcht gepackt, in das Haus zurück.

»Die Ärmste! Die Ärmste!« murmelte sie unablässig.

Am Boden unter einem Fenster fand sie den Brief, den der General an seinen Bruder Juan geschrieben hatte, darin er ihn bat, für Camila zu sorgen ... Doch Fedina las ihn nicht, weil sie die Schreie der Chabelona quälten, die aus den zerbrochenen Spiegeln zu kommen schienen, aus den zerschmetterten Fensterscheiben und Stühlen, den aufgebrochenen Kommoden, den heruntergefallenen Bildern. Sie wollte fliehen. Sie wischte sich den Schweiß mit dem viermal gefalteten Taschentuch ab, das sie in ihrer Aufregung zwischen den mit billigen Ringen geschmückten Fingern ganz zerknitterte, steckte den Brief in ihr Brusttuch und eilte auf die Straße.

Zu spät. Ein Militär mit hartem Gesicht nahm sie an der Türschwelle fest. Das Haus war von Soldaten umstellt. Aus dem Hof drangen die Schreie der von den Fliegen gequälten Amme.

Lucio Vásquez, der auf das Bitten Masacuatas und Camilas hin aus der Tür des »Tus-Tep« spähte, stockte der Atem, als er sah, wie sie die Frau seines Freundes Genaro wegführten, dem er gestern im »Erwachenden Löwen« im Rausch den Plan für die Verhaftung des Generals verraten hatte.

»Ich weine nicht, aber ich werde es nie vergessen«, sprach die Masacuata, die in diesem Augenblick unter die Tür trat.

Ein Soldat näherte sich der Schenke. »Sie suchen die Tochter des Generals«, dachte die Masacuata, vor Schreck zitternd. Dasselbe dachte auch Vásquez, dem die Haare zu Berge standen. Der Soldat befahl ihnen zu schließen. Sie stießen die Tür zu und spähten durch die Türspalte auf die Straße.

Im Dunkeln faßte Vásquez wieder Mut, und die Furcht der Masacuata ausnutzend, versuchte er sie zu küssen. Doch wie gewöhnlich ließ sie es nicht zu. Beinahe hätte sie ihn

geohrfeigt.
»So zier dich doch nicht so!«
»Ah, glaubst du! Nein, nimm deine Hände weg! Habe ich dir gestern nicht gesagt, daß das Geschwätz über die Tochter des Generals ...«
»Paß auf! Man kann dich hören!« unterbrach sie Vásquez. Sie sprachen, beide vorgebeugt, nach der Straße spähend, durch die Spalten der Läden.
»Sei nicht grob! Ich spreche ja leise ... Wenn ich dir nicht verraten hätte, daß die Tochter des Generals die Taufpatin des Kleinen dieser Frau werden sollte, hättest du Genaro hergebracht, und alles wäre entdeckt worden!«
»Ja, zum Kuckuck!« antwortete Lucio und hustete kräftig, um eine klebrige Masse auszuspucken, die ihm im Rachen steckte.
»Unanständiger Kerl! Keinen Brocken Bildung hast du!«
»Ei, wie liebenswürdig!«
»Pst!«
Der Kriegsrichter stieg in diesem Augenblick aus seiner Kutsche.
»Der Kriegsrichter ...«, flüsterte Vásquez.
»Und weshalb kommt er?« wollte die Masacuata wissen.
»Den General zu verhaften ...«
»Und dazu schmückt er sich wie ein Papagei? Schau ihn an! Hi, hi, hi, wie ein Papagei! Stiehl ihm eine seiner Kopffedern ...«
»Nein, wozu auch! Du sprichst zuviel! Er ist so gekleidet, weil er nachher zum Präsidenten geht!«
»Der Glückliche!«
»Wenn Sie den General gestern nicht erwischt haben, bin ich verloren.«
»Und warum gestern?«
»Schweig!«
Als der Richter aus der Kutsche gestiegen war, wurden in leiser Stimme Befehle erteilt, und ein Hauptmann, dem eine Gruppe Soldaten folgte, betrat Canales' Haus mit gezogenem Degen, den Revolver in der Hand, wie die Offiziere auf den Bildern aus dem russisch-chinesischen Krieg.

Wenige Minuten später, Jahrhunderte für Vásquez, der alles, was vorging, gespannt verfolgte, kehrte der Offizier mit entsetztem Gesicht, blaß und aufgeregt, zurück, um dem Kriegsrichter das Vorgefallene mitzuteilen.

»Wie...? Was?« schrie der Richter, der vor Aufregung den Atem nicht mehr fand.

»Er ist geflohen...?« brüllte er; zwei Adern schwollen auf seiner Stirn, schwarzen Fragezeichen gleich..., »und das... das... das Haus wurde geplündert...?«

Ohne eine Sekunde zu verlieren, verschwand er mit dem Offizier in der Tür. Ein flüchtiger Blick ins Innere – und er kam eilig auf die Straße zurückgelaufen, seine fette Hand zornig um den Knauf des kleinen Säbels geklammert. Seine Lippen waren so blaß, daß sie nicht mehr zu unterscheiden waren von seinem angegrauten Schnurrbart.

»Ich möchte wissen, wie er hat fliehen können!« schrie er noch unter der Türe. »Befehle! Das Telefon wurde erfunden, um die Feinde der Regierung zu verhaften. Dieser alte durchtriebene Kerl! Sobald ich ihn erwische, werde ich ihn hängen! Ich möchte nicht in seiner Haut stecken.«

Blitzartig streifte sein Auge Fedina. Ein Offizier und ein Wachtmeister schleppten sie vor ihn hin, während er zornig schrie.

»Hündin!« und ohne sie aus den Augen zu lassen, fügte er hinzu: »Diese werden wir zum Reden bringen. Leutnant, nehmen Sie zehn Soldaten, und führen Sie sie schnell dorthin, wo sie hingehört! Ohne Meldung, verstanden!«

Ein starrer Schrei erfüllte den Raum, ölig, herzzerreißend, unirdisch.

»Mein Gott, was tun sie wohl mit diesem Gekreuzigten!« klagte Vásquez. Das Schreien der Chabelona, das immer schriller wurde, schmerzte ihn in der Brust.

»Merkst du denn nicht«, verbesserte ihn die Wirtin mit Verachtung, »daß es eine Frau ist? Für dich haben alle Männer ein Damenstimmlein!«

»Halt den Mund!«

Der Richter befahl, die Nachbarhäuser zu durchsuchen. Gruppen von Soldaten mit Korporälen und Wachtmeistern verschwanden nach allen Richtungen. Sie durchstöberten die Höfe, die Zimmer, die Privaträumlichkeiten, die Terrassen und die Brunnen. Sie erkletterten die Dächer, durchwühlten Kleiderschränke, Betten, Teppiche, Fässer, Kasten und Koffer. Wer die Tür nicht sogleich öffnete, dem wurde sie durch Gewehrhiebe eingeschlagen. Die Hunde bellten zornig an der Seite ihrer Herren. Aus jedem Hause spritzte Gebell wie Wasser aus einer Gießkanne.

»Wenn sie hierherkommen!« sagte Vásquez, der vor Angst beinahe die Sprache verloren hatte. »Wir haben uns schön in die Tinte gesetzt! Wenn wir wenigstens etwas davon hätten!«

Die Masacuata rannte davon, um Camila zu warnen.

»Ich glaube, es wäre das beste«, meinte Vásquez, der ihr folgte, »Sie würden Ihr Gesicht verdecken und von hier fortgehen.« Ohne eine Antwort abzuwarten, bewegte er sich selbst wieder rückwärts zur Tür.

»Warten Sie! Warten Sie!« rief er, nachdem er wieder auf die Straße geschaut hatte; »der Richter hat den Befehl zurückgezogen; man durchsucht nicht mehr. Wir sind gerettet!«

Die Masacuata näherte sich zwei Schritte und spähte selber durch die Spalten, um zu sehen, was Lucio mit soviel Freude erfüllte.

»Schau dort, dein Gekreuzigter!« flüsterte sie.

»Wer ist es?«

»Die Dienerin, verstehst du nicht!« und sie fügte hinzu, indem sie ihn beiseite stieß: »Sei ruhig! Sei ruhig, sei ruhig, geh zum Teufel!«

»Die Ärmste, wie man sie quält!«

»Als wäre sie unter die Straßenbahn geraten!«

»Weshalb verdreht man so die Augen, wenn man stirbt?«

»Laß mich, ich will es nicht sehen!«

Eine Gruppe Soldaten, die unter dem Befehl eines Hauptmanns standen, schleppten die Chabelona, die unglückliche Dienerin, aus dem Hause. Der Richter konnte sie nicht mehr verhören. Vierundzwanzig Stunden vorher war dieser armselige Fetzen Mensch noch die Seele eines Hauses, wo als einzige Politik der Kanarienvogel seine Futterintrigen schmiedete und der Wasserstrahl im Brunnen Kreise zog, der General seine Karten legte und Camila ihren Launen nachhing.

Der Richter sprang in seine Kutsche, gefolgt von einem Offizier. Staub wirbelnd verschwand sie um die Ecke. Vier Männer, betrunken und schmutzig, trugen die Chabelona auf einer Bahre ins Totenhaus. Die Truppen marschierten in eine ihrer Kasernen, und Masacuata öffnete ihre Schenke wieder. Auf seiner gewohnten Bank sitzend, verbarg Vásquez nur schlecht die Sorgen, die ihm die Verhaftung von Rodas' Frau bereitete. Sein Kopf glühte wie ein Backsteinofen, die Mattigkeit des Alkohols erschlaffte seine Glieder, und seine Trunkenheit kehrte stoßweise zurück, jedesmal wenn er daran dachte, daß der General geflohen war.

Unterdessen befand sich die Fedina auf dem Weg ins Gefängnis und kämpfte mit den Männern, die sie bewachten und sie durch Puffe immer wieder vom Gehsteig in die Straße hinaus stießen. Sie ließ sich wortlos mißhandeln, aber plötzlich, am Ende ihrer Geduld, gab sie einem der Männer eine Ohrfeige mitten ins Gesicht. Die unmittelbare Antwort war ein Hieb mit dem Gewehrkolben. Ein anderer schlug sie von hinten, so daß sie stolperte, die Zähne zusammenschlug und Sterne am Himmel tanzen sah.

»Feiglinge...! Dazu gebraucht ihr eure Waffen...! Schämen solltet ihr euch!« schimpfte eine Frau, die mit dem Korb voller Gemüse und Früchte, vom Markt zurückkehrend, an ihnen vorüberging.

»Halt's Maul!« fuhr sie ein Soldat an.

»Du machst mir keine Angst, Großmal!«

»Gehen Sie bitte weiter, Frau, schnell, oder haben Sie etwa nichts zu tun?« rief ihr der Wachtmeister zu.

»Habt ihr etwas zu tun, ihr Taugenichtse?«

»Schweigen Sie«, antwortete ein Offizier, »oder es gibt eins aufs Maul!«

»Eins aufs Maul! Das fehlte gerade noch! Idioten seid ihr, die wie Chinesen aussehen mit zerrissenen Ellbogen und von Motten zerfressenen Hosen. Beschimpfen wollt ihr einen – und dazu sollte man noch schweigen! Erbärmliche Gesellen! Leute zu beleidigen...«

Doch die unbekannte Verteidigerin von Genaro Rodas'

Frau blieb langsam unter anderen, verängstigten Fußgängern zurück. Inmitten der Gruppe schritt Fedina tragisch, entsetzt, schweißtriefend dem Gefängnis entgegen und kehrte mit den Fransen ihres Schals die Straße.
Die Kutsche des Richters tauchte an der Ecke des Hauses von Dr. Abel Carvajal auf, in dem Augenblick, da er in Zylinder und Gehrock heraustrat, um sich zum Palast zu begeben. Die Kutsche schaukelte, als der Richter vom Trittbrett sprang. Carvajal hatte soeben die Haustür geschlossen, streifte sich sorgfältig einen Handschuh über. In diesem Augenblick wurde er von seinem Kollegen verhaftet. Und in seinem Festgewand wurde er von einer Abteilung Soldaten mitten durch die Straße zur zweiten Polizeisektion geführt, die mit Fahnen und Girlanden aus Seidenpapier geschmückt war. Man sperrte ihn sogleich in das Verlies, in dem bereits der Student und der Küster gefangengehalten wurden.

14 Das ganze Weltall juble!

Die Straßen zeichneten sich langsam im flüchtigen Morgenschimmer ab zwischen Dächern und Wiesen, die Aprilfrische ausströmten. Im Trab kamen die Milchesel den Abhang herunter, vom Geschrei und der Peitsche des Treibers verfolgt, während die Deckel der Milchkannen klirrten. Überall erwachten die Kühe, die in den Höfen der Reichen wie in den Straßen des Armenviertels gemolken wurden. Kranke, auf dem Weg zur Besserung oder auf dem Weg zum Tode, warteten mit glasigen Augen bei ihrer Lieblingskuh, um persönlich die Milch zu empfangen, wobei sie den Becher geschickt schief hielten, damit die Milch nicht allzu stark schäumte. Es kamen die barfüßigen Brotausträgerinnen, den Rücken gebeugt, den Kopf bis auf die Brust gesenkt unter der Last der riesigen Körbe, Korb auf Korb, wahre Pagoden, die hinter sich einen Geruch von Blätterteig mit Zucker und geröstetem Sesam in der Luft zurückließen. Man hörte den Morgenstreich zum Nationalfeiertag, ein sprudelnder Weckruf, ein Niesen von Farben, den

Gespenster von Messing und Luft bliesen. Während der Morgen langsam graute, läutete in den Kirchen die Glocke schüchtern und mutig zugleich zur Frühmesse. Schüchtern und mutig, weil an Festtagen ihr Geläute nach Schokolade und Pfarrkuchen, am Tag des Nationalfestes aber nach etwas Verbotenem roch.

Nationalfest...

Aus den Straßen stieg wie der Geruch guter Erde die Freude der Menge, die Wasser auf die Straße goß, damit die mit der Fahne zum Palast reitenden Truppen nicht zuviel Staub aufwirbelten – die Fahne aus neuem Tuch – oder die Gefährte der Herren: Gelehrte im Zylinder, deren Anzüge die Luft des Kleiderschrankes ausströmten, Generäle mit Dreispitz in glänzenden Uniformen, die nach alten Kerzen rochen, oder der Schritt der Subalternen, deren Wichtigkeit man in der Beamtensprache am Begräbnis maß, das ihnen eines Tages der Staat bezahlen würde.

Voll, o Herr, sind Himmel und Erde mit Deinem Ruhm!

In großer Entfernung, nur von seinen Freunden umgeben, zeigte sich der Präsident dem dankbaren Volke, das so seine Leistungen zu schätzen wußte.

Voll, o Herr, sind Himmel und Erde mit Deinem Ruhm!

Die Damen fühlten die übermenschliche Macht ihres geliebten Gottes. Wohlbeleibte Geistliche segneten ihn. Die Juristen sahen sich an einem Turnier unter Alfons dem Weisen. Die Diplomaten, Exzellenzen von irgendwoher, setzten hochtrabende Mienen auf und glaubten sich in Versailles, am Hofe des Sonnenkönigs. Die nationalen und ausländischen Journalisten schmunzelten beim Anblick des auferstandenen großen Perikles. Voll, o Herr, sind Himmel und Erde von Deinem Ruhm! Die Dichter sahen sich in Athen, so wenigstens verkündeten sie dem Volk. Ein Bildhauer, der Heiligenstatuen gemeißelt hatte, betrachtete sich als Phidias, lächelte und rieb sich die Hände, als er hörte, wie dem großen Politiker Hochrufe zufielen. Voll, o Herr, sind Himmel und Erde mit Deinem Ruhm! Ein Komponist von Trauermärschen, Freund des Bacchus und des heiligen Begräbnisses, streckte seinen tomatenfarbenen Kopf über die Brüstung des Balkons, um zu schauen, wo die Erde sei.

Wenn aber die Künstler sich in Athen glaubten, so versammelten sich die jüdischen Bankiers in Karthago und wandelten durch die Salons des Politikers, der volles Vertrauen in sie hatte und ihre Taschen mit dem Geld des Volkes zinslos füllte. So konnten sie sich bereichern und die Gold- oder Silbermünzen in Noten umwandeln. Voll, o Herr, sind Himmel und Erde mit Deinem Ruhm.
Cara de Angel bahnte sich einen Weg durch die Gäste. (Er war schön und schlecht wie Satan.)
»Das Volk verlangt Sie auf dem Balkon, Herr Präsident!«
»Das Volk?«
Die zwei Worte trugen den Hauch einer Frage in sich. Es herrschte Schweigen. Unter der Last einer großen Traurigkeit, die bald dem Unwillen wich, damit man ihm nichts ansehe, erhob sich der Präsident aus dem Sessel und begab sich auf den Balkon.
Das Grüpplein von Freunden umgab ihn, als er vor dem Volk erschien. Frauen, die kamen, um den glücklichen Jahrestag der Lebensrettung zu feiern. Die mit der Rede Beauftragte hob an, sobald sie den Präsidenten erblickt hatte:
»Sohn des Volkes . . .!«
Der Präsident schluckte leer und dachte vielleicht an seine Studentenjahre an der Seite einer mittellosen Mutter in einer von schlechtem Willen gepflasterten Stadt. Aber ein ihm schmeichelnder Günstling wagte in leiser Stimme:
»Wie Jesus, Sohn des Volkes . . .«
»Sohn des Volkes!« wiederholte die Rednerin, »des Volkes, sage ich. Die Sonne schmückt an diesem Tag strahlender Schönheit den Himmel. Möge ihr Licht deine Augen und dein Leben beschützen im Zeichen der heiligen Arbeit; das Licht, auf das in der himmlischen Wölbung die Finsternis folgt, die Finsternis der schwarzen Nacht ohne Vergebung, aus der heraus die frevlerischen Hände kamen, die statt die Felder zu besäen, wie du es zeigst, eine Bombe auf deinen Weg warfen, die dich trotz ihrer wissenschaftlichen europäischen Berechnungen unversehrt ließ . . .«
Ein heftiger Beifallssturm erstickte die Stimme der »Kuhzunge«, wie man die Hökerin nannte. Eine Reihe von Hochrufen erklang zu Ehren des Politikers und seines Gefolges:

»Es lebe der Herr Präsident!«
»Es lebe der Herr Präsident der Republik!«
»Es lebe der konstitutionelle Herr Präsident der Republik!«
»Ein Hochruf, der durch alle Teile der Welt rausche und nie verklinge, es lebe der konstitutionelle Herr Präsident der Republik, der ums Vaterland Wohlverdiente, der Chef der großen liberalen Partei, der von Herzen Liberale, der Beschützer der lernbegierigen Jugend ...!«
Die »Kuhzunge« fuhr fort:
»In hundert Fetzen wäre unsere Fahne zerrissen worden, hätte sich die Absicht der bösen Söhne des Vaterlandes verwirklicht. Sie waren in ihrem Unternehmen gestärkt durch die Unterstützung der Feinde des Herrn Präsidenten; doch nie dachten sie, daß die Hand Gottes über Ihrem wertvollen Leben wacht und immer wachen wird, zusammen mit dem Wohlwollen aller jener, die Sie würdig wissen, der erste Bürger des Volkes zu sein, die Sie in jenen kritischen Augenblicken umgaben und Sie immer umgeben werden.
Jawohl, meine Herren ... meine Herren und Damen; heute mehr denn je wissen wir, daß, hätten sich die unheilvollen Absichten jenes in trauriger Erinnerung fortlebenden Tages erfüllt, unser Land, das den zivilisierten Völkern nacheilt, daß unser Vaterland dann als Waisenkind dagestanden hätte, ohne Beschützer, in den Händen jener, die im verschwiegenen Dolche schmiedeten, um die Demokratie im Herzen zu treffen, wie der große Tribun Juan Montalvo sagte!
Dank dieser Umstände aber weht unsere Fahne unversehrt weiter, und der Vogel ist nicht aus unserem Wappen geflohen, der wie der Vogel ›Fröhlich‹ (sie verbesserte sich) ›Phönix‹ aus den Aschen der ›Ahnen‹ (sie verbesserte sich) ›Manen‹ sich selbst gebiert, der Manen, die die nationale Unabhängigkeit in jener Stunde der Freiheit Amerikas erklärten, ohne einen einzigen Tropfen Blutes zu vergießen, und so dem Wunsch nach Freiheit nachlebten, den die ›Ahnen‹ (sie verbesserte sich), Manen der Indianer äußerten, als sie bis zum Tod für ihre Freiheit und ihr Recht kämpften!
Und darum feiern wir heute den hervorragenden Beschüt-

zer der armen Klassen, der mit väterlicher Liebe über uns wacht und so unser Land an die Spitze des Fortschrittes stellt, jenes Fortschrittes, den Fulton mit dem Wasserdampf begründete und den Jan Santa Maria gegen die seeräuberischen Eindringlinge verteidigte, indem er im Lande Lempiras das schicksalhafte Pulverfaß anzündete. Es lebe das Vaterland! Es lebe der konstitutionelle Herr Präsident der Republik, der Chef der liberalen Partei, der ums Vaterland Wohlverdiente, der Beschützer der hilflosen Frauen, der Kinder und des öffentlichen Unterrichtes!«

Die Hochrufe der »Kuhzunge« verloren sich in einem Feuerwerk von Vivarufen, die ein Meer von Beifall wiederum dämpfte.

Der Präsident sprach einige Worte, die Rechte auf die marmorne Balkonbrüstung gelegt und den Körper halbwegs abgewandt. Er drehte seinen Kopf langsam von links nach rechts über der ganzen Versammlung, finster, mit gerunzelter Stirn. Männer und Frauen trockneten mehr als eine Träne.

»Möchte sich der Herr Präsident nicht zurückziehen?« fragte Cara de Angel, als er ihn niesen hörte. »Das Volk liegt Ihnen sehr am Herzen ...«

Der Feldrichter eilte, von einigen Freunden gefolgt, auf den Präsidenten zu, als dieser vom Balkon zurücktrat, um ihm die Flucht des Generals Canales zu melden und um ihn vor allen andern zu seiner Rede zu beglückwünschen. Doch wie alle, die sich dem Präsidenten mit diesem Vorsatz näherten, blieb er stehen, von einer seltsamen Furcht, von einer überirdischen Macht gepackt, und um nicht mit der ausgestreckten Hand dazustehen, gab er sie Cara de Angel.

Der Günstling drehte ihm den Rücken, und mit der ausgestreckten Hand hörte der Feldrichter die erste Detonation einer Reihe von Explosionen, die innerhalb weniger Sekunden wie Artillerieschüsse aufeinanderfolgten. Noch hört man die Schreie, noch springen und rennen die Frauen über die umgestürzten Stühle und stampfen sie heftig zusammen, noch hört man die Schritte der Soldaten, die wie Reiskörner zwischen Maschinengewehren, Spiegeln, Offizieren und Kanonen durchgleiten, die Hand an der Patronentasche, die nicht sofort aufgehen will, das Gewehr geladen...

Ein Oberst eilt die Treppe herauf, den Revolver in der Hand. Ein anderer eine Wendeltreppe hinunter, den Revolver in der Hand. Es war nichts. Ein Hauptmann springt durchs Fenster, den Revolver in der Hand. Ein anderer rennt zur Tür, den Revolver in der Hand. Es war nichts. Es war nichts! Doch die Luft ist kalt. Die Nachricht verbreitete sich durch die in Unordnung geratenen Säle. Es war nichts! Langsam vereinigten sich die Gäste wieder; einigen war der Schweiß auf die Stirne getreten, andere hatten die Handschuhe verloren, andere hatten wieder Farbe angenommen, aber konnten noch nicht sprechen, oder sie hatten die Sprache wiedergefunden, doch waren sie farblos im Gesicht. Was niemand wußte, war, wann und wohin der Präsident verschwunden war.

Auf dem Boden, am Fuße einer Treppe, lag der erste Trommler der Militärkapelle. Er war mit Trommel und allem die Treppe vom ersten Stockwerk hinuntergefallen, und von dorther stammte der Ruf: Rette sich, wer kann!

15 Onkel und Tanten

Der Günstling verließ den Palast gleichzeitig mit dem Präsidenten der richterlichen Gewalt, einem unscheinbaren Greis in Gehrock und Zylinder, der an eine Maus in Kinderzeichnungen erinnerte, und einem Vertreter des Volkes, der einem eingefallenen alten Heiligen glich. Die beiden argumentierten auf eine Weise, daß einem das Wasser im Mund hätte zusammenlaufen können, ob sie besser ins »Grand Hôtel« oder in eine Gaststätte der Umgebung gehen sollten, um den Schreck zu vergessen, den ihnen dieser Idiot von Trommler eingejagt hatte. Ohne den leisesten Gewissensbiß hätten sie ihn in die Festung, in die Hölle geschickt – oder zu einer noch schwereren Strafe verurteilt. Der Vertreter des Volkes, der fürs »Grand Hôtel« war, schien den allgemeinen Regeln über die aristokratischen Trinkgelegenheiten zu folgen, und das Ganze würde ja schließlich doch die Staatskasse bezahlen. Der Magistrat sprach mit dem Nachdruck dessen, der ein Todesurteil fällt: »Untrennbar vom durchschnittlichen Reichtum ist der Mangel an Echtheit, und deshalb, mein Freund, ziehe ich die einfache Gaststätte, wo man vertraulich mit Gleichgesinnten zusammensitzen kann, dem pompösen Hotel vor, ist nicht alles, was glänzt, Gold.«

An der Ecke des Palastes verließ Cara de Angel die beiden, die weiterdiskutierten; er hielt es für das Klügste, sich von einem Konflikt zwischen zwei derartigen Autoritäten fernzuhalten. Er begab sich nach dem Quartier »El Incienso«, auf die Suche nach Don Juan Canales, um zu veranlassen, daß dieser Herr seine Nichte im »Tus-Tep« abholen lasse. »Er soll sie holen oder holen lassen, mir ist das gleichgültig«, sagte er sich, »so daß sie mich nicht mehr nötig hat und weiterlebt, wie sie bis gestern gelebt hat, als ich sie noch nicht gekannt habe, nicht einmal wußte, daß es sie gab, da sie mir nichts bedeutete ...« Zwei oder drei Personen traten vom Gehsteig auf die Straße, um ihm Platz zu machen, und grüßten ihn. Er dankte mechanisch, ohne nach ihnen zu schauen.

Don Juan, einer der Brüder des Generals, wohnte im Viertel »El Incienso«, in der Nähe der Münzstätte »El Cuño«, die, nebenbei gesagt, von düsterer Feierlichkeit war. Bollwerke mit tiefen Rissen stützten die abbröckelnden Mauern, und hinter den von Eisengittern geschützten Fenstern vermutete man Räume, die Raubtierkäfigen ähnlich sein mußten. Dort wurden die Millionen des Teufels gehortet.

Dem Pochen des Günstlings antwortete ein Hund. Nach der Art, wie dieser Höllenhund anschlug, mußte er angekettet sein.

Den Hut in der Hand, überschritt Cara de Angel die Schwelle. (Er war schön und schlecht wie Satan.) Froh, den Ort, wo er die Tochter des Generals lassen würde, gefunden zu haben, ebenso verwirrt durch das Gebell des Hundes wie durch die Höflichkeiten: »Treten Sie ein! Treten Sie ein!« eines vollblütigen, dickbäuchigen Mannes, der ihn anlachte, Es war niemand anders als Don Juan Canales.

»Treten Sie ein, bitte, treten Sie ein, hierdurch, mein Herr, hier, bitte! Und wem verdanken wir die Ehre, Sie bei uns zu sehen?« Don Juan leierte all das wie ein Automat herunter, in einem Ton, der nichts von der Furcht verriet, die ihm die Anwesenheit dieses engen Mitarbeiters des Präsidenten einflößte.

Cara de Angel durchflog den Salon mit seinen Augen. Mit welch fürchterlichem Gebell dieser ekelhafte Hund die Besucher empfing! In der Reihe der Bilder der Brüder Canales' fehlte dasjenige des Generals. Ein Spiegel am anderen Ende des Salons warf die Bildlücke und einen Teil Wand zurück, die mit einem vergilbten Papier von der Farbe eines Telegramms bekleidet war.

Der Hund, sagte sich Cara de Angel, während Don Juan die gewohnten Höflichkeitsformeln über ihn ergoß, ist noch immer die Seele des Hauses, wie zu den Urzeiten: Beschützer des häuslichen Herdes. Selbst der Herr Präsident besitzt eine Meute aus dem Ausland eingeführter Hunde.

Der Hausherr erschien im Spiegel, mit den Händen fuchtelnd. Nachdem er seine Phrasen vorgebracht hatte, sprang er, wie ein guter Schwimmer, in die Tiefe.

»In diesem Haus«, sprach er, »haben meine Frau und Ihr Diener mit wahrer Entrüstung das Benehmen meines Bruders Eusebio mißbilligt! Welche Untat! Jedes Verbrechen ist abschreckend, doch dieses um so mehr, da es sich um eine in allen Beziehungen schätzenswerte Person handelte, um einen Mann, der die Ehre unseres Heeres und vor allem, werden Sie sagen, ein Freund des Herrn Präsidenten war.«

Cara de Angel wahrte das schreckliche Schweigen dessen, der jemanden ertrinken sieht und ihm nicht helfen kann, weil ihm die Mittel fehlen; es war das Schweigen der Besucher, die ebenso fürchten, das Gesagte zu bejahen wie zu verneinen.

Don Juan verlor die Herrschaft über seine Nerven, als er bemerkte, daß seine Worte ins Leere fielen. Er warf die Hände um sich und versuchte mit den Füßen Grund zu fassen. Sein Kopf glühte. Er glaubte sich in den Mord an der Pforte und seine weitreichenden politischen Verästelungen verwickelt. Die Unschuld nützte ihm nichts. Schon war er mitschuldig! Mitschuldig! »Die Lotterie, mein Freund, die Lotterie!« Dies war der Grundsatz dieses Landes, genau so wie sie der alte Fulgencio verkündete, ein gutmütiger Mann, überzeugter Katholik und guter Losverkäufer. An Stelle von Cara de Angel sah Don Juan die skeletthafte Silhouette des alten Fulgencio, dessen Knochen, Kiefer und Finger an Federn befestigt zu sein schienen. Der alte Fulgencio preßte die Mappe aus schwarzem Leder unter seinen knochigen Arm, glättete die Falten in seinem Gesicht, schüttelte seine weiten Hosen, reckte den Hals, um mit einer Stimme, die durch Mund und Nase kam, auszurufen: »Mein Freund, mein Freund! Das einzige Gesetz auf dieser Welt ist die Lotterie! Durch die Lotterie werden Sie hingerichtet, durch die Lotterie kommen Sie ins Gefängnis, durch die Lotterie werden Sie Abgeordneter, Diplomat, Präsident der Republik, General, Minister! Wozu nützt das Studieren hier, wenn alles eine Lotterie ist? Lotterie, mein Freund, Lotterie! Kaufen Sie ein Los!« und das ganze knotige Skelett, einem knorpeligen Rebstrunk ähnlich, wurde geschüttelt vom Lachen, das gleich einem Wasserfall Volltreffer aus dem Munde spuckte.

Cara de Angel, weit entfernt von dem, was Don Juan dachte, beobachtete ihn schweigend und fragte sich, was dieser feige und abstoßende Mann mit Camila gemeinsam haben könnte.

»Man sagt, das heißt, man sagte meiner Frau, daß ich in die Ermordung des Obersten Parrales Sonriente verwickelt sei...!« fuhr Don Juan fort und wischte sich die dicken Schweißtropfen mit einem Tuch, das er mühevoll aus der Tasche gezogen hatte, von der Stirn.

»Ich weiß nichts davon«, erwiderte ihm der andere trokken.

»Es wäre ungerecht! Ich habe Ihnen schon gesagt, daß meine Frau und ich vom ersten Augenblick an das Benehmen Eusebios mißbilligten. Überdies habe ich, ich weiß nicht, ob Sie davon Kenntnis haben, meinen Bruder in letzter Zeit nur sehr selten gesehen! Sozusagen nie. Das heißt, überhaupt nie! Wir waren wie zwei Fremde: ›Guten Tag, guten Tag; guten Abend, guten Abend‹; nichts mehr. ›Auf Wiedersehen, auf Wiedersehen‹, nichts mehr.«

Don Juans Stimme war unsicher. Seine Frau, die der Unterhaltung hinter einer spanischen Wand folgte, fand es klug, ihm jetzt zu Hilfe zu kommen.
»Stell mich vor, Juan«, bat sie beim Eintreten und grüßte Cara de Angel mit einer Kopfbewegung und einem Höflichkeitslächeln.
»Natürlich!« antwortete der verwirrte Gatte und sprang im selben Augenblick wie der Günstling vom Sessel auf. »Ich habe die Ehre, Ihnen meine Gattin vorzustellen!«
»Judith de Canales ...«
Cara de Angel hörte den Namen der Dame, erinnerte sich aber nicht, den seinen genannt zu haben.
Während jenes Besuches, den er im unerklärlichen Drang seines Herzens, das sein Leben in Unruhe zu bringen begann, in die Länge zog, verklangen die Worte, die nichts mit Camila zu tun hatten, in seinen Ohren, ohne erfaßt zu werden.
Weshalb sprechen diese Leute nicht von ihrer Nichte? dachte er. Sprächen sie von ihr, so würde ich zuhören; sprächen sie von ihr, könnte ich ihnen sagen, sie sollten sich keine Sorgen machen, Don Juan werde in keinen Mord verwikkelt; sprächen sie von ihr ... Doch wie dumm ich bin! Ich möchte, daß sie hier bliebe und ich nicht mehr an sie denken müßte; ich, sie, die anderen ... Wie dumm! Sie und die anderen, ich nicht, ich fern, fern, weit weg, nicht mit ihr ...
Doña Judith setzte sich aufs Sofa und hielt sich ein Spitzentüchlein unter die Nase, nur um etwas zu tun.
»Ich unterbrach Sie. Verzeihen Sie! Sie sprachen ...«
»Von ...«
»Ja ...«
»Man hat ...«
Sie sprachen alle drei gleichzeitig: »Fahren Sie fort, fahren Sie fort!« Don Juan, ohne zu wissen, wieso, behielt die Führung. (»Dummkopf«, schalt ihn seine Frau mit den Augen.)
»Ich erzählte unserem Freund hier, wie wir uns aufregten, als wir vertraulich erfuhren, daß mein Bruder Eusebio zu den Mörden des Obersten Parrales Sonriente gehöre ...«

»Ja, ja...!« stimmte Doña Judith bei, und ihr voller Busen wogte... »Juan und ich sagten, der General, mein Schwager, hätte seine Sterne nie mit einer solchen Untat beflecken sollen. Und das Schlimmste ist, daß mein Gatte nun auch dahinein verwickelt werden soll!«

»Aus diesem Grunde erklärte ich Don Miguel, daß wir seit langer Zeit keine Beziehungen mehr zu meinem Bruder aufrechterhielten, daß wir feindlich standen... jawohl, wir waren Todfeinde. Er konnte meinen Anblick nicht einmal auf einem Bild ertragen, und ich den seinen noch weniger!«

»So schlimm war's aber auch nicht. Familienfragen schaffen immer Ärgernis und Zwiespalt«, verbesserte Doña Judith, indem sie einen Seufzer ausstieß.

»So dachte ich es mir«, unterbrach sie Cara de Angel, »aber Don Juan sollte nicht vergessen, daß zwischen Brüdern unzerstörbare Bande bleiben...«

»Wie, Don Miguel, was meinen Sie... Ich ein Komplize?«

»Erlauben Sie!«

»Glauben Sie das nicht!« lispelte Doña Judith mit gesenkten Augen. »Alle Bande werden zerrissen, wenn es sich um Geldfragen handelt. Es ist traurig, daß es so ist, aber das Geld hat vor Blutsbanden keinen Respekt.«

»Bitte, ich sagte Ihnen, zwischen Brüdern gebe es unzerstörbare Bande, denn trotz all den tiefen Meinungsverschiedenheiten, die zwischen Don Juan und dem General bestanden, zählte dieser, als er sich gezwungen sah, das Land zu verlassen...«

»Er ist ein durchtriebener Kerl und wollte mich in sein Verbrechen hineinziehen! Ah, diese Verleumdung...!«

»Aber es handelt sich um etwas anderes!«

»Juan, Juan, laß doch den Herrn sprechen!«

»... zählte dieser auf Ihre Hilfe, daß seine Tochter nicht verlassen dastehe, und beauftragte mich, mit Ihnen zu sprechen, damit Sie sie in Ihrem Haus...«

Diesmal war es Cara de Angel, der fühlte, wie seine Worte ins Leere fielen. Er hatte den Eindruck, er spreche zu Leuten, die seine Sprache nicht verstanden. Zwischen dem dickbäuchigen und glattrasierten Don Juan und Doña Judith, die wie in einen Schubkarren geklemmt dasaß, fielen seine Worte in den Spiegel der Abwesenheit.

»Es liegt an Ihnen, zu sehen, was mit der Tochter geschehen soll.«

»Selbstverständlich!« ... Sobald Don Juan merkte, daß Cara de Angel nicht gekommen war, ihn zu verhaften, fand er das Gleichgewicht des ernsten Mannes wieder ... »Ich weiß nicht, was ich Ihnen antworten soll, denn das kommt überraschend! ... In meinem Haus geht es natürlich nicht ... Man soll nicht mit dem Feuer spielen! ... Ich glaube schon, daß sich die arme Kleine sehr wohl fühlen würde bei uns, aber meine Frau und ich wollen die Freundschaft der Leute, mit denen wir verkehren, nicht verlieren, denn diese würden es uns übelnehmen, wenn wir der Tochter eines Feindes des Herrn Präsidenten die Türe zu unserem ehrbaren Heim öffneten ... Darüber hinaus ist es allgemein bekannt, daß mein berüchtigter Bruder seine Tochter einem Freunde des Führers unseres Volkes angeboten hat ... wie soll ich sagen? ... ja angeboten hat, damit dieser ...«

»Und alles das, um dem Gefängnis zu entgehen, das weiß man auch!« unterbrach ihn Doña Judith, deren busiges Vorgebirge unter einem neuen Seufzer einsank. »Aber wie Juan sagte, bot er seine Tochter einem Freunde des Herrn Präsidenten an, der sie seinerseits dem Präsidenten selbst anbieten sollte, der aber, wie man sich denken kann, einen so verabscheuungswürdigen Vorschlag zurückwies. Dann, da sich der Fürst der Miliz, wie Eusebios Spitzname seit seiner berühmten Rede lautet, in einer Sackgasse sah, entschloß er sich zur Flucht und ließ uns seine Tochter zurück. Was konnte man schon anderes von ihm erwarten, der wie die Pest den Verdacht über die Seinen brachte und damit seinen Namen befleckte! Glauben Sie nicht, wir hätten dieser Angelegenheit wegen nicht gelitten.«

Ein Zornesblitz durchfuhr die nachtschwarzen Augen von Cara de Angel.

»Dann haben wir nichts mehr beizufügen.«

»Wir bedauern, daß Sie sich vergeblich hierherbemüht haben; hätten Sie mich angerufen.«

»Wenn es nicht vollkommen unmöglich wäre, hätten wir den Vorschlag Ihretwegen mit Freude angenommen«, fügte Doña Judith hinzu.
Cara de Angel ging hinaus, ohne sie anzuschauen oder ein Wort zu sagen. Der Hund bellte wütend und zerrte seine Kette von einer Seite zur andern.
»Ich werde zu Ihren Brüdern gehen«, sagte er in der Vorhalle, als er sich verabschiedete.
»Verlieren Sie Ihre Zeit nicht deswegen«, beeilte sich Don Juan zu antworten. »Wenn ich, der ich als Konservativer bekannt bin, sie nicht aufnehme, so werden sie, die liberal sind ... Na, sie werden denken, Sie seien von Sinnen, oder einfach, Sie machten Spaß ...«
Er sprach diese Worte schon fast auf der Straße. Er schloß zögernd die Türe, rieb seine fetten Hände und drehte sich nach einer Spanne der Unentschlossenheit um. Er verspürte den unwiderstehlichen Drang, jemanden zu liebkosen, jedoch nicht seine Frau. Deshalb ging er zum Hund, der noch immer bellte.
»Ich habe dir schon einmal gesagt, du sollst den Hund in Ruhe lassen«, schrie ihn Doña Judith vom Hof aus an, wo sie, da die große Hitze vorbei war, die Rosensträucher schnitt. »Übrigens mußt du gehen!«
»Ja, ich gehe ...«
»Beeilte dich also, denn ich muß noch mein Stundengebet vollbringen, und ich möchte heute nicht mehr nach sechs Uhr abends auf der Straße sein.«

16 Im Neuen Haus

Gegen acht Uhr morgens (oh, ihr, die ihr zur Zeit der Wasseruhr lebtet, da es noch keine schlagenden Uhren gab, die jede Stunde verkünden!) wurde Fedina in ein gitarrenförmiges Verlies, das eher ein Grab als ein Verlies war, gesteckt, nachdem die üblichen Formalitäten erledigt waren und man sie und ihre Sachen genau durchsucht hatte. Sie wurde dann von Kopf bis Fuß, von den Fingernägeln bis zu den Achselhöhlen nachgesehen, es war unangenehm, was

sich noch verschärfte, als man in ihrem Brusttuch einen Brief des Generals Canales fand, den er eigenhändig geschrieben hatte; es war der Brief, den sie im Hause Canales vom Boden aufgelesen hatte.
Müde vom Stehen in der engen Zelle, die kaum zwei Schritte maß, setzte sie sich. Doch nach einer kurzen Weile stand sie wieder auf, denn der Boden war kalt, und sie fror am Gesäß, den Schenkeln, Händen und Ohren. Der Körper ist gegen Kälte empfindlich. Wieder eine Weile blieb sie stehen, setzte sich, stand wieder auf, setzte sich, stand auf...
Aus den Höfen drang Gesang der Gefangenen, die trotz der Bitterkeit ihrer Herzen die nach rohen Gemüsen duftenden Kehrreime ihrer Lieder wiederholten. Einige ihrer Liedchen, die sie mit schläfrigen Stimmen summten, waren von grausamer Einförmigkeit; Ketten, deren bedrückendes Gewicht sie mit plötzlichem Aufschrei zerrissen, um zu lästern... um zu schimpfen... um zu fluchen...
Vom ersten Augenblick an beängstigte Fedina eine unreine Stimme, die unablässig dasselbe herleierte:

Vom Neuen Haus,
zum schlechten Haus,
schöner kleiner Himmel,
ist es nur ein Schritt,
und jetzt, da wir allein sind,
schöner kleiner Himmel,
küsse mich.
Ai, ai, ai, ai!
küsse mich,
denn von diesem
zu den schlechten Häusern,
schöner kleiner Himmel,
ist es nur ein Schritt.

Die zwei ersten Verse paßten keineswegs zum Schluß des Liedes. Jedoch schien diese kleine Schwierigkeit das enge Beisammensein der schlechten Häuser und des Neuen Hauses zu unterstreichen. Der Rhythmus wurde gebrochen und dem Realismus geopfert, um jene quälende Wahrheit zu verdeutlichen, die Fedina erschauern ließ; sie zitterte schon, ohne noch die ganze Furcht zu spüren, die unsägliche und schreckliche Furcht, die sie erst später packte, als jene Stimme, die einer abgenützten Grammophonplatte ähnlich klang und mehr Geheimnis als Verbrechen in sich barg, sie bis ins Mark durchdrang. Ein derartiges Lied zum Frühstück vorgesetzt zu bekommen, ist ungerecht. Eine Person, der die Haut abgezogen wird, kann sich nicht in größeren Qualen winden, als Fedina es in ihrer Zelle tat. Die anderen Gefangenen vergaßen, daß das Dirnenbett kälter ist als der Gefängnisboden, und vernahmen in jenen Worten höchstens eine Verheißung von Freiheit und Liebe.

Die Erinnerung an ihren Kleinen beruhigte sie. Sie dachte an ihn, als trüge sie ihn noch in sich. Mütter befreien sich nie ganz von ihren Kindern. Das erste, das sie nach der Entlassung tun würde, war, ihn zu taufen. Sie hatte alles vorbereitet: den hübschen Hut und das hübsche Kleid, das ihr Camila bereits geschenkt hatte. Sie wollte das Fest mit Maiskuchen und Schokolade zum Frühstück feiern. Mit valenzianischem Reis und Geflügel zum Mittagessen. Zimmetwasser, Mandelmilch, Eis und Gebäck am Nachmittag. Sie hatte den Buchdrucker mit dem Glasauge beauftragt, kleine Bildchen zu drucken, mit denen sie ihre Freunde zu beschenken gedachte. Bei Shumann wollte sie zwei Wagen mieten, jeder mit zwei schweren Pferden bespannt, die wie Lokomotiven aussahen mit ihren klirrenden Silberketten, dazu zwei Kutscher in Gehrock und Zylinder. Dann versuchte sie nicht mehr an diese Dinge zu denken, damit ihr nicht geschehe wie jenem Mann, der am Vorabend seiner Hochzeit sagte: »Morgen um diese Zeit werde ich glücklich sein« und dem kurz vor der Trauung ein Ziegel auf den Kopf fiel.

Und dann kehrte sie doch zu den Gedanken an ihren Sohn zurück und empfand eine so lebhafte Freude, daß ihr anfänglich nicht bewußt wurde, daß ihr Auge auf einem Netz obszöner Zeichnungen ruhte. Dann aber verwirrte es sie. Kreuze, Bibelworte, Daten, geheimnisvolle Zahlen waren verbunden mit männlichen und weiblichen Geschlechtsorganen jeder Größe. Man sah das Wort Gottes neben einem

Phallus, die Zahl 13 über einer ungeheuren Hode, Teufel, deren Körper wie Kerzenständer gewunden waren, kleine Blumen mit fingerförmigen Blättern, Karikaturen von Richtern und Magistraten, Schiffchen, Anker, Sonnen, Wiegen, Flaschen, verschlungene Hände, von Dolchen durchbohrte Augen und Herzen, Sonnen mit Schnurrbärten, Monde mit Gesichtern alter Damen, drei- und fünfgezackte Sterne, Uhren, Meerweibchen, geflügelte Gitarren, Pfeile ...
Starr vor Schreck wollte sie sich von jener Welt des perversen Wahnsinns entfernen, doch sie fand nur andere Mauern mit anderen Obszönitäten. Stumm vor Entsetzen schloß sie die Augen. Sie war nur noch eine Frau, die auf einer schiefen Ebene langsam ins Rutschen gerät; auf ihrem Weg traf sie statt der Fenster offene Schlünde, und der Himmel zeigte seine Sterne wie ein Wolf seine Zähne.
Am Boden schleppte ein Volk von Ameisen eine tote Schabe vorüber. Unter dem Einfluß der Zeichnungen glaubte Fedina ein männliches Glied zu sehen, das sich an seinen eigenen Haaren zum Bett des Lasters schleppte.

Vom Neuen Haus
zum schlechten Haus,
schöner kleiner Himmel ...

Und das Lied drang wie zarte Glassplitterchen in ihr Fleisch, als wollte es ihre weibliche Scham auslöschen.
In der Stadt nahm das Fest zu Ehren des Präsidenten der Republik seinen Verlauf. Auf dem Hauptplatz stellte man am Abend die bekannte Filmleinwand auf (ähnlich einem Schafott) und führte Bruchstücke von Filmen auf vor einer Menge, die sich so andächtig zeigte, als seien es religiöse Spiele. Die beleuchteten öffentlichen Gebäude zeichneten sich vom Himmel ab. Kreisend wie ein Turban, umringten endlose Schritte den von einem Gitter mit scharfen Spitzen umzäunten Park. Die erwählteste Gesellschaft traf sich dort an Festabenden und ging rundherum, während das Volk mit religiöser Stille unterm Sternenhimmel jener Filmvorführung beiwohnte. Wie Sardinen gepreßt saßen diese alten Männer und Frauen, ledige und verheiratete, auf den Bänken und verbargen ihren Kummer nicht mehr, gähnten,

beobachteten die Vorbeigehenden, machten jedem Mädchen ein Kompliment und grüßten jeden Freund. Von Zeit zu Zeit hob arm und reich den Kopf gen Himmel: eine Rakete stieg und zog einen Regenbogen seidener Bänder hinter sich her.

Die erste Nacht in einem Gefängnis ist schrecklich. Der Gefangene fühlt, wie er im Dunkeln bleibt, als sei er außerhalb des Lebens, in einer Welt des Alpdruckes. Die Mauern verschwinden, die Decke wird undeutlich, der Boden verliert sich, und trotzdem, wie unfrei fühlt sich die Seele! Es ist wie der Tod.

Plötzlich begann Fedina zu beten: »Denke daran, o gnädige Jungfrau Maria, daß nie einer von Dir verlassen worden ist, der um Deinen Rat bat, Deine Hilfe suchte und Deinen Schutz erfleht hat. In diesem Vertrauen wende ich mich an Dich, Jungfrau der Jungfrauen, zu Dir komme ich, und meine Sünden beweinend, werfe ich mich zu Deinen Füßen. Erhöre mein Flehen, Jungfrau Maria; höre meine Bitten mit gnädigem Ohr und erfülle sie. Amen.« Die Dunkelheit würgte sie an der Kehle. Sie konnte nicht mehr beten. Sie ließ sich fallen, und mit den Armen, die ihr lang schienen, sehr lang, umschlang sie die gefrorene Erde – die kalte Erde aller Gefangenen, aller derer, die von der Justiz zu Unrecht verfolgt werden, die Erde der Leidenden und der Irrenden –, und sie sprach ihre Litanei ...

Ora pro nobis ...
Ora pro nobis ...
Ora pro nobis ...
Ora pro nobis ...
Ora pro nobis ...
Ora pro nobis ...
Ora pro nobis ...
Ora pro nobis ...

Nach und nach erhob sie sich. Sie verspürte Hunger. Wer würde ihr Kind stillen? Wie eine Katze schlich sie zur Türe und pochte ... vergeblich.

Ora pro nobis ...
Ora pro nobis ...
Ora pro nobis ...

Aus der Ferne vernahm man zwölf Glockenschläge ...
Ora pro nobis ...
Ora pro nobis ...
In der Welt ihres Kindes ...
Ora pro nobis ...
Zwölf Glockenschläge, sie hatte sie genau gezählt. Sie faßte Mut, versuchte sich vorzustellen, sie sei frei, und es gelang ihr. Sie sah sich in ihrem Haus, in der gewohnten Umgebung, unter Bekannten, wie sie zur Juanita sagte: »Auf Wiedersehen, es hat mich gefreut, Sie zu sehen!«, wie sie durch Händeklatschen Gabrielita rief, die Glut im Ofen überwachte, Don Timoteo ergeben grüßte. Ihr Laden machte ihr Freude wie etwas Lebendiges, wie etwas, das zu ihr, zu allem gehörte ...

Draußen dauerte das Fest an; die Filmleinwand anstelle des Schafotts und die Schritte der Sklaven am Wasserrad um den Park.

Als sie es am wenigsten erwartete, öffnete sich die Türe des Verlieses. Beim Knarren der Riegel zog sie ihre Füße an sich, als befände sie sich am Rande eines Abgrundes. Zwei Männer suchten sie im Finstern, und ohne ihr ein Wort zu sagen, stießen sie sie durch einen engen Korridor, den der nächtliche Wind durchstrich, durch zwei dunkle Räume in einen beleuchteten Saal. Als sie eintrat, sprach der Kriegsrichter leise mit dem Gerichtsschreiber.

»Dies ist der Herr, der in der Virgen del Carmen die Orgel spielt«, sagte sich die Fedina. »Mir schien es doch, ich würde ihn kennen, als sie mich verhafteten; ich habe ihn in der Kirche gesehen. Es kann kein schlechter Mensch sein ...!«

Der Richter blickte sie scharf und lange an. Dann stellte er ihr die allgemeinen Fragen: Name, Alter, Zivilstand, Beruf, Wohnort. Rodas' Frau antwortete genau; als der Schreiber noch die letzte Antwort zu Papier brachte, stellte sie eine Frage, die man nicht gut verstand, weil im selben Augenblick das Telefon läutete und man aus dem Nebenzimmer die rauhe, durch die Stille verstärkte Stimme einer Frau vernahm, die sagte: »... Ja ...! Wie geht es Ihnen ...? Das freut mich ... Ich sandte Caducha heute früh, damit sie mir Nachrichten bringe ... Das Kleid ...? Das Kleid ist sehr schön; ja, es ist gut geschnitten ... Wie ...? Nein, nein, es ist nicht befleckt ... Ja, aber bestimmt ... Ja, ja ... Ja ... Kommen Sie! Auf Wiedersehen ... Gute Nacht ... Adieu ...«

Inzwischen beantwortete der Richter Fedinas Frage im Ton eines grausamen und beißenden Spottes:

»Sorgen Sie sich nicht; wir sind dazu da, denen, die wie Sie nicht wissen, warum sie hier sind, den Grund darzulegen ...«

Mit aus den Höhlen hervortretenden großen Krötenaugen fügte er in veränderter Stimme hinzu:

»Doch erst werden Sie mir sagen, was Sie heute früh im Hause des Generals Eusebio Canales zu tun hatten.«

»Ich suchte ... ich suchte den General wegen einer Angelegenheit ...«

»Welcher Angelegenheit, wenn man fragen darf ...?«

»Eine kleine Angelegenheit, die mich angeht, Herr, eine Kleinigkeit. Über ... sehen Sie ... ich werde Ihnen alles sagen! Ich wollte ihn warnen, man würde ihn verhaften wegen des Mordes an diesem Obersten, ich vergaß seinen Namen, dem, der an der Pforte ermordet worden ist ...«

»Und da haben Sie noch die Frechheit zu fragen, warum Sie eingesperrt sind? Durchtriebenes Weib! Und das soll eine Kleinigkeit sein, eine Kleinigkeit? ... Hündin! Eine Kleinigkeit! Eine Kleinigkeit ...!«

Jedesmal, wenn er »Kleinigkeit« sagte, wuchs die Entrüstung des Richters.

»Warten Sie, ich muß Ihnen sagen ... Warten Sie, Herr, es ist nicht, was Sie denken! Warten Sie, hören Sie mir bitte zu: Als ich zum Hause des Generals kam, war der General schon nicht mehr dort; ich sah ihn nicht, ich sah niemanden; alle waren fort, das Haus stand leer, nur die Dienerin rannte umher!«

»Eine Kleinigkeit soll das sein, eine Kleinigkeit! Und um welche Zeit waren Sie dort?«

»Die Glocke der Merced schlug sechs Uhr!«

»Sie erinnern sich genau! Und woher wußten Sie, daß der General Canales verhaftet werden sollte?«

»Ich?«
»Ja, Sie!«
»Mein Mann erzählte es mir!«
»Und Ihr Mann ... Wie heißt er?«
»Genaro Rodas!«
»Durch wen hatte er es erfahren? Woher wußte er es? Wer sagte es ihm?«
»Ein Freund, ein Lucio Vásquez, der der Geheimpolizei angehört; dieser erzählte es meinem Mann, und mein Mann ...«
»Und Sie dem General!« unterbrach sie der Richter.
Fedina schüttelte den Kopf, wie einer, der sagt: »Wie scheußlich! Nein!«
»Welche Richtung schlug der General ein?«
»Aber, guter Gott, ich habe ja den General gar nicht gesehen! Ich sage es Ihnen doch! Hören Sie mir denn nicht zu? Ich sah ihn nicht! Ich sah ihn nicht! Was würde es mir nützen, es zu verneinen? Und das Schlimmste ist, daß dieser Herr hier alles aufschreibt, was ich sage ...!« Sie zeigte auf den Gerichtsschreiber, der sie mit seinem fahlen und fleckigen Gesicht anschaute, das aussah wie ein Fließblatt, mit dem viele Kleckse aufgesaugt worden sind.
»Es geht Sie nichts an, was er schreibt! Antworten Sie auf meine Fragen! Welche Richtung schlug der General ein?«
Eine lange Stille folgte. Die harte Stimme des Richters hämmerte:
»Welche Richtung hat der General genommen?«
»Ich weiß es nicht! Was soll ich Ihnen denn antworten? Ich weiß es nicht! Ich sah ihn nicht! Und ich sprach nicht mit ihm! ... Welch eine Geschichte!«
»Sie schaden sich, wenn Sie es verneinen, denn die Behörden wissen alles; sie wissen, daß Sie mit dem General gesprochen haben.«
»Das ist ja zum Lachen!«
»Passen Sie auf, und lachen Sie nicht! Die Behörden wissen alles, alles, alles!« Bei jedem »alles« erzitterte der Tisch unter einem Faustschlag. »Wenn Sie den General nicht gesehen haben, woher haben Sie denn diesen Brief? Ist er ganz von selbst in Ihr Hemd geflogen?«

»Diesen Brief fand ich auf dem Boden in seinem Haus; ich hob ihn auf, bevor ich wegging; doch es ist besser, ich sage Ihnen überhaupt nichts mehr, denn Sie glauben mir ja doch nicht, als wäre ich eine Lügnerin.«

»Ich hob ihn auf! ... Hob! Nicht einmal sprechen kann sie!« schimpfte der Schreiber.

»Erzählen Sie keine Geschichten, sondern die Wahrheit, denn mit Ihrem Lügen holen Sie sich eine Strafe, daß Sie zeit Ihres Lebens an mich denken werden!«

»Ich sagte die Wahrheit! Wenn Sie es nicht glauben wollen, kann ich Sie nicht wie ein Kind durch Schläge dazu zwingen!«

»Das wird Sie teuer zu stehen kommen, ich warne Sie! Noch etwas: Was hatten Sie mit dem General zu tun? Wer sind Sie, wie stehen Sie zu ihm? Seiner Schwester ... wie ist das?«

»Ich ... zum General ... nichts; ich sah ihn vielleicht zweimal. Doch der Zufall wollte es, daß mir seine Tochter versprach, Patin meines Sohnes zu sein ..«.

»Das ist kein Grund!«

»Sie hatte es versprochen, Herr!«

Der Schreiber kommentierte aus dem Hintergrund: »Alles Lügen!«

»Was mich bedrückte, weshalb ich den Kopf verlor und hinrannte, war, daß dieser Lucio meinem Gatten erzählte, jemand wolle die Tochter entführen ...«

»Lassen Sie die Lügen! Sagen Sie mir, wo sich der General versteckt hält, denn ich weiß, daß Sie es wissen, daß Sie die einzige sind, die es weiß, und daß Sie es hier sagen werden, uns allein, mir allein ...! Hören Sie auf zu weinen, sprechen Sie, ich höre zu!«

Die Stimme dämpfend, nach Art eines Beichtvaters, fügte er hinzu:

»Wenn Sie mir verraten, wo der General ist ... sehen Sie, hören Sie, ich weiß, daß Sie es wissen und es mir sagen werden; wenn Sie mir den Ort angeben, wo der General sich verbirgt, vergebe ich Ihnen; hören Sie, dann vergebe ich Ihnen! Ich lasse Sie frei und von hier aus geradewegs unbehelligt nach Hause gehen ... überlegen Sie es sich ...

überlegen Sie es sich gut!«

»Ach, mein Herr, wenn ich es wüßte, würde ich es Ihnen sagen! Doch das Unglück will, daß ich es nicht weiß... Bei der heiligen Dreieinigkeit, was soll ich tun!«

»Weshalb leugnen Sie? Sehen Sie nicht, daß Sie sich damit selbst schaden?«

Während der Pause, die auf die Worte des Richters folgte, stocherte der Gerichtsschreiber mit der Zunge in den Zähnen herum.

»Nun, wenn meine Freundlichkeit nichts nützt, weil Sie ein schlechter Mensch sind (diesen letzten Satz sprach der Richter schneller, mit dem Zorn eines ausbrechenden Vulkans), werde ich Sie zum Reden zwingen. Damit Sie es wissen, Sie werden eines schweren Vergehens gegen die Sicherheit des Staates für schuldig erachtet und befinden sich in den Händen der Justiz, da Sie für die Flucht eines Verräters, Aufrührers, Mörders und Feindes des Herrn Präsidenten verantwortlich sind... Das ist sehr schwerwiegend, sehr schwerwiegend, sehr schwerwiegend!«

Die Frau von Rodas war hilflos. Die Worte jenes teuflischen Mannes enthielten eine unmittelbare Drohung, etwas Schreckliches, etwas dem Tode Ähnliches. Ihre Kiefer, Finger und Beine zitterten. Der, dessen Finger zittern, scheint die Knochen aus der Hand schütteln zu wollen wie die Hand aus dem Handschuh; wem die Kiefer zittern, ohne daß er sprechen kann, der scheint seine Furcht telegrafieren zu wollen; und derjenige, dem die Beine zittern, der scheint aufrecht zu stehen in einem Karren, gezogen von zwei rasenden Tieren gleich einer Seele, die der Teufel entführt.

»Herr!« flehte sie.

»Hier wird nicht gespielt! Schnell jetzt, wo ist der General?«

Im Hintergrund öffnete sich eine Tür, durch die man das Weinen eines Kindes vernahm. Ein heißes, verzweifeltes Weinen...

»Gestehen Sie es um Ihres Sohnes willen!«

Noch bevor der Richter sprach, hatte Fedina ihren Kopf nach allen Seiten gedreht, um zu erspähen, woher das Weinen kam.

»Seit zwei Stunden weint er! Sie suchen vergeblich, wo er ist. Er weint vor Hunger und wird vor Hunger sterben, wenn Sie mir das Versteck nicht verraten!«

Sie stürzte auf eine Türe zu, aber drei Männer, drei schwarze Tiere, vertraten ihr den Weg und brachen ohne große Mühe die geringen Kräfte der Frau. In diesem aussichtslosen Handgemenge löste sich ihr Haar, die Bluse wurde aus dem Rock gerissen, und sie verlor ihren Unterrock.

Aber was konnte es ihr schon ausmachen, daß die Lumpen herunterfielen. Halb nackt rutschte sie auf den Knien zum Richter zurück und flehte ihn an, ihrem Kind die Brust geben zu dürfen.

»Alles, was Sie wollen, doch zuerst sagen Sie mir, wo der General ist!«

»Bei der Jungfrau des Karmel, Herr«, flehte sie und umschlang die Stiefel des Magistraten; »ja, bei der Jungfrau des Karmel, lassen Sie mich meinen Kleinen stillen; er hat schon keine Kraft mehr zum Weinen, er wird noch sterben; nachher können Sie mich töten!«

»Hier gibt es keine Jungfrauen des Karmel! Wenn Sie mir nicht sagen, wo sich der General versteckt hält, so bleiben Sie hier, und Ihr Kind kann schreien, bis es stirbt!«

Wie eine Verrückte kniete sie sich vor den Männern nieder, die die Türe bewachten. Dann kämpfte sie mit ihnen. Dann kam sie zurück, kniete nieder und versuchte dem Richter die Stiefel zu küssen.

»Herr, um meines Kindes willen!«

»Ja, um Ihres Kindes willen, wo ist der General? Unnütz, niederzuknien und die ganze Komödie weiterzuspielen; denn wenn Sie auf meine Frage nicht antworten, dürfen Sie nicht hoffen, Ihren Kleinen stillen zu können!«

So sprechend erhob sich der Richter, vom Sitzen müde geworden. Der Schreiber stocherte in den Zähnen, die Feder gezückt, um das Geständnis niederzuschreiben, das nicht über die Lippen der unglücklichen Mutter kommen wollte.

»Wo ist der General?«

In den Winternächten weint das Wasser in den Dachrin-

nen. Ähnlich hörte sich das Weinen des Kindes an, drop, drop, drop, ein halb ersticktes:
»Wo ist der General?«
Fedina schwieg wie ein verletztes Tier und biß sich in die Lippen, ohne zu wissen, was sie tun sollte.
»Wo ist der General?«
Fünf, zehn, fünfzehn Minuten vergingen. Schließlich trocknete sich der Richter mit einem schwarz umhäkelten Taschentuch die Lippen und fügte seiner Frage die Drohung bei:
»Nun, wenn Sie es uns nicht sagen wollen, werden Sie uns ein wenig ungelöschten Kalk zerstoßen. Vielleicht erinnern Sie sich dann, welchen Weg der General eingeschlagen hat.«
»Alles, was Sie wollen, mache ich; aber zuerst lassen Sie mich mein Söhnchen stillen! Herr, das können Sie nicht tun, es ist ungerecht! Herr, der Kleine trägt keine Schuld! Strafen Sie mich nach Belieben!«
Einer der Männer, die die Türe bewachten, warf sie mit einem Stoß zu Boden, ein anderer gab ihr einen Fußtritt, so daß sie liegenblieb. Ihre Tränen und ihre Konvulsionen ließen Mauern und Gegenstände sich verwischen. Nichts bestand mehr als das Weinen ihres Kindes.
Es war ein Uhr früh, als sie den Kalk zu zermalmen begann, damit man sie nicht mehr schlage. Ihr Kind weinte ...
Von Zeit zu Zeit wiederholte der Richter:
»Wo ist der General? Wo ist der General?«
Ein Uhr ...
Zwei Uhr ...
Schließlich drei Uhr ... Ihr Kindchen weinte ...
Vier Uhr ... Und ihr Kindchen weinte ...
»Wo ist der General? Wo ist der General?«
Die Hände bedeckt von unzähligen tiefen Rissen, die bei jeder Bewegung sich weiter öffneten, die Haut von den Fingerspitzen abgelöst, die Fingerglieder verwundet und die Nägel blutend, schrie Fedina vor Schmerz, während sie den Kalk über der Steinplatte hin- und herrollte. Wenn sie innehielt, um ihres Kindes eher als der Schmerzen wegen

zu flehen, wurde sie geschlagen.
»Wo ist der General? Wo ist der General?«
Sie hörte nicht auf die Stimme des Richters. Nur das immer schwächer werdende Weinen ihres Kindes füllte ihre Ohren.
Zwanzig Minuten vor fünf ließ man sie bewußtlos auf den Boden sinken. Von ihren Lippen troff klebriger Speichel, aus ihren Brüsten, von kaum sichtbaren Rissen durchfurcht, tropfte die Milch, weißer als der Kalk. Von Zeit zu Zeit entwichen ihren entzündeten Augen flüchtige Tränen.
Später, der Morgen graute schon, brachte man sie in ihre Zelle zurück. Dort erwachte sie neben ihrem sterbenden, leblos starren und puppenhaften Kind. Sobald er sich im mütterlichen Schoß fühlte, erwachte der Kleine und drängte gierig nach der Brust. Doch als er sein Mündchen an sie gelegt hatte und der herbe Geschmack des Kalkes ihn schmerzte, ließ er von ihr ab und weinte aufs neue. Zwecklos war alles, was sie tat, denn er wollte nicht mehr saugen. Das Kind auf den Armen schrie sie, schlug gegen die Türe ... Es erstarrte ... es erstarrte ... es wurde immer kälter.
Es war doch nicht möglich, es in dieser Weise sterben zu lassen; es war unschuldig! Und sie kehrte zurück, schlug gegen die Türe und schrie ...
»Ah, mein Kind stirbt! Ah, mein Kind stirbt! Mein Leben, mein liebes kleines Stück Leben! Kommt doch, im Namen Gottes! Öffnet! Um Gottes willen, öffnet! Mein Kind stirbt! Heilige Jungfrau! Heiliger Augustus! Jesus der heiligen Katharina!«
Draußen nahm das Fest seinen Fortgang. Am zweiten Tag wie am ersten. Die Filmleinwand wie ein Schafott, der Gang der Sklaven am Wasserrad um den Park.

17 Liebe, die Böses schafft

»... Kommt er? Kommt er nicht?«
»Es ist, als wäre er schon da!«

»Er ist verspätet, doch wenn er überhaupt nur kommt ...«
»Fürchten Sie nichts. Er wird kommen, so sicher, wie es jetzt dunkel ist. Ich lasse mir ein Ohr abschneiden, wenn er nicht kommt. Quälen Sie sich nicht ...«
»Und glauben Sie, er bringt Nachrichten von meinem Vater? Er versprach mir ...«
»Selbstverständlich ... Um so eher ...«
»Oh, Gott gebe, daß er mir keine schlechten Nachrichten bringt ...! Ich weiß nicht mehr, wo ich bin. Ich werde noch wahnsinnig ... Ich wollte, er käme bald, damit ich Gewißheit habe, oder er käme nicht, wenn er schlechte Nachrichten bringt.«
Die Masacuata folgte aus dem Winkel der flüchtig hergerichteten Kochstelle der zitternden Stimme Camilas, die auf ihrem Bette saß. Auf dem Boden vor der Jungrau von Chiquinquirá brannte eine Kerze.
»So wie es steht, glaube ich schon, daß er kommen wird, und zwar mit Nachrichten, die Sie freuen werden, glauben Sie mir ... Woher ich das wisse, werden sie fragen ... Ich fühle es, und in Herzensangelegenheiten bin ich unfehlbar ... Ein Finger macht zwar keine Hand aus, aber alle sind sie dieselben: wie Hunde zieht sie der Geruch eines Knochens an ...«
Die Worte der Wirtin verloren sich im Geräusch des Blasbalges. Camila sah ihr zu, wie sie ins Feuer blies, und achtete nicht auf ihr Gerede.
»Die Liebe, meine Kleine, ist wie halbgefrorener Zitronensaft. Wenn man ihn frisch trinkt, so ist sein Geschmack etwas Herrliches; er verflüchtigt sich rasch, und man muß schnell trinken, wenn man ihn kosten will. Nachher, nachher bleibt nur noch ein Klümpchen Eis ohne Geschmack, ohne Farbe zurück.«
Auf der Straße hörte man Schritte. Camilas Herz schlug so aufgeregt, daß sie es mit beiden Händen vor dem Zerspringen bewahren mußte. Die Schritte gingen an der Tür vorbei und verloren sich bald.
»Ich glaubte, er sei es ...« – »Er wird bald kommen ...«
»Wahrscheinlich ging er zu meinen Onkeln, bevor er hierher kommt, vielleicht begleitet ihn Onkel Juan ...«

»He da, Katze! Die Katze trinkt Ihre Milch, vertreiben Sie sie!«
Camila blickte auf die Katze, die, vom Schrei der Wirtin verscheucht, neben der auf dem Stuhl vergessenen Tasse ihr milchgetränktes Schnäuzchen leckte.
»Wie heißt Ihre Katze?«
»Benjui . . .«
»Ich besaß eine, die Gota hieß. Es war eine Kätzin . . .«
»Jetzt, ja, jetzt hört man Schritte. Vielleicht . . .«
Er war es.
Während die Masacuata die Türe entriegelte, fuhr sich Camila mit den Händen durchs Haar, um es ein wenig in Ordnung zu bringen. Ihr Herz klopfte in schweren Schlägen. Am Abend dieses Tages, der ihr zeitweise ewig, unendlich, endlos vorgekommen war, fühlte sie sich zerschlagen, müde und schlaff wie eine Kranke, die das Flüstern zur Vorbereitung ihrer Operation mitanhören muß.
»Jawohl, gute Nachrichten!« rief Cara de Angel beim Eintreten und verbarg den schmerzlichen Ausdruck in seinem Gesicht.
Sie wartete, neben dem Bett stehend, sich mit einer Hand auf das Kopfkissen stützend, die Augen voller Tränen, mit starrem Gesicht. Der Günstling streichelte ihr die Hände.
»Zuerst die Nachrichten über ihren Vater, die Sie am meisten interessieren . . .« Nach diesen Worten blickte er die Masacuata an, und den gleichen Ton beibehaltend, änderte er seine Absicht. »Ihr Vater weiß nichts davon, daß Sie hier versteckt sind . . .«
»Und wo ist er?«
»Beruhigen Sie sich!«
»Wenn ich nur weiß, daß ihm nichts geschehen ist, bin ich zufrieden.«
»Setzen Sie sich, Herr . . .«, forderte die Masacuata Cara de Angel auf.
»Danke . . .«
»Sie werden sich viel zu sagen haben, und wenn ich Ihnen nichts bringen muß, so erlauben Sie, daß ich einen Augenblick weggehe. Ich will nachschauen, wie es Lucio geht. Seit heute früh ist er nicht mehr zurückgekehrt.«

Der Günstling war nahe dabei, die Wirtin zu bitten, sie möge ihn nicht mit Camila allein lassen.
Doch schon war die Masacuata im Höfchen draußen verschwunden, um sich einen andern Rock anzuziehen. Und Camila sagte: »Gott möge Ihnen alles Gute vergelten! Hören Sie, Wirtin? Die Arme, sie ist so gut! Und alles, was sie sagt, ist liebenswürdig. Sie erklärte mir, Sie seien sehr reich, sehr sympathisch, sie kenne Sie seit langer Zeit...«
»Ja, sie ist wirklich gütig; trotzdem kann man nicht alles vor ihr sprechen, und es ist gut, daß sie sich entfernt hat. Alles, was wir von Ihrem Vater wissen, ist, daß er auf der Flucht ist; solange er jedoch die Grenze nicht überschritten hat, können wir keine zuverlässigen Nachrichten erhalten. Sagen Sie, haben Sie dieser Frau etwas über Ihren Vater erzählt?«
»Nein, ich dachte, Sie weiß alles...«
»Sie darf kein Wort davon wissen!«
»Und meine Onkel, was sagten sie?«
»Ich konnte sie nicht aufsuchen, da ich den ganzen Tag über nach Nachrichten über Ihren Vater forschte; doch ich habe ihnen schon meinen Besuch für morgen angesagt.«
»Verzeihen Sie mein Drängen, aber ich würde mich bei ihnen ruhiger fühlen als hier, vor allem bei Onkel Juan. Er ist mein Taufpate und war immer wie ein Vater zu mir...«
»Sahen Sie sich oft?«
»Beinahe jeden Tag... Beinahe... Ja... Ja, denn wenn wir nicht zu ihm gingen, kam er zu uns, mit seiner Frau oder allein. Er ist der Bruder, den mein Vater am meisten liebt. Er sagte mir immer: ›Wenn ich nicht mehr da bin, lasse ich dich bei Juan, zu ihm mußt du gehen, ihm gehorchen, als wäre er dein Vater!‹ Noch am Samstag aßen wir zusammen.«
»Auf alle Fälle sollen Sie wissen, daß ich Sie hier versteckt halte, weil die Polizei Sie hätte erkennen können, und weil es hier nahe war.«
Die müde Kerzenflamme, die nicht geschneuzt worden war, blinzelte wie das Auge eines Kurzsichtigen. In diesem Licht kam sich Cara de Angel gemindert und halb krank

vor; er schaute Camila an, die ihm blasser, einsamer, aber verführerischer denn je vorkam in ihrem zitronengelben Kleidchen.

»Woran denken Sie?«

Seine Stimme klang ruhig und vertraulich.

»Die Qualen auszudenken, die mein armer Vater ausstehen muß, der durch unbekannte, düstere Gegenden flieht, hungrig, ohne Schlaf, durstig, ohne Hilfe. Möge die Jungfrau ihn begleiten! Den ganzen Tag über ließ ich die Kerze vor ihr brennen ...«

»Denken Sie nicht an diese Dinge. Beschwören Sie das Unheil nicht herauf! Alles geschieht, wie es geschehen muß. Wie weit waren Sie davon, mich zu kennen, wie weit war ich davon, Ihrem Vater helfen zu können ...!« Er ergriff eine ihrer Hände, die sie sich liebkosen ließ, und beide blickten auf das Bild der Jungfrau.

Der Günstling dachte:

> Im Schlüsselloch der Himmelstür
> fändest du Platz, denn der Pförtner hat,
> als du geboren wurdest, mit Schnee den
> Abdruck deines Körpers in einen Stern gepreßt.

Die Strophe, an die er sich grundlos erinnerte, irrte durch seinen Kopf und vermengte sich mit der Erregung, die ihre beiden Seelen zu ergreifen begann.

»Welche Nachrichten bringen Sie mir? Ist mein Vater schon sehr weit? Wann wird man es genau wissen?«

»Ich habe keine Ahnung; doch kann es sich nur um Tage handeln ...«

»Um mehrere Tage ...«

»Nein.«

»Vielleicht hat Onkel Juan Nachrichten ...«

»Wahrscheinlich ...«

»Etwas geht in Ihnen vor, wenn ich von meinem Onkel spreche ...«

»Was sagen Sie da? Gar nichts! Im Gegenteil, ich denke, ohne sie wäre meine Verantwortung größer. Wohin könnte ich Sie bringen, wenn Ihre Onkel nicht wären?«

Die Stimme Cara de Angels veränderte sich, als er nicht mehr über die Flucht des Generals phantasierte, sondern von den Onkeln sprach, denn er fürchtete, der General kehre in Fesseln gelegt inmitten einer starken Eskorte oder kalt wie Marmor in blutdurchtränkten Tüchern zurück.

Die Türe wurde plötzlich aufgerissen. Wie ein Wasserfall stürzte die Masacuata herein. Die Riegel fielen zu Boden. Das Licht flackerte in einem Luftstoß.

»Entschuldigen Sie, daß ich störe, daß ich so hereinstürze... Lucio ist verhaftet worden!... Eine Bekannte hat es mir gesagt, als man mir diesen Zettel brachte. Er ist in der Strafanstalt... Geschwätz dieses Genaro Rodas! Diese Männer, diese Männer! Den ganzen Nachmittag über habe ich es gefühlt! Mein Herz machte die ganze Zeit über ›pumpum, pumpum‹... Er hat herumerzählt, daß Sie und Lucio das Fräulein entführt haben...«

Der Günstling konnte die Katastrophe nicht verhindern. Auf eine Handvoll Worte folgte die Explosion... Camila, er und seine ärmliche Liebe zerfielen in weniger als einer Sekunde... Cara de Angel wurde sich der Wirklichkeit bewußt, Camila vergrub ihr Gesicht im Kissen und weinte verzweifelt; die Wirtin hörte nicht auf zu sprechen, erzählte die Einzelheiten der Entführung, ohne nur zu beachten, daß ihre Worte eine ganze Welt in den Abgrund der Verzweiflung stürzten. Cara de Angel hatte das Gefühl, er werde lebendig, mit offenen Augen begraben.

Nachdem sie lange Zeit geweint hatte, erhob sich Camila wie eine Schlafwandlerin und bat die Wirtin, ihr ein Tüchlein zu leihen, um sich bedeckt auf die Straße begeben zu können.

»Wenn Sie, wie Sie sagen, ein Gentleman sind«, wandte sie sich an Cara de Angel, nachdem ihr die Wirtin einen Schal umgelegt hatte, »begleiten Sie mich jetzt zu Onkel Juan.«

Der Günstling wollte das Wort sagen, das man nicht über die Lippen bringt und das in den Augen derer tanzt, die vom Schicksal getroffen sind und in ihren schönsten Hoffnungen betrogen wurden.

»Wo ist mein Hut?« fragte er mit heiserer Stimme und schluckte vor Angst.

Den Hut in der Hand, kehrte er nochmals in die Schenke

zurück, um, bevor er wegging, sich den Ort einzuprägen, an dem sich seine Hoffnung zerschlagen hatte.

»Aber«, wandte er noch unter der Türe ein, »ich fürchte, es ist schon zu spät.«

»Wenn wir in ein fremdes Haus gehen würden, ja; aber wir gehen nach Hause; denn Sie müssen wissen, bei jedem meiner Onkel bin ich zu Hause!«

Cara de Angel hielt sie sanft am Arm zurück, und als müßte er sich die Seele aus dem Leibe reißen, sagte er ihr plötzlich die Wahrheit:

»Sie können nicht zu Ihrem Onkel gehen. Er will nicht einmal von Ihnen sprechen hören, will nichts vom General wissen, anerkennt ihn nicht mehr als Bruder. Don Juan hat es mir heute selbst gesagt...«

»Aber Sie selbst haben mir doch gesagt, Sie hätten ihn nicht gesehen, Ihren Besuch erst angemeldet... Vergessen Sie Ihre soeben gesagten Worte, verleumden Sie meinen Onkel, um die Beute, die Ihren Händen entgleitet, hier behalten zu können? Mein Onkel wolle nicht von mir sprechen hören, kenne seinen Bruder nicht mehr, wolle mich nicht in seinem Hause aufnehmen? Sind Sie von Sinnen! Begleiten Sie mich, und Sie werden vom Gegenteil überzeugt sein!«

»Ich bin nicht von Sinnen, glauben Sie mir! Ich würde mein Leben geben, um zu verhindern, daß Sie sich einer Beleidigung aussetzen, und wenn ich gelogen habe, so, weil ... ich weiß nicht ..., weil ich Ihnen diesen Schmerz bis zum letzten Augenblick ersparen wollte... Ich beabsichtige, morgen wieder hinzugehen und ihn zu bitten, es auf eine andere Wiese zu versuchen, ihn zu bitten, Sie nicht hilflos auf der Straße zu lassen, doch dies ist nicht mehr möglich, wenn Sie jetzt hingehen, nicht mehr möglich...»

Die beleuchteten Straßen schienen einsam. Die Wirtin begleitete sie die ersten Schritte mit der Kerze der Jungfrau. Der Wind blies sie aus. Die Flamme erlosch in der Bewegung einer Frau, die sich bekreuzigt.

Bum, bumbum, bum! Bum, bumbum, bum!
Wie Knallfeuerwerk durchhüpften die Schläge das Haus, weckten den Hund, der sogleich gegen die Straßenseite bellte. Das Geräusch hatte seinen Schlaf verbannt. Camila wandte ihr Gesicht Cara de Angel zu (unter der Tür ihres Onkels Juan fühlte sie sich schon in Sicherheit) und sagte zu ihm voller Stolz:
»Er bellt, weil er mich nicht erkannt hat! Rubi, Rubi!« rief sie dem Hund, der immerfort bellte. »Rubi, Rubi! Ich bin's! Kennst du mich nicht, Rubi? Geh, wecke sie, damit man mir öffnet...«
Und wiederum zu Cara de Angel gewandt:
»Warten wir einen Augenblick!«
»Ja, ja, sorgen Sie sich nicht um mich. Warten wir!«
Er sprach langsam, nachlässig, wie einer, der alles verloren hat, dem alles gleichgültig ist.
»Vielleicht haben sie es nicht gehört; wir müssen lauter pochen.«
Sie hob den Klopfer und ließ ihn mehrere Male niederfallen. Er war ein vergoldeter Bronzeklopfer in Form einer Hand.
»Die Mägde werden schlafen; dennoch, es wäre Zeit, daß sie öffneten! Mein Papa, der an Schlaflosigkeit leidet, sagt mit Recht nach einer schlechten Nacht: ›Glücklich die, die den Schlaf einer Dienstmagd haben!‹«
Einzig Rubi gab Lebenszeichen im Haus. Sein Gebell ertönte bald aus der Eingangshalle, bald aus dem Hof. Er rannte unentwegt nach den Schlägen, als seien es in die Stille geworfene Steine. Die Stille würgte Camila in der Kehle.
»Seltsam«, bemerkte sie, ohne von der Türe wegzugehen. »Sie schlafen bestimmt. Ich will stärker pochen, vielleicht kommen sie dann.«
»Bum, bumbum, bum, bum ... bum, bum, bumbum!«
»Jetzt müssen sie kommen. Sie haben uns vorher nicht gehört...«
»Die Nachbarn werden vor ihnen erscheinen!« sagte Cara de Angel. Obwohl man im Nebel nichts sehen konnte, ver-

nahm man doch das Geräusch von Türen.
»Es ist ihnen doch nichts zugestoßen, oder?«
»Sicher nicht. Klopfen Sie, klopfen Sie, beunruhigen Sie sich nicht!«
»Warten wir ein Weilchen, vielleicht kommen sie ...«
Camila zählte lautlos, um die Zeit zu vertreiben: »Eins, zwei, drei, vier, fünf, sechs, sieben, acht, neun, zehn, elf, zwölf, dreizehn, vierzehn, fünfzehn, sechzehn, siebzehn, achtzehn, neunzehn, zwanzig, einundzwanzig, zweiundzwanzig, dreiundzwanzig ... vierundzwanzig ... fünf.. und ... zwanzig ...«
Sie kommen nicht!«
»... sechsundzwanzig, siebenundzwanzig, achtundzwanzig, neunundzwanzig, dreißig ... einunddreißig, zweiunddreißig, dreiunddreißig, vierunddreißig ... fünfunddreißig ...«, sie fürchtete, bei fünfzig anzugelangen, »... sechsunddreißig ... siebenunddreißig, achtunddreißig ...«
Plötzlich, ohne zu wissen warum, fühlte sie, daß das, was Cara de Angel über Onkel Juan gesagt hatte, Wahrheit war, und in ihrem Entsetzen und in ihrer Verzweiflung pochte sie weiter. Bumbumbumbum! Sie ließ den Klopfer nicht mehr los ... Bumbumbum, bum, bumbumbum, bum! Es konnte nicht sein! Bum, bum, bum, bum, bumbumbum, bumbumbumbumbum, bumbumbum, bumbumbumbumbumbumbum.
Die Antwort war dieselbe: das unablässige Gebell des Hundes. Was hatte sie, ohne zu wissen, ihnen angetan, daß man ihr die Tür nicht öffnete? Sie klopfte von neuem. Jeder Schlag weckte Hoffnungen in ihr. Was sollte aus ihr werden, wenn man sie auf der Straße ließ? Der bloße Gedanke daran raubte ihr alle Kräfte. Sie klopfte und klopfte. Sie klopfte mit Wut, als fielen die Hammerschläge auf den Kopf eines Feindes. Ihre Füße waren schwer, der Mund bitter, die Zunge trocken und über den Zähnen das siedend heiße Gefühl der Angst.
Ein Fenster knarrte, man hörte sogar Stimmen. Ihr Körper erwärmte sich. Gleich würden sie öffnen, Gott sei Dank! Sie war froh, sich von jenem Mann trennen zu können, dessen schwarze Augen teuflische Funken sprühten wie die

der Katzen ... von jenem Mann, der, obgleich schön wie ein Engel, abstoßend war. In diesem Augenblick berührten sich die Welt des Hauses und die Welt der Straße, einzig getrennt durch eine Tür, gleich zwei erloschenen Sternen. Das Haus erlaubt, das Brot im Verborgenen zu essen; ruhig gegessenes Brot ist angenehm, es macht weise. Das Haus verkörpert die Sicherheit des Dauerhaften und besitzt die soziale Achtung. Es ist wie ein Familienbild, auf dem Papas Krawattenknoten leuchtet, auf dem die Mutter ihren schönsten Schmuck trägt, auf dem die Kinder mit Kölnisch Wasser gekämmt sind. Nicht so die Straße: sie ist die Welt des Ungewissen, des Gefährlichen, des Wagnisses, falsch wie die Spiegel, eine öffentliche Waschküche für den Schmutz der Umgebung.

Wie oft hatte sie als Kind unter jener Türe gespielt! Wie oft hatte sie, während ihr Vater und Onkel Juan, bevor sie sich trennten, noch Geschäftliches besprachen, von dort aus die Dächer der gegenüberliegenden Häuser betrachtet, die sich wie mit Schuppen bedeckte Rücken vom Blau des Himmels abhoben!

»Hörten Sie nicht, daß jemand ans Fenster schlich? Ist es nicht so? Aber man öffnet nicht. Oder ... haben wir uns etwa im Haus geirrt... Das wäre seltsam!«

Sie ließ den Klopfer fahren und trat vom Gehsteig auf die Straße hinaus, um die Hausfront sehen zu können. Sie hatte sich nicht getäuscht. Es war das Haus Onkel Juans. »Juan Canales, Baumeister« stand auf der Metalltafel an der Tür. Wie ein Kind verzog sie das Gesicht und weinte. Pferdchen gleich zogen die Tränen aus dem Innersten ihrer Seele die düstere Gewißheit durch ihr Hirn, daß Cara de Angel beim Verlassen des »Tus-Tep« die Wahrheit gesprochen hatte. Sie weigerte sich immer noch, daran zu glauben, obgleich es stimmte.

Nebel umsäumte die Straße. Jadefarbenes Morgenrot, das nach Portulak roch.

»Begleiten Sie mich zu meinen andern Onkeln, zuerst zu Onkel Luis, bitte.«

»Wohin Sie wollen.«

»Kommen Sie...« Wie Regen strömten ihre Tränen aus

den Augen. »Hier wollte man mir nicht öffnen ...«
Sie gingen weiter. Camila sah sich nach jedem Schritt um, die Hoffnung, daß man schließlich doch öffnen würde, verließ sie nicht. Cara de Angel schaute finster vor sich hin; er würde schon noch einmal Don Juan Canales aufsuchen; es war unmöglich, eine derartige Beleidigung ungerächt zu lassen. Das Gebell des Hundes blieb immer weiter zurück. Jede Hoffnung schwand. Nicht einmal den Hund hörte man mehr. Vor dem Münzhaus stießen sie auf einen betrunkenen Briefträger, der wie im Traum die Briefe mitten auf die Straße streute. Er konnte beinahe nicht mehr gehen. Von Zeit zu Zeit hob er die Arme und gackerte wie ein Huhn, während er mit den Fäden seines Speichels kämpfte, die sich an den Uniformknöpfen verfangen hatten. Camila und Cara de Angel, in gemeinsamer Intention, lasen zusammen die Briefe vom Boden auf, steckten sie wieder in seine Tasche und rieten ihm, sie nicht wieder hinzuwerfen.
»Da ... da ... danke vielmals, saaage ich, da ... da ... danke vielmals!« An die Mauer des Münzhauses gelehnt, stammelte er diese Worte. Als die beiden fort waren, wankte er singend weiter:

»Um in den Himmel zu steigen,
braucht man
eine große Leiter
und eine kleine!«

Halb singend, halb sprechend, fügte er in einer andern Melodie hinzu:

»Es steige, steige, steige
die Jungfrau in den Himmel,
es steige, steige, steige,
es steige sie auf in ihr Reich.«

»Wenn der heilige Johannes seinen Finger küßt, werde ich, Gup ... Gup ... Gu ... merciendo Solare, nicht mehr Briefträger sein, nicht mehr Briefträger sein, nicht mehr Briefträger sein ...«
Und singend:

»Und wenn ich einmal sterbe,
wer gräbt mich ein?

Einzig die kleinen Schwestern
der Caritas!«

»Ai! Hi, hi, hi, hi, du bist überflüssig, du bist überflüssig, du bist überflüssig!«

Stolpernd verschwand er im Nebel. Es war ein kleiner Körper mit großem Kopf. Die Uniform war ihm zu groß, die Mütze zu klein.

Inzwischen versuchte Don Juan Canales das Unmögliche, mit seinem Bruder José Antonio in Verbindung zu treten. Die Telefonzentrale antwortete nicht, und das Surren der Drehkurbel ekelte ihn an. Endlich kam eine Antwort, wie aus dem Jenseits. Er verlangte das Haus von Don José Canales, und entgegen seinen Erwartungen vernahm er sogleich die Stimme seines älteren Bruders aus dem Apparat.

»Ja, ja, Juan ist hier... Ich glaubte, du habest mich nicht erkannt... Stell dir vor... Sie und dieser Kerl, ja... Ich glaube es schon, ich glaube es schon... Selbstverständlich... Ja... Ja... Was sagst du...? Nein, wir öffneten nicht! Stell dir doch vor... Zweifellos gehen sie nun zu dir... Was...? Das dachte ich mir... Wir zitterten...! Auch für euch, für deine Frau, ist der Schreck nicht gut; meine Frau wollte zur Tür gehen, doch ich hinderte sie daran...! Natürlich, natürlich, das ist ja ganz klar...! Die Nachbarschaft bei dir... Ja, gewiß... Bei mir war es schlimmer. Sie müssen wütend sein... Von dir aus gingen sie bestimmt zu Luis... Ach, sie kamen bereits von dort...?«

Zuerst war es ein unbestimmter Glanz, hier und dort eine undeutliche Helle von Zitronensaftfarbe, dann von Orangensaftfarbe, rötlich wie ein eben angezündetes Feuer, wie das matte Gold der ersten Flamme Licht des Morgens, der sie auf der Straße überraschte, als sie wiederum erfolglos an der Tür Don José Antonios pochten.

Bei jedem Schritt wiederholte Camila:

»Ich werde mir schon zu helfen wissen!«

Ihre Zähne klapperten vor Kälte. Ihre großen, von den Tränen nassen Augen sahen den Morgen sich mit unerwarteter Bitterkeit heben. Sie hatte die Haltung derer angenommen, die vom Schicksal geprüft werden. Ihre Schritte waren

unentschlossen, ihre Bewegungen linkisch.
Die Vögel begrüßten das Morgenrot in den öffentlichen Parkanlagen und in den Gärten der Innenhöfe. Ein himmlisches Konzert von Trillern und Tonleitern stieg in den Äther, während die Rosen erwachten, während von andern Seiten her das Bimmeln der Glocken dem lieben Gott guten Tag wünschte und dumpfe Schläge aus den Metzgereien dröhnten, wo das Fleisch gehackt wurde; auch die Hahnenschreie wurden vernommen und das weiche Fallen der Brötchen, die in den Bäckereien in die Körbe geworfen werden. Die Schritte und Stimmen der Zecher vermengten sich mit dem Geräusch einer Tür, durch die eine arme Alte heraustrat, um zur Kommunion zu gehen, oder eine Dienerin, die einem Reisenden, der den ersten Zug nehmen muß, ein Brötchen zum Frühstück mitzugeben hat.
Der Tag wuchs ...
Die Aasgeier stritten sich mit Schnabelhieben um eine tote Katze. Die Hunde verfolgten die Hündinnen mit geifernder Schnauze und heraushängender Zunge. Ein Hund schlich knurrend vorbei mit eingezogenem Schwanz, kaum, daß er sich nach ihnen melancholisch und ängstlich umblickte, um ihnen die Zähne zu zeigen. Sie spritzten kleine Niagarafälle an Mauern und Türen.
Der Tag wuchs ...
Die Indianer, die nachts die Straßen kehren, gingen einer nach dem andern nach Hause, in grobe Leinwand gehüllte Gespenster, deren Sprache wie Grillengesang in der Morgenfrühe anmutete. Die Besen trugen sie wie Regenschirme unter die Achsel geklemmt. Nacktfüßig. Müde. Manchmal neigte sich einer von ihnen über den Rand des Gehsteiges und schneuzte sich die Nase mit Zeigefinger und Daumen. Vor den Kirchentüren nahmen sie alle ihren Hut ab.
Der Tag wuchs ...
Unbesteigbare Araukarien, grüne Spinngewebe, vor den Himmel gespannt, um die fallenden Sterne zu fangen. Wolken der ersten Kommunion. Pfiffe fremder Lokomotiven.
Die Masacuata war glücklich, sie beide wieder ankommen zu sehen. Während der ganzen Nacht hatte sie vor Kum-

mer kein Auge schließen können, und nun war sie gerade dabei, das Frühstück für Lucio Vásquez in die Strafanstalt zu bringen.
Cara de Angel verabschiedete sich, während Camila über ihr unglaubwürdiges Unglück weinte.
»Auf Wiedersehen!« sagte er, ohne zu wissen, warum. Von jetzt ab hatte er hier nichts mehr zu suchen.
Und beim Weggehen fühlte er zum ersten Male seit dem Tode seiner Mutter die Augen voller Tränen.

19 Gewinnrechnung und Schokolade

Der Kriegsrichter trank seine Reisschokolade; er hob den Arm zweimal, um die Tasse bis auf den Grund zu leeren. Dann wischte er seinen fliegenflügelfarbenen Schnurrbart mit seinen Hemdärmeln ab, näherte sich der Lampe und schaute in die Tasse, ob noch etwas übriggeblieben sei. Zwischen den Bergen von Papieren und schmierigen Gesetzesbüchern stand er, schweigend, häßlich, kurzsichtig und gefräßig; wenn er seinen Kragen auszog, konnte man nicht sagen, ob dieser Rechtsgelehrte, dieser Baum gestempelten Papieres, dessen Wurzeln sich in allen sozialen Klassen, sogar in den niedrigsten und ärmsten, nährten, eine Frau oder ein Mann sei. Nie haben vergangene Generationen einen solchen Hunger nach gestempeltem Papier gesehen. Er hob seine Augen von der Tasse, nachdem er mit dem Finger darin herumgefahren war, um sich zu überzeugen, ob sich wirklich kein Tröpfchen mehr darin befand, und sah seine Magd durch die einzige Tür des Arbeitszimmers eintreten; sie war ein Gespenst, das schlurfte, als trüge es zu große Schuhe. Langsam kam sie, Schritt um Schritt. Schritt um Schritt.
»Hast du die Schokolade schon getrunken?«
»Ja, Gott vergelt es dir, sie war sehr schmackhaft! Ich liebe es, wie dieses Getränk den Hals hinunterfließt.«
»Wo hast du die Tasse hingestellt?« wollte die Magd wissen und suchte zwischen den Büchern, die Schatten über den Tisch warfen.

»Dort! Siehst du sie nicht?«

»Übrigens, schau, diese Schubladen sind schon voll von gestempelten Papieren. Morgen, wenn du willst, werde ich versuchen, sie zu verkaufen.«

»Paß auf! Niemand darf es merken. Die Leute sind so bösartig ...«

»Glaubst du, ich hätte überhaupt keinen Verstand! Es hat ungefähr vierhundert Blätter zu fünfundzwanzig ›Centavos‹ und zweihundert zu fünfzig ... Ich zählte sie heute nachmittag, während ich das Bügeleisen heiß machte.«

Ein Pochen an der Haustür brachte sie zum Schweigen.

»Welch eine Art zu pochen, Dummköpfe!« schimpfte der Richter.

»Sie klopfen immer so ... Wer mag es sein ... Manchmal höre ich es bis in die Küche ...«

Die Magd sagte diese letzten Worte schon auf dem Weg zur Tür. Mit ihrem kleinen Kopf und dem langen, farblosen Rock sah sie aus wie ein Regenschirm.

»Ich bin nicht anwesend!« rief der Richter ihr nach. »Und wart, schau besser erst durchs Fenster ...«

Nach wenigen Augenblicken kehrte die Alte schlurfend mit einem Brief zurück.

»Man wartet auf die Antwort ...«

Der Richter riß den Umschlag auf, übel gelaunt. Seine Augen überflogen das Kärtchen, das darin war, und mit einer sanfteren Stimme sagte er zur Magd:

»Sage, ich habe davon Kenntnis genommen!«

Schlurfenden Schrittes ging sie zurück, um dem Jungen, der den Brief hergetragen hatte, die Antwort zu bringen; dann verriegelte sie das Fenster hermetisch.

Sie kehrte zögernd zurück, prüfte, ob alle Türen geschlossen seien, und konnte sich nicht entschließen, die leere Tasse fortzutragen.

Unterdessen las der Richter, bequem in einem Sessel sitzend, die kleine Karte wieder, ohne einen Punkt oder ein Komma zu übersehen. Sie kam von einem Kollegen, der ihm ein Geschäft vorschlug. »Doña Chon Goldzahn«, schrieb der Rechtsgelehrte Vidalitas, »eine Freundin des Herrn Präsidenten und Besitzerin eines bekannten Bordells, suchte mich heute morgen in meinem Büro auf, um mir mitzuteilen, sie habe im Neuen Haus eine junge und hübsche Frau gesehen, die für ihr Geschäft passen würde. Sie bietet 10 000 Peseten. Da ich weiß, daß die in Frage Kommende auf Deinen Befehl hin verhaftet worden ist, wende ich mich an Dich mit der Anfrage, ob Du nicht geneigt wärest, dieses Sümmlein in Empfang zu nehmen und die Gefangene meiner Kundin auszuliefern ...«

»Wenn du nichts mehr brauchst, gehe ich zu Bett.«

»Nichts mehr. Gute Nacht! Mögen die Seelen des Fegefeuers in Frieden ruhen!«

Während die Magd schlurfend hinausging, überrechnete der Richter nochmals den Gewinn des Geschäftchens, das er in Aussicht hatte, Zahl um Zahl: eine Eins, eine Null, eine Null, eine Null, eine Null ... Zehntausend Peseten!

Die Alte kehrte zurück:

»Ich vergaß, der Priester läßt dir sagen, daß er morgen die Messe früher liest.«

»Natürlich, morgen ist ja Samstag! Wecke mich, wenn die Glocken läuten, hörst du, denn letzte Nacht blieb ich lange wach, und es wäre möglich, daß ich mich verschlafe.«

»Gut, ich werde dich wecken.«

Auf diese Worte hin entfernte sie sich langsam schlurfenden Schrittes. Doch sie kehrte nochmals zurück, sie hatte vergessen, die leere Tasse in die Küche zu tragen. Sie war schon ausgezogen, als sie daran dachte. »Gut, daß ich mich erinnere«, sagte sie halblaut; »wenn nicht, was ... (mit größter Mühe zog sie ihre Schuhe wieder an) dann ...« Schließlich stieß sie einen Seufzer und ein »mein Gott« aus. Hätte sie die schmutzige Tasse nicht vergessen, wäre sie jetzt schon im Bett.

Der Richter bemerkte das Kommen und Gehen der Alten gar nicht, so sehr war er in die Lektüre seines letzten Meisterwerkes, des Berichts über General Canales' Flucht, vertieft.

Es gab vier Hauptschuldige: Fedina de Rodas, Genaro Rodas, Lucio Vásquez und – seine Zunge strich über die Lippen – einen weiteren, einen, den er nicht ausstehen konnte: Miguel Cara de Angel.

»Die Entführung der Tochter des Generals, ähnlich wie die schwarze Wolke, die der Tintenfisch ausspuckt, wenn er sich angegriffen fühlt, war eine List, um die Wachsamkeit der Polizei abzulenken«, sagte er sich. »Die Aussagen der Fedina Rodas bezeugen das deutlich. Das Haus war leer, als sie um sechs Uhr früh den General aufsuchen wollte. Ihre Aussagen schienen mir vom ersten Augenblick an wahrheitsgetreu, und wenn ich die Schraube noch mehr anzog, so nur, um ganz sicher zu sein. Ihre Aussage ist der unwiderlegbare Beweis der Schuld Cara de Angels. Wenn um sechs Uhr früh niemand im Hause war und wenn andererseits aus den Polizeirapporten hervorgeht, daß der General um Mitternacht nach Hause zurückkehrte, so mußte er um zwei Uhr geflohen sein, im Augenblick, da jener die Farce der Entführung zu spielen begann...

Welche Enttäuschung für den Herrn Präsidenten, wenn er erfährt, daß derjenige, dem er sein größtes Vertrauen schenkte, die Flucht eines seiner erbittertsten Feinde vorbereitet und geleitet hat. Wie wird ihn die Nachricht berühren, daß der enge Freund des Obersten Parrales Sonriente dessen Mörder zur Flucht verhalf!«

Er las die Artikel des Militärgesetzes über Landesverräter immer wieder, bis er sie auswendig kannte. Seine Basiliskenaugen schillerten jedesmal vor Freude, so als würde er eine stark gewürzte Sauce genießen, wenn er in den Gesetzesartikeln – und dies war bei jeder zweiten Zeile der Fall – den kleinen Satz »wird mit dem Tode bestraft« oder die Variante »wird mit dem Leben bezahlt« fand.

Nun, Don Miguelito, Don Miguelito, bist du endlich in meinen Händen, und zwar so lange es mir gefällt! Nie hätte ich gedacht, daß wir uns so bald wiedersehen würden! Erst gestern noch hast du mich im Palast des Herrn Präsidenten beleidigt! Meine Rache ist eine Schraube ohne Ende, das versichere ich dir!

Das Gemüt durch die Aussicht auf Rache erhitzt, das Herz kalt wie eine Gewehrkugel, stieg der Militärrichter am Morgen des folgenden Tages um elf Uhr die Stufen zum Palast empor. Er trug die Prozeßakten und einen Haftbefehl

gegen Cara de Angel bei sich.
»Sehen Sie, Herr Richter«, sagte zu ihm der Präsident, nachdem ihm dieser den Fall dargelegt hatte, »lassen Sie diese Akten hier und hören Sie mir genau zu: Weder Fedina Rodas noch Miguel sind schuldig; setzen Sie die Frau sogleich in Freiheit und zerreißen Sie diesen Haftbefehl. Die Schuldigen sind Sie, die Diener des... ja, wozu dienen Sie eigentlich!... zu nichts!... Mein Befehl lautete, den General beim leisesten Fluchtversuch niederzuschießen. Dies war mein Befehl! Doch die Polizei kann keine offene Tür sehn, ohne daß es ihr in den Fingern kribbelt und die Lust zum Plündern sie packt! Sie glauben, Cara de Angel habe bei der Flucht des Generals geholfen... Er half nicht bei der Flucht, sondern bei seiner Beseitigung... Da aber die Polizei die größte Dummköpfeorganisation ist... Sie können gehen... Was die beiden andern, Rodas und Vásquez anbelangt, so überwachen Sie sie; es sind zwei Schurken, vor allem Vásquez, denn er weiß mehr, als er sollte... Sie können gehen.«

20 Wölfe unter sich

Genaro Rodas, der den Blick des Pelele aus seinen Augen nicht losgeworden war, erschien mit gesenkter Stirn vor dem Kriegsrichter, in der Seele verstört durch das Unglück, das über seine Familie hereingebrochen war, und durch den Verlust der Freiheit. Der Richter ließ ihm die Handschellen abnehmen, und im Ton, in dem man zu einem Diener spricht, hieß er ihn näher treten.
»Mein Kleiner«, sprach er nach langem Schweigen, das zu seiner Taktik gehörte, »ich weiß alles, und wenn ich dich frage, so nur, weil ich es aus deinem eigenen Mund hören möchte: Wie starb jener Bettler an der Pforte des Herrn?«
»Es war...«, brach es aus Genaro, doch er hielt erschreckt inne, als er sich bewußt wurde, was er sagen wollte.
»Ja, es war...«
»Herr, ich bitte Sie bei Gott, tun Sie mir nichts! Herr! Nein! Ich sage Ihnen die Wahrheit, doch tun Sie mir nichts!«

»Fürchte nichts, Kleiner! Das Gesetz ist hart gegen ruchlose Verbrecher, doch wenn es sich um einen Jüngling handelt... Laß die Furcht, und sage mir alles!«

»Bitte tun Sie mir nichts. Ich fürchte mich!« Während er sprach, wand sich sein Körper in Bitten, als wollte er sich gegen eine Drohung verteidigen, die in der Luft lag.

»Nein, Kleiner!«

»Es war... Es war während einer Nacht; Sie wissen ja, wann. Ich hatte eine Verabredung mit Lucio Vásquez an der Ecke der Kathedrale, dort, wo man zu den Chinesen hinaufgeht. Ich war arbeitslos, und Lucio hatte mir versprochen, er würde mir bei der Geheimpolizei eine Stelle verschaffen. Wir trafen uns, wie ich Ihnen sagte: ›Wie geht's?, wie geht's?‹ Wir sprechen von diesem und jenem. Er lädt mich ein zu einem Gläschen in einer Schenke ganz oben an der Plaza de Armas; sie heißt ›Zum erwachenden Löwen‹. Doch aus dem Gläschen werden zwei, drei, vier, fünf, und um Sie nicht zu ermüden...«

»Ja, ja...«, stimmte der Richter bei und wandte sich gegen den sommersprossigen Schreiber, der die Aussage des Angeklagten niederschrieb.

»Sehen Sie, er hatte mir die Stelle in der Geheimpolizei nicht verschaffen können. Ich sagte ihm, es sei unwichtig. Und dann... ach ja, ich erinnere mich, dann bezahlte er, was wir getrunken hatten. Und dann gingen wir zusammen hinaus und kehrten zur Pforte zurück, wo Lucio, wie er mir sagte, Dienst hatte. Er wartete auf einen tobsüchtigen Stummen, den er laut Befehl niederschießen sollte. Dort sagte ich ihm: ›Ich gehe.‹ Wir schritten zur Pforte hinunter. Ich entfernte mich ein wenig! Er überquerte langsam die Straße, doch an der Ecke der Pforte begann er plötzlich zu rennen. Ich lief hinter ihm her und glaubte, man verfolge uns. Aber... Vásquez packte bei der Mauer ein Bündel; es war der Stumme. Dieser heulte, als er den Griff fühlte, wie wenn eine ganze Mauer über ihm zusammengebrochen wäre. Vásquez zog seinen Revolver, und ohne ein Wort zu sagen, schoß er, einmal, zweimal... Herr, ich bin unschuldig, tun Sie mir nichts, ich schoß ja nicht! Ich suchte Arbeit... sehen Sie, und dann geschah dies... Ich

wäre besser Zimmermann geblieben ... Was war mir wohl in den Kopf gefahren, daß ich Polizist werden wollte ...«
Der eisige Blick Peleles klebte wieder an Rodas' Augen. Ohne seine Gedanken zu verraten, drückte der Richter schweigend auf einen Knopf. Man hörte Schritte; es erschienen mehrere Gefängniswärter und der Kerkermeister.
»Geben Sie ihm zweihundert Schläge ...«
Die Stimme des Richters veränderte sich nicht im geringsten, als er diesen Befehl erteilte. Er sagte es wie ein Bankangestellter, der einem Kunden zweihundert Peseten auszahlen läßt.
Rodas begriff nicht. Er hob den Kopf, um die barfüßigen Henkersknechte anzuschauen, die auf ihn warteten. Er verstand noch weniger, als er ihre heiteren, regungslosen Gesichter sah, auf denen nicht das geringste Erstaunen zu lesen war. Der Schreiber wendete sein sommersprossiges Gesicht und seine ausdruckslosen Augen ihm zu. Der Kerkermeister sprach mit dem Richter. Der Richter sprach mit dem Kerkermeister. Rodas war taub. Rodas verstand nichts. Er hatte das Gefühl dessen, der die Hosen voll hat, als der Kerkermeister ihn anschrie, er solle ins nächste Zimmer kommen, einen größern Raum mit einer gewölbten Decke, und ihm im Vorbeigehen einen brutalen Stoß versetzte.
Der Richter brüllte Rodas an, bis Lucio Vásquez, der andere Angeklagte, eintrat.
»Man kann solche Leute nicht gut behandeln. Sie brauchen Schläge und nochmals Schläge!«
Vásquez, obschon er sich unter seinesgleichen wußte, war kleinlaut, und mehr noch, als er die Worte des Richters vernahm. Es war schwerwiegend genug, wenn auch unfreiwillig, an der Flucht des Generals Canales (was für ein Hereinfall!) mitgeholfen zu haben.
»Ihr Name?«
»Lucio Vásquez.«
»Gebürtig?«
»Von hier ...«
»Von der Strafanstalt?«
»Beantworten Sie meine Fragen sachgemäß! Beruf oder

Handwerk?«
»Angestellter während des ganzen verflixten Lebens!«
»Was soll das sein?«
»Staatsangestellter, natürlich...«
»Schon einmal verhaftet?«
»Ja.«
»Aus welchem Grunde?«
»Mord auf einer Patrouille.«
»Alter?«
»Habe ich keines.«
»Wie? Wieso haben Sie kein Alter?«
»Ich weiß nicht, wie alt ich bin; schreiben Sie einmal fünfunddreißig, wenn ich unbedingt ein Alter haben muß!«
»Was wissen Sie über den Mord an Pelele?«
Wie ein glühendes Eisenstück warf der Richter diese Frage hin und heftete seinen Blick auf die Augen des Angeklagten. Seine Worte hatten, gegen alle Erwartungen, keinen Eindruck auf Vásquez gemacht. In natürlichster Weise, beinahe hätte er sich noch die Hände gerieben, antwortete er:
»Was ich vom Morde des Pelele weiß? Ich habe ihn begangen!« Und sich die Hand auf die Brust legend, wiederholte er, um jeden Zweifel zu beseitigen: »Ich...!«
»Sie scheinen zu glauben, das sei ein bloßer Lausbubenstreich!« schrie der Richter. »Sind Sie so dumm, nicht zu wissen, daß das Sie das Leben kosten kann...?«
»Vielleicht...«
»Wie, vielleicht?«
Der Richter wußte im Augenblick nicht, welche Haltung er einnehmen sollte. Die Ruhe Vásquez', seine Gitarrenstimme und seine Luchsaugen verwirrten ihn. Um Zeit zu gewinnen, wandte er sich an den Gerichtsschreiber.
»Schreiben Sie...«
Und mit vibrierender Stimme fuhr er fort:
»Schreiben Sie, Lucio Vásquez habe ausgesagt, er habe in Gemeinschaft mit Genaro Rodas den Mord an Pelele verübt.«
»Schon zu Papier gebracht«, antwortete der Schreiber zwischen den Zähnen.
»Ich sehe«, warf Lucio mit einem Anflug von Spott da-

zwischen, der den Richter auf die Lippen beißen ließ, »daß der Herr Richter nicht viel weiß. Wozu nützt diese Aussage? Es besteht doch kein Zweifel, daß ich mir nicht die Hände eines solchen Ungeziefers wegen befleckt hätte ...«

»Bewahren Sie Achtung vor dem Gericht, oder ...!«

»Was ich sage, gehört zur Sache. Ich sage Ihnen, ich bin nicht so dumm, daß ich solch einen lausigen Kerl nur aus Vergnügen ermordet hätte. Ich tat es auf einen ausdrücklichen Befehl des Herrn Präsidenten hin ...«

»Schweig, Lügner! Ah, so was ...«

Er brachte den Satz nicht zu Ende, denn in diesem Augenblick schleiften die Henkersknechte Rodas mit hängenden Armen, wie einen Sack, an den Füßen herein. Er war weiß wie das Schweißtuch der heiligen Veronika.

»Wieviel gaben sie ihm?« fragte der Richter den Kerkermeister, der, die Peitsche gleich einem Affenschwanz um den Hals gerollt, dem Gerichtsschreiber zulächelte.

»Zweihundert!«

»Dann ...«

Der Schreiber half dem Richter aus seiner Verlegenheit:

»Ich würde weitere zweihundert anordnen ...«, murmelte er hastig, damit niemand ihn verstehen könne. Der Richter vernahm seinen Rat.

»Ja, Kerkermeister, sehen Sie zu, daß er weitere zweihundert erhält, während ich diesen hier verhöre.«

Das sieht dir ähnlich, du mit deinem Fahrradsattelgesicht! dachte sich Vásquez.

Die Henker schleiften ihre traurige Last wieder aus dem Zimmer. Der Kerkermeister folgte ihnen. In der Folterecke warfen sie ihn mit dem Gesicht nach unten auf eine Strohmatte. Vier Knechte hielten seine Hände und Füße, während die andern ihn schlugen. Der Kerkermeister zählte. Unter den ersten Schlägen zuckte Rodas zusammen, doch seine Kraft war geschwunden; er wehrte sich nicht mehr, brüllte nicht mehr vor Schmerz, wie am Anfang. Unter den gelblichgrünen, feuchten Quittenbaumruten floß gestautes Blut aus den Wunden der ersten Sitzung. Erstickte Schreie, ähnlich jenen eines Tieres, das in den Todeskampf eintritt, waren die letzten Klagen, die er ausstieß. Stumm drückte er sein verzerrtes Gesicht in die Strohmatte. Seine Haare waren wirr, und sein messerscharfes Stöhnen verschmolz mit den Schreien der Henker, die der Kerkermeister peitschte, wenn sie nicht stark genug schlugen.

»Es wäre leicht, Lucio Vásquez, jeden Verbrecher auf sein Versichern hin, er habe auf Befehl des Präsidenten gehandelt, freizulassen. Wo ist der Beweis? Der Präsident ist nicht verrückt genug, einen derartigen Befehl zu erteilen. Wo ist das Papier, das bezeugt, daß Ihnen befohlen wurde, auf so gemeine und feige Art gegen den Unglücklichen vorzugehen?«

Vásquez erbleichte, und während er nach einer Antwort suchte, griff er mit seinen zitternden Händen in seine Taschen.

»Vor Gericht, das wissen Sie genau, muß das Gesagte bewiesen werden; wenn nicht, wohin würde dies führen? Wo also ist der Befehl?«

»Sehen Sie, ich habe den Befehl nicht mehr. Ich gab ihn zurück. Der Herr Präsident muß das wissen.«

»Wie bitte? Weshalb gaben Sie ihn zurück?«

»Weil eine Fußnote befahl, den Befehl, wenn er ausgeführt sei, unterschrieben zurückzugeben. Ich konnte ihn also nicht behalten ... nicht wahr ... Verstehen Sie?«

»Kein Wort mehr! Kein Wort mehr! Lügen erzählen Sie mir! Mir wollen Sie etwas vormachen! Halunke! Ich bin kein Schulkind mehr, um solche Dummheiten zu glauben! Die Erklärungen eines Bürgers gelten nicht als Beweis, außer in den im Gesetz verankerten Fällen, zum Beispiel, wenn ein Polizist unter Eid aussagt. Ich erteile hier aber keinen Strafrechtskurs ... Genug ... genug, sage ich!«

»Wenn Sie mir nicht glauben wollen, so fragen Sie doch ihn! Dann glauben Sie es vielleicht! Ich war vielleicht nicht bei Ihnen, als die Bettler ihn beschuldigten ...«

»Ruhe, oder die Peitsche wird Sie zum Schweigen bringen! Ich werde den Herrn Präsidenten fragen! ... Ich sage Ihnen aber, Vásquez, daß Sie mehr wissen, als Sie wissen sollten und daß Ihr Kopf in Gefahr steht!«

Wie unter der Guillotine senkte Vásquez das Haupt unter den Worten des Richters. Draußen blies der Wind zornig gegen die Fenster.

Wütend zerrte sich Cara de Angel Kragen und Krawatte vom Hals. Nichts Sinnloseres als die Erklärungen, die jeder für die Handlungen des andern übrig hat. Die Handlungen des andern ... des andern ...! Die Kritik ist nichts als ein sauertöpfisches Gemurmel. Ein schöner Misthaufen, über einer Wunde angefacht, die wie eine Bürste lodert und in die Tiefe greift; verdeckter Vorwurf, mit feinen Spitzen, der sich hinter Familiengeschwätz verschanzt und sich freundschaftlich oder teilnahmsvoll anhört ... Bis hinunter zu den Dienstmädchen! Zum Teufel mit all diesen Machenschaften!

In einer einzigen Bewegung flogen die Knöpfe seines Hemdes weg. Ein Riß, als hätte er sich die Brust aufgerissen. Die Mägde hatten ihm oft hinterbracht, was in den Gassen über seine Liebesgeschichten geschwatzt wurde. Männer, die nicht heiraten wollen, um keine Frau im Hause zu haben, die wie eine eifrige Schülerin vor dem Examen ihnen das Straßengeschwätz aufsagt, vernahmen es schließlich, wie Cara de Angel, aus dem Mund der Dienstboten.

Er zog die Vorhänge seines Zimmers zu, ohne sich ganz zu entkleiden. Er wollte schlafen, oder wenigstens sollte im Zimmer vom Tag nichts übrigbleiben, dem Tag, von dem er mit Bitterkeit feststellte, daß er nichts anderes sein konnte als eben dieser einmalige Tag.

»Schlafen!« wiederholte er, als er ohne Schuhe, ohne Sokken, mit offenem Hemd auf dem Bettrand saß und den Gurt aufschnallte. »Ach, welch ein Idiot! Ich vergaß, den Rock auszuziehen!«

Auf den Fersen, die Zehen hochgezogen, um nicht mit den Fußsohlen auf den kalten Steinboden zu treten, erreichte er den Stuhl, hängte seinen Rock über die Lehne und eilte wie ein Stelzenläufer in kleinen Sprüngen zum Bett zurück. Bum ... Er fiel hin, von der Kälte des Bodens gepackt. Seine Hose wirbelte durch die Luft, und ihre langen Rohre drehten sich wie die Zeiger einer riesengroßen Uhr. Der Boden schien aus Eis und nicht aus Stein zu sein. Wie entsetzlich! Aus Eis mit Salz! Aus zu Eis gefrorenen Tränen. Er sprang ins Bett, als würde er von einem Eisberg in ein Rettungsboot springen. Er wollte sich von der Umwelt befreien und sah im Bett, auf das er fiel, eine Insel, eine weiße, von Schatten und unbeweglichen, schwebenden Dingen umgebene Insel. Er wollte vergessen, schlafen, nicht mehr sein. Schon war er keiner vernünftigen, logischen, wie die Bestandteile einer Maschine zusammensetzbaren Gedanken mehr fähig. Zum Teufel mit dem gesunden Menschenverstand! Der Schlaf war ihm lieber, dieses Fehlen der Vernunft, dieses sanfte Dahingleiten, zuerst im Blauen, oft auch im Grünen, dann im Schwarzen; diese Schwerfälligkeit, die von den Augen aus den Körper durchdringt und ihn langsam auflöst. O Sehnsucht! Das Ersehnte hat man und hat es zugleich nicht! Sie ist wie eine goldene Nachtigall, um die unsere Hände mit den zehn Fingern einen Käfig formen. Ein gesunder, dauernder Schlaf ohne Besuche, die durch den Spiegel eintreten und durch die Fenster der Nase weggehen. Nach diesem seinem ruhigen Schlaf von ehemals sehnte er sich. Es wurde ihm klar, wie hoch sein Schlaf sein müßte, um diesen unauslöschbaren Tag vergessen zu machen; er müßte höher sein als das Dach über seinem Haus im hellen Tageslicht. Er legte sich auf das Gesicht. – Vergeblich! Auf die linke Seite, um sein Herz zum Schweigen zu bringen. Auf die rechte Seite. Immer dasselbe. Hundert Stunden trennten ihn vom ruhigen Schlaf, von der Zeit, da er ohne Liebeskummer zu Bett gegangen war. Sein Dämon wollte ihn glauben machen, er liebe, weil er Camila nicht gewaltsam an sich genommen habe. Die finstern Kräfte des Lebens stehen einem oft so nah, daß der Selbstmord als einziger Ausweg erscheint. »Ich werde nicht mehr existieren ...«, sagte er sich. Sein Inneres erzitterte. Er berührte den einen Fuß mit dem andern. Er war verwundert, die Nägel nicht zu fühlen in seinem Marterkreuz. Trunkene haben ich weiß nicht welche Ähnlichkeit mit Gehängten, dachte er, und die Gehängten gleichen den Trunkenen, wenn ihre Beine im Winde baumeln. Sein Trieb bedrängte ihn. Geschlecht eines Gehängten ... Gehängtes Geschlecht. Du, Cara de Angel! Gesträußter Truthahn ...! Das Tier macht keine Fehlrechnung in bezug auf das Geschlecht, dachte er sich. Im Friedhof urinieren wir Söhne. Die Trompeten des Jüngsten Gerichts ... Gut, es wird keine Trompete sein. Eine Schere aus Gold wird diesen unaufhaltsamen Strom von Kindern abschneiden. Wir Männer sind wie Schweinsdärme, die der teuflische Metzger mit gehacktem Fleisch füllt, um Würste daraus zu machen. Als ich mich selbst übertreffen wollte und Camila vor meinen Absichten schützte, verlor ich einen Teil meiner selbst; darum fühle ich mich so leer, unruhig, gereizt, krank, dem Bösen ergeben. Der Raum wird mit der Frau, mit gehacktem Fleisch gefüllt, wie ein Schweinsdarm, damit er zufrieden ist. Welche Gemeinheit!

Wie Röcke klebten die Leintücher an ihm. Unerträgliche, von Schweiß durchtränkte Röcke.

»Wie müssen die Blätter den Baum der Traurigen Nacht schmerzen!« »Oh, mein Kopf!« Verklingender Glockenschlag ... Verhexte Tote ... Ihre seidenen Locken auf meinem Nacken ... »Niemals ...« Die Nachbarn besitzen ein Grammophon. Er hatte es noch nie gehört. Er wußte es nicht. Erste Nachricht. Im Hause hinter ihm haben sie einen Hund. Es müssen zwei sein. Doch hier haben sie ein Grammophon. Ein einziges. »Zwischen dem Trichter des Grammophons jenes Nachbarn und den Hunden im Hause hinter mir, die ihres Meisters Stimme hören, steht mein Haus, ist mein Kopf, bin ich ...

Nah und fern sein heißt Nachbar sein. Das ist das Unangenehme; jemandes Nachbar sein. Doch diese hier, mit was beschäftigen sie sich? Mit Grammophonspielen, mit Schlechtreden über jedermann. Ich kann mir vorstellen, was sie von mir sagen. Diese farblosen Narren! Von mir sollen sie sagen, was sie wollen, aber von ihr ... Sowie ich auch nur das geringste böse Wort von ihnen über sie höre, mache ich sie zu Mitgliedern der ›Liberalen Jugend‹. Oft schon drohte ich ihnen damit, doch jetzt bin ich bereit, es zu tun. Wie würde es ihnen das Leben versauern! Vielleicht aber auch nicht; sie sind schamlos. Ich höre sie schon überall herumerzählen: ›Man entführte das arme Mädchen nach Mitternacht, schleppte sie in die Schenke einer Zuhälterin und vergewaltigte sie; die Geheimpolizei bewachte den Eingang, damit niemand hinkonnte!‹ Sie stellen sich die Szene vor: Er zieht sie aus, zerreißt ihre Kleider; sie zittert am ganzen Körper wie ein frisch gefangener junger Vogel. Er nahm sie, wird man sagen, ohne sie zu liebkosen, mit geschlossenen Augen, wie einer, der ein Verbrechen begeht oder ein Abführmittel schluckt. Wenn sie wüßten, daß es nicht so ist, daß ich hier liege und meine Ritterlichkeit halb bereue! Wenn sie begriffen, daß alles falsch ist, was sie sich vorstellen. Camila stellen sie sich vor, wie sie bei mir ist, bei mir und bei ihnen. Sie selbst entkleiden sie; sie selbst tun, was ich, wie sie glauben, getan habe. Die ›Liberale Jugend‹ ist eine kleine Strafe für solche Leute. Ich muß etwas Grausameres finden! Die ideale Strafe für die zwei Junggesellen, beide sind ja Junggesellen, wäre ... mit einigen von jenen Frauen ... Ich kenne zwei, die der Präsident auf dem Hals hat. Ja, mit jenen, mit jenen! Eine aber ist schwanger. Tut nichts zur Sache. Um so besser. Der, den der Herr Präsident zum Heiraten zwingt, schaut nicht auf den Unterleib seiner Frau ... Aus Angst sollen sie heiraten! Aus Angst sollen sie heiraten ...«

Er rollte sich zusammen, preßte die Arme zwischen die angezogenen Beine und drückte sein Gesicht in die Kissen, um sich vor den schmerzenden Blitzen seiner Gedanken zu schützen. Die kühlen Falten im Leintuch reizten seinen Körper und linderten so für einen Augenblick das entfesselte Toben seiner Gedanken. Er streckte die Beine, fuhr mit den Füßen aus den Leintüchern heraus und berührte die kalten Metallstäbe der Bettstatt. Zögernd öffnete er die Augen. Es schien ihm dabei, er zerreiße die feine Naht der Augenlider. Er hing an seinen Augen wie an Öffnungen in der Decke, leicht wie ein Schatten; er fühlte seine Knochen weich, seine Rippen wie Knorpel, seinen Kopf wie eine teigige Masse ... Zwischen den Schatten hob eine baumwollene Hand den Klopfer ... Die baumwollene Hand einer Schlafwandlerin ... Die Häuser sind Klopfbäume ... Wälder von Klopfbäumen sind die Städte ... Wie Blätter wirbelten die Schläge zu Boden, als sie klopfte ... Der unversehrte Stamm der Tür, nachdem alle Blätter gefallen waren ... Sie mußte immer wieder klopfen ... Die andern mußten öffnen ... Doch sie öffneten nicht. So hätte man die Tür aufbrechen sollen. Schlage, was du schlagen kannst, so hätte man die Tür aufbrechen sollen; schlage, was du schlagen kannst! So hätte man das Haus aufbrechen sollen ... »Wer ...? Was ...?«

Man brachte soeben eine Todesanzeige.

»Geh nicht hinein, er schläft wahrscheinlich. Leg sie dorthin, dort auf sein Schreibpult.«

»Joaquin Cerón entschlief gestern nacht, versehen mit den Sterbesakramenten. Seine Frau, seine Söhne und Anverwandten bedauern, seinen Hinschied mitteilen zu müssen, und bitten Sie, seine Seele Gott zu empfehlen und seiner Bestattung beizuwohnen, die heute nachmittag auf dem Hauptfriedhof stattfindet. Beileidsbezeugungen werden an der Pforte des Friedhofs entgegengenommen. Trauerhaus Callejón del Carrocero.«

Zufällig hatte Cara de Angel eine seiner Mägde die Todesanzeige des Don Joaquin Cerón lesen hören.

Er befreite einen seiner Arme aus dem Bettuch und legte ihn unter seinen Kopf. Don Juan Canales wanderte mit einem Federbausch auf dem Kopf durch seine Stirn. Er hatte vier Zuckerherzchen ausgerissen und klapperte mit ihnen wie mit Kastagnetten. Im Hinterhaupt spürte er Doña Judith mit ihren in ein ächzendes Korsett geklemmten Zyklopenbrüsten, ein Korsett aus metallischem Stoff und Sand; sie trug eine pompejanische Haartracht, einen wunderbaren Mantillakamm, mit dem sie wie eine »Tarasca« aussah. Der Arm, den er statt eines Kissens unterm Kopf hatte, begann ihn zu schmerzen, und er streckte ihn vorsichtig, wie man ein Kleid hebt, darin sich ein Skorpion versteckt ...

Langsam ...

Ein Aufzug, gefüllt mit Ameisen, stieg gegen seine Schulter ... Ein zweiter Aufzug voller Ameisen senkte sich gegen seinen Ellbogen, magnetisch angezogen.

Im Halbdunkel verlor sich der Krampf des Vorderarms. Er fühlte einen doppelten Wasserfall aus jedem Finger an den Boden stürzen, aus tausend Fingernägeln.

»Arme Kleine, klopfe, so stark du kannst, doch ... nichts! Grausame Menschen sind es! Wenn sie öffnen, spucke ich ihnen ins Gesicht ... So einfach, wie zwei und drei fünf sind ... und fünf zehn ... und neun neunzehn, so spucke ich ihnen ins Gesicht. Zuerst pochte sie würdevoll, doch später hätte man geglaubt, sie schlage mit einem Pickel auf den Boden ... Sie klopfte nicht, sie grub ihr eigenes Grab ... Erwachen ohne Hoffnung ...! Morgen gehe ich sie besuchen ... Ich kann ... Unter dem Vorwand, ihr Nachrichten vom Vater zu bringen, kann ich es ... Oder ... wenn es heute schon Neuigkeiten gibt ... Ich kann ... Obwohl sie meinen Worten keinen Glauben schenken wird.«

... ich zweifle nicht an Ihren Worten! Es ist unzweifelhaft wahr, daß meine Onkel meinen Vater verleugnen und mich nicht einmal gemalt in ihren Häusern sehen möchten! So dachte Camila, im Bette der Masacuata liegend, und klagte über Schmerzen im Rücken. In der Schenke, die man durch eine Wand von alten Brettern vom Schlafzimmer getrennt hatte, besprachen die Männer vor ihren Gläsern die Ereignisse des Tages: die Flucht des Generals, der Raub seiner Tochter, die Schliche Cara de Angels ... Die Wirtin tat derweilen, als würde sie von allem nichts hören, verlor aber kein Wort von den Reden ...

Ein starkes Schwindelgefühl trennte Camila von jener stinkigen Atmosphäre. Gefühl eines senkrechten Fallens in der Stille. Vor der Wahl stehend, ob sie schreien (es war gefährlich) oder nicht schreien sollte (sie fürchtete, ganz in Ohnmacht zu fallen), schrie sie. Ein Gefühl von Federn toter Vögel umhüllte sie wie ein Leichentuch. Die Masacuata eilte sogleich herbei: Was geschah ihr? Kaum hatte sie die flaschengrüne Gesichtsfarbe, die steifen Arme, die gepreßten Kiefer, die geschlossenen Augen gesehen, eilte sie hinaus, füllte ihren Mund mit Branntwein, kehrte zurück und spuckte ihn auf Camilas Gesicht. So groß war ihre Unruhe, daß sie nicht einmal bemerkte, wie die Kunden weggingen. Sie betete zur Jungfrau von Chiquinquirá und zu allen Heiligen, daß diese Kleine nicht sterbe.

»... Heute früh, als wir uns verabschiedeten, weinte sie über meine Worte. Was war ihr geblieben? ... Wenn das

Unmögliche Wirklichkeit wird, so weinen wir, aus Freude oder aus Kummer ...«

So dachte Cara de Angel in seinem Bett, halb schlafend, halb wach, im wohltuenden bläulichen Dunst der Luft. Langsam siegte der Schlaf. Er schwebte auf seinen eigenen Gedanken, körperlos, formlos, wie lauwarme Luft, nur von seinem Atem durchflossen ...

Camila fiel weiter dem Nichts entgegen, groß, sanft und grausam, wie ein Kreuz in einem Friedhof.

Der Schlaf, der die finsteren Meere der Wirklichkeit durchfurcht, nahm Miguel in eines seiner vielen Boote auf. Unsichtbare Hände entrissen ihn den fletschenden Zähnen der Tatsachen, diesen hungrigen Wellen, die sich in blutigen Kämpfen um die Opfer streiten.

»Wer ist es?« fragte der Schlaf.

»Miguel Cara de Angel ...« antworteten unsichtbare Männer. Gespensterhaft glitten ihre Hände aus den dunklen Schatten und blieben gestaltlos.

»Bringt ihn zum Schiff für ...«

Der Schlaf zögerte ... »Verliebte, die die Hoffnung verloren haben, selbst zu lieben, und sich damit zufriedengeben, geliebt zu werden.«

Gehorsam führten die Männer des Schlafes ihn zu der Barke und schritten über jenen Mantel der Unwirklichkeit hinweg, der wie feiner Staub das Alltägliche bedeckt, als ein Geräusch ihn aus ihren Händen riß ... wie mit dem Griff einer Klaue ...

... Das Bett ...

... Die Dienstmägde ...

Nein, die Todesanzeige, nein ... Ein Kind!

Cara de Angel strich mit der Hand über seine Augen und hob verwirrt den Kopf. Zwei Schritte von seinem Bett entfernt stand ein atemloses Kind und konnte nicht sprechen. Schließlich aber stammelte es:

»... Die ... Wirtin des ... Tus-Tep ... läßt ... Ihnen sagen ... Sie sollen sofort hinkommen ... dem Fräulein geht es schlecht.«

Hätte man ihm dasselbe vom Präsidenten erzählt, Cara de

Angel würde sich nicht so schnell angezogen haben. Er stürzte mit dem ersten Hut, den er am Kleiderständer erwischte, auf die Straße, die Schuhe ungeschnürt, die Krawatte nur lose gebunden ...

»Wer ist es?« fragte der Schlaf. Seine Männer hatten beim Fischen in den trüben Wassern des Lebens eine Rose erwischt, die im Begriff war, zu verwelken.

»Camila, Camila ...« antworteten sie.

»Gut, bringt sie, wenn noch Platz ist, ins Schiff der Verliebten, die nie glücklich sein werden ...«

»Was sagen Sie, Herr Doktor?« Die Stimme Cara de Angels hatte einen verräterischen Klang. Camilas Zustand war beunruhigend.

»Ich glaube, daß das Fieber noch steigen wird. Der Verlauf einer Lungenentzündung ...«

22 Das lebendige Grab

Ihr Sohn hatte aufgehört zu leben ... Mit der marionettenhaften Bewegung derer, die im Chaos ihres zerstörten Lebens den Boden unter den Füßen verlieren, hob Fedina den toten Leib, der kaum mehr als eine trockene Fruchtschale wog, an ihr fiebriges Gesicht. Sie küßte ihn. Sie liebkoste ihn. Plötzlich kniete sie nieder; ein strohfarbener Lichtschein drang unter der Tür hindurch. Um den Körper ihres Kleinen besser sehen zu können, neigte sie sich der Stelle zu, wo das Morgenlicht durch die Spalte drang. Sein Gesicht war runzelig wie die Haut über einer Wunde, schwarze Ringe zeichneten sich um seine Augen, und die Lippen waren erdig; er glich eher einem Fetus in Windeln als einem mehrere Monate alten Kind. Sie zog ihn rasch aus der Helle zurück und preßte ihn gegen ihre mit Milch angeschwollene Brust. In gestammelter Sprache, mit tränendurchtränkten Worten klagte sie Gott an. Manchmal stand ihr Herz still, und vom Schmerz gedrängt, stöhnte sie immer wieder:

»Mein Sohn ...! Sohn ...! Sohn ...! Söhnchen!«

Tränen rollten über ihr starres Gesicht. Sie weinte bis zur Bewußtlosigkeit, vergaß ihren Gatten, den sie in der Straf-

anstalt verhungern zu lassen drohten, wenn sie nicht gestand. An ihre eigenen Körperschmerzen dachte sie gar nicht, an die zerschnittenen Hände, ihre Brust, an die brennenden Augen, den zerschlagenen Rücken. Sie vergaß die Sorgen über ihren verlassenen Laden; alles schien ihr fremd, weit entfernt. Und als keine Tränen mehr flossen, weil sie nicht mehr weinen konnte, schien es ihr, sie würde selbst zum Grabe ihres Sohnes werden, als würde sie ihn zurück in ihre Eingeweide nehmen, als gehöre ihr allein sein letzter und endloser Schlaf. Eine scharfe Freude zerriß einen Augenblick lang die Unendlichkeit ihres Schmerzes. Der Gedanke, das Grab ihres Kleinen zu sein, besänftigte ihr Herz wie Balsam. Ihre Freude war gleich der der Frauen des heiligen Orients, die sich mit ihrem Geliebten zusammen begraben ließen. Noch mehr, denn sie begrub sich nicht mit ihrem Kind; sie war das lebendige Grab, die letzte Wiege, der mütterliche Schoß, wo beide, eng vereint regungslos bleiben würden, bis man sie nach Josaphat riefe. Ohne sich die Tränen zu trocknen, ordnete sie, in einem Winkel des Verlieses kauernd, ihr Haar, als würde sie zu einem Fest gehen, und preßte den Leichnam zwischen ihren Armen und Beinen an die Brust.
Gräber küssen die Toten nicht. Sie durfte ihr Kind nicht küssen. Doch die Gräber drücken die Toten sehr stark, so wie sie es tat. Gräber sind Zwangshemden der Liebe, die die Toten zwingen, ruhig und unbeweglich das Kitzeln der Würmer, das Glühen des Verfalls zu ertragen.
Die Schatten, vom Licht verfolgt, gewannen die Mauern und krochen an ihnen empor wie Skorpione. Es waren Mauern aus Gebeinen, Knochen mit unanständigen Bildern. Fedina schloß die Augen – Gräber sind inwendig dunkel – und sagte kein Wort, duldete kein Stöhnen – Gräber von außen sind schweigend.
Es war Nachmittag. Duft regennasser Zypressen. Schwalben. Halbmond. Die noch vom Sonnenlicht überfluteten Straßen füllten sich mit lärmenden Kindern. Ströme jungen Lebens fluteten aus den Schulen in die Stadt. Einige spielten Verstecken, hin und her schwirrend wie ein Fliegenschwarm. Andere bildeten einen Kreis um zwei, die sich

wie wütende Hähne bekämpften. Blutige Nasen, Schleim, Tränen. Andere rannten pochend von Tür zu Tür. Wieder andere überfielen die Buden mit Süßigkeiten, bevor es keine Kokosnußkuchen, Mandelschnitten und Meringues mehr gab; oder sie stürzten sich räuberisch über die Fruchtkörbe, die sie wie geplünderte Schiffe zerstört zurückließen. Zuletzt kamen die, die Dinge tauschten, Briefmarken sammelten oder rauchten und sich bemühten, sich nicht zu übergeben. Einem Wagen, der vor dem Neuen Haus anhielt, entstiegen drei junge Frauen und eine dicke Alte. Ihr Äußeres zeigte, was sie waren. Die jungen trugen Baumwollkleider in schreienden Farben, rote Strümpfe, gelbe Schuhe mit übertrieben hohen Absätzen, kurze Röcke, unter denen man die schmutzigen Spitzen der Unterwäsche sah, Blusen mit einem Ausschnitt, der bis zum Nabel reichte. Sie nannten ihre Frisur »Perücke Louis XV«. Diese bestand aus einer Unzahl fettiger Locken, die auf beiden Seiten ein gelbes oder grünes Band zusammenhielt. Die Schminke der Wangen erinnerte an die elektrischen roten Lichter an den Türen der Bordelle. Die ganz schwarz gekleidete Alte trug einen violetten Schal. Sie stieg mühsam aus und hielt sich dabei mit ihrer fettigen, von Brillanten übersäten Hand an einer der Türen.

»Der Wagen wartet auf uns, nicht wahr, Chonita?« fragte die jüngste der drei Grazien mit lauter, kreischender Stimme, als wollte sie, daß auch die Steine in der verlassenen Straße sie hörten.

»Natürlich, er soll hier warten«, antwortete die Alte.

Alle vier traten ins Neue Haus ein, wo sie die Pförtnerin freudig empfing. Mehrere Personen warteten im düsteren Vorhof.

»Sag, Chinta, ist der Sekretär hier?« fragte die Alte die Pförtnerin.

»Ja, Doña Chon, er ist soeben angekommen.«

»Frag ihn, ob er mich empfängt; sag, ich bringe einen sehr wichtigen Befehl.«

Die Alte schwieg, während sie auf Antwort wartete. Alle Leute fühlten sich hier wie in einem Kloster. Bevor das Gebäude in ein Frauengefängnis umgewandelt worden war, hatte es als »Gefängnis der Liebe« gedient. Frauen, nichts als Frauen! Über seine Mauern glitt wie der Flug der Taube die sanfte Stimme der Schwestern. Wenn auch die Lilien fehlten, so war doch das Licht hell, freundlich, freudig. Das Fasten und die Büßerhemden waren durch die Dornen aller im Zeichen des Kreuzes und der Spinngewebe erfundenen Torturen ersetzt worden.

Als die Pförtnerin zurückkehrte, führte sie Doña Chon zum Sekretär. Der Kriegsrichter befahl, ihr gegen die zehntausend Pesos – letzteres sagte er nicht – die Gefangene Fedina Rodas zu übergeben, die von nun an im »Süßen Zauber«, so hieß das Bordell der Doña Chon Goldzahn, bleiben würde.

Zwei donnerähnliche Schläge widerhallten im Verlies, wo die Unglückliche immer noch mit ihrem Kind bewegungslos, ohne die Augen zu öffnen, sozusagen ohne zu atmen, kauerte. Sie tat, als höre sie nichts. Die Riegel ächzten, und der Lärm des rostigen Metalls klang wie ein Seufzer durch die Stille. Man öffnete und stieß sie hinaus. Sie schloß die Augen, um das Licht nicht zu sehen, denn Gräber sind inwendig finster. Die kleine Leiche an ihre Brust gedrückt, wurde sie wie eine Blinde herausgerissen. Und schon war sie nichts weiteres mehr als ein für den verabscheuungswürdigsten Handel gekauftes Tier.

»Sie spielt die Stumme!«

»Sie öffnet die Augen nicht, um uns nicht zu sehen.«

»Sicher schämt sie sich!«

»Sie will nicht, daß ihr Kleiner geweckt wird!«

Das waren die Bemerkungen, die Doña Chon Goldzahn und ihre drei Grazien während der Fahrt äußerten. Der Wagen rollte unter teuflischem Gepolter durch die schlechtgepflasterte Straße. Der Kutscher, ein Spanier mit dem Aussehen Don Quijotes, überschüttete die Pferde mit Flüchen. Seine Pferde mußten ihm nachher, da er Picador war, beim Stierkampf dienen. An der Seite dieses Kutschers legte Fedina den kurzen Weg zurück, der, wie im Lied, das Neue Haus vom Schlechten Haus trennte. Sie wußte überhaupt nichts von der Welt, die sie umgab, denn sie hielt die Augen und den Mund geschlossen und drückte ihr Söhnlein an sich.

Doña Chon blieb stehen und bezahlte den Wagen. Die andern halfen inzwischen Fedina beim Aussteigen und stießen sie sanft, mit freundlichen Händen, in den »Süßen Zauber«.
Einige Kunden, fast ausschließlich Soldaten, verweilten in den Salons des Bordells.
»Wieviel Uhr ist es?« schrie Doña Chon beim Eintreten den Kellner an.
Ein Soldat antwortete:
»Zwanzig nach sechs, Doña Chompipa.«
»Du bist auch da, Großmaul? Ich hatte dich nicht gesehen!«
»Fünfundzwanzig nach sechs, nach dieser Uhr«, unterbrach sie der Kellner.
Die »Neue« war der Gegenstand der Neugierde aller. Alle wollten sie für diese Nacht haben. Fedina hüllte sich weiter in ihr hartnäckiges Grabesschweigen, drückte die Leiche ihres Kindes schützend an sich und öffnete kein Auge. Sie fühlte sich kalt und schwer wie ein Stein.
»Los«, befahl Doña Goldzahn den drei Grazien. »Führt sie in die Küche; Manuela soll ihr etwas zu essen geben. Dann schaut zu, daß sie sich anzieht und kämmt.«
Ein blauäugiger Artilleriehauptmann näherte sich der »Neuen«, um ihre Schenkel zu betasten. Doch eine der drei Grazien verteidigte sie. Ein anderer Soldat umschlang sie, als hielte er sich an einem Palmenstamm, verdrehte die Augen und zeigte seine wunderbaren weißen Zähne, wie ein Hund vor einer brünstigen Hündin. Dann küßte er sie und strich mit seinen nach Schnaps riechenden Lippen über die kalten, von den vertrockneten Tränen salzigen Wangen. Freuden der Kaserne und des Bordells! Die Wärme der Frauen entschädigt für die Kälte der Kaserne.
»Halt, Großmaul, Affensohn, hör auf!« Doña Chon trat dazwischen und machte der Schamlosigkeit ein Ende.
»Beruhige dich!«
Fedina wehrte sich nicht gegen seine frechen Griffe, sondern begnügte sich damit, die Augen fest zu schließen und die Lippen aufeinanderzupressen, um so die bedrohte Finsternis und Stille des Grabes zu wahren, wobei sie in ihrem

lichtlosen Schweigen die kleine Leiche immerfort an sich drückte und wie ein schlafendes Kind wiegte.

Man führte sie in einen engen Hof, wo der Nachmittag langsam in einem Brunnen versank. Man hörte Klagen von Frauen, leise und schwächliche Stimmen, Geflüster von Kranken, von Schülerinnen, Gefangenen oder Nonnen, grelle Schreie und Schritte von Frauen, die in Strümpfen gingen. Aus einem Zimmer wurde ein Kartenspiel geworfen, das sich wie ein Fächer am Boden öffnete. Niemand wußte, wer es geworfen hatte. Eine Frau mit wirrem Haar streckte ihren Kopf durch eine kleine Taubenschlagtüre, und während sie das Kartenspiel anschaute, als wäre es das Schicksal selbst, wischte sie sich eine Träne von den bleichen Wangen.

Eine rote Laterne unter dem Eingang zum »Süßen Zauber« beleuchtete die Straße. Sie glich dem entzündeten Auge eines Tieres. Männer und Steine erhielten in ihrem Licht ein tragisches Aussehen. Geheimnis der fotografischen Dunkelkammern. Als litten sie an wilden Blattern, badeten sich die Männer in diesem Licht, damit keine Narben blieben. Sie ließen dieses rote Licht über ihre Gesichter fluten, und als tränken sie Blut, schämten sie sich, daß man es sah, und mit dem unangenehmen Gefühl, man hätte sie fotografiert, traten sie wieder zurück, ins Licht der von der Stadtverwaltung beleuchteten Straßen, ins reine Licht ihrer Stubenlampe.

Fedina ahnte nicht, was um sie herum vorging; im Bann ihrer Vorstellung befangen, für nichts mehr als für ihren Sohn vorhanden zu sein, behielt sie Augen und Lippen geschlossen. Und noch immer hielt sie den toten Körper gegen ihre milchprallen Brüste. Alles hatten ihre Gefährtinnen versucht, um sie aus diesem Zustand herauszureißen, bevor sie in die Küche kamen.

Manuela Calvario, die Köchin, herrschte seit langen Jahren zwischen Herd und Abfallhaufen des »Süßen Zaubers«. Sie war so etwas wie Gott Vater, ohne Bart, mit gestärkten Röcken. Die eingefallenen Wangen dieser ehrwürdigen und mächtigen Matrone schienen sich mit Luft zu füllen, bevor sie bei Fedinas Anblick zu sprechen begann.

»Noch eine Schamlose ...! Diese, woher kommt sie ... Und was bringt sie da, das sie so fest hält?«
Ohne zu wissen warum, wagten nun die drei Grazien auch nicht mehr zu sprechen. Durch Zeichen, indem sie die Finger in Gitterform übereinanderlegten, gaben sie der Köchin zu verstehen, daß »die Neue« aus dem Gefängnis kam.
»Dirnen-sch-schwein!« schrie sie, und als die andern fort waren, fügte sie hinzu: »Gift möchte ich dir geben statt des Essens! Hier ist dein Brötchen! Hier ... nimm ... nimm ...!« Mit dem Feuerhaken schlug sie ihr auf die Schultern.
Ohne die Augen zu öffnen oder zu antworten, legte sich Fedina mit ihrem toten Kind auf den Boden. Sie fühlte es nicht mehr, so lange schon hatte sie es in derselben Stellung getragen. Die Calvario eilte schimpfend und sich bekreuzigend hin und her.
Bei diesem Hin und Her nahm sie in der Küche einen üblen Geruch wahr. Sie kehrte soeben mit einer Schüssel aus der Waschküche zurück. Ohne der Ursache nachzukommen, gab sie Fedina Fußtritte und schrie: »Diese Verkommene hier stinkt! Bringt sie weg von hier! Führt sie weg! Ich will sie nicht hier haben!«
Auf dieses Geschrei hin eilte Doña Chon herbei, und zu zweit, unter Aufwendung aller Kräfte, öffneten sie, als müßten sie die Äste eines Baumes brechen, die Arme der Unglücklichen, die, als sie fühlte, daß man ihr das Kind entreißen wollte, die Augen aufschlug, einen schrillen Schrei ausstieß und bewegungslos hinfiel.
»Der Kleine ist's, der stinkt! Er ist ja tot! Wie gräßlich!« brach es aus Doña Manuela hervor. Doña Goldzahn verschlug es die Sprache, und während die Dirnen in die Küche eindrangen, eilte sie zum Telefon, um die Behörden zu unterrichten. Alle wollten sie den Kleinen sehen und küssen, ihn immer wieder küssen und rissen sich ihn gegenseitig aus den Armen, vom Mund weg. Eine ganze Schicht von Speichel bedeckte das runzelige Gesichtchen des toten Kindes, das schon übel roch. Ein großes Weinen und Klagen begann, und man bereitete die Totenwache vor. Major Farfán mischte sich ein und versuchte die Bewilligung der Poli-

zei zu erhalten. Eines der Zimmer des »Süßen Zaubers«, das größte, wurde ausgeräumt; man verbrannte Weihrauch, um den unangenehmen Geruch der vertrockneten Spermen zu entfernen. Manuela holte Teer in der Küche, und in einer schwarzen Lackschale lag zwischen Blumen und Batist das zusammengeschrumpfte gelbe Kind, wie ein chinesischer Salatsprößling.
Alle hatten in jener Nacht einen Sohn verloren. Vier Kerzen brannten. Es roch nach Maiskuchen, Schnaps, krankem Fleisch, Zigarettenstummeln und Urin. Eine halbbetrunkene Frau, eine Brust entblößt, eine Zigarre im Mund, die sie bald kaute, bald rauchte, sang immer wieder unter Tränen:

Schlaf, mein kleines Kind,
mein kleines Kürbisköpfchen,
denn wenn du nicht schläfst,
wird dich der Schakal fressen!
Schlaf, mein Leben,
denn ich muß arbeiten,
deine Windeln waschen
und deine Höschen flicken!

23 Die Post des Herrn Präsidenten

1. Alejandra, Witwe des Bran, wohnhaft in dieser Stadt, Besitzerin der Matratzenwerkstätte »La Ballena Franca«, teilt mit, daß, da ihr Geschäft an die Schenke »El Tus-Tep« angebaut ist, sie bemerkt habe, wie sich in dieser häufig, vor allem während der Nacht, Leute in der christlichen Absicht vereinigen, eine Kranke zu besuchen. Sie bringt dies zur Kenntnis des Herrn Präsidenten, da sie glaubt, in dieser Schenke sei General Eusebio Canales versteckt. Gespräche, die sie an der Mauer abgelauscht hat, deuten darauf hin und verraten ferner, daß die Personen, die sich dorthin begeben, sich gegen die Sicherheit des Staates und gegen das kostbare Leben des Herrn Präsidenten verschwören.

2. Soledad Belmares, wohnhaft in dieser Stadt, berichtet, sie habe nichts mehr zu essen, denn ihre Mittel seien erschöpft, und da sie hier unbekannt sei, wolle ihr niemand Geld leihen. In dieser Lage bittet sie den Herrn Präsidenten, ihren Sohn Manuel Belmares und den Schwager Federico Horneros P. aus der Gefangenschaft zu entlassen; der Minister ihres Landes könne bezeugen, daß sie sich nicht mit Politik beschäftigen, daß sie nur hierhergekommen seien, um sich das Leben durch ehrliche Arbeit zu verdienen. Ihr einziges Vergehen sei, eine Empfehlung General Eusebio Canales' angenommen zu haben, die ihnen die Anstellung im Bahnhof hätte ermöglichen sollen.

3. Oberst Prudencio Perfecto Paz teilt mit, die Reise an die Grenze, die er kürzlich unternahm, habe den Zweck gehabt, ihm zu ermöglichen, das Gelände, die Straßen und Wege zu studieren, um bestimmen zu können, welche Orte besetzt werden müßten. Er beschreibt eingehend einen Feldzugsplan, der sich an den günstigen strategischen Punkten abwickeln könnte, um eine eventuelle revolutionäre Bewegung niederzuschlagen. Er bestätigt, daß an der Grenze Männer angeworben werden, um nach der Hauptstadt zu ziehen, und daß es Juan Leon Parada und andere sind, die sich mit der Anwerbung beschäftigen. Als Kriegsmaterial haben sie Handgranaten, Maschinengewehre, Kleinkalibergewehre, Dynamit für Minen und andere Zwecke. Die bewaffneten Revolutionäre seien 25 bis 30 Mann stark und griffen ständig die Streitkräfte der Regierung an. Er habe die Nachricht, Canales befinde sich an ihrer Spitze, nicht bestätigt gefunden. Sollte dies aber der Fall sein, so würden die Revolutionäre in nächster Zeit ins Land eindringen, sofern nicht diplomatische Verhandlungen sie in den Kerker brächten. Er sei bereit, die auf Anfang des nächsten Monats angesagte Revolution zurückzuschlagen, habe aber nicht genügend Waffen für seine Schützenkompanie. Es stehen ihm nur Kal. 43 zur Verfügung. Mit Ausnahme einiger weniger Kranken, die selbstverständlich beste Pflege erhielten, sei seine Truppe in guter Form und erhalte jeden Morgen von sechs bis acht Uhr Instruktion. Die Männer

hätten ein Stück Schlachtvieh pro Woche für ihre Ernährung. Er habe im Hafen schon Sandsäcke verlangt, um Schanzen aufzuwerfen.

4. Juan Antonio Mares entbietet dem Herrn Präsidenten seinen Dank für die Teilnahme, die er ihm bezeugte, indem er ihn durch seine Ärzte behandeln ließ. Er steht nun wieder zu Diensten des Herrn Präsidenten und ersucht ihn um Erlaubnis, in die Hauptstadt kommen zu dürfen, da er dem Präsidenten Angelegenheiten zur Kenntnis bringen müsse, die sich alle auf die politische Tätigkeit des Rechtsgelehrten Abel Carvajal beziehen.

5. Luis Raveles M. läßt wissen, er möchte, da er krank sei und da ihm die Mittel zur Pflege fehlten, nach den Vereinigten Staaten zurückkehren, wo er in einem Konsulat der Republik arbeiten könnte, jedoch nicht in New Orleans und auch nicht unter den bisherigen Umständen, sondern als aufrichtiger Freund des Herrn Präsidenten. Ferner habe er das große Glück gehabt, Ende Januar auf der Audienzliste zu stehen, doch kurz vor der Audienz, als er sich im Vorhof befunden, habe er einen gewissen Mangel an Vertrauen des Generalstabes festgestellt. Man habe seinen Namen auf der Liste verschoben, und als er an die Reihe kam, sei er von einem Offizier in ein Nebenzimmer geführt und dort untersucht worden, als sei er ein Anarchist. Der Offizier habe ihm gesagt, er müsse diese Untersuchung vornehmen, weil man Nachrichten besäße, er komme vom Rechtsgelehrten Abel und werde bezahlt, den Präsidenten zu ermorden. Als man ihn wieder entlassen habe, sei die Audienzzeit schon vorüber gewesen. Seither habe er alles versucht, um mit dem Herrn Präsidenten sprechen zu können, weil er ihm gewisse Dinge mitteilen müsse, die er dem Papier nicht anvertrauen könne, doch sei ihm dies noch nicht gelungen.

6. Nicomedes Aceituno schreibt, daß er bei seiner Rückkehr in diese Stadt, die er seiner Geschäfte wegen oft verlasse, an einer der Straßen ein fast vollständig zerstörtes Schild eines

Wasserreservoirs gefunden habe, das den Namen des Herrn Präsidenten trug. Sechs Buchstaben seien weggerissen und die übrigen beschädigt gewesen.

7. Lucio Vásquez, auf Befehl des Kriegsrichters in der Zentralstrafanstalt in Haft, ersucht um eine Audienz.

8. Catarino Regisio bringt zur Kenntnis: Als er im Monat August des vergangenen Jahres Oberaufseher in der Farm »La Tierra« war, die dem General Eusebio Canales gehört, habe dieser eines Tages einen Freund empfangen, dem er unter dem Einfluß des Alkohols erzählte, wenn die Revolution Form annehme, würden ihm zwei Bataillone zur Verfügung stehen, eines unter dem Befehl des Kommandanten Farfán, das andere unter demjenigen eines Oberstleutnants, dessen Name nicht ausgesprochen worden sei. Weil die Gerüchte über eine Revolution andauern, teile er all dies dem Herrn Präsidenten schriftlich mit, da es ihm nicht möglich gewesen sei, es persönlich zu tun, obschon er mehrere Male um eine Audienz gebeten habe.

9. General Megadeo Rayón sendet einen Brief, den ihm der Pfarrer Antonio Blas Custodio zukommen ließ, der besagt, seitdem er auf den Befehl seiner Ehrwürden des Erzbischofs den Pfarrer Don Urquijos vertrete, habe dieser ihn verleumdet und durch seine bösen Absichten, zusammen mit Doña Arcadia de Ayuso, die ganze katholische Welt aufgewiegelt. Da die Anwesenheit von Pfarrer Don Urquijos, der ein Freund des Rechtsgelehrten Abel Carvajal sei, schwerwiegende Folgen haben könnte, werde dies dem Herrn Präsidenten zur Kenntnis gebracht.

10. Alfredo Toledano, Bürger dieser Stadt, teilt mit, daß er, da er an Schlaflosigkeit leide und daher immer spät einschlafe, einen der Freunde des Herrn Präsidenten, Miguel Cara de Angel, hörte, wie er aufgeregt ans Haus des Juan Canales, des Bruders des gleichnamigen Generals, pochte, der häufig Spottverse über die Regierung zu reißen pflegt. Er bringe dies zur Kenntnis des Herrn Präsidenten, für den Fall, daß es von Bedeutung sei.

11. Nicomedes Aceitunas, Handelsreisender, teilt mit, daß derjenige, der den Namen des Herrn Präsidenten am Wasserreservoir schändete, der Buchhalter Guillermo Lizazo in trunkenem Zustande gewesen sei.

12. Casimiro Rebeco Luna teilt mit, daß er nun schon zweieinhalb Jahre in der zweiten Polizeisektion gefangengehalten werde. Da er arm sei und keine Verwandten besitze, wende er sich an die Gunst des Herrn Präsidenten mit der Bitte um Freilassung. Er werde beschuldigt, an der Pforte der Kirche, in der er Küster war, den Anschlag des Geburtstages der Mutter des Herrn Präsidenten auf Befehl der Feinde der Regierung entfernt zu haben. Dies sei nicht wahr. Wenn er es getan habe, so nur, weil er beauftragt war, einen anderen Anschlag zu entfernen, und selbst nicht lesen könne.

13. Dr. Luis Barreño ersucht den Herrn Präsidenten um Erlaubnis, mit seiner Gattin zu Studienzwecken ins Ausland zu reisen.

14. Adelaida Peñal, Angestellte des Bordells »Der süße Zauber« in dieser Stadt, wendet sich an den Herrn Präsidenten, um ihn davon in Kenntnis zu setzen, daß Oberst Modesta Farfán ihr in trunkenem Zustand erklärt habe, der einzige wahre General, den er im Heer gekannt habe, sei Eusebio Canales gewesen. Sein Unglück sei nur der Furcht zuzuschreiben, die der Herr Präsident vor fähigen Führern habe; die Revolution werde jedoch siegen.

15. Monica Perdomino, eine Kranke des Zentralspitals, Bett Nr. 14, teilt mit, daß, da ihr Bett neben demjenigen der Kranken Fedina Rodas stehe, sie hörte, wie jene im Delirium von General Canales gesprochen habe. Da sie selbst auch an Schwindelanfällen leide, habe sie nicht ganz verstehen können, was jene sagte. Es wäre angebracht, meint sie, wenn jemand über Fedina Rodas wachen und ihre Äußerungen aufschreiben würde. Sie bringt es dem Herrn Präsidenten als ehrfürchtige Bewunderin seiner Regierung zur Kenntnis.

16. Tomás Javeli gibt dem Herrn Präsidenten seine Vermählung mit Fräulein Arquelina Suárez kund. Die Trauung werde im Namen des Herrn Präsidenten der Republik erfolgen.

28. April...

24 Das Haus der schlechten Frauen

»Indi-pi, a pa!
Yo-po? Pe-pe, ro-po, chu-pu, la-pa...
Quitin-qué?
Na-pa, la-pa!
Na-pa, la-pa!
Chu-ju!«

»Ruhe, Ruhe! So etwas! Seit Gott den Morgen grauen ließ, sind sie dort unten und schwatzen, schwatzen. Wie Tiere, die nichts verstehen«, schrie Doña Goldzahn.

Ihre Exzellenz trug eine schwarze Bluse und einen violetten Rock. Sie kaute ihr Nachtessen in einem Ledersessel hinter dem Schanktisch des Rauchsalons.

Nach einer Weile befahl sie einer kupferfarbenen Magd mit straffen und glänzenden Zöpfen:

»Pancha, sag den Mädchen, sie sollen herkommen. Bald werden die ersten Kunden erscheinen, und sie sollten längst bereit sein. Man muß sie immer antreiben, zum Kuckuck!«

Zwei Mädchen eilten in Strümpfen herein.

»Ruhe! Consuelo! Ah, wie hübsch diese Mädchen sind! Hört auf mit eurem Lärm! Adelaida, Adelaida, ich spreche zu dir! Wenn der Oberst kommt, nimm seinen Degen als Pfand für das, was er uns schuldet! Wieviel schuldet er dem Haus, du Spitzschnauze?«

»Genau neunhundert, plus sechsunddreißig, die ich ihm gestern abend lieh«, antwortete der Kellner.

»Ein Degen ist nicht soviel wert, und wäre er aus Gold. Aber es ist besser als nichts. Adelaida, spreche ich zur Wand oder zu dir?«

»Ja, Doña Chon, ich habe Sie verstanden«, brachte Adelaida Peñal unter Gelächter hervor und spielte weiter mit ihrer Freundin, die sie am Zopf zog.

Die Frauenauswahl des »Süßen Zaubers« saß schweigend auf den alten Diwans. Große, kleine, dicke, schlanke, alte, junge, kaum gereifte, folgsame, widerspenstige, blonde, rothaarige, schwarze, kleinäugige, großäugige Mädchen; Weißhäutige, Negerinnen, Mischlinge, alle glichen sie einander, ohne sich doch ähnlich zu sein. Alle hatten denselben Geruch an sich, alle rochen sie nach Männern; herber Geruch alter Muscheln. In den Blusen aus billigem Stoff baumelten die schwächlichen Brüste. Sie spreizten beim Sitzen die Oberschenkel und zeigten ihre dünnen Beine, die wie Stäbchen aussahen, ihre grellfarbenen Strumpfbänder. Manchmal waren ihre Höschen rot, mit weißen Spitzen, manchmal rosa wie Salm, mit schwarzen Spitzen.

Das Warten auf Kunden machte sie reizbar. Sie warteten wie Emigranten, mit tierischen Augen, sich vor die Spiegel drängend. Um sich die Zeit zu vertreiben, schliefen die einen; die andern rauchten oder lutschten Pfefferminztabletten; wieder andere versuchten auf den von der Decke herabhängenden blauen und weißen Girlanden den Fliegendreck zu zählen. Einige zankten sich, andere liebkosten sich lässig und hemmungslos.

Fast alle besaßen einen Spitznamen. »Mojarra« nannten sie die Großäugigen; wenn sie klein waren »Mojarrita«; wenn sie alt und dick waren »Mojarrona«. »Chata« die Spitznäsigen, »Negra« die Dunkelhäutigen, »Prieta« die Mischlinge, »China« die Mandeläugigen, »Canche« die Blonden, »Tartaja« die Stotternden.

Außer diesen geläufigen Namen gab es eine Geheilte, eine Schamlose, eine Großfüßige, eine Zuckersüße, ein Affenweibchen, einen Wurm, ein Täubchen, eine Bombe, eine Eingeweidelose, eine Taube.

In den frühen Abendstunden kamen einige Männer, um sich mit den arbeitslosen Frauen in zärtlichen Gesprächen, Küssen und Neckereien zu unterhalten. Sie waren immer sorgfältig gekämmt. Doña Chon hätte diesen billigen Dummköpfen am liebsten Ohrfeigen gegeben oder sie zum Teufel gejagt, doch sie duldete sie in ihrem Hause, ohne sie zu verprügeln, nur um ihre »Königinnen« nicht zu verärgern. Arme Königinnen! Aus Hunger nach Zärtlichkeit

hingen sie an diesen »Beschützern«, die sie ausnutzten.
In den frühen Nachtstunden kamen auch unerfahrene Jünglinge. Sie kamen zitternd, mit ungeschickten Bewegungen herein, wie Schmetterlinge, mit denen der Wind sein Spiel treibt; sie konnten kaum sprechen und fühlten sich erst wohl, wenn sie wieder auf der Straße waren. Leichte Opfer, folgsam und anspruchslos. Fünfzehnjährig. »Gute Nacht. Vergiß mich nicht.« Die Sünde und der Wagemut hatten sich in Ekel verwandelt. Sie verließen das Bordell mit jener sanften Müdigkeit, die man verspürt, wenn man zuviel gelacht oder zuviel gespielt hat. Wie schön war es doch außerhalb dieses stinkenden Hauses! Sie schmeckten die Luft wie frisches Gras und betrachteten die Sterne, als seien sie Ausstrahlungen ihrer Muskeln.
Dann folgte die gewichtige Kundschaft. Der wohlbekannte Geschäftsherr, lüstern und dickbäuchig. Ein Bauch von astronomischem Ausmaß hing unter seiner Brust. Der Ladenangestellte, der die Mädchen umarmte, als wollte er eine Elle Stoff messen. Im Gegensatz zu ihm der Arzt, der sie abzuhören schien. Der Journalist ging so weit, daß er schließlich sogar seinen Hut verpfänden mußte. Der Anwalt erinnerte an Katzen und Geranien mit seiner finstern, vulgären Vertraulichkeit. Provinzler mit milchweißen Zähnen. Der bucklige Beamte mißfiel den Frauen. Fette Bürger und nach Schafpelz riechende Handwerker. Ein Reicher, der jeden Augenblick insgeheim seine Brieftasche, seine Uhr und seine Ringe betastete. Der Apotheker war ruhiger und schweigsamer als der Friseur, jedoch weniger aufmerksam als der Zahnarzt.
Der Saal leuchtete hell um Mitternacht. Männer und Frauen hatten brennende Lippen. Auf Küsse, lüsterne Berührungen von Fleisch und Speichel folgten Bisse, auf Zärtlichkeiten Schläge, auf Lächeln Gelächter und auf das Knallen der Champagnerpfropfen der Knall des Revolverschusses irgendeines Großtuers.
»Das ist die Hälfte des Lebens!« bemerkte ein Alter, der sich gegen einen Tisch stützte, mit flackernden Augen, unruhigen Füßen und einem Bündel angeschwollener Adern auf der Stirn.

Und in immer steigender Begeisterung fragte er einen seiner Kumpane:
»Könnte ich mit jener dort losziehen?«
»Natürlich, dazu sind sie ja da!«
»Und mit jener dort? ... Die gefällt mir besser!«
»Auch mit jener.«
Eine Schwarzhaarige, die aus Koketterie barfuß ging, schritt durch das Zimmer.
»Und mit der, die dort geht?«
»Welche, die Mulattin?«
»Wie heißt sie?«
»Adelaida; man nennt sie auch die ›Schamlose‹. Laß sie in Ruhe, denn sie ist für den Oberst Farfán. Er will nur sie.«
»Schamlos, wie sie ihn streichelt!« bemerkte der Alte gierig.
Die Kokette umgarnte Farfán mit allen ihren Schlangenlisten. Sie übergoß ihn mit dem verhexenden Liebestrank ihrer Augen, die unter dem Einfluß der Tollkirsche verführerischer denn je waren. Sie erschöpfte ihre fleischigen Lippen in Küssen, bei denen sie die Zunge betätigte, als würde sie Briefmarken aufkleben, und sie ruhte mit dem ganzen Gewicht ihrer warmen Brüste und ihres rundlichen Bauches auf dem Oberst.
»Leg doch dieses ekelhafte Ding weg«, lispelte die Schamlose in Farfáns Ohr, und ohne auf eine Antwort zu warten, löste sie den Degen vom Gurt und hielt ihn dem Kellner hin.
Wie ein rasender Bahnzug pfiffen Schreie durch die Gehörtunnel und fuhren weiter ...
Die Paare tanzten im Takt und auch ohne Takt mit den Bewegungen zweiköpfiger Tiere. Ein weibisch geschminkter Mann spielte Klavier. Am Klavier und in seinem Munde fehlten einige Elfenbeinstücke. »Ich gefalle gern, ich bin kokett und zart«, antwortete er denen, die fragten, warum er sich schminke, und zu ihrer Befriedigung fügte er hinzu: »Meine Freunde nennen mich Pepe, die jungen Männer Violeta. Ich trage offene Hemden, ohne Tennisspieler zu sein, nur um meine Cucurrucubrüste zu zeigen, ein Monokel, weil ich vornehm bin, und einen Gehrock, weil

es mir Spaß macht. Der Puder – ach, wie vulgär! – und die Schminke verdecken meine Masernnarben, die ich wie Konfetti des mir übel gesinnten Schicksals im Gesicht trage... Sprechen Sie über mich, wie Sie wollen, ich bleibe bei meiner Gewohnheit!«

Ein Zug von Schreien pfiff vorbei. Unter seinen zermalmenden Rädern, in seinem Getriebe wand sich eine trunkene, schwache, totenblasse, kleiefarbene Frau und hielt sich mit beiden Händen den Unterleib. Die Tränen wuschen ihr die Schminke von Wangen und Lippen.

Au, mein Ei...erstock! Au, mein Ei...i...i...erstock! Mein Ei...i...i...erstock! Mein Eierstock! Au...!«

Nur die Betrunkenen waren nicht unter denen, die hineilten, um zu sehen, was vorging. In dieser Verwirrung fragten die Verheirateten, ob sie verletzt sei, um sich im schlimmsten Falle davonmachen zu können, bevor die Polizei kam; die übrigen nahmen das Ganze nicht so tragisch und wandten sich weiter, weil ihnen das Zusammentreffen mit anderen Gästen Freude bereitete. Immer größer wurde die Gruppe um die Frau herum, die sich mit verdrehten Augen und heraushängender Zunge unablässig schüttelte. Während des Höhepunktes der Krise verlor sie ihr Gebiß. Dies bewirkte Heiterkeit und Übermut unter den Zuschauern. Ein endloses Gelächter begrüßte die auf dem Steinboden dahingleitenden Zähne.

Doña Chon machte dem Skandal ein Ende. Sie war irgendwo im Innern des Hauses gewesen und eilte nun herbei, wie eine angstvolle Henne gackernd zu ihren Küchlein läuft. Sie faßte die Unglückliche an einem Arm und schleifte sie wie einen Sack zur Küche hinüber. Dort schloß sie sie unter Mithilfe der Calvario im Kohlenraum ein, wobei diese der Kranken erst noch einige Schläge mit der Feuerzange versetzte. Der in die »Schamlose« verliebte Alte nutzte diese Verwirrung aus und stahl sie dem Major weg, der vor Trunkenheit nichts mehr bemerkte.

»Eine wahre Schweinerei, nicht wahr, Herr Kommandant!« rief Doña Goldzahn aus, als sie aus der Küche zurückkehrte. »Wenn sie schläft und den ganzen Tag über auf dem Bett liegt, schmerzt sie der Eierstock nicht! Es ist, als hätte ein

Soldat beim Beginn der Schlacht Schmerzen im ...«
Das Gelächter der Betrunkenen erstickte ihre Stimme. Sie lachten, als spuckten sie Honig aus. Doña Chon wandte sich nun an den Kellner:
»Dieses Skandalweib wollte ich durch das Mädchen aus dem Neuen Haus ersetzen. Schade, daß sie krank wurde ...«
»Es war ein verflixt gutes Weibchen!«
»Ich sagte dem Anwalt schon, er solle zusehen, daß der Richter mir das Schmiergeld zurückgibt. Doch der will nicht. Er wird es behalten, dieser Hurensohn!«
»Ganz recht! Er ist ein gemeiner Kerl!«
»Wie alle Scheinheiligen!«
»Ein Unzuchtsbold ist er auch!«
»Alles, was Sie wollen, doch mein Geld wird er nicht behalten, das können Sie glauben. Ich habe mächtige Freunde.«
Sie sprach den Satz nicht zu Ende, denn sie schaute aus dem Fenster, um zu sehen, wer klopfte.
»Jesusduheiligemaria und der ganze himmlische Hof! An Sie dachte ich, und schon schickt Sie mir Gott!« rief sie laut dem Manne zu, der mit bis zu den Augen aufgestülptem Kragen im Purpur der roten Laterne wartete, und ohne seinen Gruß zu erwidern, beeilte sie sich, der Pförtnerin zu befehlen, sogleich zu öffnen.
»Geh, Pancha, öffne schnell, beeile dich! Öffne! Lauf schnell, es ist unser lieber Don Miguel!«
Doña Chon hatte ihn instinktiv, vielleicht aber auch seiner Satansaugen wegen erkannt.
»Ein wahres Wunder!«
Cara de Angel grüßte und überflog den Salon mit seinem Blick. Sowie er ein geiferndes Bündel sah, das Oberst Farfán sein mußte, beruhigte er sich.
»Ein wahres Wunder, Sie nahmen sich sonst nie die Zeit, die Armen zu besuchen!«
»Wie denn, Doña Chon!«
»Im richtigen Augenblick kommen Sie! Ich flehte in meiner Not zu allen Heiligen, und da schicken sie Sie mir ...«
»Sie wissen, ich stehe immer zu Ihren Diensten ...«
»Vielen Dank. Eine Angelegenheit bedrückt mich ... Doch

bevor ich sie Ihnen erzähle, müssen Sie ein Gläschen trinken.«

»Machen Sie keine Umstände ...«

»Nicht Umstände! Ein kleines Gläschen, was Sie wünschen, alles, was Ihr Herz begehrt! ...«

»Nur, um mich abzulenken!«

»Ein Whisky paßt zu Ihnen. Man wird Sie dort hinten, bei mir, bedienen. Hier durch, bitte.«

Die Privaträume der Doña Goldzahn, vom übrigen Hause vollständig abgetrennt, waren wie eine andere Welt. Auf Tischen, Kommoden, Marmorständern häuften sich Stiche, Skulpturen und Heiligenbilder. Die »Heilige Familie« überragte alle durch ihre Größe und ihre kunstvolle Ausführung. Dem Jesusknaben, hoch wie eine Lilie, fehlte nur noch die Sprache. An seiner Seite glänzten Joseph und Maria in Sternenmänteln. Die heilige Jungfrau war mit Edelsteinen übersät, und Joseph trug ein Diadem mit zwei Perlen, von denen jede ein Vermögen wert war. Unter einer Glasglocke lag ein schwarzbrauner, in Blut gebadeter Christus, und in einer mit Muscheln beschlagenen Vitrine stieg die heilige Jungfrau zum Himmel auf: eine Nachahmung in Skulptur des berühmten Bildes von Murillo, an der die smaragdene Schlange zu ihren Füßen den größten Wert darstellte. Zwischen den Heiligenbildern hingen Porträts von Doña Chon (Chon war die Abkürzung für Concepción, Empfängnis, ihr richtiger Name) im Alter von zwanzig Jahren, als sie zu ihren Füßen einen Präsidenten der Republik hatte, der sie nach Paris entführen wollte, zwei Magistraten des Obersten Gerichtshofes und drei Metzger, die bei einem Fest mit Messerstichen um sie kämpften. In einer Ecke des Raumes, damit die Besucher es nicht sähen, versteckte sie das Bild des Überlebenden der drei, eines Mannes, der im Laufe der Zeit ihr Gatte wurde.

»Setzen Sie sich aufs Sofa, lieber Don Miguel, auf dem Sofa ist es am bequemsten.«

»Sie haben sich sehr gut eingerichtet, Doña Chon!«

»Ich tue mein Bestes ...«

»Wie in einer Kirche!«

»Lästern Sie nicht, und spotten Sie nicht über meine Heiligen!«

»Womit kann ich Ihnen dienen?«

»Trinken Sie erst Ihren Whisky ...«

»Auf Ihr Wohl!«

»Auf das Ihre, Don Miguel, und verzeihen Sie, daß ich nicht mithalte, denn ich leide an einer Entzündung. Stellen Sie das Gläschen hier ab; hier auf das Tischchen, gestatten Sie ...«

»Danke.«

»Wie ich Ihnen schon sagte, lieber Don Miguel, bin ich in einer unangenehmen Lage, und ich brauche Ihren Rat, einen Rat, den nur Leute wie Sie zu geben wissen. Weil eine Frau, die hier im Geschäft arbeitet, mir überhaupt nichts nützt, machte ich mich auf die Suche nach einer anderen. Durch eine Bekannte erfuhr ich, daß im Neuen Haus ein rassiges Mädchen auf Befehl des Kriegsrichters eingesperrt war. Da ich alle Schliche kenne, ging ich sogleich zu meinem Rechtsanwalt, Vidalitas, der mir schon mehrere Male Frauen verschafft hat, um ihn zu bitten, in meinem Namen einen Brief an den Richter zu senden und ihm für dieses Mädchen zehntausend Pesos anzubieten.«

»Zehntausend Pesos?«

»Wie Sie hören! Der ließ sich das nicht zweimal sagen. Er antwortete sogleich, das Geschäft könne abgeschlossen werden, und sobald er das Geld hatte, übergab er mir einen schriftlichen Befehl für das Neue Haus. Dort erfuhr ich, daß sie aus politischen Gründen verhaftet worden war. Wie es scheint, wurde sie im Hause des Generals Canales verhaftet ...«

»Wie?«

Cara de Angel, der der Rede zerstreut gefolgt war und immerfort nach der Tür horchte, damit Oberst Farfán, den er seit Stunden suchte, nicht plötzlich verschwinde, fühlte, wie man ihm ein feines Netz über den Rücken zog, als er den Namen Canales im Zusammenhang mit dieser Geschichte hörte. Jene Unglückliche war bestimmt die Dienerin Chabela, von der Camila im Fieberwahn gesprochen hatte.

»Verzeihen Sie, daß ich Sie unterbreche ... Wo ist diese Frau?«

»Das werden Sie gleich erfahren, doch lassen Sie mich weitererzählen! Mit dem Befehl des Richters holte ich sie persönlich mit zwei Mädchen aus dem Neuen Haus ab. Ich wollte nicht, daß man mir anstelle des Hasen eine Katze gäbe. Luxushalber mieteten wir einen Fiaker. Wir fuhren hin, ich zeigte den Befehl, sie lasen ihn, studierten ihn, brachten das Mädchen, übergaben es mir, und um sie nicht zu ermüden, fuhren wir gleich nach Hause, wo alle warteten, wo alle anderen an ihr Gefallen fanden. Alles ging gut ... aber, Don Miguel, weshalb werden Sie so traurig?«

»Wo ist sie denn?«

Cara de Angel war bereit, sie noch in derselben Nacht von diesem Ort wegzuführen. Jede Minute, die die alte Hexe zu ihrer Erzählung verbrauchte, schien ihm wie Jahre zu sein.

»Ihr Männer, ihr seid doch alle gleich! Lassen Sie mich weitererzählen! Schon als wir beim Neuen Haus wegfuhren, bemerkte ich, wie sich die Frau Mühe gab, die Augen nicht zu öffnen und kein Wort zu sagen. Wenn man zu ihr sprach, war es, als redete man zu einem Stein. Ich glaubte, sie würde sich zieren. Auch bemerkte ich, daß sie ein Bündel von der Größe eines Säuglings in den Armen trug.«

Im Geiste des Günstlings zog sich das Bild Camilas in die Länge, bis es mit der Schnelligkeit einer Seifenblase wie eine Achterschleife in der Mitte entzwei platzte.

»Ein Kind?«

»Jawohl! Meine Köchin, Manuela Calvario Cristales, entdeckte, daß das, was die Unglückliche so fest in ihren Armen hielt, ein totes Kind war, das bereits übel roch. Sie rief mich, ich eilte hin, und zusammen entrissen wir es ihr gewaltsam. Doch kaum hatten wir ihre Arme geöffnet, Manuela hätte sie ihr beinahe gebrochen, und ihr den Kleinen entrissen, öffnete sie die Augen, so wie die Toten am Tage des Jüngsten Gerichts sie öffnen, stieß einen Schrei aus und fiel der Länge nach hin.«

»Tot?«

»So glaubten wir. Man kam und holte sie, in ein Leintuch gehüllt, nach San Juan de Dios. Ich konnte sie nicht mehr anschauen, so war ich niedergeschlagen. Aus ihren geschlossenen Augen, erzählte man mir, flossen Tränen wie krankes Wasser.«

Doña Chon schöpfte Luft, und nach einer Weile fügte sie zwischen den Zähnen hinzu:

»Die Mädchen, die heute früh zur Untersuchung ins Spital gegangen sind, fragten nach ihr; es scheint, daß es schlimm steht. Daher meine unangenehme Lage. Wie Sie verstehen, kann ich nicht daran denken, dem Richter die zehntausend Pesos zu schenken, und ich möchte wissen, was ich tun soll, um sie zurückzubekommen, denn weshalb sollte er behalten, was mir gehört, weshalb? Lieber würde ich sie dem Armenhaus oder den Bettlern geben!«

»Ihr Anwalt soll sie zurückverlangen, und diese arme Frau ...«

»Gerade heute suchte ihn Vidalitas, verzeihen Sie, daß ich Sie unterbreche, zweimal auf; einmal in seinem Hause, das andere Mal in seinem Büro. Beide Male sagte er ihm dasselbe: Er werde mir nichts zurückgeben. Der Kerl ist schamlos! Er sagte, wenn man eine Kuh kaufe und sie sterbe, so verliere nicht derjenige, der sie verkauft habe, sondern der Käufer. Als wären Menschen Tiere ... Oh, ich würde ihn am liebsten ...«

Cara de Angel schwieg. Wer war die verkaufte Frau? das tote Kind?

Doña Chon zeigte drohend ihren Goldzahn:

»Aber ich werde ihm eine Strafe verabreichen, wie sie ihm nicht einmal seine Mutter beschieden hat! Wenn man mich einkerkern wird, so hat dies wenigstens seinen Grund. Gott weiß, mit welcher Mühe ich das Geld verdient habe, und nun will er es mir einfach stehlen! Alter Lügner, verfluchter Indianerschädel! Schon heute früh ließ ich Totenerde vor seine Tür werfen. Bald vielleicht werden seine Knochen faulen ...«

»Und das Kind, wurde es begraben?«

»Hier im Hause hielten wir Totenwache; die Mädchen sind sentimental ... Es gab Pastete ...«

»Ein Fest?«

»Wir mußten wohl!«

»Und was tat die Polizei?«

»Durch Bestechung erhielten wir die Bewilligung. Am folgenden Tag begruben wir den Kleinen in einem herrlichen,

mit weißem Atlas ausgeschlagenen Sarg auf der Insel.«
»Befürchten Sie nicht, daß die Angehörigen die Leiche verlangen oder wenigstens die Bestätigung?«
»Das fehlte gerade noch! Und wer sollte das verlangen? Der Vater steckt aus politischen Gründen in der Strafanstalt, er heißt Rodas. Die Mutter liegt, wie ich schon sagte, im Spital.«
Cara de Angel lächelte insgeheim, von einem großen Druck befreit. Denn es handelte sich nicht um Verwandte Camilas.
»Raten Sie mir, lieber Don Miguel, Sie, der Sie so gescheit sind, raten Sie mir, was ich tun soll, damit dieser alte Gauner mein Geld nicht behält. Zehntausend Pesos, bedenken Sie doch! Das sind keine Bohnen!«
»Meiner Ansicht nach müssen Sie zum Herrn Präsidenten gehen und sich bei ihm beklagen. Bitten Sie um eine Audienz, und erzählen Sie ihm alles. Er wird es schon in Ordnung bringen. Es liegt in seiner Macht.«
»Daran habe ich auch gedacht. Ich werde es tun. Morgen gebe ich ein sehr dringliches Telegramm auf und ersuche um eine Audienz. Gut ist, daß wir uns schon lange kennen. Als er noch Minister war, war er in mich verliebt. Das ist schon lange her. Ich war jung, hübsch und schlank, wie auf jenem Bilde dort. Ich erinnere mich, wir wohnten im ›Kleinen Himmel‹, meine Mutter und ich, sie ruhe in Frieden. Denken Sie, welch ein Unglück: Ein Papagei kratzte ihr mit dem Schnabel ein Auge aus! Ich muß gestehen, daß ich den Papagei geröstet habe – ich hätte auch zwei geröstet – und ihn einem Hund zum Fressen gab, der ihn wie eine Taube verschlang und darob die Tollwut kriegte. Das Seltsamste, woran ich mich erinnere, ist, daß alle Leichenzüge an unserem Hause vorbeigingen. Und Tote gab es viele, sehr viele. Dieses Übelstandes wegen ging das Verhältnis mit dem Herrn Präsidenten auf immer in die Brüche. Er fürchtete sich vor den Leichenzügen; aber was konnte ich schon dafür? Er war noch wie ein Kind, den Kopf voller Geschichten. Er glaubte alles, was man ihm erzählte, Schmeicheleien, alles. Anfänglich, da ich noch in ihn vernarrt war, verwischte ich ihm mit langen Küssen

den Eindruck dieses endlosen Vorbeizugs von Toten in Särgen aller Farben. Doch dann hatte ich genug davon und ließ ihn. Er liebte es sehr, wenn man ihm das Ohr ableckte, obwohl es ihn oft an den Tod erinnerte. Mir ist, als sähe ich ihn, dort, wo Sie jetzt sitzen: sein Taschentuch aus weißer Seide mit einem kleinen Knoten um den Hals gebunden, mit seinem flachen Hut, seinen Stiefeln mit zwei rosaroten Riemchen, mit seinem blauen Anzug.«

»Und dann, wie schnell doch alles geht, war er als Präsident Ihr Trauzeuge?«

»Ganz und gar nicht! Mein Mann selig, er ruhe in Frieden, liebte diese Dinge nicht. ›Nur Hunde brauchen Zeugen und Zaungäste, die ihnen zuschauen, wenn sie heiraten‹, sagte er, ›und dann gehen sie, gefolgt von einer Horde anderer Hunde, die alle die Zunge heraushängen lassen und geifern.‹«

25 Am Ort des Sterbens

Der Priester eilte in zerschlissener Soutane herbei. Andere rennen um weniger willen. Was auf der Welt ist wertvoller als eine Seele, fragte er sich. Um weniger willen stehen andere vom Tisch auf. Drei verschiedene Menschen und ein einziger, allein wahrer Gott! Kein Lärm, nein, dort nicht, aber hier, hier in mir, mir, mir, in meinem Bauch, Bauch ... in Deinem Bauch, Jesu! Dort steht der Tisch gedeckt, ein weißes Tischtuch, sauberes Porzellangeschirr, ruhige Bediente ...

Als der Priester eintrat, folgten ihm einige Klatschweiber, die Menschen in ihren letzten Schmerzen sehen wollten. Cara de Angel trennte sich mühsam vom Lager Camilas; seine Schritte krachten wie Wurzeln, die brechen. Die Wirtin zog für den Priester einen Stuhl herbei; dann entfernten sich alle.

»Ich, armer Sünder, beichte dem Herrn«, flüsterten sie im Weggehen.

»In Nomine Patris et Filii et ... Mein Kind, wie lange hast du nicht mehr gebeichtet?«

»Zwei Monate.«
»Tatest du Buße?«
»Ja.«
»Nenne deine Sünden!«
»Ich beschuldige mich, gelogen zu haben.«
»In wichtigen Dingen?«
»Nein, ich gehorchte meinem Vater nicht und ...«
Tick-tack, tick-tack, tick-tack.
»Und ich beschuldige mich ...«
Tick-tack.
». . . daß ich nicht zur Messe ging.«
Die Kranke und der Beichtvater sprachen wie in einer Katakombe. Der Teufel, der Schutzengel und der Tod wohnten der Beichte bei. Der Tod füllte die gläsernen Augen Camilas mit seiner Leere. Neben dem Kopfkissen spuckte der Teufel Spinnen, und der Engel weinte bitter in einer Ecke.
»Ich beschuldige mich, beim Aufstehen und beim Schlafengehen nicht gebetet zu haben – und ich beschuldige mich ...«
Tick-tack, tick-tack.
»... mit meinen Freundinnen gezankt zu haben!«
»Über Ehrenfragen?«
»Nein ...!«
»Mein Kind, du hast Gott beleidigt.«
»Ich beschuldige mich, wie ein Mann geritten zu haben.«
»Sah man dich? Hast du einen Skandal verursacht?«
»Nein, nur einige Indianer waren dort.«
»Und daher glaubtest du dich fähig, dem Manne ebenbürtig zu sein. Das ist eine schwere Sünde. Da Gott, unser Herr, die Frau als Frau geschaffen hat, soll sie so bleiben und nicht den Mann nachahmen wollen wie der Teufel, der ins Verderben stürzte, weil er Gott sein wollte.«
In der anderen Hälfte des Raumes, der als Schenke diente, standen Cara de Angel, Masacuata und einige Nachbarinnen am Schanktisch, diesem Altar mit buntfarbenen Flaschen. Sie sprachen kein Wort, taten sich durch Blicke Furcht und Hoffnung kund und atmeten langsam. Ein Orchester von Seufzern, die der Gedanke des Todes erstickte. Durch die halboffene Tür sah man auf die beleuchtete Straße hin-

aus, auf den Tempel der Merced, auf einen Teil seiner Pforte. Häuser glänzten, und Fußgänger schritten vorbei. Cara de Angel litt unter dem Anblick dieser Leute, die kamen und gingen und sich nicht darum kümmerten, ob Camila im Sterben lag oder nicht. Grobe Sandkörner waren sie im zarten Sieb der Sonne, Schatten, die einen Verstand hatten, wandernde Kotfabriken ...

Mit Ketten von Worten durchzog die Stimme des Beichtvaters die Stille. Die Kranke hustete. Die Luft zerriß die kleinen Trommeln ihrer Lungen.

»Vater, ich klage mich aller kleinen Sünden, aber auch aller Todsünden an, die ich begangen, aber vergessen habe.«

Die lateinischen Worte der Absolution, die überstürzte Flucht des Teufels und die Schritte des Engels, der sich wie ein Licht Camila aufs neue mit seinen weißen und linden Flügeln näherte, befreiten den Günstling von seinem Zorn gegen die Vorbeigehenden, von seinem unerklärlichen Haß gegen alles, was nicht an seinem Schmerz teilnahm, von einem kindlichen Haß voller Zärtlichkeit, und ließen ihn – die Gnade wählt oft finstere Wege – den Vorsatz fassen, einen Menschen zu retten, der sich in Todesgefahr befand. Dafür würde ihm Gott vielleicht Camilas Leben schenken, denn die Wissenschaft vermochte es nicht mehr.

Der Priester entfernte sich geräuschlos. Unter der Tür stand er still, um sich eine starke Zigarre anzuzünden und den Talar zu heben, denn das Gesetz verlangte, daß man den Talar auf der Straße unter dem Mantel versteckt. Er schien aus weicher Asche zu sein. Es lief das Gerücht, eine Sterbende habe ihn zur Beichte gerufen. Ihm folgten sich zierend die Weiber und Cara de Angel, der seinen Vorsatz ausführen wollte.

Durch den Callejón de Jesus am Caballo rubio vorbei eilte er zur Kavalleriekaserne. Dort fragte er den Offizier auf der Wache nach Major Farfán. Man bat ihn, zu warten, und der Korporal rannte laut schreiend in die Kaserne:

»Major Farfán! Major Farfán!«

Die Stimme verhallte im riesigen Hof, ohne daß eine Antwort erfolgte. Das Echo antwortete von den Mauern der

weiten Häuser: »Jor fán fán...! Jor fán fán!«
Der Günstling wartete wenige Schritte von der Pforte entfernt, ohne darauf zu achten, was um ihn her vorging. Hunde und Aasgeier kämpften in der Mitte der Straße um eine tote Katze. Der Kommandant stand hinter einem mit Eisen vergitterten Fenster und sah dem hartnäckigen Kampf neugierig zu, indem er sich seinen Schnurrbart glättete. Zwei Damen schlürften Erfrischungen in einem Laden voller Fliegen. Aus einem schräg gegenüberliegenden Hause kamen fünf Knaben in Matrosenanzügen, denen ein überaus bleicher Mann und eine schwangere Frau folgten, Vater und Mutter. Ein Schlächter schritt durch das Grüpplein der Knaben und zündete sich eine Zigarette an. Sein Anzug war mit Blut überspritzt; er trug die Ärmel hochgekrempelt, und von der Brust hing das Beil. Soldaten kamen und gingen. Über die Steinplatten der Vorhalle schlängelten sich die Spuren feuchter Füße und verloren sich im Hof. Die Schlüssel zur Kaserne klirrten gegen das Gewehr der Schildwache, die neben dem Gardeoffizier stand. Dieser saß in einem eisernen Stuhl, umringt von Spucke.
Mit dem leisen Schritt eines Rehes näherte sich dem Offizier eine braungebrannte Frau. Ihre Haut war durch die Sonne zu Leder, durch die Jahre aber hell und runzelig geworden. Sie hob ihren gewobenen Schal, um zum Zeichen der Ehrfurcht mit verdecktem Gesicht zu sprechen, und flehte:
»Verzeihen Sie, mein Herr, wenn ich Sie bitte, mich zu meinem Sohne sprechen zu lassen. Die heilige Jungfrau wird es Ihnen vergelten.«
Der Offizier spuckte einen nach Tabak und faulen Zähnen stinkenden Speichel aus, bevor er antwortete.
»Wie heißt Ihr Sohn?«
»Ismael, Herr...«
»Ismael was?...«
»Ismael Mijo, Herr.«
Der Offizier spuckte kräftig.
»Wie ist sein Familienname?«
»Mijo, Herr...«
»Kommen Sie ein andermal, heute haben wir viel zu tun.«

Die Alte wich langsam zurück, ohne den Schal vom Gesicht zu nehmen, und zählte die Schritte, als wollte sie ihr Unglück messen.

Einen Augenblick stand sie am Rande des Gehsteiges still, dann näherte sie sich dem Offizier erneut, der immer noch dort saß.

»Entschuldigen Sie, Herr, aber ich bin nicht von hier, ich komme von sehr weit her, weiter als zwanzig Meilen; wenn ich ihn heute nicht sehe, so weiß nur Gott, wann ich wieder einmal kommen kann. Tun Sie mir den Gefallen, und rufen Sie ihn ...«

»Ich habe Ihnen doch schon gesagt, daß wir sehr beschäftigt sind. Gehen Sie, und stören Sie nicht weiter!«

Cara de Angel, der das Gespräch mitanhörte, sprach, vom Wunsch getrieben, jemandem zu helfen, damit Gott Camila die Gesundheit wiedergebe, leise zum Offizier:

»Rufen Sie den jungen Mann; dies hier ist für Zigaretten.«

Der Offizier nahm das Geld, ohne den Unbekannten anzusehen, und ließ Ismael Mijo rufen. Die Alte betrachtete ihren Wohltäter, als sei er ein Engel.

Major Farfán befand sich nicht in der Kaserne. Ein Schreiber lehnte, die Feder hinterm Ohr, über eine Fensterbrüstung und erklärte dem Günstling, zu dieser späten Stunde könne er ihn nur im »Süßen Zauber« finden, denn der große Sohn des Mars teile seine Zeit auf zwischen seinen Dienstverpflichtungen und der Liebe. Vielleicht aber solle er doch zuerst bei ihm zu Hause nachsehen. Cara de Angel mietete einen Wagen. Farfán bewohnte ein Zimmer in der hintersten Hölle. Durch die unbemalte, unter der Einwirkung der Feuchtigkeit verzogene Pinienholztür sah man das finstere Innere. Zwei-, dreimal pochte Cara de Angel. Niemand war zu Hause. Er ging sogleich weiter, doch bevor er Farfán im »Süßen Zauber« suchen würde, wollte er noch einmal sehen, wie es Camila ging. Das Geräusch des Wagens, als er von der ungepflasterten auf die gepflasterte Straße rollte, erschreckte ihn. Gepolter von Hufen und Rädern, Hufen und Rädern.

Der Günstling kehrte in den Salon zurück, nachdem Doña

Goldzahn ihm ihre Liebesgeschichten mit dem Herrn Präsidenten erzählt hatte. Er durfte den Major Farfán nicht aus den Augen lassen und mußte versuchen, mehr über die Frau herauszufinden, die in Canales' Haus verhaftet und von einer Kanaille von Richter für zehntausend Pesos verkauft worden war.

Das üppige Tanzvergnügen dauerte an. Die Paare tanzten einen beliebten Walzer, den der bewußtlos betrunkene Farfán mit einer eher überirdischen als irdischen Stimme begleitete:

»Warum lieben sie mich,
all die Dirnen?
Ich singe ihnen
La Flor del Café ...«

Plötzlich erhob er sich, und als er bemerkte, daß die »Schamlose« nicht mehr bei ihm war, ließ er das Singen und schrie, unterbrochen von Schlucken:

»Die ›Schamlose‹ fehlt, nicht wahr, ihr Idioten ...? Sie ist besetzt, nicht wahr, ihr Idioten ...? Ich gehe ... das will ich glauben, daß ich ge ... gehe, das will ich g ... glauben ... Ich gehe ... Und warum sollte ich nicht ge ... gehen? ... Nun, ich werde gehen!«

Er erhob sich unter größten Schwierigkeiten, stützte sich auf den Tisch, auf dem er geschlafen hatte, auf die Stühle an der Wand und wankte unsicheren Schrittes der Tür zu, die ihm die Magd sogleich öffnete.

»Das will ich glauben, d ... daß ich ge ... gehe! Die Dirne ... wird zurückkommen, Doña Chon, aber ich ge ... gehe! Hup-hup-hup! Uns Offizieren der hohen Schule bleibt nichts anderes übrig als zu saufen, zu saufen, bis wir sterben. Dann sollen sie uns destillieren und nicht einäschern! Hoch, das Fressen und Raufen! ... Chuj!«

Cara de Angel holte ihn ein. Wie ein Seiltänzer schaukelte Farfán auf dem schwachgespannten Seil der Straße. Bald hielt er den rechten Fuß in die Luft, bald den linken, bald den linken, bald den rechten und dann ... beide. Schon im Fallen begriffen, fing er sich wieder auf und sagte vor sich

hin: »Es geht gut, sagt das Maultier zum Zaum!«
Die Fenster eines anderen Bordells beleuchteten die Straße. Ein langhaariger Pianist spielte sanft die Mondscheinsonate. Nur die leeren Sessel hörten ihm zu, wie Gäste, die im Kreis um ein Klavier herum saßen, das größer war als der Walfisch des Jonas. Der Günstling hielt inne, von der Musik verwundet; er lehnte den wie eine Puppe leblosen Major gegen die Mauer und näherte sich dem Fenster, um mit den Überresten seines Herzens die Musik zu hören. Er auferstand von den Toten, ein Toter mit warmen Augen, weitab von der Welt, während die Straßenbeleuchtung auslöschte und von den Dächern Lichttropfen fielen, die die Betrunkenen kreuzigten und die Särge wieder vernagelten. Jeder kleine Hammer des Klaviers sammelte wie ein Magnet die feinen Sandkörner des Klanges und ließ sie wieder fahren, nachdem er sie in Arpeggios der Finger vereinigt hatte, die sich krümmten, um an die auf immer verriegelte Pforte der Liebe zu pochen; immer dieselben Finger; immer dieselbe Hand. Der Mond glitt am steinernen Himmel schlummernden Wiesen entgegen. Er floh. Hinter ihm erschreckten die Wälder die Vögel und die Seelen, denen die Welt unendlich und himmlisch vorkommt, wenn die Liebe währt, klein aber, wenn die Liebe erlischt.
Farfán erwachte an der Bar einer Schenke, zwischen den Händen eines Unbekannten, der ihn schüttelte, wie man einen Baum schüttelt, damit die reifen Früchte fallen.
»Erkennen Sie mich nicht, Herr Major?«
»Ja ... nein ... im Augenblick ... augenblicklich ...«
»Denken Sie nach!«
»Ah, uh, uh«, gähnte Farfán und erhob sich, zermürbt wie ein Lasttier.
»Miguel Cara de Angel, zu Ihren Diensten.«
Der Major nahm Stellung an.
»Verzeihen Sie mir, ich habe Sie nicht erkannt. Natürlich, Sie sind doch immer beim Herrn Präsidenten.«
»Sehr gut! Erschrecken Sie nicht, Herr Major, daß ich mir erlaubte, Sie auf so heftige Art zu wecken ...«
»Ganz und gar nicht!«
»Sie müssen in die Kaserne zurück. Doch erst will ich noch

mit Ihnen vertraulich sprechen. Nun ist gerade die Besitzerin dieses... sagen wir Wirtshauses nicht hier. Wie eine Stecknadel habe ich Sie gestern den ganzen Abend gesucht, in der Kaserne, bei Ihnen zu Hause. Was ich Ihnen erzähle, darf niemand erfahren.«

»Ehrenwort.«

Der Günstling drückte erfreut die Hand des Majors, und immer auf die Tür blickend, sprach er langsam:

»Ich habe vernommen, daß der Befehl erteilt wurde, Sie auf die Seite zu schaffen. Man hat dem Militärspital befohlen, Ihnen beim ersten Rausch, der Sie im Bett zu bleiben zwingt, eine genügende Dosis Beruhigungsmittel zu geben. Die Dirne, die Sie im ›Süßen Zauber‹ besuchen, wiederholte vor dem Herrn Präsidenten Ihr revolutionäres Geschwätz.«

Farfán, der durch die Worte des Günstlings wie angenagelt dastand, hob beide Fäuste:

»Ah, dieses Weib!«

Nach dieser Bewegung der Rache ließ er mutlos den Kopf hängen.

»Mein Gott, was soll ich tun?«

»Fürs erste sollten Sie sich nicht betrinken. So umgehen Sie die nächste Gefahr, und...«

»Daran habe ich auch schon gedacht; doch es wird mir nicht gelingen. Es wird schwierig sein. Was wollten Sie weiter sagen?«

»Ich wollte Ihnen raten, nicht in der Kaserne zu essen.«

»Womit soll ich Ihnen danken?«

»Mit dem Schweigen...«

»Selbstverständlich. Doch das genügt nicht. Nun, es wird sich schon eine Gelegenheit finden. Zählen Sie immer auf den Mann, der Ihnen das Leben verdankt.«

»Als Freund möchte ich Ihnen auch noch raten, zu versuchen, dem Herrn Präsidenten zu schmeicheln.«

»Wirklich?«

»Schaden kann es nicht.«

Und beide fügten in Gedanken hinzu: Ein Verbrechen begehen, ist das wirksamste Mittel, um das Vertrauen des Präsidenten zu gewinnen, oder wehrlose Leute öffentlich beleidigen oder die Überlegenheit der Macht über die öffentliche Meinung fühlen lassen oder auch sich auf Kosten des Volkes bereichern oder ...

Blutvergießen war das beste Verbrechen. Die Vernichtung eines Menschen bewies vollkommene Regierungstreue. Zwei Monate Gefängnis, um den Schein zu wahren, und dann erhielt man eine Vertrauensstellung, eine, die nur Beamten gegeben wird, die noch einen pendenten Prozeß haben, damit man sie, wenn sie nicht gehorchen, auf einfachem Wege wieder ins Gefängnis stecken kann.

»Es kostet Sie nichts.«

»Sie sind sehr gütig ...«

»Nein, Herr Major, Sie müssen mir nicht danken. Ich faßte den Entschluß, Sie zu retten, im Namen Gottes, damit er eine Schwerkranke am Leben erhalte. Ihr Leben für das der Kranken.«

»Ihre Frau vielleicht ...«

Das zarteste Wort des Hohenliedes wehte einen Augenblick wie ein herrliches Spitzentuch über den Bäumen, aus denen Engel und Orangenblüten schimmerten. Nachdem ihn der Major verlassen hatte, betastete sich Cara de Angel, denn er wollte sich vergewissern, ob der, der schon so viele in den Tod gestoßen hatte, wirklich noch derselbe sei, der unter diesem blauen Morgenhimmel einen Menschen rettete.

26 Der Wirbel

Die zwiebelartige Silhouette des Majors entfernte sich wie eine runde Khakifrucht. Cara de Angel schloß die Tür und ging auf Zehenspitzen ins finstere Hinterzimmer. Er glaubte zu träumen. Zwischen Wirklichkeit und Traum besteht nur ein mechanischer Unterschied. Schlief er? War er wach? Im Halbdunkel glaubte er zu fühlen, wie die Erde sich drehte.

Eine Uhr und Fliegen wachten bei der dem Tode nahen Camila. Die Uhr trieb die kleinen Reiskörner ihres Blutkreislaufes und wies ihnen den Weg, damit sie sich nicht verlieren würden, wenn Camila stürbe. Die Fliegen eilten die Wände entlang und reinigten sich die Flügel vom Schatten des Todes. Geräuschlos stand er neben dem Bett. Die Kranke fieberte.

Traumspiel... Flecken von Kampferöl... Sterne in schleppendem Zwiegespräch... unsichtbares, heilendes, nacktes Berühren des Leeren... doppelte Zange der Hände... die Nutzlosigkeit der Hände in den Händen... in der parfümierten Seife... im Garten des Lesebuches... im Bauche des Tigers... im großen Jenseits der Papageien... im Käfig Gottes.

Im Käfig Gottes... die Frühmesse; der Hahn, dem noch ein Tropfen Mondlicht am Kamm hängt; er pickt nach der Hostie, er leuchtet, und er erlischt, leuchtet und erlischt, leuchtet und erlischt... Es ist eine gesungene Messe. Kein Hahn; es ist ein Zelluloidblitz im Schlund einer großen Flasche, umgeben von kleinen Soldaten. Blitze der Konditorei zur »Weißen Rose« neben der »Santa Rosa«. Bierschaum über dem Hahn... über dem Hahn...

Wir machen eine Leiche,
Matadero, tero, la!
Dies Handwerk gefällt ihm nicht,
Matadero, tero, la!

Man hört eine Trommel, wo es keine gibt. Eine Trommel... Halt, es ist keine Trommel! Es ist eine Tür, an die man erregt pocht, deren bronzenen Klopfer man festhält!

Wie ein Bohrer durchlöchert das Pochen alle Seiten der tierischen Stille des Hauses... Bum ... bum ... bum ... Trommel des Hauses... Jedes Haus hat seine Türtrommel, damit man die Leute rufen kann, die es bewohnen. Wenn sie eingeschlossen sind, ist es, als lebten sie den Tod ... im toten Hause ... Tür ... im toten Haus. Der Brunnen im Hof wird zu einem großen Auge, wenn er das Rollen der Türtrommel hört und das »es klopft« der Mägde. Das Echo hallt von den Mauern. »Es klopft!« ... »Öffnet! Es klopft, öffneeet!« Die Asche erschrickt, machtlos vor der

wachenden Katze, in einem sanften Schauder hinter dem Rost; die Rosen erregen sich, unschuldige Opfer der stechenden Dornen, und die Spiegel, diese verträumten Medien, flüstern durch die Seele der verblichenen Möbel mit lebendiger Stimme: »Es klopft! Öffnet!«
Das ganze Haus möchte zitternd, als bebte die Erde, nachschauen, wer pocht, wer unentwegt auf die Türtrommel pocht: die Pfannen rollend, die Blumenvasen mit weichen Schritten schleichend, das Waschbecken in großen klirrenden Sprüngen, die Teller mit einem Porzellangekicher, die Tassen, das durcheinandergebrachte Besteck mit einem Silberlachen, die Flaschen alle in einer Reihe hinter der Flasche mit Talgtränen, die manchmal im Hinterzimmer als Kerzenhalter dient. Die Gebetbücher, die Weihwedel wollen, wenn es pocht, das Haus gegen ein Unwetter schützen, die Scheren, Trompeten, Porträts, die alten Haare, die Ölgefäße, die Pappschachteln, Streichhölzer, Nägel ... In diesem Erwachen der seelenlosen Gegenstände stellen sich nur deine Onkel in den Inseln ihrer Ehebetten schlafend unter dem Panzer ihrer fettigen und übelriechenden Decken. Vergeblich reißt die Türtrommel die Stille in Stücke. »Es pocht immer noch«, flüsterte die Frau eines Onkels, die schlechteste von allen. »Ja, aber wer öffnet, wird etwas erleben ...«, antwortete ihr Mann durch die Finsternis. »Wie spät ist es wohl? Und dabei schlief ich so tief ... Es pocht immer noch!« – »Ja, aber wer öffnet, wird etwas erleben!« – »Was werden wohl die Nachbarn sagen?« – »Ja, aber wer öffnet, wird etwas erleben!« – »Nur deshalb sollte man öffnen, damit nicht über uns gesprochen wird ... es pocht weiter!« – »Ja, aber wer öffnet, wird etwas erleben!« – »Eine unerhörte Gemeinheit! Eine Rücksichtslosigkeit, eine Unanständigkeit!« – »Ja, aber wer öffnet, wird etwas erleben!«
Unter den Mägden besänftigt sich die rauhe Stimme des Onkels. Nach Schaf riechende Gespenster trippeln zum Schlafzimmer des Herrn: »Gnädiger Herr, Gnädige Frau ... es klopft ...«, und kehren zu ihren Pritschen zurück, zu den Flöhen und zum Schlaf, die Ohren voll vom »Ja, aber wer öffnet, wird etwas erleben ...! Ja, aber wer öffnet, wird etwas erleben ...!«

Tro, tro, Trommel des Hauses ... Finsternis der Straße. Die Hunde stoßen ihr Geheul gegen den Himmel, als wollten sie damit ein Dach errichten über den Sternen. Schwarze Reptilien und Kotwäscherinnen, deren Arme im Schaume silberner Blitze baden ...

»Vater ... Vater ... Vater!«

Im Fieber rief sie nach ihrem Vater, ihrer im Spital verschiedenen Amme, nach ihren Onkeln, die sie nicht einmal sterbend in ihrem Hause aufgenommen hätten.

Cara de Angel legte ihr die Hand auf die Stirn. Wenn sie davonkommt, so ist es ein Wunder, dachte er, als er sie leicht berührte. Könnte ich doch mit der Wärme meiner Hände die Krankheit austilgen! Unbestimmtes und seltsames Unbehagen dessen, der einen jungen Menschen sterben sieht, ein Schauer von Zärtlichkeit, der sich unter der Haut durchs Fleisch fortbewegt. Er wußte sich nicht zu helfen. Seine Gedanken wurden zum Gebet. »Wenn ich unter ihre Augendeckel schlüpfen und das Wasser ihrer Augen trocknen könnte, ihrer barmherzigen Augen, und nach diesem Exil ... in ihren Pupillen, die von der Farbe der kleinen Flügel unserer Hoffnung sind ... Gott rette dich! ... Wir flehen zu Dir, wir, die Schutzlosen!«

»Das Leben ist ein Verbrechen ... ein alltägliches Verbrechen ... wenn man liebt, Herr, gib es uns heute!«

Er dachte an sein Heim, als sei es ihm fremd. Sein Heim war hier, hier bei Camila, hier, wo sein Haus nicht stand, aber wo Camila lag. Und wenn Camila stürbe? ... Ein unbestimmter, vorübergehender Schmerz stach seinen Körper. Und wenn Camila stürbe? ...

Ein Gefährt ging vorüber und erschütterte alles. Auf dem Gestell der Schenke klirrten die Flaschen. Ein Türklopfer fiel. Die Nachbarhäuser zitterten. Durch den Schreck bemerkte Cara de Angel, daß er im Begriff war, stehend einzuschlafen. Er sollte sich besser setzen. Neben dem Tischchen mit den Arzneien stand ein Stuhl. Cara de Angel setzte sich. Das leise Geräusch der Uhr, der Geruch des Kampfers, das Licht der dem allmächtigen Jesus de la Merced und dem der Candelaria geweihten Kerzen, der Tisch, die Handtücher, die Arzneien, der Gürtelstrick des heiligen

Franziskus, den eine Nachbarin zur Austreibung des Teufels hergeliehen hatte, alles zerfiel sanft, langsam, Klänge eines Wiegenliedes, vorübergehende Auflösung, wohltuendes Unbehagen mit mehr Löchern als ein Schwamm, unsichtbar, halb flüssig, fast sichtbar, beinahe fest, verborgen, von den bläulichen Schatten der Träume durchdrungen.
... Wer zupft die Gitarre? ... Ein Brechen kleiner Knochen im dunklen Wörterbuch ... ein Brechen kleiner Knochen im finstern Unterirdischen, wo bald das Lied des Agronomen erklingen wird ... beißende Kälte im Blattwerk. Aus allen Poren der eckigen Erde dröhnt ein endloses, teuflisches Gelächter ... »Lachen sie, spucken sie, was tun sie?« Es ist nicht Nacht, und dennoch trennt ihn die Dunkelheit von Camila, die Dunkelheit des Gelächters der Schädel in diesem Todesgewimmel ... Schwarz und tierisch fällt das Lachen von den Zähnen, doch in der Luft vermengt es sich mit dem Wasserdampf und steigt in Wolken empor ... Kreise von Menschendärmen umlaufen die Erde ... In der Ferne sind es Menschenaugen, die den Himmel aufteilen ... Die Rippen eines Pferdes dienen dem Sturm als Geige ... Er sieht Camilas Leichenzug vorbeischreiten. Seine Augen schwimmen im Schaum, den der Fluß der schwarzen Wagen aufwirft ... Das Tote Meer hat sicher auch Augen! ... Grüne Augen! Warum flattern die weißen Handschuhe der Stallknechte in der Dunkelheit? Hinter dem Leichenzug singt ein Knochenhaufen von Kinderhüften: »Mond, Mond, nimm deinen Lohn und wirf ihn aus Hohn in den Strom!« ... Hüftbeine mit knopflochförmigen Augen ... »Mond, Mond, nimm deinen Lohn und wirf ihn aus Hohn in den Strom!« ... Warum geht das Leben weiter? ... Warum fährt die Straßenbahn? ... Warum sterben nicht alle? ... Nach Camilas Begräbnis kann nichts mehr sein; alles, was weiterlebt, ist unecht, existiert nicht ... Besser ist, man lacht darüber ... Der schiefe Turm des Lachens ... Man durchstöbert seine Taschen nach alten Erinnerungen ... Zu Staub wurden die Tage, da Camila lebte ... Abfälle ... Ein Faden ... Zu dieser Zeit muß Camila ... Ein Faden ... Eine schmutzige Karte ... Ah, diejenigen des Diplomaten, der Wein und Konserven einführt,

ohne Zoll zu bezahlen, und sie im Laden eines Tirolers verkauft ... Das ganze Weltall juble ... Untergang ... Rettungsringe, weiße Kronen ... Das ganze Weltall juble ... Camila bewegungslos in seinen Armen ... Begegnung ... Die Hände des Glöckners ... Sie biegen um die Ecke ... Die Erregung läßt erblassen ... Totenblick, wortlos aufgelöst ... Warum ihr nicht den Arm anbieten? ... Den Spinngeweben ihres Tastsinns entlang gleitet sie bis zum Arm, der ihr fehlt ... nur ein Ärmel ist dort ... In den Telegrafendrähten ...

Beim Betrachten der Telegrafendrähte verliert er Zeit, und aus einem alten Haus der Judenstraße treten fünf Männer aus dunklem Glas und versperren ihm den Weg; allen fünf fließt ein dünnes Bächlein Blut über die Schläfen. Verzweifelt kämpft er, um dorthin zu gelangen, wo Camila im Briefmarkenklebstoffgeruch liegt ... in der Ferne erblickt man den Berg Karmel ... Cara de Angel schlägt im Traum mit den Fäusten, um sich eine Bahn zu schaffen ... Er sieht nichts mehr ... Er weint ... Er versucht mit den Zähnen das dünne Schattennetz zu zerbeißen, das ihn vom Ameisenhaufen der Menschen auf dem kleinen Hügel trennt, wo in Zelten unter Palmen Spielsachen, Früchte, Honig und Aniskuchen verkauft werden ... Er zeigt seine Krallen ... richtet sich auf ...

Über eine kleine Brücke eilt er und gelangt zu Camila, aber die fünf Männer aus dunklem Glas versperren ihm den Weg wieder ... »Sie zerteilen Camila in kleine Stücke zum Fronleichnamsfest«, schreit er ihnen zu. »Lassen Sie mich durch, bevor sie ganz zerstückelt ist! Sie kann sich nicht wehren, denn sie ist tot! Sehen Sie das denn nicht? ... So schauen Sie doch! Schauen Sie doch, jeder Schatten trägt eine Frucht, und jede Frucht birgt ein Stück von Camila! Wie soll ich meinen Augen glauben? Ich sah ihr Begräbnis und war sicher, daß es nicht sie war. Sie ist hier, am Fronleichnamsfest; sie ist hier, in diesem Friedhof, der nach Quitten riecht, nach Mangofrüchten, nach Birnen und Pfirsichen; aus ihrem Körper haben sie weiße Tauben gemacht. Dutzende, Hunderte von kleinen Baumwolltauben, die an entzückenden Schriftbändern hängen: ›Denk an mich‹,

›Ewige Liebe‹, ›Auf immer Dein‹, ›Vergiß mich nie‹, ›Bleib mir treu‹.«
Seine Stimme erstickte im schrillen Lärm der Trompeten, der Trommeln, aus den Kutteln der schlechten Jahre und aus hartem Brot hergestellt; in der Menge der Leute Schritte von Vätern, die schlurfen, Kinder, die sich verfolgen; im Hin und Her der Glocken und Glöcklein, in der Glut der Sonne, in der Wärme der Kerzen, die am Mittag blind sind, in der leuchtenden Monstranz ... Die fünf dunklen Männer fließen zusammen und sind ein einziger Körper ... Papier aus schlafendem Rauch ... In der Ferne lösen sie sich auf ... Sie trinken Sodawasser ... Ein Banner Sodawasser flattert wie Schreie in einer Hand ... Schlittschuhläufer ... Camila gleitet durch die Schlittschuhläufer auf einem öffentlichen Spiegel dahin, der gleichzeitig Gut und Böse zurückwirft. Die Schminke ihrer parfümierten Stimme zerreißt das Herz, wenn sie verteidigend spricht: »Nein, nein, hier nicht!« – »Warum nicht hier?« ... Zwischen den beiden weht ein Schauer des weiten Himmels, und eine Kolonne von Männern in roten Hosen zieht vorbei ... Camila folgt ihnen ... Er folgt ihr auch, sofort ... Die Kolonne hält brüsk beim letzten Schlag der Trommel ... Der Herr Präsident tritt vor ... golden ... Taram, taram ... Die Zuschauer weichen zurück, zittern ... Die Männer in den roten Hosen spielen mit ihren Köpfen ... Bravo! Bravo! Noch einmal! Wiederholt es! Wie gut sie es machen! ... Die in den roten Hosen gehorchen der befehlenden Stimme nicht, sondern der Stimme der Zuschauer und spielen wieder mit ihren Köpfen ... Drei Zeiten ... Eins! Den Kopf abnehmen ... Zwei! Ihn in die Luft werfen, bis ihn die Sterne kämmen ... Drei! Ihn mit den Händen auffangen und ihn wieder aufsetzen ... Bravo! Bravo! Noch einmal! Wiederholt es! ... Das macht Gänsehaut ... Langsam verstummen die Stimmen ... Man hört die Trommel ... Alle sehen, was sie nicht sehen möchten ... Die Männer in den roten Hosen nehmen die Köpfe ab, werfen sie in die Luft und können sie beim Herunterfallen nicht auffangen ... Vor zwei Reihen unbeweglicher Körper mit am Rücken befestigten Armen zerschellen die Schädel am Boden.

Ein lautes Pochen an der Tür weckte Cara de Angel. Welch schrecklicher Alpdruck! Glücklicherweise war die Wirklichkeit anders. Einer, der von einem Begräbnis kommt, und einer, der von einem Alpdruck befreit wird, verspüren beide dasselbe Behagen. Er ging nachschauen, wer pochte. Nachrichten des Generals oder ein dringender Befehl des Präsidenten?

»Guten Tag!«

»Guten Tag«, antwortete der Günstling einem hochgewachsenen Manne mit einem kleinen rosafarbenen Gesicht, der, als er Cara de Angel sprechen hörte, den Kopf neigte und ihn durch seine dicke Brille suchte . . .

»Verzeihen Sie, können Sie mir sagen, ob hier die Köchin der Musiker wohnt? Sie ist schwarz gekleidet . . .«

Cara de Angel schlug ihm die Tür vor der Nase zu. Der Kurzsichtige suchte weiter. Da er ihn nicht mehr fand, ging er zum nächsten Haus . . .

»Auf Wiedersehen, Tomasita, sehen Sie sich vor!«

»Ich gehe zum Markt.«

Diese zwei Stimmen vernahm man zur selben Zeit. Schon unter der Tür fügte die Masacuata noch hinzu:

»Ein Spaziergang, was?«

»Was denkst du auch!«

»Man wird dich stehlen!«

»Wer wollte mich schon stehlen?«

Cara de Angel näherte sich, um die Tür zu öffnen.

»Wie war es«, fragte er die Masacuata, die von der Strafanstalt zurückkehrte.

»Wie immer.«

»Was sagen Sie?«

»Nichts.«

»Haben Sie Vásquez gesehen . . .?«

»Sie spaßen wohl! Man brachte ihm das Essen und kehrte mit dem Korb zurück, der nicht berührt worden war.«

»Dann ist er nicht mehr in der Strafanstalt . . .«

»Meine Beine zitterten, als ich sah, wie man den vollen Korb zurücktrug; aber ein Herr hat mir vertraulich mitgeteilt, Vásquez sei zur Arbeit geschickt worden.«

»Der Leiter der Strafanstalt?«

»Nein, ein anderer; der Unmensch wollte mich küssen.«
»Wie finden Sie Camila?«
»Sie geht ihren Weg, die Ärmste geht ihren Weg...«
»Es steht schlimm, nicht wahr, sehr schlimm?«
»Sie hat Glück, so hinscheiden zu können, ohne das Leben zu kennen...! Sie tun mir leid! Sie sollten zu Jesus de la Merced beten. Vielleicht gewährt er ein Wunder ... Heute früh, bevor ich in die Anstalt ging, brachte ich ihm eine Kerze und sagte ihm: ›Ich komme zu Dir, denn nicht umsonst bist Du unser aller Vater; Du mußt mich erhören! In Deiner Macht liegt es, die Kleine am Leben zu erhalten; schon vor dem Aufstehen flehte ich zur Jungfrau, und nun komme ich zu Dir mit derselben Bitte. Ich bringe Dir diese Kerze und gehe, auf Deine Macht vertrauend; doch bald werde ich wiederkommen, um Dich an meine Bitte zu erinnern!‹«
Halb eingeschlummert, erinnerte sich Cara de Angel seines Gesichts. Unter den Männern in roter Hose schwang der Richter einen anonymen Brief, überdeckte ihn mit Küssen, leckte ihn ab, aß ihn, erbrach ihn und aß ihn nochmals...

27 Auf dem Weg ins Exil

Das Reittier General Canales' trottete blind im schwachen Lichte des Abends mit der vor Müdigkeit trunkenen, regungslosen Masse des Reiters, der sich am Sattel festhielt. Vögel flogen über den Büschen, und Wolken zogen über die Berge, hier aufsteigend, hier hinuntergehend, hier aufsteigend, hier hinuntergehend wie der Reiter, bevor Müdigkeit und Schlaf ihn besiegt hatten. Auf ungehbaren Wegen ließ er sein Tier bald in einem mit Steinen übersäten Bachbett schreiten, damit es sich erfrische und schneller gehe, bald mit Geröll bedeckte Abhänge erklimmen, von denen die Steine in den Abgrund rollten, bald durch wirres Unterholz voller Dorngestrüpp trotten, Ziegenpfaden entlang, die Hexen- und Wegelagerergeschichten in Erinnerung brachten.
Die Nacht streckte die Zunge heraus. Eine Meile feuchten

Feldes. Ein Schatten hob den General aus dem Sattel, führte ihn in eine verlassene Hütte und entschwand geräuschlos. Aber er kehrte sogleich zurück. Sicher war er nur dorthin gegangen, wo die Grillen zirpten, grigrigrigri! Er verweilte einen Augenblick in der Baracke und verschwand dann wieder wie Rauch. Doch schon kam er zurück ... Er kam und ging, kam und ging. Er ging, als wollte er seinen Fund melden, kam, als wollte er sich überzeugen, ob er noch hier sei. Die sternenbeschienene Landschaft folgte seinem eidechsenhaften Kommen und Gehen wie ein treuer Hund, der in der nächtlichen Stille ein Schwänzchen voller Töne bewegte, grigrigrigri ...

Schließlich blieb der Schatten in der Hütte. Der Wind machte Sprünge in den Ästen der Bäume. Es tagte in der nächtlichen Schule der Frösche, die die Sterne lesen lernten. Gefühl eines angenehmen Verdauens. Die fünf Sinne des Lichtes. Die Dinge nahmen Form an in den Augen eines an der Tür der Hütte kauernden Mannes, der, gesammelt und schüchtern, vom Morgengrauen und dem regelmäßigen Atem des schlafenden Reiters beeindruckt war. Gestern noch ein Schatten, heute ein Mensch. Er war es, der den General aus dem Sattel gehoben hatte. Im Morgengrauen fachte er ein Feuer an. Er kreuzte die großen, vom Rauch geschwärzten Herdsteine und stocherte mit einem Pinienzweig in der alten Asche herum. Mit einem Stock und mit grünem Holz zündete er das Feuer an. Das grüne Holz verbrennt nicht ruhig. Es krächzt wie ein Papagei, schwitzt, zieht sich zusammen, lacht und weint. Der Reiter erwachte; starr vor Schreck von dem, was er sah, unbehaglich in der eigenen Haut, pflanzte er sich mit einem Sprung unter die Tür, die Pistole in der Hand, entschlossen, sein Leben so teuer wie möglich zu verkaufen. Ohne vor dem Lauf der Pistole zu erschrecken, deutete jener mit einer nachlässigen Bewegung auf die Kaffeekanne beim Feuer, in der das Wasser kochte. Ohne darauf zu achten, kam der Reiter vorsichtig näher. Sicher war das Haus von Soldaten umstellt. Er erblickte aber nur die weite Ebene in ihrem rosafarbenen Dunst. Weite. Blauer Himmel. Bäume. Wolken. Süßes Gezwitscher. Sein Maultier schlief unter einem Feigenbaum.

Ohne mit den Wimpern zu zucken, blieb er horchend stehen, um sich von der Wirklichkeit des Gesehenen zu überzeugen. Er vernahm nichts als das harmonische Konzert der Vögel, das sanfte Gleiten eines breiten Flusses, begleitet vom kaum wahrnehmbaren Zischen des Zuckerpulvers, das in die Kaffeekanne geschüttet wird.

»Du bist doch nicht etwa von der Regierung«, flüsterte der Mann, der ihn am Vorabend aus dem Sattel gehoben hatte, und versuchte mit seinem Rücken einen Haufen Maiskolben zu verbergen.

Der Reiter hob die Augen, um ihn anzuschauen. Er drehte seinen Kopf langsam von links nach rechts, ohne die Tasse von den Lippen zu nehmen.

»Tatita...«, murmelte der andere, seine Freude verbergend, und ließ seine Augen mit dem Blick eines verlorenen Hundes durch den Raum schweifen.

»Ich bin ein Flüchtling.«

Der Mann verdeckte die Maiskolben nicht mehr und näherte sich dem Reiter, um ihm weiteren Kaffee einzugießen. Canales konnte vor Schmerz nicht sprechen.

»Das bin ich auch, Herr; ich flüchte, weil ich ein wenig Mais gestohlen habe. Aber ich bin kein Dieb. Das Land gehörte mir, und dann stahlen sie es mitsamt den Maultieren.«

Die Aussagen des Indianers interessierten Canales, und er ließ sich erklären, wie man stehlen könne, ohne ein Dieb zu sein.

»Du wirst sehen, Herr, wie ich dazu gekommen bin, zu stehlen, ohne ein Gewohnheitsdieb zu sein. Bevor ich so war, wie du mich jetzt siehst, besaß ich ein Stück Land, ganz nah von hier, und acht Maultiere. Ich hatte mein Haus, meine Frau, meine Söhne und war ein ehrlicher Mann wie du...«

»Und dann...?«

»Vor drei Jahren, als ein politischer Kommissär wegen des Geburtstages des Herrn Präsidenten kam, befahl er, ich solle mit meinen Maultieren Pinienholz herbeischaffen. Ich schaffte es herbei, Herr. Was konnte ich schon anderes tun?... Als er meine Tiere sah, ließ er mich ohne Nachricht an die Angehörigen einsperren und teilte sich in die

Tiere mit dem Bürgermeister, der ein Mischling ist. Als ich das, was ich durch meine Arbeit erworben hatte, wieder zurückfordern wollte, sagte mir der Kommissär, ich sei ein Wüstling, und wenn ich nicht die Schnauze hielte, ließe er mich in Ketten legen. ›Herr Kommissär, mit mir können Sie tun, was Sie wollen, aber die Maultiere gehören mir‹, sagte ich. Weiter konnte ich nicht sprechen, Herr, denn mit seiner Gurte schlug er mir derart über den Kopf, daß ich beinahe gestorben wäre.«

Ein sauer-bitteres Lächeln des Mitgefühls erschien unter dem weißen Schnurrbart des in Ungnade gefallenen alten Kriegers. Der Indianer fuhr, ohne seine Stimme zu erheben, im selben Tone fort:

»Als ich aus dem Spital kam, vernahm ich, daß man meine Söhne ins Gefängnis geschleppt hatte und sie gegen dreitausend Pesos freilassen würde. Meine Söhne waren noch jung. Ich eilte zum Kommandanten, um ihn zu bitten, sie im Gefängnis zu behalten und nicht in die Kaserne zu schicken, und versprach ihm, mein Land zu verpfänden, um die dreitausend Pesos zu bezahlen. Ich fuhr in die Hauptstadt, wo mir ein Advokat und ein fremder Herr eine Urkunde ausstellten, die besagte, man leihe mir dreitausend Pesos auf das Land. Dies las man mir vor, aber auf dem Papier stand etwas anderes. Bald darauf kam ein Beamter des Gerichtes und befahl mir, mein Land zu verlassen, da es nicht mehr mir gehöre; ich hätte es jenem Fremden für dreitausend Pesos verkauft. Ich schwor bei Gott, daß es nicht wahr sei, aber man glaubte mir nicht, sondern dem Anwalt, und ich mußte mein Land verlassen; meine Söhne wurden, obgleich man mir die dreitausend Pesos wegnahm, in die Kaserne geschickt, einer kam an der Grenze um, der andere floh, es ist, als wäre er auch tot, und ihre Mutter, meine Frau, starb am Sumpffieber. Darum, Herr, stehle ich, ohne ein Dieb zu sein, auch wenn sie mich mit Stockschlägen töten oder ins Gefängnis werfen sollten.«

»Und dies verteidigt unsere Armee!«

»Was sagst du, Tata?«

In der Seele des alten Canales entfesselten sich die Stürme der Empörung des gutherzigen Menschen vor der Ungerechtigkeit. Sein Land schmerzte ihn so, als würde ihm das Blut gerinnen. Es schmerzte ihn äußerlich, aber bis ins Mark der Knochen, in die Haarwurzeln, unter die Fingernägel, unter die Zähne. Traurige Wirklichkeit: Nie mit dem Kopf, nur mit seiner Militärmütze gedacht zu haben! Der Aufrechterhaltung einer Räuberkaste zu dienen, einer Bande von Blutsaugern und Volksverrätern, war viel trauriger, viel schändlicher, als sein Amt zu verlieren und Hungers zu sterben.

Mit welchem Recht verlangt man von uns Soldaten die Treue gegenüber treulosen Regierungen, die ihr Ideal, ihr Land und ihr Volk verraten?...

Der Indianer betrachtete den General wie einen fremden Gott, ohne seine wenigen Worte zu verstehen.

»Geh, Tatita... sonst kommt die berittene Polizei!«

Canales schlug dem Indianer vor, ihn ins andere Land zu begleiten, und dieser, der ohne sein Gehöft wie ein Baum ohne Wurzeln war, nahm an. Der Lohn war gut.

Sie verließen die Hütte, ohne das Feuer auszulöschen. Mit dem Buschmesser schlugen sie einen Pfad durch das Gestrüpp. Vor ihnen verlor sich die Spur eines Jaguars. Schatten. Welt. Schatten. Licht. Blattwerk. Hinter ihnen glühte wie ein Meteor die Hütte. Mittag. Bewegungslose Wolken. Verzweiflung. Weiße Blindheit. Steine, immer mehr Steine. Insekten. Saubere Knochen, warm wie frisch geplättete Unterwäsche. Hitze. Flattern aufgescheuchter Vögel. Durstiges Wasser. Tropen. Fehlen der Stunden. Unablässige Hitze, unablässige, unablässige.

Der General trug zum Schutz gegen die Sonne sein Taschentuch über dem Nacken. Neben ihm, im Schritt seines Maultieres, ging der Indianer.

»Ich glaube, wenn wir die ganze Nacht hindurch gehen, gelangen wir morgen früh zur Grenze. Wir müssen uns auf die Hauptstraße hinauswagen, denn bei den Aldeas muß ich Bekannte besuchen...«

»Tata, was suchst du auf der Heerstraße? Die berittene Polizei wird dich überraschen!«

»Nur Mut! ... Folge mir! ... Wer nichts wagt, gewinnt nichts, und diese Bekannten könnten uns sehr nützlich sein!«

»Nein, Tata!«

Und aufspringend fügte der Indianer hinzu:

»Hörst du, hörst du, Tata?«

Ein Pferdegetrappel wurde hörbar, entfernte sich aber wieder, da der Wind fiel, als hätten die Reiter kehrtgemacht.

»Schweig!«

»Die Patrouille, Tata, ich weiß, was ich sage; es bleibt uns nichts anderes übrig, als diese Richtung einzuschlagen, wenn wir so auch einen großen Umweg machen, um zu den Aldeas zu gelangen.«

Hinter dem Indianer bog der General in einen schmalen Weg ein. Er mußte absteigen und das Maultier hinunterziehen. Je mehr die Schlucht sie verwirrte, desto sicherer fühlten sie sich, wie in einem Schneckenhaus, vor der Gefahr, die sie umringte. Es dunkelte plötzlich. Die Finsternis häufte sich im Schlund der toten Schlucht. Bäume und Vögel waren geheimnisvolle Zeichen im ewigen Hin und Her des beruhigenden Windes. Eine rötliche Staubfahne in den Sternen war alles, was sie von der Patrouille sahen, die am Ort vorbeigaloppierte, den sie soeben verlassen hatten.

Sie waren die ganze Nacht über marschiert.

»Vom Grat herab werden wir die Aldeas sehen, Herr...«

Der Indianer ritt auf dem Maultier voraus, um die Bekannten des Generals von seinem Kommen zu benachrichtigen. Es waren drei unverheiratete Schwestern, die ihr Leben zwischen Gebeten und Fasten, Schmerzen in Hals und Ohren, Schmerzen im Gesicht, im Rückgrat und in den Rippen verbrachten. Die Nachricht verwirrte sie völlig. Wenig fehlte, und sie wären ihn Ohnmacht gefallen. Sie empfingen den General im Schlafzimmer. Im Salon fühlten sie sich nicht zu Hause. In den Dörfern rufen die Gäste bei ihrer Ankunft »Ave Maria! – »Ave Maria!« bis in die Küche.

Der General erzählte ihnen in langsamer und ruhiger Stimme sein Unglück. Als er von seiner Tochter sprach, wischte er sich eine Träne aus den Augen. Die drei Schwestern waren betrübt und weinten und vergaßen für eine Weile sogar ihren eigenen Schmerz, den Tod ihrer Mutter,

um die sie in großer Trauer waren.
»Wir werden Ihre Flucht vorbereiten, wenigstens den Grenzübertritt. Ich gehe die Nachbarn befragen ... Wir müssen herausfinden, wer alles Schmuggel treibt. Ich weiß, fast alle benützbaren Übergänge sind bewacht.«
Die Älteste, die so sprach, schaute ihre Schwestern fragend an.
»Wir glauben auch, wie unsere Schwester, daß die Flucht das beste wäre. Sie können sicher etwas Proviant gebrauchen; ich werde gleich etwas holen.«
Auf die Worte der Mittleren, die ob des Schrecks sogar ihre Zahnschmerzen verloren hatte, sprach die Jüngste:
»Und da er den ganzen Tag hier warten wird, bleibe ich bei ihm und plaudere mit ihm, damit er nicht so traurig ist.«
Der General blickte die drei Schwestern dankbar an. Was sie für ihn taten, war unbezahlbar, und er bat sie mit leiser Stimme, die Störung zu verzeihen.
»Das fehlte gerade noch, Herr General!«
»Sagen Sie das nicht, General!«
»Ich kenne Ihre Güte, aber ich weiß auch, daß ich Sie in Gefahr bringe, wenn ich den ganzen Tag über in Ihrem Haus verweile ...«
»Ach, die Freunde ... denken Sie, seit dem Tod unserer Mutter ...«
»Sagen Sie mir, woran ist Ihre Mutter gestorben?«
»Meine Schwester wird es Ihnen erzählen; wir gehen jetzt unserer Arbeit nach«, sprach die Älteste und seufzte. Sie trug ihr Korsett in die Schürze eingerollt und brachte es in die Küche, wo die Mittlere aus Schweinefleisch und Geflügel den Proviant herrichtete.
»Wir konnten sie nicht in die Hauptstadt bringen, und hier kannte man die Krankheit nicht; Sie wissen ja, wie das ist, General. Sie war krank, krank ... Die Ärmste! Als sie starb, weinte sie, weil sie uns so allein in der Welt zurücklassen mußte. Natürlich ... Doch denken Sie, wir haben nicht genug, um den Arzt zu bezahlen, denn für die fünfzehn Besuche verlangt er etwa den Wert dieses Hauses; und dies ist das einzige, was wir von Vater und Mutter geerbt haben.

Entschuldigen Sie, ich will sehen, ob Ihr Diener etwas benötigt.«
Nachdem die Jüngste gegangen war, schlief Canales ein. Geschlossene Augen, Körper von Federn ...
»Was willst du, mein Junge?«
»Bitte sag mir, wo ich mein Bedürfnis verrichten kann ...«
»Dort unten, siehst du, bei den Wagen ...«
Der ländliche Friede wob den Schlaf des Generals. Ruhe der besäten Felder, Milde der grünen Wiesen, der Blumen. Der Morgen zog vorbei mit dem Schreck der Rebhühner, die die Jäger mit kleinen Bleikugeln bespritzten, mit einem Begräbnis, das der Priester mit Weihwasser besprengte, und mit den Streichen eines jungen Stieres, der sich munter und unternehmungslustig fühlte. Im Hof der alten Damen ereignete sich im Taubenschlag Wichtiges: der Tod eines Verführers, eine Heirat und dreißig Paarungen unter der Sonne ... Was für sie so gut wie nichts bedeutet.
»Sozusagen nichts!« gurrten die Tauben unter den Fenstern ihrer Häuschen: »sozusagen nichts!«
Um zwölf Uhr weckten die drei Schwestern den General zum Essen. Reis mit Geflügel. Bouillon. Eintopfgericht. Bohnen. Bananen. Kaffee.
»Ave Maria ...!«
Die Stimme des Polizeikommissärs unterbrach das Essen. Die Schwestern erbleichten und wußten sich nicht zu helfen. Der General versteckte sich hinter einer Tür.
»Erschrecken Sie doch nicht so, meine Kleinen; ich bin nicht der Teufel mit den elftausend Hörnern. Warum auch fürchten Sie mich so sehr, der ich Sie doch so gern mag!«
Die drei Schwestern verloren die Sprache.
»Und nicht einmal ›Herein‹ sagen Sie, ›setzen Sie sich‹, und wäre es auch nur auf den Boden!«
Die Jüngste bot der obersten Behörde des Dorfes einen Stuhl an.
»Danke! Wer ißt denn mit Ihnen? Ich sehe drei volle Teller und einen vierten ...«
Alle drei blickten auf den Teller des Generals.
»Es ist ... wirklich ...«, stotterte die Älteste und krümmte ihre Finger vor Verlegenheit.

Die Mittlere half ihr:
»Wir könnten Ihnen nicht sagen warum, aber obwohl Mutter gestorben ist, stellen wir ihren Teller immer wieder hin, um uns weniger einsam zu fühlen ...«
»Mir scheint, Sie sind Spiritistinnen geworden!«
»Womit können wir Ihnen dienen, Herr Kommandant?«
»Gott vergelt's Ihnen! Aber meine Frau hat mir soeben mein Essen gekocht, und ich habe noch keine Siesta gehalten, denn es kam ein Telegramm des Innenministeriums, das mir befiehlt, gegen Sie vorzugehen, falls Sie die Rechnung des Arztes nicht begleichen ...«
»Aber, Herr Kommandant, es ist ungerecht... Sie wissen doch, wie ungerecht es ist!«
»Vielleicht ... Doch wo Gott befiehlt, schweigt der Teufel.«
»Gewiß ...«, antworteten die drei, Tränen in den Augen.
»Es tut mir leid, Ihnen Kummer zu bereiten; aber Sie wissen ja: neuntausend Pesos, das Haus, oder ...«
In seiner Art, sich zu wenden, in der Weise, wie er ihnen den Rücken zudrehte, den stämmigen Rücken, spürte man die abscheuliche Entschlossenheit des Arztes.
Der General hörte sie weinen. Sie verschlossen die Haustür und schoben den schweren Riegel vor; denn sie fürchteten, der Kommandant könnte zurückkehren. Träne um Träne tropfte in ihre Teller.
»Wie bitter das Leben ist, General! Glücklich sind Sie, der Sie dieses Land nun verlassen und nie wieder zurückkehren!«
»Und womit droht man Ihnen ...?« unterbrach Canales die Älteste der drei, die, ohne sich die Tränen abzuwischen, zu ihren Schwestern sagte:
»Eine von euch soll es erzählen ...«
»Sie wollen Mutters Grab öffnen ...«, stammelte die Jüngste.
Canales blickte die drei Schwestern an und hörte auf zu essen:
»Wie?«
»Wie Sie hören, General, sie wollen Mutters Grab öffnen.«
»Das ist ja schändlich!«

»Erzähl ihm ...«
»Sie sollen wissen, General, daß unser Dorfarzt der elendste Kerl ist, den es gibt. Man hatte es uns schon gesagt, aber jeder muß seine Erfahrungen selbst bezahlen. Wir sind hereingefallen, was wollen Sie ... Es ist kaum zu glauben, daß es so böswillige Leute gibt.«
»Noch einige Radieschen, General?«
Die Älteste hielt ihm die Platte hin, und während sich Canales bediente, erzählte die Jüngste weiter:
»Wir sind hereingefallen. In seiner Durchtriebenheit läßt er jedesmal eine Gruft bauen, wenn er einen Schwerkranken pflegen muß, und da die Verwandten erst im letzten Augenblick ans Grab denken ... Als nun der Tod kam, so geschah es bei Mama, drohte man uns, Mutter nicht zu begraben; und so mußten wir eine Stelle in seiner Gruft annehmen. Wir wußten natürlich nicht, welcher Gefahr wir uns damit aussetzten.«
»Und da sie sehen, daß wir hilflose Frauen sind ...«, die Stimme der Ältesten löste sich in Schluchzen auf.
»Mit einem Wort, Herr General, an dem Tag, da er uns die Rechnung sandte, wären wir beinahe alle drei in Ohnmacht gefallen. Neuntausend Pesos für fünfzehn Besuche, neuntausend Pesos, oder dieses Haus; denn es scheint, daß er heiraten will!
»Wenn wir nicht bezahlen, sagte er meiner Schwester – ach, wie scheußlich! –, sollen wir sehen, daß wir unsern Dreck aus seiner Gruft fortschaffen!«
Canales schlug mit der Faust auf den Tisch:
»Drecksalbader!«
Er schlug nochmals; Teller und Besteck klirrten; Canales öffnete und schloß seine Faust, als wollte er nicht nur jenen Gauner von einem Doktor erwürgen, sondern ein ganzes soziales System, das Schande um Schande über sein Land brachte. Deshalb, dachte er, verspricht man den Demütigen das Himmelreich – mein Gott! –, damit sie sich von diesen Schuften alles gefallen lassen. Nein und nochmals nein! Die Herrschaft der Erpresser hat lange genug gedauert! Ich schwöre, eine umfassende Revolution durchzuführen, von unten nach oben und von oben nach unten; das

Volk soll sich gegen all die Ausbeuter erheben, gegen all die diplomierten Genüßlinge, die Taugenichtse, die die Felder beackern sollten! Alle müssen sie etwas zerstören; zerstören, zerstören ... Bis weder Gott zurückbleibt, noch eine Marionette ihren Kopf behält ...

Die Flucht wurde im Einverständnis mit einem befreundeten Schmuggler auf zehn Uhr nachts angesetzt. Der General schrieb mehrere Briefe und eine Eilbotschaft an seine Tochter. Der Indianer sollte als Übermittler auf der Hauptstraße gehen. Es gab keinen Abschied. Die Pferde entfernten sich mit tücherumwickelten Hufen. Gegen die Mauer gelehnt, weinten die drei Schwestern im Schatten eines finsteren Gäßchens. Als er in die Hauptstraße einbog, hielt eine Hand Canales' Pferd an. Man vernahm schleppende Schritte.

»Was für eine Angst habe ich doch ausgestanden«, stöhnte der Schmuggler, »sogar den Atem verlor ich! Es besteht aber keine Gefahr, es sind nur Leute, die dorthin schlendern, wo der Doktor seiner Geliebten ein Ständchen bringt.«

Die Schatten der Häuser, der Bäume und der fünf Männer, die unter einem Fenster standen, näherten sich und wankten wieder zurück im Lichte der glühenden Flamme einer Fackel, die am Ende der Straße leuchtete.

»Welcher von euch ist der Arzt ...?« fragte der General, die Pistole in der Hand.

Der Schmuggler hielt sein Pferd an, hob den Arm und wies mit dem Finger auf den Gitarrespieler. Ein Schuß zerriß die Luft, und wie eine vom Kolben abgeschlagene Banane schlug ein Mann zu Boden.

»Mein Gott! ... Was haben Sie getan! ... Fliehen wir ... schnell, bevor sie uns erwischen! Sie kommen ... schnell ... geben Sie die Sporen ...!«

»Das ist ... was wir ... alle ... tun sollten, um dieses Volk ... zu befreien«, antwortete Canales, dessen Stimme vom Galopp zerschlagen wurde.

Die Hufschläge der Pferde weckten die Hunde, die Hunde die Hühner, die Hühner die Hähne, die Hähne schließlich die Menschen, die freudlos gähnend und in furchtsamer

Verzweiflung ins Leben zurückkehrten ...
Die Serenadensänger hoben die Leiche des Arztes auf. Aus den nahen Häusern eilten Männer mit Laternen herbei. Seine Geliebte konnte in der Verwirrung des Schreckens nicht weinen, und halb entkleidet, eine chinesische Lampe in der Hand, totenbleich, blickte sie hilflos in die Schwärze der mörderischen Nacht.

»Wir sind schon am Fluß, General; und wo wir hinübergehen werden, da kommen nur echte Männer durch, das sage ich Ihnen ... Wenn doch das Leben ewig währte!«

»Wer spricht von Furcht?« fragte der General, der dem Schmuggler auf einem schwarzbraunen Pferd folgte.

»Sehen Sie, wenn man sich verfolgt fühlt, hat man Herkuleskräfte! Folgen Sie dicht hinter mir, damit wir uns nicht verlieren.«

Die Umgebung war undeutlich, die Luft bald lau, dann wieder kalt wie Glas. Der Fluß donnerte durch die Schlucht.

Sie rannten zu Fuß den Abhang hinunter. Der Schmuggler band die Tiere an einem bestimmten Ort fest, um sie auf dem Rückweg wieder mitzunehmen. Zwischen den Schatten spiegelte der Fluß die Sterne des Himmels zurück. Seltsame Gewächse trieben den Fluß hinunter. Bäume mit grünen Masern, talgfarbene Augen, weiße Zähne. Das beruhigte Wasser sprudelte sanft am Ufer, ölig, mit einem Geruch nach Fröschen ...

Von Insel zu Insel sprangen der Schmuggler und der General, beide die Pistole in der Hand, ohne ein Wort zu reden. Wie Krokodile folgten ihnen ihre Schatten. Wolken von Insekten stachen sie. Geflügeltes Gift im Wind. Es roch nach Meer, nach einem Fangnetz des Urwaldes im Meer, nach all den Fischen, Sternen, Korallen, Sternkorallen, Schlünden und Driften ...

Lange Geiferfäden von Polypen baumelten wie ein letztes Lebenszeichen über ihren Häuptern. Nicht einmal die Tiere wagten sich an jenen Ort. Canales drehte den Kopf nach allen Seiten inmitten jener unheimlichen verhüllten Natur, die wie die Seele eines Volkes alles zerstörte. Ein Krokodil, das schon Menschenfleisch gekostet haben mußte, griff den Schmuggler an; er hatte noch Zeit, sich mit einem Sprung zu retten. Nicht aber der General. Er wollte zurückweichen, um sich besser verteidigen zu können, hielt aber wie vom Blitz getroffen inne, als er sah, wie ihn ein zweites Untier mit offenem Schlund erwartete. Entscheidender Augenblick. Ein Todesschauer lief über seinen Rücken. Sein Gesicht versteinerte. Er konnte nicht sprechen. Er krümmte die Finger. Drei Schüsse dröhnten, und das Echo warf sie zurück, als Canales, die Flucht des verletzten Tieres, das ihm den Weg versperrt hatte, ausnützend, unversehrt auf die nächste Insel sprang. Auch der Schmuggler schoß. Der General, der sich vom Schreck erholt hatte, eilte, um ihm die Hand zu drücken, und verbrannte sich die Finger am heißen Lauf, den jener um sich schwang.

Der Morgen graute, als sie sich an der Grenze trennten. Über dem Smaragdgrün der Felder, über den dichtbewaldeten Bergen, die die Vögel in Musikdosen verwandelten, über dem Urwald glitten Wolken dahin wie Krokodile, die auf ihren Rücken Schätze von Licht trugen.

Dritter Teil

Wochen, Monate, Jahre…

Die erste Stimme:
»Welcher Tag ist wohl heute?«
Die zweite Stimme:
»Ja, wirklich, welcher Tag ist wohl heute?«
Die dritte Stimme:
»Moment mal, mich verhafteten sie am Freitag: Freitag... Samstag... Sonntag... Montag... Montag... Aber wie lange bin ich denn schon hier?... Ja wirklich, welcher Tag ist heute?«
Die erste Stimme:
»Ich glaube... wissen Sie nicht, wie...? Es ist, als wären wir weit, weit weg...«
Die zweite Stimme:
»Sie haben uns in einer Gruft des alten Friedhofs vergessen, für immer begraben...«
Die dritte Stimme:
»Sprechen Sie nicht so!«
Die zwei ersten Stimmen:
»Sprechen wir nicht so!«
Die dritte Stimme:
»Aber schweigen Sie nicht! Die Stille macht mir Angst; ich fürchte mich; mir scheint, eine Hand greift aus dem Dunkel nach meinem Hals, um mich zu erwürgen.«
Die zweite Stimme:
»Sprechen Sie doch, zum Kuckuck! Erzählen Sie uns etwas von der Stadt, Sie haben sie ja als letzter gesehen. Was machen die Leute? Wie geht alles... Manchmal ist es mir, als sei die Stadt selber wie wir im Schatten versunken, eingeklemmt zwischen hohen Mauern, die Straßen voll vom Schmutz des Winters. Ich weiß nicht, ob Sie dasselbe fühlten, aber am Ende jeden Winters litt ich unter dem Gedanken, der Schmutz vergehe nicht mehr. Ich bekomme einen verflixten Hunger, wenn ich von der Stadt spreche, ich habe Lust nach kalifornischen Äpfeln...«
Die erste Stimme:
»Schmecken beinahe wie Apfelsinen. Ich wäre mit einer Tasse heißem Tee zufrieden!«

Zweite Stimme:
»Und dabei muß in der Stadt alles seinen alten Lauf gehen, so, als hätte man uns nicht hier eingesperrt. Sogar die Straßenbahn wird fahren. Wie spät ist es wohl...?«
Die erste Stimme:
»Ungefähr...«
Die zweite Stimme:
»Ich habe keine Ahnung.«
Die erste Stimme:
»Es muß ungefähr...«
Die dritte Stimme:
»Sprechen Sie, sprechen Sie immerzu! Schweigen Sie nicht, schweigen Sie niemals! Die Stille macht mir Angst, ich fürchte mich, mir scheint, eine Hand greift aus dem Schatten nach meinem Hals, um mich zu erwürgen!«
Und mit angsterstickter Stimme fügte er hinzu:
»Ich wollte es nicht sagen, aber ich fürchte, wir werden gepeitscht werden...«
Die erste Stimme:
»Daß ich Ihnen den Mund verdrehe! Es muß schrecklich sein, mit der Peitsche geschlagen zu werden!«
Die zweite Stimme:
»Wer ihre Hiebe gespürt hat, wird sie noch in der dritten Generation nachfühlen!«
Die erste Stimme:
»Sie erzählen nur Lügen! Schweigen Sie!«
Die zweite Stimme:
»Für Küster ist alles Lüge...«
Die erste Stimme:
»Ach woher! Es spukt in Ihrem Kopf!«
Die zweite Stimme:
»Ich wollte sagen, für Küster sei alles Lüge in fremden Augen!«
Die dritte Stimme:
»Sprechen Sie, sprechen Sie immerfort! Schweigen Sie nicht, schweigen Sie niemals! Die Stille macht mir Angst, ich fürchte mich, mir scheint, eine Hand greift aus dem Dunkel nach unseren Hälsen, um uns zu erwürgen.«
Im Verlies, in dem die Bettler eine Nacht verbringen muß-

ten, steckten immer noch der Student und der Küster; jetzt war auch der Anwalt Abel Carvajal bei ihnen.

»Meine Verhaftung«, erzählte Carvajal, »vollzog sich unter für mich sehr schwerwiegenden Umständen. Die Magd, die am Morgen Brot kaufen ging, kam mit der Nachricht zurück, das Haus sei von Soldaten umstellt. Sie sagte es meiner Frau, meine Frau wiederholte es mir, aber ich achtete nicht darauf und dachte, die Soldaten wollten einen Schnapsschmuggler verhaften. Ich rasierte mich zu Ende, nahm mein Bad, frühstückte und kleidete mich an, dem Herrn Präsidenten Glück zu wünschen. Fein herausgeputzt war ich...! ›Guten Tag, Herr Kollega‹, begrüßte ich den Kriegsrichter, den ich in Galauniform unter meiner Haustür antraf. ›Gerade zu Ihnen wollte ich‹, antwortete dieser, ›beeilen Sie sich, denn es ist schon spät!‹ Ich schritt neben ihm einher, und als er mich fragte, ob ich nicht wüßte, warum die Soldaten meinen Häuserblock umzingelt hätten, antwortete ich: ›Nein.‹ – ›Nun, dann werde ich es Ihnen sagen, mein Kleiner‹, erklärte er, ›sie kamen, um Sie zu verhaften!‹ Ich blickte ihm ins Gesicht und sah, daß er keinen Spaß machte. Dann faßte mich ein Offizier am Arm, und inmitten einer Eskorte wurde ich hierhergebracht und mitsamt Gehrock und Zylinder in dieses Verlies geworfen.«

Nach einer Weile fügte er hinzu:

»Und nun sprechen Sie! Die Stille macht mir Angst, ich fürchte mich...«

»Mein Gott! Was ist das«, schrie der Student, »der Kopf des Küsters ist eiskalt wie ein Mühlstein!«

»Warum sagen Sie das?«

»Weil ich ihn berührte, er fühlt schon nichts mehr, es...«

»Ich bin es nicht, hören Sie, wie er spricht...«

»Wer denn? Sie, Herr Anwalt?«

»Nein...«

»Dann... dann ist ein Toter hier!«

»Kein Toter, ich bin es...«

»Aber wer sind Sie...?« fragte der Student, »Sie sind ja eiskalt!«

Eine schwache Stimme:

»Einer von euch ...«
Die drei ersten Stimmen: »Ah ...«
Der Küster erzählte Carvajal die Geschichte seines Unglückes:
»Ich kam aus der Sakristei«, und er sah sich aus der Sakristei kommen, er roch den Duft der ausgelöschten Weihrauchgefäße, des alten Holzes, des Goldes der Verzierungen, der Haare der Toten, »ich schritt quer durch die Kirche«, und sah sich quer durch die Kirche schreiten, beeindruckt von der Wucht des heiligen Sakraments, von der Unbeweglichkeit der Lichter und der Beweglichkeit der Fliegen, »und ich entfernte auf Befehl eines Kollegen den Hinweis auf die Totenfeier der Jungfrau des O, weil diese Feier schon vorbei war. Aber zu meinem Unglück – denn ich kann nicht lesen – entfernte ich statt dieses Hinweises denjenigen auf den Geburtstag der Mutter des Herrn Präsidenten, für die das heilige Sakrament ausgestellt war, und ... Man verhaftete mich und brachte mich in dieses Verlies unter der Anklage, ich sei ein Revolutionär.«
Nur der Student verschwieg den Grund seiner Anwesenheit. Seine erschöpften Lungen zum Sprechen anzustrengen, schmerzte weniger als von seinem Lande schlecht zu sprechen. Er ergötzte sich an seinen Körperschmerzen, um vergessen zu können, daß er das Gute in einem Untergang erblickt hatte, daß er zwischen Leichen einen Schein von Licht wahrgenommen, daß er in einer Schule ohne Fenster die Augen geöffnet hatte, wo man ihm das schwache Flakkern des Glaubens im Herzen auslöschte, ohne es durch etwas anderes zu ersetzen: Finsternis, Chaos, Verwirrung, sternenweite Schwermut eines Entmannten. Und langsam, so als kaute er es, sprach er das Gedicht der geopferten Generationen.

»Wir gehen vor Anker in den Häfen des Nichtseins,
ohne Licht auf den Masten der Arme,
von Tränen durchnäßt, salzig,
wie Matrosen nach der Reise.

Dein Mund gefällt mir im Gesicht – küsse –!
und deine Hand in meiner Hand ... noch

gestern ... Ach, umsonst wiederholt das Leben
den kalten Lauf des Herzens!

Der Sack war zerrissen, die Wabe gebrochen,
wie Feuerkugeln fliehen die Bienen
durch den Raum ... noch nicht ...
Die Windrose ohne ein einziges Blatt ...
Das Herz sprang über Gräber.

Ah, ri-ri-ri, Wagen, der du rollst und rollst ...!
Durch die mondlose Nacht traben die Pferde,
mit Rosen bedeckt bis unter den Helm,
und scheinen von den Sternen zu kommen,
wenn sie den Friedhof verlassen.

Ah, ri-ri-ri, Wagen, der du rollst und rollst,
Seilbahn der Tränen, ri-ri-ri,
zwischen Brauen aus Federn, ri-ri-ri ...!
Rätsel der Morgendämmerung in den Sternen,
Irren der Illusion auf der Flucht,
und wie weit von der Welt, wie früh ...
Um an die Gestade der Wimpern zu gelangen,
schäumen auf hoher See Wellen von Tränen.«

»Sprechen Sie, sprechen Sie weiter«, bat Carvajal nach langem Schweigen; »sprechen Sie weiter!«
»Sprechen wir von der Freiheit«, flüsterte der Student.
»Welch ein Einfall!« warf der Küster dazwischen. »Im Gefängnis von der Freiheit zu sprechen!«
»Und die Kranken, sprechen sie nicht von der Gesundheit im Spital ...?«
Die vierte Stimme stammelte:
»... Es gibt keine Hoffnung auf Freiheit, Freunde; wir sind verdammt, dies zu dulden, solange es Gott gefällt. Die Bürger, die sich ums Wohl des Vaterlandes sorgten, sind weit weg; einige betteln in fremden Häusern, andere verwesen im Massengrab. Eines Tages werden die Straßen voll sein von diesem Greuel. Schon tragen die Bäume nicht mehr Früchte wie früher. Der Mais nährt nicht mehr. Der Schlaf

erfrischt nicht mehr, das Wasser erquickt nicht mehr. Die Luft wird ungenießbar. Die Seuche folgt auf die Pest, die Pest auf die Seuche, und bald wird ein Erdbeben allem ein Ende bereiten. Unser Volk, sag' ich, ist verdammt! Die Stimmen des Himmels rufen im Donner: ›Niederträchtigkeit‹, ›Unmenschen‹, ›Komplizen des Unrechts!‹ An den Mauern der Gefängnishöfe zerfetzen mörderische Kugeln Hunderte von Köpfen. Die Marmorplatten des Palastes sind feucht von unschuldigem Blut. Wo sollen die Augen die Freiheit suchen?«

Der Küster:

»In Gott, dem Allmächtigen!«

Der Student:

»Weshalb, wenn er doch nicht antwortet ...?«

Der Küster:

»Weil so sein heiliger Wille ist ...«

Der Student:

»Wie schade!«

Die dritte Stimme:

»Sprechen Sie, sprechen Sie weiter; schweigen Sie nicht, schweigen Sie niemals; die Stille macht mir Angst, ich fürchte mich, mir scheint, eine Hand greift aus dem Dunkel nach unseren Hälsen, um uns zu erwürgen!«

»Besser ist, wir beten ...«

Die Stimme des Küsters durchtränkte die Luft des Verlieses mit christlicher Hingabe. Carvajal, der unter seinen Nachbarn als Liberaler und Priesterhasser galt, murmelte:

»Beten wir ...«

Doch der Student wehrte sich: »Was denn, beten? Wir sollen nicht beten! Versuchen wir, diese Tür zu sprengen und die Revolution zu unterstützen!«

Zwei Arme, die er nicht sah, hielten ihn fest, und er fühlte auf der Wange das Kitzeln eines tränennassen Bartes.

»Alter Lehrer des Kollegiums von San José de los Infantes, du kannst ruhig sterben; nicht alles ist verloren in einem Land, wo die Jugend so spricht!«

Die dritte Stimme:

»Sprechen Sie, sprechen Sie weiter, sprechen Sie weiter!«

Der gegen Canales und Carvajal geführte Prozeß wegen Untreue, Rebellion und Verrat unter erschwerenden Umständen füllte Bände, so viele Bände, daß es unmöglich war, sie alle auf einmal zu lesen. Vierzehn Zeugen sagten einstimmig unter Eid aus, sie hätten in der Nacht vom 21. April sich an der Pforte des Herrn, wie es für gute Christen Gewohnheit war, schlafen gelegt; dabei hätten sie gesehen, wie General Eusebio Canales und der Anwalt Abel Carvajal sich über eine Militärperson herwarfen, die allgemein als Oberst José Parrales Sonriente erkannt wurde; sie hätten ihn, obwohl er sich wie ein Löwe verteidigt habe, im Handgemenge erwürgt; er habe des hinterlistigen Überfalles wegen von seinen Waffen keinen Gebrauch machen können. Außerdem sagten sie aus, Anwalt Carvajal habe sich nach vollendeter Tat mit folgenden oder ähnlichen Worten an Canales gewendet: »Jetzt, da wir den Mann mit dem Maultier beseitigt haben, werden die Offiziere ihre Waffen strecken und Sie, Herr General, als obersten Chef der Armee anerkennen. Verschwinden wir von hier, denn bald tagt es, und erzählen wir es denen, die in meinem Hause versammelt sind, damit die Gefangennahme und Beseitigung des Präsidenten in die Wege geleitet und eine neue Regierung geplant werden kann.«

Carvajals Staunen fand kein Ende. Jede Seite des Prozesses barg eine Überraschung. Doch die Beschuldigung wog zu schwer, als daß er darüber hätte lachen mögen. Er las weiter. Er las im Lichte eines Fensters, das auf einen engen Hof hinausging, in der Zelle der zum Tode Verurteilten, darin kein Möbel sich befand. In dieser Nacht sollte sich der oberste Kriegsrat versammeln und über seinen Fall beraten; ihn hatte man allein mit den Akten seines Prozesses eingeschlossen, damit er seine Verteidigung vorbereite. Man hatte jedoch bis zum letzten Augenblick damit gewartet. Er zitterte. Er las, ohne zu verstehen oder anzuhalten, gequält von der vorrückenden Dunkelheit, die das Dokument verschlang; es war wie feuchte Asche, die langsam in seinen Händen zerrann. Er konnte nicht viel lesen. Die Sonne ging unter, das Licht wurde schwach, und eine unbestimmbare Furcht verdunkelte seine Augen. Die letzte Zeile, zwei Wörter, ein Schnörkel, ein Datum, das Aktenstück... Vergeblich versuchte er die Nummer des Aktenstücks zu erkennen. Wie Tinte durchdrang die Nacht alle Ritzen und Spalten; ermattet lag sein Kopf auf dem Papierbündel; aber er las nicht mehr, es schien ihm, als habe man ihm die Akten um den Hals gebunden, bevor man ihn in den Abgrund stieß. Die Ketten gewöhnlicher Verbrecher rasselten durch die Höfe, und aus der Ferne vernahm man das schwache Rollen der Fahrzeuge in den Straßen der Stadt.

»Mein Gott, mein armer verfrorener Körper braucht mehr Wärme und meine Augen mehr Licht als alle Menschen jenes Erdteils, über dem jetzt die Sonne strahlt. Wenn sie von meinen Leiden wüßten, würden sie, barmherziger als Du bist, mein Gott, mir die Sonne zurückgeben, damit ich zu Ende lesen könnte.«

Greifend zählte er die Blätter, die er noch nicht gelesen hatte, und zählte sie wieder. Einundneunzig. Immer wieder fuhr er mit den Fingerspitzen über die fetten Blätter; in seiner Verzweiflung versuchte er wie die Blinden zu lesen.

Am Abend vorher hatten sie ihn unter starker Bewachung zu später Stunde in einem verschlossenen Wagen von der zweiten Polizeisektion in die Zentralstrafanstalt verbracht. Es hatte ihn so beglückt, sich auf der Straße zu wissen, sich auf der Straße zu hören, sich auf der Straße zu fühlen, daß er einen Augenblick lang geglaubt hatte, man bringe ihn nach Hause. Zwischen Schluchzen und Weinen lösten sich Worte in seinem bitteren Mund.

Die Henker fanden ihn, die Prozeßakten an sich drückend und den Geschmack der feuchten Straßen wie ein Karamel in seinem Munde vergehen lassend. Sie zerrten ihm die Papiere aus den Händen, und ohne ein Wort zu sagen, stießen sie ihn in den finsteren Saal, in dem der Kriegsrat versammelt war.

»Aber Herr Präsident!« wagte Carvajal dem General, der dem Rate vorsaß, zu sagen. »Wie soll ich mich verteidigen können, wenn ich nicht einmal Zeit hatte, die Akten zu lesen?«

»Wir können nichts dagegen tun«, antwortete dieser; »die gesetzlichen Fristen sind kurz, die Zeit verrinnt, und diese Angelegenheit ist dringend. Wir sind einberufen worden, um das Urteil zu fällen.«

Alles, was nun folgte, war für Carvajal ein Traum, halb Ritus, halb Schwank. Er war die Hauptperson darin und betrachtete alle von seiner Todesschaukel herab, von der ihn umgebenden feindlichen Leere beeindruckt. Aber er fühlte keine Angst; er fühlte überhaupt nichts; seine Furcht zerrann unter der schlafenden Haut. Er würde als mutig gelten. Über den Gerichtstisch war eine Fahne gebreitet, wie es das Reglement vorschreibt. Militäruniformen. Verlesung von Schriftstücken. Viel Papier. Eide. Das Militärgesetzbuch wie ein Stein auf dem Tisch, auf der Fahne. Die Bettler saßen auf den Zeugenbänken. Mit dem freudigen Gesicht eines Betrunkenen, steif, gekämmt, verlor Patahueca kein Wort des Gelesenen und übersah keine Bewegung des Gerichtspräsidenten. Salvador Tigre verfolgte alles mit gorillahafter Würde, stocherte mit seinen Fingern in den Löchern seiner plattgedrückten Nase oder in den Zähnen seines von den Ohren herabhängenden Mundes herum. Viuda, hochgewachsen, knochig, finster, verzog sein Gesicht zu einer Totenmaske und lächelte zu den Mitgliedern des Gerichts hinüber. Lulo, dick, runzlig, zwerghaft, Lachkrämpfen oder Wutanfällen, Liebessüchten oder Zornausbrüchen unterworfen, schloß die Augen und hielt sich die Ohren zu, um zu zeigen, daß er nichts sehen oder hören wolle von dem, was hier vor sich ging. Don Juan, der in seinem unvermeidlichen Gehrock versank, war klein, glatzköpfig und roch nach Bürgerlichkeit in seinen abgetragenen Kleidern: Krawatte, gestärktes Hemd mit Fettflecken, Lackschuhe mit schiefen Absätzen, Manschetten, abnehmbares Vorhemd; den letzten Schliff des reichen Mannes verliehen ihm sein Strohhut und seine Taubheit, dicker als eine Mauer. Don Juan, der nichts hörte, zählte die an den Wänden des Saales in kurzen Abständen aufgestellten Soldaten. Nahe bei ihm stand Ricardo der Musiker, den Kopf und einen Teil des Gesichtes in ein buntfarbiges Tuch gehüllt, mit roter Nase und einem Bart, der einem Besen ähnlich, von Speiseresten verschmiert war. Ricardo der Musiker sprach halblaut vor sich hin und hatte seinen Blick unverwandt auf den geschwollenen Bauch der Taubstummen geheftet, die auf die Bänke geiferte und sich die Flöhe aus der linken Achselhöhle kratzte. Dann kam Pereque, ein Neger, der nur noch ein Ohr hatte, das jedoch sehr groß war. Neben Pereque saß die Chicamiona, das Affenweibchen; sie war dünn, einäugig, trug einen kleinen Schnurrbart auf der Oberlippe und stank nach alter Matratze.

Nach der Verlesung der Akten erhob sich der Staatsanwalt, ein Offizier mit Bürstenschnitt und mit einem kleinen Kopf, der aus einer Uniformjacke mit einem zweimal zu großen Kragen ragte, und beantragte die Todesstrafe. Carvajal blickte erneut auf die Mitglieder des Gerichts und fragte sich, ob sie bei Verstand seien. Der erste, auf den seine Augen fielen, hätte nicht betrunkener sein können. Seine braunen Hände hoben sich von der Fahne ab wie die Hände eines Bauern, der an einem Dorffest um Geld spielt. Der nächste war ein dunkelbrauner Offizier, der ebenfalls unter Alkoholeinfluß stand. Der Präsident, der das vollendetste Bild des Trunksüchtigen bot, fiel in seinem Rausch beinahe vom Stuhl.

Carvajal konnte sich nicht verteidigen. Er versuchte einige Worte zu sprechen, doch er hatte alsbald das schmerzliche Gefühl, es höre ihm niemand zu, und in der Tat hörte ihm niemand zu. Die Worte lösten sich in seinem Munde auf wie feuchtes Brot.

Das im voraus feststehende und formulierte Urteil hatte etwas Machtvolles an sich gegenüber diesen ärmlichen Vollstreckern, die es nun aussprechen würden: Puppen aus Gold und Fleisch, die der Durchfall der Öllampe überflutete, gegenüber den krötenäugigen Bettlern, deren schlangenhafte Schatten den orangefarbenen Boden befleckten; gegenüber den jungen Soldaten, die an ihren Sturmriemen lutschten; gegenüber den dumpfen Möbeln, die schwiegen, wie die Möbel in einem Hause, in dem ein Verbrechen begangen worden ist.

»Ich lege Berufung ein!«

Carvajals Stimme lag tief im Hals unten begraben.
»Machen Sie keine Geschichten!« rief der Richter. »Hier gibt es weder Beruf noch Berufung, wir haben keine Zeit!«
Ein gewaltig großes Wasserglas, das er halten konnte, weil er eine ganze Welt in den Händen trug, half ihm hinunterspülen, was sein Körper ausstoßen wollte: die Gedanken an die Schmerzen, an das Mechanische des Todes, das Aufprallen der Kugeln an den Knochen, das Blut auf der lebendigen Haut, die gebrochenen Augen, die lauen Tücher, die Erde. Er gab das Glas ängstlich zurück und blieb mit ausgestreckter Hand stehen, bis er sich entschließen konnte, eine Bewegung zu machen. Er wollte die angebotene Zigarette nicht rauchen. Er rieb sich den Nacken mit seinen zitternden Fingern und warf einen raumlosen Blick, der vom bleichen Gips seines Gesichtes abfiel, auf die weißgetünchten Wände des Zimmers.
Durch einen engen, vom Wind durchstrichenen Gang führten sie ihn fast leblos weg; seine Beine trugen ihn nicht mehr; in jedem seiner Augen glitzerte eine Träne ...
»So nehmen Sie doch ein Schlücklein ...«, forderte ihn ein Leutnant mit Reiheraugen auf.
Er brachte die Flasche an seinen Mund, den er riesengroß fühlte, und trank.
»Leutnant, morgen verrichten Sie Küchenarbeit«, sprach eine Stimme aus der Dunkelheit, »wir haben Befehl, keine Nachsicht für politische Gefangene zu dulden.«
Einige Schritte weiter vorn begrub man ihn in einer drei Meter langen und zweieinhalb Meter breiten Zelle, in der sich schon zwölf zum Tode verurteilte Männer befanden, alle dicht beisammen wie Sardinen; alle verrichteten sie ihre Bedürfnisse stehend und traten immer wieder auf ihren eigenen Kot. Carvajal war Nummer dreizehn. Nachdem die Soldaten gegangen waren, erfüllte der mühsame Atem dieser in Todesangst bebenden Männer die Stille des Verlieses, eine Stille, die nur aus der Ferne durch die Schreie eines Eingemauerten unterbrochen wurde.
Zwei- oder dreimal überraschte sich Carvajal, wie er die Schreie jenes unglücklichen, zum Verdursten Verurteilten zählte: Zweiundsechzig ... dreiundsechzig ... Vierundsechzig ...!

Der Gestank des zertretenen Kotes und der Mangel an Luft benahmen ihn; und allein, abseits von der menschlichen Masse der andern, stolperte er, die Schreie des Eingemauerten zählend, den Abgründen der Verzweiflung entlang.
Lucio Vásquez schritt außerhalb der Zellen auf und ab. Er litt an einer Gelbsucht und war am ganzen Körper gelb; seine Fingernägel hatten die Farbe der untern Seite der Eichenblätter im Herbst. Inmitten seines Unglückes hielt ihn der Gedanke aufrecht, sich eines Tages an Genaro Rodas rächen zu können, dem er die Schuld an seinem Elend zuschob. Er lebte von dieser fernen Hoffnung, die dunkel und süß war wie unverdünnter Sirup. Er würde eine Ewigkeit warten, wenn er sich nur rächen konnte; eine so tiefe Nacht nistete in der Finsternis seiner Wurmbrust, und nur das Gesicht des Messers, das den Unterleib aufschlitzt und eine Wunde wie einen offenen Mund hinterläßt, brachte ein wenig Ordnung in seine rachsüchtige Gedankenwelt. Die Finger vor Kälte ganz steif, bewegungslos wie ein Wurm aus gelbem Kot, genoß Vásquez Stunde um Stunde seine Rache. Ihn töten! Ihn töten! Und als habe er den Feind schon in der Nähe, fuhr er mit der Hand durch die Dunkelheit, fühlte den eisigen Griff des Dolches, und wie ein Gespenst, das seine Bewegungen einübt, warf er sich in Gedanken über Rodas.
Der Schrei des Eingemauerten schüttelte ihn.
»Per Dio, per favori, Wasser! Wasser, Wasser, Wasser, Tineti, Wasser, Wasser! Per Dio, per favori... Wasser, Wasser, Waaaasser...!«
Der Eingemauerte warf sich gegen die Tür, die auf der anderen Seite durch eine Backsteinmauer verdeckt wurde, gegen den Boden, gegen die Wände.
»Wasser, Tineti! Wasser, Tineti! Wasser, per Dio, Wasser, per Dio, Wasser, per favori, Tineti!«
Ohne Tränen, ohne Speichel, ohne jede Feuchtigkeit oder Frische, in einer Kehle, die wie ein brennendes Gebüsch glühte, drehte sich in einer Welt von Lichtern und weißen Flecken sein Schrei und hörte nicht auf zu hämmern:
»Wasser, Tineti! Wasser, Tineti, Wasser, Tineti!«
Ein Chinese mit pockennarbigem Gesicht wachte über die

Gefangenen. Von Jahrhundert zu Jahrhundert kam er wie der letzte Hauch der Lebenshoffnung vorbei. Lebte dieses seltsame halbgöttliche Wesen, oder war es nur eine Einbildung der Gefangenen? Der zertretene Kot und der Schrei des Eingemauerten verursachten Schwindel, und vielleicht, vielleicht war jener Engel des Heils nur ein Wahngebilde.
»Wasser, Tineti! Wasser, Tineti! Per Dio, per favori, Wasser, Wasser, Wasser, Wasser...!«
Soldaten kamen und gingen ohne Unterlaß mit hämmernden Schritten über die Steinplatten. Einige von ihnen antworteten dem Eingemauerten unter Gelächter:
»Tiroler, Tiroler, warum du essen Papagei, der sprach wie Mensch?«
»Wasser, per Dio, per favori, Wasser, signore, Wasser, per favori!«
Vásquez sann in der von den Schreien des Italieners durstigen Luft auf Rache. Eine Salve ließ seinen Atem stocken. Hinrichtung. Es mußte drei Uhr in der Frühe sein.

30 Conjunctio in extremis

Eine Schwerkranke in der Nachbarschaft!
Aus jedem Haus tritt eine alte Jungfer.
Eine Schwerkranke in der Nachbarschaft!
Aus dem Haus der »Zweihundert« kam Petronila, eine Frau mit Einsiedlergesicht und Diplomatengesten, die mangels anderer Reize wenigstens hätte Berta heißen sollen. Im Merowingergewande und mit einem Knallerbsenkopf erschien eine Freundin der »Zweihundert«, deren Taufname Silvia war. In ein Korsett, man könnte auch Rüstung sagen, eingeschnürt, mit schmerzenden Schuhen und mit einer Uhrenkette, die wie das Seil des Galgens an ihrem Halse baumelte, kam eine gewisse Bekannte der Silvia, Engracia, herausgetreten. Mit herzförmigem Gesicht wie der Kopf einer Viper, mit rauher Stimme eilte die untersetzte und männlich anmutende Kusine der Engracia herbei, nicht größer als eines ihrer Beine, aber sehr begabt, Weiberklatsch zu verbreiten, Kometen vorherzusagen oder den

Antichrist und die Zeiten zu verkünden, da nach den Propheten die Männer vor den allzu draufgängerischen Frauen auf die Bäume fliehen würden, ohne jedoch ihrer Verfolgung entgehen zu können.

Eine Schwerkranke in der Nachbarschaft! Welch eine Freude! Sie dachten es nicht, aber sie sagten es beinahe in entzücktem Flüsterton, beglückt vom Ereignis, welches ihnen so viel Stoff liefern würde, daß sich eine jede mit frisch geschliffener Schere eine Geschichte nach Maß daraus schneiden konnte.

Die Masacuata empfing sie.

»Meine Schwestern sind bereit«, verkündigte jene aus den »Zweihundert«, ohne zu sagen, wofür sie bereit seien.

»Was die Wäsche anbelangt, so können Sie natürlich auf mich zählen, wenn sie nicht ausreicht«, bemerkte Silvia.

Und Engracia, die kleine Engracia, die, wenn sie nicht nach Weihrauch duftete, einen Kalbsbrühegeruch verbreitete, fügte unter dem Druck ihres Korsetts in nur halb artikulierten Lauten hinzu:

»Ich betete für die gequälten Seelen ein Ave-Maria nach der Betstunde.«

Sie unterhielten sich in halblauter Stimme im Hinterladen und versuchten die Stille nicht zu stören, die die Kranke wie eine Arznei umgab, und den Herrn nicht zu belästigen, der Tag und Nacht bei der Kranken wachte. Ein sehr korrekter Herr. Sehr korrekt. Auf den Fußspitzen näherten sie sich dem Bett, mehr um Cara de Angels Gesicht zu sehen, als um nach Camila mit ihren langen Augenbrauen und dem dünnen, dünnen Hals zu schauen, und da sie vermuteten, es könnte etwas zu klatschen geben – in jeder Andächtigkeit gibt es etwas zu klatschen –, ruhten sie nicht, bis sie die Lösung des Rätsels aus der Wirtin herausgelockt hatten. Er war ihr Geliebter. Ihr Geliebter! Ihr Geliebter! Ihr Geliebter! Das also war es! Ihr Geliebter, also! Jede wiederholte das goldschimmernde Wort außer Silvia; diese schlich sich unbemerkt weg, sobald sie erfahren hatte, daß Camila die Tochter des Generals Canales sei, und kehrte nicht wieder. Mit den Feinden der Regierung wollte sie nichts zu schaffen haben. Er mag sie ja sehr gern haben

und der Präsident ihn, ich aber bin die Schwester meines Bruders, und mein Bruder ist Abgeordneter, und dies könnte ihm schaden. Gott sei uns gnädig!
Noch auf der Straße wiederholte sie: »Gott sei uns gnädig!«
Cara de Angel achtete nicht auf die alten Jungfern, die Camila besuchten und sich als Trostspenderinnen dem Verlobten näherten. Er dankte ihnen, ohne zu hören, was sie sagten – Worte –; seine ganze Seele lag im regelmäßigen, angstvollen und schmerzlichen Stöhnen Camilas. Auch auf die Heftigkeit des Händedrucks reagierte er nicht. Er fühlte, wie sein Körper unter der Last des Schmerzes fror. Gefühl fallenden Regens, eingeschlafener Glieder, Verwirrung mit nahen und unsichtbaren Gespenstern in einem überlebensweiten Raum, in dem die Luft allein ist, einsam das Licht, einsam der Schatten, die Dinge.
Der Arzt unterbrach den Lauf seiner Gedanken.
»Also, Herr Doktor ...«
»Nur ein Wunder!«
»Sie kommen wieder vorbei, nicht wahr!«
Keinen Augenblick stand die Wirtin still und kam nie zur Ruhe. Da sie die Bewilligung hatte, für die Nachbarschaft zu waschen, weichte sie schon am frühen Morgen Wäsche ein, begab sich dann in die Strafanstalt mit Vásquez' Frühstück; noch immer wußte sie nichts von ihm. Wenn sie von diesem Gang zurückkam, rieb sie die Wäsche mit Seife, wand sie aus und hing sie auf. Während die Wäsche trocknete, eilte sie in die Schenke, um die dortigen Arbeiten zu verrichten; die Kranke umbetten, die Kerzen vor den Heiligen anzünden, Cara de Angel überzeugen, daß er etwas essen müsse, den Arzt empfangen, die Presbyterianerinnen, so nannte sie die alten Jungfern, anhören, in die Apotheke laufen, mit der Besitzerin der Matratzenwerkstätte streiten. »Matratzen für Schweine!« schrie sie unter der Tür und tat, als müßte sie mit einem Tuch die Fliegen verjagen. »Matratzen für Schweine!«
»Nur ein Wunder!«
Cara de Angel wiederholte die Worte des Arztes. Ein Wunder, die willkürliche Fortdauer des Vergänglichen, der Sieg

des menschlichen Odems über das sterile Absolute. Es drängte ihn, Gott zuzurufen, er solle ein Wunder geschehen lassen, während die Welt nutzlos, feindlich, ungewiß, ohne Lebenszweck seinen Händen entglitt.
Alle erwarteten jeden Augenblick den Ausgang. Wenn ein Hund heulte, wenn es laut pochte oder wenn die Glocke der Merced schlug, bekreuzigten sich die Nachbarinnen und stöhnten zwischen Seufzern: »Endlich ruht sie ...! Ihre Stunde hat geschlagen! Ärmster Verlobter ... Was soll man tun ...? Gottes Wille geschehe! So ist unser aller Weg ...«
Petronila erzählte diese Vorgänge einem jener Herren, die altern, ohne ihr Lausbubengesicht zu verlieren, einem Professor der englischen Sprache und anderer Abnormitäten, den man vertraulich »Titscher« nannte. Sie wollte wissen, ob man Camila auf übersinnlichen Wegen retten könne, und der Titscher mußte es wissen, denn außer dem Studium der englischen Sprache widmete er seine Freizeit der Theosophie, dem Spiritismus, der Magie und Astrologie, dem Hypnotismus, den okkulten Wissenschaften; und er hatte sogar eine neue Methode erfunden, die er »Zistern der Verhexung zum Finden von versteckten Schätzen in Häusern, in denen es geistert« nannte. Nie hätte der Titscher seine Sehnsucht nach dem Übersinnlichen erklären können. In seiner Jugend hatte er kirchliche Neigungen verspürt, aber eine energische Gattin, die mehr Lebenserfahrung besaß als er, trat dazwischen, wenn er seine Episteln singen wollte, und schließlich hängte er den Priesterrock an den Nagel, und seither war er, wie der verstaubte Rock, etwas einsam und schrullig. Vom Seminar wechselte er auf die Handelsschule hinüber, wo er glänzend abgeschlossen hätte, wenn er nicht vor einem rettungslos in ihn verliebten Buchhaltungslehrer hätte fliehen müssen. Die Metallindustrie empfing ihn in ihren rußschwarzen Armen, in der Schmiede; man stellte ihn in einer nahen Werkstatt zum Blasbalgbedienen an. Arbeiten war ihm aber seiner schwachen Konstitution wegen unzuträglich, und bald ließ er dieses Handwerk sein. Warum auch sollte er arbeiten, er, der einzige Neffe einer reichen Tante, die aus ihm immer noch einen Priester machen wollte. »Kehr

zur Kirche zurück«, sagte sie ihm, »und steh nicht gähnend herum! Kehr zur Kirche zurück! Siehst du nicht, wie die Welt dir mißfällt, daß du ein wenig verrückt bist und schwächlich wie ein mageres Eichhörnchen, daß du schon von allem gekostet, daß dir nichts gefallen hat: Soldat, Musiker, Torero! ... Oder, wenn du nicht Priester werden willst, werde Lehrer, gib zum Beispiel Englischunterricht. Wenn der Herr dich nicht erwählte, so erwähle du die Kinder. Englisch ist leichter als Latein und nützlicher, und wenn du Englischstunden gibst, so werden die Schüler glauben, du sprichst Englisch, weil sie dich nicht verstehen – und besser ist, sie verstehen dich nicht!«

Petronila sprach leise, wie sie es immer tat, wenn sie ihr Herz ausschüttete. »Ein Verlobter, der sie liebt, der sie vergöttert, Titscher, der, obschon er sie entführte, sie ehrte und hoffte, die Kirche werde ihren ewigen Bund segnen. So etwas sieht man nicht mehr alle Tage ...!«

»Heute weniger denn je, Kleine!« bemerkte mit einem Rosenstrauß in der Hand die größte der Damen der »Zweihundert«, eine Frau, deren Körper eine Leiter schien, auf der sie durch das Zimmer schritt.

»Ein Verlobter, Titscher, der sie mit Hingabe pflegt und der, es besteht kein Zweifel, mit ihr sterben wird ...!«

»Und Sie sagen, Petronila«, der Titscher sprach geziert, »daß sich die Ärzte der Universität für unfähig erklärt haben, sie den Armen der Parze zu entreißen?«

»Ja, unfähig; dreimal haben sie sie dem Tod geweiht.«

»Und Sie sagen, Nila, nur ein Wunder könne sie retten?«

»So ist es, und der Verlobte ... es zerreißt einem das Herz ...«

»Nun, ich besitze den Schlüssel dazu. Wir werden ein Wunder schaffen. Dem Tod kann man nur die Liebe entgegensetzen, denn beide haben dieselbe Macht, wie das Hohelied sagt. Wenn, wie Sie mir versichern, der Verlobte dieses Fräulein vergöttert, sie wirklich liebt, das heißt, sie mit Herz und Verstand liebt, ich will sagen, sie zu heiraten beabsichtigt, kann er sie durch das Sakrament der Ehe retten, denn nach meiner Theorie über die Pfropfung muß in diesem Fall eine Ehe geschlossen werden.«

Petronila wäre beinahe bewußtlos in die Arme des Titschers gefallen. Sie brachte das Haus in Aufruhr, rannte zu ihren Freundinnen, setzte die Masacuata in Bewegung, der sie auftrug, mit einem Priester zu sprechen, und noch am selben Tag wurde die Ehe Camilas und Cara de Angels auf der Schwelle des Jenseits gesegnet. Eine lange, zarte, wie ein marmorner Brieföffner kalte Hand drückte Cara de Angel in seiner fiebernden Rechten, während der Priester die lateinischen Formeln las. Die »Zweihundert« waren anwesend, Engracia und der schwarzgekleidete Titscher. Und am Schluß der Zeremonie rief der Titscher:

»Make thee another self, for love of me...!«

31 Schildwachen aus Eis

In der Vorhalle der Strafanstalt glitzerten die Bajonette der Soldaten, die in zwei Reihen saßen, Soldat an Soldat, wie auf der Fahrt in einem düsteren Wagen. Von den Gefährten, die vorbeirasselten, hielt eines plötzlich an. Der Kutscher, den Körper zurückgebogen, um stärker die Zügel ziehen zu können, schwankte wie eine in schmutzige Lumpen gehüllte Puppe von einer Seite zur andern und spuckte fluchend, denn beinahe wäre er nach hinten heruntergefallen. Den glatten und hohen Mauern des Henkergebäudes entlang glitt das Ächzen der von den Bremsen gepeinigten Räder, und ein dicker Herr, dessen kurze Beine kaum zum Boden reichten, stieg langsam aus. Der Kutscher, der seinen Wagen um das Gewicht des Kriegsrichters leichter werden fühlte, preßte seine ausgelöschte Zigarette zwischen die trockenen Lippen – wie schön war es, mit den Pferden allein sein zu können! – und ließ die Zügel los, um gegenüber am Zaun eines Gartens zu warten, der so verdorrt war wie die Seele eines Verräters, während eine Frau sich vor die Füße des Richters warf und ihn schreiend bat, sie anzuhören.

»Erheben Sie sich! So kann ich Sie nicht anhören. Nein, nein, erheben Sie sich, bitte... Ohne die Ehre zu haben, Sie zu kennen...«

»Ich bin die Frau des Anwalts Carvajal ...«
»Stehen Sie auf ...«
Sie schnitt ihm das Wort ab.
»Während des Tages, während der Nacht, zu jeder Stunde habe ich Sie gesucht, bei Ihnen zu Haus, bei Ihrer Frau Mutter, in Ihrem Büro, ohne Sie zu finden, Herr! Nur Sie wissen, wo mein Mann ist; nur Sie wissen es, nur Sie können es mir sagen. Wo ist er? Wie geht es ihm? Sagen Sie mir, Herr, ob er lebt! Sagen Sie mir, Herr, daß er lebt!«
»Der Kriegsrat, der über sein Schicksal entscheiden wird, ist gerade für die Nacht zu einer dringenden Sitzung gerufen worden.«
»Ah!«
Vor Freude blieb ihr der Mund offenstehen, der wie eine Wunde zitterte. Er lebt! An die Nachricht knüpfte sich Hoffnung. Er lebt! ... Und da er unschuldig war, würde er bald frei sein ...
Aber der Richter fuhr in derselben kalten Haltung fort:
»Die politische Lage der Regierung läßt kein Mitleid mit den Feinden zu, gnädige Frau. Nur soviel sage ich Ihnen. Gehen Sie zum Herrn Präsidenten und bitten Sie um das Leben Ihres Gatten, denn Ihr Mann kann nach dem Gesetz im Ablauf von vierundzwanzig Stunden abgeurteilt und erschossen werden ...«
»Der ... der ...«
»Das Gesetz ist mächtiger als die Menschen, und wenn der Herr Präsident ihn nicht begnadigt ...«
»Ah ...!«
Sie konnte nicht sprechen. Weiß wie das Taschentuch, in das sie biß, und schweigend stand sie da, reglos, abwesend, händeringend.
Der Richter verschwand durch die Tür, die wie ein Igel von Bajonetten strotzte. Die Straße, welche eine Weile vom Rollen der Wagen, die die eleganten Damen und Herren von der Spazierfahrt in die Nacht zurückbrachten, belebt gewesen war, wurde still und einsam. Eine winzige Straßenbahn bog um eine Ecke und ratterte mit Funken und Pfiffen davon ...
»Der ... der ...«

Sie konnte nicht sprechen. Zwei eisige Zangen drückten ihren Hals, und ihr Körper glitt mit den Schultern voran zu Boden. Sie war nur noch eine leere Hülle mit einem Kopf, zwei Händen und zwei Füßen. In ihren Ohren rollte der Lärm einer Droschke, den sie auf der Straße wahrnahm. Sie hielt sie an. Die Pferde schwollen wie Tränen an, als sie die Köpfe senkten und still standen. Sie befahl dem Kutscher, so rasch wie möglich zum Landsitz des Herrn Präsidenten zu fahren – und so groß war ihre Eile, ihre verzweifelte Eile, daß sie, obwohl die Pferde aus allen Kräften galoppierten, den Kutscher immer wieder schalt und befahl, er solle schneller fahren ... Sie sollte schon dort sein ... Schneller ... Sie mußte das Leben ihres Gatten retten ... Schneller ... schneller ... schneller ... Sie ergriff die Peitsche .. Sie mußte das Leben ihres Gatten retten. Die Pferde rasten unter der grausamen Peitsche dahin ... Ihre Rücken brannten von den Schlägen ... Ihren Gatten retten ... Sie sollte schon dort sein ... Aber der Wagen fuhr nicht, sie fühlte, daß er nicht fuhr, daß die Räder sich um die schlafenden Achsen drehten, ohne vorwärtszukommen, daß sie immer am selben Fleck blieben ... Und sie mußte ihren Gatten retten ... Ja, ja, ja, ja, ja ... ihre Haare lösten sich auf, ihn retten ... ihre Bluse zerriß, ihn retten ... Aber der Wagen fuhr nicht, sie fühlte, daß er nicht fuhr, daß nur die vorderen Räder sich drehten, daß der hintere Teil zurückblieb, daß der Wagen sich wie der Balg eines Fotoapparates dehnte, und die Pferde wurden immer kleiner ... Der Kutscher hatte ihr die Peitsche entrissen. Es konnte nicht so weitergehen ... Ja, ja, ja, ja ... Doch ... nein ... doch . . . nein ... doch, aber warum nicht ...? Weshalb nicht ...? Doch ... nein ... doch ... nein ... Sie riß ihre Ringe von den Fingern, die Brosche, die Ohrringe, das Armband und steckte sie dem Kutscher in die Rocktasche, damit er den Wagen nicht anhalte. Sie mußte das Leben ihres Gatten retten. Aber sie kamen nicht hin, hinkommen, hinkommen, hinkommen, aber sie kamen nicht hin ... Hinkommen, bitten, ihn retten, aber sie kamen nicht hin ... Steine, Wagenspuren, Staub, getrockneter Kot, Unkraut, aber sie kamen nicht hin. Sie standen still wie die Telegrafendrähte, sie blieben zurück, wie Telegrafendrähte, wie die hinteren Räder, wie die unbesäten Felder, wie das goldene Abendgewölk, wie die einsamen Wegkreuzungen und die unbeweglichen Ochsen.

Endlich bogen sie in ein Wegband ein, das sich zwischen Büschen und Bächen verlor, und rollten gegen die Residenz des Herrn Präsidenten. Ihr Herz pochte laut. Die Straße schlängelte sich durch die Häuser eines sauberen und verlassenen Dorfes. Sie kreuzten Wagen, die vom Palast herkamen – Landauer, Sulkys, Droschken, in denen Leute saßen, die alle ähnliche Kleider und Gesichter trugen. Der Lärm näherte sich, der Lärm der Räder auf dem Pflaster, der Lärm der Hufe der Pferde ... Aber sie kamen nicht hin, sie kamen nicht hin ... Neben denen, die im Wagen einherfuhren, Bürokraten, niedere Offiziere, die sich Sporen abverdienen wollten, gutgekleidete Dickbäuche, schritten zu Fuß die Pächter, die der Präsident vor Monaten dringend rufen ließ, Bauern mit Schuhen wie Lederbeutel, Schullehrerinnen, die immer wieder stillstanden, um Atem zu schöpfen, vom Staub geblendet, mit ausgetretenen Schuhen und hochgehobenen Röcken. Dann kam die Kolonne der Indianer, die, obwohl sie Städter waren, das Glück hatten, von allem nichts zu verstehen. Ihn retten, ja, ja, ja, aber sie kamen nicht hin! Hinzukommen war das Wichtigste, vor dem Schluß der Audienz hinzukommen, hinzukommen, bitten, ihn retten ... Aber sie kamen nicht hin! Nur wenig fehlte noch – aus dem Dorf herauskommen. Sie sollten längst dort sein, aber das Dorf wollte nicht enden. Auf diesem Wege wurden die Bilder Jesu und der Jungfrau der Schmerzen an einem Auffahrtstage getragen. Die Hundemeuten heulten in die Trauer der Trompetenmusik, als die Prozession unter dem mit Teppichen und tropischen Blumen geschmückten Balkon des Präsidenten vorbeizog. Jesus schritt niedergeschlagen von der Masse des Holzes am Cäsaren vorbei, und die Blicke der Männer und Frauen wandten sich bewundernd gegen den Cäsaren. Leiden genügte nicht, stundenlanges Weinen genügte nicht, und auch das Altern vor Schmerz ganzer Familien, ganzer Städte genügte nicht. Um das Böse zu verschlimmern, mußte das

Bild des sterbenden Jesus vor den Augen des Präsidenten vorbeigetragen werden, und es wurde vorbeigetragen unter einem goldenen Thronhimmel, der eine Beleidigung war, zwischen Reihen von Idioten unter greller heidnischer Musik.

Der Wagen hielt an der Pforte der Residenz des Herrn. Die Frau Carvajals rannte durch eine Allee geschnittener Bäume ins Innere.

Ein Offizier vertrat ihr den Weg.

»Gnädige Frau ...«

»Ich muß den Präsidenten sehen ...«

»Der Herr Präsident empfängt nicht, treten Sie zurück!«

»Doch, doch, er empfängt, er wird mich empfangen, ich bin die Frau des Anwalts Carvajal ...« Und sie drang weiter vor, entglitt den Händen des Offiziers, der sie zur Ordnung ermahnte. Sie gelangte bis zu einem kleinen, in der Traurigkeit des Abends erleuchteten Hause. »Sie werden meinen Mann erschießen, Herr General ...!«

Die Hände auf dem Rücken schritt im Gang dieses Hauses, das ein Spielzeug schien, ein großer hellblonder, mit Auszeichnungen tätowierter Mann auf und ab, und an ihn wandte sie sich beredt:

»Sie werden meinen Mann erschießen, Herr General!«

Der Offizier, der ihr von der Pforte her gefolgt war, wiederholte immer wieder, daß es unmöglich sei, den Herrn Präsidenten zu sehen.

Trotz seiner guten Manieren antwortete ihr der General polternd:

»Der Herr Präsident empfängt nicht! Tun Sie uns den Gefallen, sich zurückzuziehen, haben Sie die Güte ...«

»Aber Herr General, Herr General, was soll ich denn ohne meinen Mann tun? Nein, nein, Herr General, er empfängt! Bitte, Herr General, melden Sie mich! Denken Sie, sie werden meinen Mann erschießen!«

Man hörte ihr Herz schlagen. Sie ließen sie nicht niederknien. Ihr Trommelfell wurde erschüttert von dem Schweigen, das ihr einzig antwortete auf ihr intensives Flehen.

Die welken Blätter raschelten im fahlen Abend, als fürchteten sie sich vor dem Wind, der sie trieb. Sie ließ sich auf eine Bank fallen. Männer aus schwarzem Eis. Sternenkalte Blutadern. Die Seufzer kratzten auf ihren Lippen wie ein gestärkter Unterrock, wie ein Messer beinahe. Der Speichel rann in zitternden Bächen von ihren Mundwinkeln. Sie ließ sich auf eine Bank fallen, die sie mit Tränen benetzte, als sei sie ein Schleifstein. Mit Stößen und Schlägen schleppte man sie aus dem Pavillon, wo, wie sie glaubte, der Präsident sich aufhielt. Eine Patrouille schritt vorbei; es lief ihr kalt über den Rücken. Es roch nach Wurst, nach Zuckersirup und Harz. Die Bank verschwand in der Dunkelheit wie ein Brett auf dem Meer. Sie schritt auf und ab, um nicht mit der Bank im Dunkeln unterzugehen, um am Leben zu bleiben. Zwei-, drei- und mehrmals wurde sie von der Schildwache zwischen den Bäumen angehalten. Mit rauher Stimme verweigerten sie ihr den Zutritt und drohten ihr, wenn sie weiter bat, mit dem Kolben oder dem Lauf ihres Gewehrs. Als das Bitten auf der linken Seite nichts nützte, lief sie auf die rechte. Sie stolperte über Steine, verletzte sich im Gebüsch. Andere Schildwachen aus Eis vertraten ihr den Weg. Sie flehte, kämpfte, hielt die Hand wie eine Bettlerin hin, und wenn niemand mehr auf sie hörte, rannte sie in der entgegengesetzten Richtung davon...

Die Bäume wehten einen Schatten gegen einen Wagen. Doch kaum hatte sie einen Fuß auf dem Trittbrett, kehrte sie wieder um und versuchte es ein letztes Mal. Der Kutscher erwachte und hätte beinahe den Schmuck fallengelassen, als er die Zügel ergriff. Die Zeit wurde ihm zur Ewigkeit, denn er wollte die Minga überraschen: Ohrringe, Fingerringe, ein Armband... Er konnte alles verpfänden! Er kratzte sich einen Fuß mit dem anderen, zog seinen Hut ins Gesicht und spuckte. Woher kamen wohl all die Kröten, all die Dunkelheit? Wie eine Schlafwandlerin kehrte Carvajals Frau zur Droschke zurück. Sie setzte sich hinein und befahl dem Kutscher, eine Weile zu warten, vielleicht würde man noch die Tür öffnen... Eine halbe Stunde... eine Stunde...

Der Wagen rollte geräuschlos, oder hörte sie es nicht, oder standen sie noch still...? Der Weg stürzte über einen

Steilhang in eine Schlucht hinunter, um wie eine Rakete wieder gegen die Stadt anzusteigen. Die erste dunkle Mauer. Das erste weiße Haus. In der Wölbung der Mauer das Wort: Onofroff ... Alles verschmolz mit ihrem Schmerz ... Die Luft ... Alles ... In jeder Träne ein Planetensystem ... Tausendfüßler des letzten Lichtes fielen von den Dächern auf den schmalen Bürgersteig ... Ihr Blut stockte ... Wie geht es Ihnen? ... Es geht mir schlecht, sehr schlecht ...! Sie fragte und antwortete selbst ... Und übermorgen noch schlechter ...

Das Gewicht der Toten dreht die Erde während der Nacht, das der Lebenden während eines Tages ... Wenn es einmal mehr Tote als Lebende gibt, so wird die Nacht ewig dauern, kein Ende mehr haben, denn für den Tag wird das Gewicht der Lebenden fehlen. Der Wagen hielt an. Die Straße führte weiter, aber nicht für sie, die vor dem Gefängnis stand, wo zweifellos ... Schritt um Schritt näherte sie sich der Mauer. Sie trug noch keine Trauer, hatte aber schon den Tastsinn der Fledermäuse ... Furcht, Kälte, Ekel; sie überwand alles, um die Mauer zu halten, von der das Echo des Schusses kommen würde ... Und nun, da sie dort war, schien es ihr unmöglich, daß man ihren Mann erschießen würde, so oder so, mit einem Schuß, mit einer Kugel, mit einer Waffe, einen Mann wie ihn, einen Menschen wie ihn mit Augen, mit einem Mund, mit Händen, mit Haaren auf dem Kopf, mit Fingernägeln, mit Zähnen im Mund, mit einer Zunge, mit einer Stimme ... Es war nicht möglich, daß man solche Männer erschoß, Menschen derselben Hautfarbe, die dieselbe Sprache sprachen, die dieselben Augen und Ohren hatten, die alle zu Bett gingen, am Morgen aufstanden, die liebten, sich das Gesicht wuschen, aßen, lachten, spazierten, die denselben Glauben hatten, dieselben Zweifel hegten ...

32 Der Herr Präsident

Cara de Angel, der dringlich in die Residenz des Präsidenten gerufen worden war, neigte sich aufmerksam über Camila; Geschmeidigkeit des sorgenvollen Blickes; die gläsernen Augen bekommen ein menschliches Aussehen; wie eine Schlange rollte er sich im Zweifel zusammen: der Herr Präsident oder Camila, Camila oder der Herr Präsident... Noch fühlte er die sanften Schläge der Wirtin auf seinem Rücken, noch hörte er ihre flehende Stimme. Dies war der Augenblick, sich für Vásquez zu verwenden. »Gehen Sie, ich bleibe hier und pflege die Kranke...« In der Straße atmete er tief. Er saß im Wagen, der ihn zum Palast brachte. Schläge der Pferdehufe auf dem Pflaster, flüssiges Rollen der Räder. Das ro-te Schloß... Die Bienen-wa-be... Der Vulkan... Sorgfältig buchstabierte er die Namen der Geschäfte. Man konnte sie nachts besser lesen, besser als am Tage. El Gua-da-le-te... Die Ei-sen-bahn... Die Hen-ne mit ihren Küch-lein... Manchmal fiel sein Blick auf chinesische Namen: Lon Ley Lon & Co.... Quan See Chan... Fu Quan Yen... Chon Chan Lon... Sey Yon Sey... Er dachte an General Canales. Der Präsident rief ihn, um ihm Canales' Schicksal zu erzählen... Es konnte nicht sein...! Warum konnte es nicht sein...? Sie hatten ihn erwischt und getötet, oder ... sie hatten ihn nicht getötet und schleppten ihn in Fesseln her... Eine Staubwolke wirbelte plötzlich auf. Der Wind spielte mit dem Wagen wie ein Stierkämpfer mit dem Stier. Alles war möglich! Der Wagen rollte leichter, als er aufs offene Land kam, wie ein Körper, der vom festen in den flüssigen Zustand übergeht. Cara de Angel ballte seine Fäuste über den Knien und seufzte. Der Lärm der Kutsche verlor sich in den tausend Geräuschen der Nacht, die langsam, gemächlich, unwiderstehlich vorwärtsglitt. Er glaubte den Flug eines Vogels zu hören. Sie fuhren durch eine Häusergruppe. Halbverhungerte Hunde bellten...

Der Untersekretär des Kriegsamtes erwartete ihn unter der Tür seines Arbeitszimmers, und ohne ihn anzumelden – er fand kaum Zeit, ihm die Hand zu drücken und seine Havannazigarre auf einen Säulenvorsprung zu legen – führte er ihn in die Gemächer des Herrn Präsidenten.

»Herr General«, Cara de Angel ergriff den Untersekretär

am Arm, »wissen Sie nicht, warum mich der Chef wünscht?«

»Nein, Don Miguel, ich weiß es nicht.«

Nun wußte er aber bereits, worum es sich handelte. Bruchstücke eines Gelächters bestätigten ihm zweimal, dreimal, was ihn der General vermuten ließ. Von der Türschwelle aus sah er einen Wald von Flaschen auf einem runden Tisch, kalte Fleischplatten, Saucen, Gewürze ... Die herumliegenden Stühle rundeten das Bild. Die hellen, die dunklen und rotumrandeten Fenster fochten mit dem Licht, das die Scheinwerfer im Park draußen ausstrahlten. Offiziere und Soldaten wachten streng, ein Offizier unter jeder Tür, ein Soldat hinter jedem Baum. Aus dem Hintergrund trat der Herr Präsident: Der Boden glitt unter seinen Füßen, das Haus über seinem Hut dahin.

»Herr Präsident«, grüßte der Günstling und wollte sich verneigen, als dieser ihn unterbrach.

»Ni ni mier ... va!«

»Von der Göttin spricht der Herr Präsident!«

Seine Exzellenz näherte sich mit kleinen hüpfenden Schritten dem Tisch; ohne auf das warme Lob zu achten, das der Günstling Minerva schenkte, rief er ihm zu:

»Miguel, weißt du, daß der, der den Alkohol erfand, den Zaubertrunk des langen Lebens suchte ...?«

»Nein, Herr Präsident, ich wußte es nicht«, beeilte sich der Günstling zu antworten.

»Seltsam, es steht doch in Swit Marden ...«

»Seltsam, das will ich glauben, für einen Mann mit der großen Bildung des Herrn Präsidenten, den die Welt mit Recht einen der größten Staatsmänner unserer Zeit nennt; nicht aber für mich.«

Seine Exzellenz verbarg die Augen hinter den Lidern, um dem Wirbel der Dinge im Alkohol zu entgehen.

»Gewiß, ich weiß viel!«

Damit tauchte er seine Hand in den schwarzen Whiskyflaschenwald und bot Cara de Angel ein Glas an.

»Trink, Miguel ...« Seine Stimme brach erstickt ab, etwas würgte seine Kehle. Er schlug sich mit der Faust auf die Brust; die Muskeln des dünnen Halses waren gespannt, die Adern auf der Stirn geschwollen, und mit Hilfe des Günstlings, der ihm etwas Sodawasser hinreichte, fand er nach einigen Rülpsern die Sprache wieder.

»Ha, ha, ha!« brach er auf Cara de Angel deutend aus. »Ha, ha, ha! In der Sterbestunde...« Gelächter, Gelächter »... in der Sterbestunde! Ha, ha, ha!«

Der Günstling erbleichte. In seiner Hand zitterte das Whiskyglas, mit dem er soeben angestoßen hatte.

»Der He...«

»... rr Präsident weiß alles«, unterbrach ihn seine Exzellenz. »Ha, ha, ha...! In der Sterbestunde und auf den Rat eines dieser geistesschwachen Spiritisten... Ha, ha, ha...!«

Cara de Angel hielt sein Glas fest in den Händen und trank es leer, um den Aufschrei hinunterzuschwemmen. Es flimmerte rot vor seinen Augen, und er war nahe daran, sich auf seinen Herrn zu werfen, um das elende Gelächter in seinem Munde zu ersticken, jenes Feuer von Blut und Alkohol. Wäre er unter eine Eisenbahn geraten, es hätte ihn nicht so sehr geschmerzt. Ekel befiel ihn. Und er blieb der gutdressierte Hund, der mit seiner Fettration zufriedene Intellektuelle, der nur seinem Lebenstrieb gehorcht. Mit dem Tod in seinen Samtaugen lächelte er, um seinen Unwillen zu verbergen, wie ein Vergifteter, der sein Gesicht anschwellen fühlt.

Seine Exzellenz verfolgte eine Fliege.

»Miguel, kennst du das Spiel mit der Fliege nicht...?«

»Nein, Herr Präsident...«

»Ah, wirklich, du, du...u...u...in der Sterbestunde...! Ha, ha, ha...! Hi, hi, hi...! Ho, ho, ho...! Hu, hu, hu...!«

Immer lachend verfolgte er die Fliege, bald hier, bald dort sich niederbückend; sein Hemd rutschte ihm aus den Hosen, der Hosenschlitz öffnete sich, die Schuhriemen lösten sich, vom Munde troff Speichel, und die Augen von der Farbe des Eidotters traten ihm aus den Höhlen.

»Miguel«, keuchte er in Atemnot, ohne die Fliege zu erwischen, »das Spiel mit der Fliege ist das Lustigste und das Leichteste, das es gibt; nur Geduld ist dazu nötig. In meinem Heimatdorf spielte ich als Kind sogar mit Geld um Fliegen.«

Als er von seinem Heimatdorf sprach, runzelte er die finstere und sorgenvolle Stirn, drehte sich gegen die Karte der Republik, die hinter seinem Rücken hing, und hieb mit der Faust auf den Namen seines Dorfes. Ein Sprung rückwärts in die Straßen, die er als armes, ungerecht armes Kind durchirrt, die er als Jüngling durchlaufen hatte, um sein Leben zu verdienen, während die Söhne der Reichen von Gelage zu Gelage zogen. Er sah sich erneut in seinem Loch, von allen abgeschieden, im Licht der Kerze, die ihm nachts das Studieren erlaubte, während seine Mutter auf ihrer Pritsche schlief und der nach Schaf und Horn riechende Wind durch die verlassenen Straßen fegte. Er sah sich später, zur Zeit, da er als drittrangiger Anwalt zwischen Dirnen, Spielern, Mistverkäuferinnen, Viehdieben amtete, von seinen Kollegen, die einträgliche Prozesse führten, verachtet.
Er leerte viele Gläser; immer noch eins. In seinem jadefarbenen Gesicht glänzten zwei geschwollene Augen und auf seinen kleinen Händen die Fingernägel, von schwarzen Halbmonden eingefaßt.
»Undankbare Kerle!«
Der Günstling stützte ihn unterm Arm. Durch den unordentlichen Saal schweifte der mit Leichen gefüllte Blick des Präsidenten, und er wiederholte:
»Undankbare Kerle!« Mit leiserer Stimme fuhr er fort: »Ich habe Parrales Sonriente geliebt und werde ihn immer lieben. Ich wollte ihn zu meinem General machen, denn er trat das Volk mit Füßen und unterdrückte es. Ohne den Einwand meiner Mutter hätte er es ausgetilgt, um sich an meiner Stelle für alles zu rächen, was ich dem Volke vorwerfe, was nur ich allein weiß... Undankbare Kerle...! Ich kann seine Ermordung nicht verzeihen, jetzt, da von allen Seiten Komplotte gegen mein Leben geschmiedet werden, da meine Freunde mich verlassen und die Zahl meiner Feinde steigt! Nein und nochmals nein! Nicht ein Stein wird von dieser Pforte...«
Worte stolperten über seine Lippen wie Wagen über vereiste Fluren. Er stützte sich auf die Schultern des Günstlings, die Hand gegen seinen Magen gepreßt mit fiebern-

den Schläfen, trüben Augen und kaltem Atem, und schon erbrach er einen Strahl orangefarbener Brühe. Der Untersekretär eilte mit einem Becken herbei, auf dessen Boden das Wappen der Republik schillerte. Nach einer Dusche, die den Günstling voll getroffen hatte, schleppten sie ihn zu zweit zum nächsten Bett.

Er weinte und wiederholte:

»Undankbare Kerle ...! Undankbare Kerle ...!«

»Herzlichen Glückwunsch, Don Miguel, herzlichen Glückwunsch!« murmelte der Untersekretär beim Hinausgehen; »der Herr Präsident befahl, die Nachricht von Ihrer Vermählung bekanntzugeben, und ließ seinen Namen auf der Liste der Trauzeugen an erste Stelle setzen.« Sie gelangten in den Korridor. Der Untersekretär sprach lauter:

»Und dabei war er anfänglich nicht sehr zufrieden mit Ihnen. Ein Freund von Parrales Sonriente hätte nicht tun sollen, sagte er, was dieser Miguel nun getan hat; auf alle Fälle hätte er mich fragen sollen, bevor er sich mit der Tochter eines meiner Feinde verheiratete. Man verleumdet Sie, Don Miguel, man verleumdet Sie. Selbstverständlich versuchte ich ihm verständlich zu machen, daß Liebe blind, absurd, unberechenbar und trügerisch ist.«

»Vielen Dank, General.«

»So etwas, so etwas!« sprach der Untersekretär in jovialem Ton weiter, und unter Lachen stieß er den Günstling mit freundschaftlichem Klopfen auf den Rücken in sein Büro. »Kommen Sie, kommen Sie, lesen Sie die Zeitung! Das Bild Ihrer Gemahlin erbaten wir uns von ihrem Onkel Juan. Ein ausgezeichnetes Bild!«

Der Günstling grub seine Nägel ins Zeitungspapier. Neben dem hohen Taufpaten die Bilder des Ingenieurs Don Juan Canales und das seines Bruders, Don José Antonios.

»Hochzeit in der großen Welt. Letzte Nacht schlossen die reizende Señorita Camila Canales und Señor Don Miguel Cara de Angel den ehelichen Bund. Beide Partner ...« Sein Blick glitt zur Liste der Trauzeugen. »Ein Akt, dessen gesetzlicher Zeuge seine Exzellenz, der konstitutionelle Präsident der Republik war; die Zeremonie fand in den Gemächern des Palastes unter Anwesenheit der Staatssekretäre und der Generäle (er übersprang die Liste) sowie der ehrenwerten Onkel der Braut, Ingenieur Don Juan Canales und Don José Antonio desselben Namens statt. El Nacional«, so endigte der Artikel, »freut sich, seinen Lesern heute das Bild der Señorita Canales zeigen zu können, und wünscht den beiden Neuvermählten viel Glück für ihren gemeinsamen Lebensweg.« Er wußte nicht, wo er hinschauen sollte. »Die Schlacht von Verdun dauert an. Man erwartet für diese Nacht einen Verzweiflungsangriff der deutschen Streitkräfte ...« Er wandte seinen Blick von der Auslandsspalte ab und las erneut den Artikel, den das Bild Camilas schmückte. Das einzige Wesen, das er wirklich liebte, tanzte nun auch schon in der Farce, in der sie alle sich verfingen ...

Der Untersekretär riß ihm die Zeitung aus den Händen.

»Sie sehen es und können es nicht glauben, nicht wahr, Sie Glückspilz?«

Cara de Angel lächelte.

»Aber, mein Freund, Sie müssen sich umkleiden, nehmen Sie meinen Wagen ...«

»Vielen Dank, General!«

»Dort steht er. Sagen Sie dem Kutscher, er soll Sie schnell heimfahren und dann mich holen kommen. Gute Nacht ... und herzlichen Glückwunsch! Warten Sie, nehmen Sie die Zeitung mit, damit die gnädige Frau sie studieren kann; und übermitteln Sie der gnädigen Frau die herzlichsten Glückwünsche ihres ergebenen Dieners.«

»Besten Dank für alles; gute Nacht!«

Der Wagen, in dem der Günstling saß, rollte geräuschlos davon, wie ein Schatten, den Pferde aus Rauch ziehen. Das Zirpen der Grillen bekleidete die Stille der nackten Felder, die nach Reseden dufteten, laue Stille der frühgereiften Maisfelder, der taufeuchten Weiden und der Hecken um die Gärten voller Jasmin.

Wenn er sich weiter über mich lustig macht, erwürge ich ihn ..., dachte Cara de Angel und barg sein Gesicht im Polster der Rückenlehne, denn er fürchtete, der Kutscher könnte ahnen, was seine Augen sahen: eine gefrorene Fleischmasse mit einer Auszeichnung des Präsidenten quer über der Brust, ein leeres Gesicht mit einer stumpfen Nase, Hände, die in den Manschetten versanken und von denen man nur die Fingerspitzen sehen konnte, blutbefleckte Lackschuhe.

Seine gereizte Laune ertrug das Holpern des Wagens nur schlecht. Er sehnte sich nach Ruhe, nach jener Bewegungslosigkeit des Mörders, der im Gefängnis sitzt und über sein Verbrechen nachdenkt; scheinbare, äußerliche Bewegungslosigkeit, notwendiger Ausgleich des Sturms der Gedanken. Sein Blut kribbelte wie Ameisen. Er hielt sein Gesicht in die frische Nachtluft, während er sich mit einem von Schweiß und Tränen feuchten Taschentuch die roten Flekken des Herrn Präsidenten wegrieb. »Ach«, klagte er und weinte vor Zorn, »wenn ich mir das Gelächter wegreiben könnte, das er mir in die Seele spuckte!«

Eine Kutsche mit einem Offizier streifte die seine. Der Himmel zwinkerte über seinem ewigen Schachspiel. Die schäumenden Pferde trabten, von einer Staubwolke umhüllt, der Stadt entgegen. »Schach der Königin!« sagte sich Cara de Angel, als er den Offizier vorbeistürmen sah, der eine der Konkubinen des Herrn Präsidenten holen mußte. Er schien ein Herold Gottes zu sein.

Im Zentralbahnhof widerhallten das Aufschlagen der ein- und auszuladenden Kisten und das Zischen der rauchenden Lokomotiven. In der Straße lehnte ein Neger gegen das grüne Geländer eines hohen Hauses. Trunkene torkelten unsicher herum, und ein Mann mit einem ernsten Gesicht zog eine Drehorgel durch die Straße wie eine Artilleriekanone nach einer verlorenen Schlacht.

33 Pünktchen auf dem i

Carvajals Witwe irrte von Haus zu Haus, aber überall wurde sie kühl empfangen; oft wagte man aus Furcht, die Feindin der Regierung sonst nicht mehr loszuwerden, nicht einmal, ihr ein Beileid auszusprechen; es gab sogar Orte, wo nur eine Magd am Fenster erschien und barsch fragte: »Wen suchen Sie...? Die Herrschaften sind nicht zu Hause.«

Das Eis, das sich bei diesen Besuchen ansammelte, schmolz in ihrem eigenen Hause. Ein Meer von Tränen entströmte ihren Augen, wenn sie die Bilder ihres Gatten in der Hand hielt. Nur ihr kleiner Sohn war da und eine taube Magd, die dem Kleinen Tag und Nacht »Vaterliebe, alles andere ist nichts dagegen« vorsprach. Ein Papagei wiederholte ununterbrochen: »Königlicher Papagei aus Portugal; oh, grüngekleideter König ohne einen Pfennig! Gib das Pfötchen, Papagei! Tag, Herr Anwalt! Gib das Pfötchen, Papagei! Die Aasgeier sind im Waschbecken. Es stinkt nach verbranntem Stoff. Gelobt sei das heilige Sakrament des Altars, die jungfräuliche Königin der Engel, die Jungfrau, die ohne Ursünde empfing ...! Ach, ach!« Sie hatte sich auf den Weg gemacht, um eine Bittschrift an den Herrn Präsidenten unterzeichnen zu lassen, worin sie ihn bat, ihr die Leiche ihres Gatten ausfolgen zu wollen, aber nirgendwo hatte sie es gewagt, um eine Unterschrift zu bitten – so kalt und gezwungen wurde sie jedesmal zwischen Verlegenheitshusten und unheilvollem Schweigen empfangen. Und nun war sie mit dem unter ihrem schwarzen Schal versteckten Schriftstück wieder zu Hause angelangt. Es trug außer der ihrigen keine weitere Unterschrift.

Man wandte sich ab, um sie nicht grüßen zu müssen; man empfing sie auf der Türschwelle ohne die gewohnte Begrüßung: »Bitte, treten Sie ein!« Man tat, als trüge sie den Keim einer unbekannten Krankheit in sich, die schlimmer war als Armut, als Cholera, als das Gelbfieber. Daneben aber »regnete es anonyme Briefe«, wie die taube Magd jedesmal sagte, wenn sie unter der Küchentür, die auf eine finstere, wenig begangene Gasse hinausging, einen mit zitternder Hand geschriebenen Brief fand, der im Schutze der Nacht dorthin geschoben worden war. Das mindeste, was ihr darin gesagt wurde, war, sie sei eine Heilige, eine Märtyrerin, ein unschuldiges Opfer; ihr Mann wurde gerühmt und die abscheuliche Vergangenheit des Obersten Parrales Sonriente verdammt.

In der Morgenfrühe wurden zwei anonyme Briefe unter der Tür durchgeschoben. Die Magd hielt sie mit dem Schürzenzipfel, denn ihre Hände waren naß. Im ersten las die Witwe:

»Sehr geehrte Señora Carvajal! Es ist dies zwar nicht der korrekte Weg, Ihnen und Ihrer schwergeprüften Familie die große Ehrfurcht kundzutun, die mir Ihr würdiger Gatte, Anwalt Abel Carvajal, einflößte, aber gestatten Sie mir, daß ich diesen Weg aus Vorsicht dennoch wähle, denn gewisse Dinge können dem Papier nicht mehr anvertraut werden. Eines Tages werden Sie meinen wahren Namen erfahren. Mein Vater war eines der Opfer von Parrales Sonriente, des Mannes, den die Finsternis der Hölle längst erwartete, jenes Henkers, von dessen Untaten die Geschichte noch lange sprechen wird, wenn sich jemand findet, der sie mit einer in Schlangengift getauchten Feder zu Papier bringt. Mein Vater wurde von diesem Feigling vor Jahren auf einem einsamen Weg ermordet. Man entdeckte nichts, wie es ja auch zu erwarten war, und das Verbrechen wäre ein Geheimnis geblieben ohne einen anonymen Brief, in dem ein Unbekannter uns alle Einzelheiten der schrecklichen Tat schilderte. Ich weiß nicht, ob Ihr Gatte, ein mustergültiger Mensch, ein Held, der schon sein Denkmal in den Herzen seiner Mitbürger hat, wirklich der Rächer aller Opfer Parrales Sonrientes war (es sind verschiedene Gerüchte darüber im Umlauf); ich halte es aber auf jeden Fall für meine Pflicht, Sie meine tröstende Stimme hören zu lassen und Ihnen zu versichern, daß wir alle um den Tod des Mannes trauern, der das Vaterland von einem jener Banditen befreit hat, die mit Hilfe des nordamerikanischen Goldes das Volk ausnutzen und es in den Schmutz treten.

Ihr ergebener Ritter von Calatrava«

Abwesend, eingefallen, mit einer inneren Mattigkeit, die sie noch stundenlang im Bett lähmte, lag sie wie eine Leiche da; bewegungsloser als eine Tote. Sie streckte höchstens den Arm zum Nachttischchen aus, wo sie die unentbehrlichsten Gegenstände deponiert hatte, um nicht aufstehen zu müssen. Jedesmal erlitt sie eine Nervenkrise, wenn jemand die Tür öffnete, den Boden wischte oder wenn sie in ihrer Nähe ein Geräusch vernahm. Das Dunkel, die Stille, die Unordnung formten ihre Verlassenheit, ihren Wunsch, allein mit dem Schmerz zu sein, mit jenem

Teil ihres Wesens, der mit ihrem Gatten in ihr gestorben war und nun langsam ihren Körper und ihre Seele lähmte.
»Werte und sehr verehrte gnädige Frau«, las sie mit lauter Stimme im zweiten Brief. »Einige meiner Freunde erzählten mir, wie Sie in der Nacht der Hinrichtung Ihres Mannes, das Ohr an die Mauer der Strafanstalt gepreßt, zuhörten. Wenn Sie die Schüsse gehört und gezählt haben, neun schnell aufeinanderfolgende Schüsse, so wissen Sie trotzdem nicht, welche der Salven den Anwalt Carvajal, Gott nehme ihn auf in sein Reich, aus dieser Welt gerafft hat. Unter einem falschen Namen, in der heutigen Zeit kann man dem Papier nichts mehr anvertrauen, und nicht, ohne lange zu zögern, weil es Sie schmerzen wird, habe ich mich entschlossen, Ihnen alles mitzuteilen, was ich über die Hinrichtung weiß, deren Augenzeuge ich war. Vor ihrem Mann schritt ein schmächtiger, gelblicher Herr, dessen hohe Stirn sich hinter beinahe weißen Haaren verbarg. Es war mir bis jetzt nicht möglich, seinen Namen in Erfahrung zu bringen. Seine tief eingefallenen Augen bewahrten trotz des Schmerzes, der aus seinen Tränen sprach, eine große menschliche Güte und zeugten von einem edlen Herzen. Ohne den Blick vom Boden zu heben, den er bald nicht mehr fühlen würde, folgte ihm der Anwalt, über seine eigenen Schritte stolpernd, mit einer schweißfeuchten Stirn und mit der Hand auf der Brust, so als wollte er sein Herz vor dem Zerspringen schützen. Als er in den Hof einbog und sich in einem Rechteck von Soldaten sah, hielt er die Hand über die Augen, um genauer zu sehen. Er trug einen verblichenen Anzug, der zu klein für ihn war; die Ärmel der Jacke reichten ihm nur bis kurz unter die Ellbogen, die Hosen nur bis unter die Knie.
Schmutzige, alte zerrissene Kleider, wie sie die Verurteilten zu tragen pflegen, die ihre eigenen Kleider den Freunden im Zellengrab zurücklassen oder sie den Wächtern gegen kleine Dienste eintauschen. Ein kleiner Kragenknopf schloß das zerrissene Hemd. Er trug weder Kragen noch Schuhe. Die Anwesenheit seiner Gefährten im Unglück, die ebenfalls halbnackt dastanden, gab ihm Mut. Als man sein Todesurteil zu Ende gelesen hatte, ließ er einen schmerz-

erfüllten Blick über die Bajonettreihen schweifen und sagte etwas, das niemand verstand. Der Greis an seiner Seite versuchte zu sprechen, aber die Offiziere hießen ihn schweigen, indem sie ihm mit dem Säbel drohten, der im Morgengrauen in ihren zitternden Händen wie eine bläuliche Spiritusflamme schimmerte. Gegen die Mauern, gegen ihr eigenes Echo prallte eine Stimme: »Für das Vaterland . . .!« Ein, zwei, drei, vier, fünf, sechs, sieben, acht, neun Schüsse folgten. Ich weiß nicht, wie ich sie an den Fingern zählte, aber seither quält mich das Gefühl, ich hätte einen Finger zuviel. Die Opfer wandten sich mit geschlossenen Augen, als wollten sie tastend flüchten. Ein Rauchschleier trennte uns von einer Handvoll Männer, die das Unmögliche versuchten, indem sich jeder am nächsten halten wollte, damit er nicht allein ins Leere stürze. Die Gnadenschüsse tönten wie feuchte Raketen, spät und schlecht. Ihr Mann hatte das Glück, bei der ersten Salve zu sterben. Oben in unberührbarer Ferne wölbte sich der blaue Himmel. Ein leises Echo von Glockenschlägen, Vögeln und Bächen erklang. Ich erfuhr, daß der Kriegsrichter Gräber schaufeln ließ, um die Leich . . .«

Erregt wandt sie das Blatt. ». . . Leich . . .« Aber es ging nicht weiter. Der Brief hörte unerwartet auf; es fehlte die Fortsetzung. Vergeblich las sie alles, was ihr in die Hände kam, untersuchte den Umschlag, durchstöberte das Bett, hob die Kissen, suchte am Boden, auf dem Tisch, warf alles drunter und drüber, gepeinigt durch das Verlangen, zu erfahren, wo ihr Gatte begraben lag.

Im Hofe schnatterte der Papagei:

»Königlicher Papagei aus Portugal, oh, grüngekleideter König ohne einen Pfennig! Da kommt ja der Anwalt! Hurra, königlicher Papagei. Eine Kleinigkeit, sagt der Lügner! Ich weine nicht, aber ich erinnere mich . . .«

Die Magd des Kriegsrichters ließ Carvajals Witwe unter der Tür stehen, während sie sich mit zwei Frauen beschäftigte, die in der Vorhalle zeterten.

»Hören Sie mal, hören Sie«, rief eine von ihnen, »sagen Sie ihm, ich habe nicht auf ihn gewartet, weil ich nicht seine Dienerin bin und mir den Hintern auf dieser kalten Steinbank, die an sein nettes Gesicht erinnert, abfriere! Sagen Sie ihm, ich bin gekommen, um zu sehen, ob er die zehntausend Pesos, die er mir für eine Frau aus dem ›Neuen Haus‹ abnahm, auf gütlichem Weg zurückgeben will. Die Frau nützte mir nichts, denn noch am selben Tag brach sie zusammen. Sagen Sie, es ist das letzte Mal, daß ich ihn störe, daß ich mich nun beim Präsidenten beklagen werde.«

»Kommen Sie, Doña Chon, regen Sie sich nicht auf; lassen wir dieses alte Elendsgesicht!«

»Gnädige Frau«, versuchte die Magd zu sagen, aber die Dame unterbrach sie.

»Halt's Maul!«

»Und richten Sie ihm aus, was ich gesprochen habe, nicht daß er dann kommt und sagt, ich hätte ihn nicht rechtzeitig gewarnt! Sagen Sie ihm, Doña Chon und ein Fräulein hätten ihn sprechen wollen, sie hätten gewartet und seien, da er nicht kommen wollte, gegangen; aber die beiden sind nicht auf den Kopf gefallen ...«

In ihre Gedanken versunken, bemerkte Carvajals Witwe nichts von dem Vorgang. Aus ihrem schwarzen Kleid sah, wie aus dem Fenster eines Sarges, nur noch ihr Gesicht heraus. Die Magd berührte sie an der Schulter – die Alte hatte den Tastsinn einer Spinne in den Fingerspitzen – und bat sie, einzutreten. Zusammen traten sie ein. Die Witwe sprach undeutliche Worte wie ein ermüdeter Leser.

»Ja, Madame, lassen Sie mir den Brief. Sobald er kommt – es wird nicht mehr lange dauern, er sollte schon hier sein –, werde ich ihn ihm geben und ihm sagen, er soll Ihnen Ihre Bitte gewähren.«

»Ja, ich bitte sehr darum!«

Ein kaffeefarben gekleideter Mann, den ein Soldat mit dem Maschinengewehr auf dem Rücken, einem Dolch und einer vollen Patronentasche am Gurt bewachte, trat ein, als Carvajals Witwe hinausging.

»Verzeihen Sie«, sagte er zur Magd, »ist der Richter da?«

»Nein, er ist nicht anwesend.«

»Wo kann ich auf ihn warten?«

»Setzen Sie sich hier und der Soldat auch.«

Der Gefangene und sein Wächter setzten sich schweigend auf die Bank, die ihnen die Magd unwillig zuwies.
Im Hof roch es nach Bergblumen und geschnittenen Begonien. Eine Katze lief über die Terrasse. Ein Star versuchte in einem Rohrkäfig zu fliegen. In der Ferne vernahm man den Strahl des Springbrunnens, vom ewigen Fallen matt und müde.
Der Richter rasselte beim Schließen der Tür mit seinen Schlüsseln, und sie in die Tasche steckend, näherte er sich dem Gefangenen und dem Soldaten. Beide standen auf.
»Genaro Rodas?« fragte er. Er schnupperte. Immer wenn er von der Straße in sein Haus kam, schien es ihm nach Katzendreck zu stinken.
»Zu Ihren Diensten, Herr.«
»Versteht der Wächter Spanisch?«
»Nicht sehr viel«, antwortete Rodas, und sich zum Soldaten wendend: »Sagen Sie, verstehen Sie Spanisch?«
»Halb und halb.«
»Dann«, unterbrach der Richter, »bleibst du am besten hier. Ich werde mit dem Herrn sprechen. Warte auf ihn, er wird bald zurückkommen; wir haben eine Kleinigkeit miteinander zu besprechen.«
Rodas hielt vor der Tür des Büros an. Der Richter befahl ihm einzutreten und legte seine Waffen auf den mit Büchern überdeckten Tisch: einen Revolver, einen Dolch, einen Faustring, einen Totschläger.
»Man hat dir das Urteil bekanntgegeben?«
»Ja, Herr Richter ...«
»Sechs Jahre und acht Monate, wenn ich mich nicht irre.«
»Aber Herr Richter, ich war kein Komplice von Lucio Vásquez. Was er tat, tat er ohne meine Hilfe. Als ich bemerkte, was vorgefallen war, wälzte sich Pelele schon blutüberströmt und dem Tode nahe auf den Stufen der Pforte. Was konnte ich tun? Was sollte ich tun? Es war ein Befehl. Er behauptete, es sei ein Befehl ...«
»Er steht nun vor dem Gericht Gottes ...«
Rodas drehte sich gegen den Richter, als zweifelte er an dem, was sein finsteres Gesicht ihm bestätigte; beide schwiegen.

»Er war kein schlechter Mensch...«, seufzte Rodas mit dünner Stimme, um mit diesen Worten die Erinnerung an seinen Freund zu begraben. Zwischen zwei Schlägen hatte sein Herz die Nachricht vernommen, und jetzt pulsierte sie schon durch sein Blut... »Was kann man tun...?«

»Die Anklage beschuldigte ihn des Mordes und dich der Mithilfe am Mord.«

»Ich hätte mich verteidigen können, wenn...«

»Dein Verteidiger war es, der, dem leisen Wunsche des Herrn Präsidenten gehorchend, für Vásquez die Todesstrafe und für dich das Maximum forderte.«

»Der Ärmste! Ich kann wenigstens die Geschichte noch erzählen...«

»Du könntest frei werden, denn der Herr Präsident braucht einen Mann wie dich, einen, der aus politischen Gründen verurteilt worden ist. Es handelt sich darum, einen seiner Freunde zu überraschen, der ihn, wie der Herr Präsident mit Recht vermutet, verrät.«

»Sprechen Sie...«

»Kennst du Don Miguel Cara de Angel?«

»Nur dem Namen nach. Ich hörte ihn oft. Er entführte die Tochter des Generals Canales, glaube ich...«

»Das ist er. Du erkennst ihn sogleich, denn er sieht sehr gut aus: groß, schlank, gut gebaut, schwarze Augen, helle Haut, seidene Haare, feine Umgangsformen. Ein Untier. Die Regierung muß alles wissen: was er tut, wen er besucht, wen er auf der Straße grüßt, wo er sich am Morgen aufhält, wo am Abend, wo des Nachts; dasselbe gilt für seine Frau. Du wirst genaue Anweisungen und Geld erhalten.«

Der verständnislose Blick des Gefangenen folgte den Bewegungen des Richters, der während der letzten Worte einen Federhalter auf dem Tisch ergriff, ihn in ein großes Tintenfaß, zwischen dessen beiden Öffnungen die Göttin Themis prangte, tauchte und Rodas hinhielt mit den Worten:

»Unterschreib hier. Morgen werde ich dich freilassen. Mach deine Sachen bereit für morgen!«

Rodas unterschrieb. Die Freude tanzte in seinem Körper wie ein übermütiger Stier.

»Ich weiß nicht, wie ich Ihnen danken soll«, sagte er beim Hinausgehen. Als er bei seinem Soldaten war, hätte er diesen am liebsten umarmt. Wie einer, der in den Himmel steigt, kehrte er zur Strafanstalt zurück.
Noch glücklicher aber war der Richter über seinem Papier, das Rodas ihm unterzeichnet hatte:
»Ich bestätige, von Doña Concepción Camucino, genannt Doña Goldzahn, Besitzerin des Bordells ›Zum Süßen Zauber‹, die Summe von zehntausend Pesos in einheimischer Währung erhalten zu haben, welche sie mir als Schadenersatz für das Leid und den Schmerz anbot, die sie mir verursachte, als sie meine Gattin Fedina Rodas zur Dirne machte, nachdem sie sie unter Vortäuschung falscher Tatsachen angeblich als Magd eingestellt hatte und sie ohne jede Erlaubnis als Freudenmädchen arbeiten ließ. Genaro Rodas«
Die Stimme der Magd wurde hinter der Tür hörbar!
»Kann ich eintreten?«
»Ja. Komm herein...«
»Brauchst du etwas? Ich gehe in die Handlung Kerzen kaufen und muß dir aber erst noch sagen, daß zwei Frauen von denen aus dem Schlechten Haus hier waren und dir durch mich sagen lassen, sie werden, wenn du ihnen die gestohlenen zehntausend Pesos nicht zurückgibst, sich beim Präsidenten beklagen.«
»Und was noch...?« fragte der Richter gelangweilt und bückte sich, um eine Briefmarke vom Boden aufzuheben.
»Eine schwarzgekleidete Frau war auch hier und wollte dich sprechen. Sie scheint die Frau des Hingerichteten zu sein...«
»Von welchem?«
»Von Herrn Carvajal...«
»Und was will sie?«
»Die Ärmste gab mir diesen Brief. Sie will, glaube ich, wissen, wo ihr Mann begraben liegt.«
Und während der Richter das schwarzumrandete Papier unwillig überflog, fuhr die Magd fort:
»Ich muß gestehen, daß ich versprach, ihr zu helfen – so leid tat sie mir; darauf ging sie voller Hoffnung weg.«

»Schon oft habe ich dir gesagt, du sollst nicht gleich mit allen Leuten vertraulich werden. Man soll niemandem Hoffnung machen. Wann endlich wirst du verstehen, daß man niemandem Hoffnungen machen darf? In meinem Hause ist die höchste Regel, die sogar die Katze befolgen muß, niemandem Hoffnungen zu machen. Auf meinem Posten kann sich einer nur halten, wenn er tut, was ihm befohlen wurde, und die Verhaltungsregel des Herrn Präsidenten ist, niemandem Hoffnung zu machen, sie alle mit den Füßen zu treten, sie zu erniedrigen! So ist es nun einmal. Wenn diese Dame wiederkommt, gib ihr das Brieflein schön gefaltet zurück und sag ihr, daß sie nie erfahren wird, wo ihr Mann begraben liegt ...«

»Reg dich nicht auf, sonst wirst du noch krank. Ich werde es ihr sagen. Du aber trägst die Verantwortung dafür vor Gott.«

Und in einem Rauschen von Unterröcken schlurfte sie langsam, Schritt um Schritt, hinaus.

In der Küche zerknüllte sie den Brief und warf ihn ins Feuer. Wie ein lebendiges Wesen wand er sich in einer rasch verglimmenden Flamme und fiel in kleinen Würmchen, die wie Goldfäden aussahen, in die Asche. Das Gestell mit Gewürzgläsern entlang schlich eine schwarze Katze, sprang neben die Alte auf die Bank, strich schnurrend an ihrem unfruchtbaren Leib vorüber und heftete ihre goldflackernden Augen mit satanischer Neugier auf das Herz der Flamme, in der der Brief zerfiel.

34 Licht den Blinden

In der Mitte des Zimmers stützte sich Camila auf den Arm ihres Mannes und auf einen kleinen Stock. Die große Tür führte in einen nach Katzen und Kletterpflanzen riechenden Hof, das Fenster blickte auf die Stadt hinaus, in die man sie zur Erholung in einer Sänfte getragen hatte; durch eine kleine Tür gelangte man in ein anderes Zimmer. Trotz der heißen Sonne, die sich im schimmernden Grün ihrer Augen spiegelte, und der schweren Luft in ihren Lungen fragte sich Camila, ob sie es wirklich sei, die hier zu gehen versuchte. Ihre Füße waren zu groß, ihre Beine dünn und lang wie Stelzen. Abwesend schritt sie mit offenen Augen außerhalb der Welt; eine Neugeborene. Sie war gestorben, ohne zu leben aufgehört zu haben, wie im Traum, und nun konnte sie das, was sie früher war, nicht mehr von ihrem neuen Traum unterscheiden. Ihr Vater, ihr Haus, ihre Amme Chabela gehörten zum ersten Leben. Ihr Mann, das Haus, in dem sie nun wohnte, die Mägde, bildeten ihr neues Leben. Sie war es, und sie war es nicht, die da zu gehen versuchte. Gefühl des Aufwachens in einem neuen Leben. Sie sprach von sich selbst wie von einer Frau, die sich auf den Stock der Ferne stützt, sie spürte die unsichtbaren Dinge, und wenn sie allein war, verlor sie sich in einer andern Welt, abwesend, mit wirren Haaren, die Hände auf dem langen Rock der Jungverheirateten und die Ohren voll von Geräuschen.

Bald konnte sie hin und her schreiten, ohne jedoch minder krank zu sein. Krank nicht, aber versunken in die Betrachtung dessen, was sie zuviel hatte, seitdem ihr Mann seine Lippen auf ihre Wangen gepreßt hatte. Alles war zuviel. Und trotzdem hütete sie es als ihren einzigen Besitz in einer fremden Welt. Sie freute sich am Mond, an der Erde, an den drohenden Wolken, an den Sternen, am vergoldeten Hühnerhaus und am Taubenschlag.

Cara de Angel fühlte, wie seine Frau unter ihren weißen Kleidern schauderte, sie schauderte aber nicht vor Kälte wie andere Leute, sondern so wie Engel schaudern, und er führte sie Schritt um Schritt in ihr Schlafgemach zurück. Der Fratzenkopf des Springbrunnens ... Die unbewegliche Hängematte ... Das starre Wasser, regungslos wie die Hängematte ... Die feuchten Blumentöpfe ... Die künstlichen Blumen ... Die im Mondlicht geschrumpften Korridore ...

Sie gingen zu Bett und unterhielten sich durch die Wand, die ihre Zimmer trennte. Eine kleine Tür verband die beiden Räume. Durch die schlafenden Knopflöcher glitten mit dem Geräusch geschnittener Blumen die Knöpfe, mit Ankerrasseln fielen die Schuhe zu Boden, und wie durch den Kamin aufsteigender Rauch glitten die Nylonstrümpfe die Beine hinunter.

Cara de Angel sprach von seinen Toilettengegenständen, die auf dem Tischchen neben dem Handtuchhalter lagen, um in der Öde des großen Hauses eine Atmosphäre enger Verbundenheit zu schaffen, vertraulich und gleichzeitig einfältig und auch um seine Gedanken von jener schmalen Tür abzulenken, die schmal wie die Himmelstür die beiden Zimmer untereinander verband.
Dann ließ er sich schwer auf sein Bett fallen und blieb lange regungslos inmitten der endlosen und geheimnisvollen Welten des zwischen ihm und Camila Entstehenden und schicksalhaft Vergehenden liegen. Er hatte sie entführt, um sie gewaltsam zu der Seinen zu machen, doch dann kam plötzlich, unerwartet die Liebe. Er hatte von seinem Vorhaben abgesehen und versucht, sie zu ihren Onkeln zu bringen, doch diese öffneten ihr die Tür nicht. Wieder war sie auf ihn angewiesen, wieder hätte er sie zwingen können, ohne befürchten zu müssen, er würde sie dabei verlieren, denn verloren war sie bereits in der Meinung der Leute. Sie, die dies auch wußte, hatte fliehen wollen, doch die Krankheit hinderte sie. Innerhalb weniger Stunden hatte sich ihr Zustand verschlimmert, bald schien sie zu sterben. Der Tod, hatte man geglaubt, würde jeden Augenblick den Knoten lösen. Es war ihm bewußt gewesen, und für eine kurze Weile hatte er sich sogar damit abgefunden. Doch bald lehnte er sich gegen diese blinden Mächte auf. Der Tod ist nur dort, wo ihn die Verzweiflung ruft; das Schicksal wartete bis zum letzten Augenblick, dann vereinigte es Camila und Cara de Angel.
Erst war ihre Liebe für ihn kindlich, dann, als sie stehen und die ersten Schritte machen konnte, reifte auch die Liebe. Über Nacht fanden ihre Lippen die alte rote Farbe wieder, füllte sich ihr Mieder mit den Früchten ihrer Brüste; und jedesmal, wenn sie sich dem, den sie sich nie als ihren Mann vorgestellt hätte, näherte, fühlte sie in ihrem ganzen Körper eine Erregung.
Cara de Angel sprang aus dem Bett. Er fühlte sich von Camila getrennt durch eine Fehlhandlung, die weder er noch sie begangen, durch eine Ehe, zu der weder der eine noch der andere seine Zustimmung gegeben hatte. Camila schloß

die Augen. Die Schritte entfernten sich gegen ein Fenster. Zwischen den Wolkenfetzen erschien und verschwand der Mond. Die Straße floß wie ein Strom weißer Knochen unter Schattenrücken durch. Manchmal verblich alles in einer Patina alter Reliquien, um gleich wieder, von einem Goldfaden gehoben, aufzutauchen. Ein einziges, weites schwarzes Augenlid überdeckte dieses Spiel getrennter Augenlider. Lange Wimpern fielen vom höchsten der Vulkane, dehnten sich wie eine Spinne über das Skelett der Stadt und trauerten im Dunkel. Die Hunde bewegten die Ohren wie Türklopfer, nächtliche Vögel flatterten davon, ein Klagen von Zypresse zu Zypresse, ein Auf und Ab von Uhrenketten. Der Mond verschwand hinter dem Gipfel eines Kraters; Brautschleier und Nebel senkten sich in die Gassen. Cara de Angel schloß das Fenster.

Aus Camilas Zimmer vernahm man ihren langsamen, mühevollen Atem, der keuchte, als sei sie mit dem Kopf unter der Decke eingeschlafen oder als laste ein Gespenst auf ihrer Brust.

Während dieser Tage gingen sie baden. Der Schatten der Bäume befleckte die weißen Hemden der Händler, die Krüge, Besen, Stare in Rohrkäfigen, Tannenzapfen, Kohle, Brennholz oder Mais auf sich trugen. Sie reisten in Gruppen über große Entfernungen, immer auf den Fußspitzen gehend, ohne den Boden je mit den Fersen zu berühren. Die Sonne schwitzte wie sie. Sie atmeten rasch. Sie warfen die Arme und verschwanden wie Vögel.

Camila ruhte sich im Schatten einer Hütte aus, um zuzusehen, wie Kaffee gepflückt wurde. Die Hände dieser Frauen bewegten sich wie gefräßige Tiere über den metallischen Zweigen. Sie kamen herauf, senkten sich, hielten einander fest, als wollten sie den Stamm kitzeln, trennten sich wieder, als wollten sie ihm das Hemd ausziehen.

Cara de Angel umschlang mit seinem Arm Camilas Hüften und führte sie einen Pfad entlang, der unter der von den Bäumen fallenden Hitze schlummerte. Sie spürten nur Kopf und Brust; alles andere, Beine und Hände schwebten mit ihnen zwischen Orchideen und schillernden Eidechsen durch den Schatten, der schwer wie Honig wurde, je tiefer sie in den Wald eindrangen. Er fühlte Camilas Körper durch ihre dünne Bluse, wie man durch das feine Maisblatt das zarte, milchige und feuchte Korn fühlt. Der Wind brachte ihre Haare durcheinander. Über einen mit Gebüsch bewachsenen Abhang hinunter gelangten sie an den Strand. Die Sonne schlief im Wasser. Unsichtbare Wesen ruhten im Schatten des Farnkrautes. Aus einem Hause mit einem Zinndach trat der Strandhüter, der Bohnen kaute, die er hastig hinunterschluckte; er betrachtete die beiden eingehend, um sich bemerkbar zu machen. Sie verlangten zwei Badehäuschen. Der Hüter antwortete, er werde sogleich die Schlüssel holen. Er brachte sie und öffnete zwei Kabinen, die eine Wand voneinander trennte. Jedes wandte sich der seinen zu, doch bevor sie voneinandergingen, küßten sie sich schnell. Der Hüter, den die Augen schmerzten, drehte sich um.

Allein im Rauschen des Waldes, durch eine Holzwand getrennt, wurde ihnen seltsam zumute. Ein zerbrochener Spiegel zeigte Cara de Angel, wie er sich mit jugendlicher Leichtigkeit entkleidete. Mensch sein, wenn man doch lieber ein Baum, eine Wolke, eine Libelle oder ein Kolibri wäre! Camila stieß einen Schrei aus, als sie auf der ersten Stufe mit den Füßen im kalten Wasser stand, noch einen Schrei auf der zweiten Stufe, einen schrilleren auf der dritten, einen noch schrilleren auf der vierten und ... plumps! Ihr Güipil, das ärmellose Hemd der Indianerinnen, das sie trug, blähte sich wie ein Reifrock, wie eine Glasglocke, aber noch im selben Augenblick verschluckte das Wasser den blau, gelb und grün leuchtenden Stoff, und ihr Körper zeichnete sich deutlich ab: straffe Brüste, straffer Bauch, sanfte Wölbung der Hüften, weicher Rücken, schöne Rundung der Schultern. Nach dem Tauchsprung, an der Oberfläche, fühlte sich Camila unsicher. Die flüssige Stille des Schilfes verbarg etwas, einen seltsamen Geist vielleicht, der das Bad umstrich, eine sommervogelfarbene Schlange, die Siguemonta. Doch sie hörte die Stimme ihres Mannes, der an der Tür fragte, ob er eintreten dürfe, und fühlte sich sicher.

Wie ein freudiges Tier umkräuselte sie das Wasser. Auf

den leuchtenden Spinngeweben, die Lichtreflexe an die Wand warfen, zeichneten sich ihre Körper wie große Spinnen ab. Ein Geruch von Suquinay lag in der Luft, die unbestimmte Ahnung eines Vulkans, Feuchtigkeit kleiner Froschbrüstchen, der Atem der Schafe, die von der milchigflüssigen Wiese tranken, die Frische der lachenden Wasserfälle, der unruhige Flug grüner Fliegen. Der unsichtbare Schleier eines Stummen »H« umhüllte sie mit dem lieblichen Gesang eines Vogels und dem schweren Flug eines Sharas.

Der Hüter erschien unter der Tür und fragte, ob die von »Las Quebraditas« geschickten Pferde für die Herrschaften bestimmt seien. Rasch entstiegen sie dem Wasser und kleideten sich an. Camila fühlte einen Wurm im Badetuch, das sie sich über die Schultern gelegt hatte, um ihr Kleid nicht mit ihren triefenden Haaren naß zu machen. Sie fühlte ihn, schrie, und noch im selben Augenblick eilte Cara de Angel herbei und tötete ihn. Ihre Freude aber war dahin. Der ganze Urwald flößte ihr Furcht ein. Sein heißer Atem, seine schlaflose Dumpfheit waren wie ein langer Wurm. Unter einem Feigenbaum verjagten die Pferde die Fliegen mit ihren Schwänzen. Der Knecht, der sie hergeführt hatte, näherte sich Cara de Angel mit dem Hut in der Hand, um ihn zu grüßen.

»Ah, du bist es! Und was treibst du hier?«

»Ich arbeite; ein Jahr schon ist es her, seit Sie mir aus der Kaserne halfen.«

»Die Zeit geht schnell vorbei.«

»So scheint es ... aber ich glaube, die Sonne senkt sich bald, und wir haben noch weit zu gehen.« Cara de Angel fragte Camila, ob sie bereit sei, und zahlte den Hüter.

»Wenn du willst ...«

»Hast du keinen Hunger? Willst du nichts? Vielleicht kann uns der Hüter hier etwas verkaufen!«

»Einige Eier«, schlug der Knecht vor, und aus der Jacke, die mehr Knöpfe als Knopflöcher hatte, zog er ein Taschentuch, in das drei Eier eingewickelt waren.

»Danke vielmals«, sagte Camila, »sie sehen sehr frisch aus.«

»Nichts zu danken! Die Eier sind ausgezeichnet. Erst heute morgen früh legten sie die Hühner, und ich sagte zur Frau: ›Leg sie beiseite, denn ich will sie Don Angel bringen!‹«

Sie verabschiedeten sich vom Hüter, dessen Augen noch tränten und der immer noch seine Bohnen kaute.

»Dann aber dachte ich«, fuhr der Knecht fort, »es würde der Señora sicher guttun, wenn sie die Eier tränke, denn der Weg ist lang, und vielleicht stellt sich der Hunger ein.«

»Ich mag sie nicht, wenn sie roh sind, und sie könnten mir schaden«, antwortete Camila.

»Ich sagte das, weil ich sah, daß Sie etwas bleich sind.«

»Ich war sehr lange krank.«

»Ja«, erklärte Cara de Angel, »sie war schwer krank.«

»Jetzt aber werden Sie sich erholen«, bemerkte der Knecht, indem er die Sattelriemen anzog. »Die Frauen wie die Blumen müssen gepflegt werden. Schön und munter wird die Ehe sie machen!«

Camila senkte die Augenlider, verwirrt, wie eine Pflanze, die plötzlich bemerkt, daß ihr anstelle der Blätter überall Augen treiben, doch vorher schaute sie schnell auf ihren Mann, und ihre Blicke fanden sich verlangend; so besiegelten sie den stummen Pakt, der zwischen ihnen noch gefehlt hatte.

35 Das Lied der Lieder

»Wenn der Zufall uns nicht zusammengebracht hätte ...«, sagten sie sich oft. Und der Gedanke an diese Möglichkeit flößte ihnen eine solche Furcht ein, daß sie sich immer suchten, wenn sie nicht zusammen waren, daß sie sich umarmten, wenn sie sich sahen, daß sie sich beim Umarmen fest drückten, sich küßten und einander lange betrachteten. Und wenn sie sich umarmten, überkam sie eine Freude, waren sie so glücklich, daß sie die Welt vergaßen, sich im Einklang fühlten mit den Bäumen, die vor Stärke strotzten und in deren Blattwerk Federbäusche zwitscherten, die leichter flogen als das Echo.

Aber die Schlangen studierten den Fall. Wenn der Zufall

sie nicht zusammengebracht hätte, wären sie dann glücklich...? In der Finsternis wurde die Zerstörung der nutzlosen Verzückung des Paradieses versteigert. Da begann das Spionieren der Schatten auf der Lauer; ein Impfstoff von feuchter Schuld erhob seine leise Stimme des Zweifels, und der Kalender spann sein Spinngewebe in den Winkeln der Zeit.

Weder sie noch er durften heute abend bei dem großen Fest fehlen, das der Präsident der Republik auf seiner Landresidenz gab.

Sie fühlten sich in einem fremden Haus, verloren und traurig, als sie sich zusammen zwischen einem Diwan, einem Spiegel und anderen Möbelstücken sahen, außerhalb der wunderbaren Welt, in der sie die ersten Monate ihrer jungen Ehe verbracht hatten; jeder hatte Erbarmen mit dem andern, Erbarmen und Scham, er selbst zu sein.

Eine Uhr schlug im Salon, doch es schien ihnen so weit weg, daß sie den Eindruck hatten, sie müßten ein Schiff oder einen Ballon besteigen, um dorthin zu gelangen. Und schon waren sie dort.

Sie aßen wortlos und verfolgten mit ihren Augen das Hin und Her des Perpendikels, der ihnen mit kleinen Schlägen das Fest näher brachte. Cara de Angel erhob sich, um den Frack anzuziehen. Es fror ihn wie einen, der in eine Bananenschale schlüpft, als er seine Manschetten zuknöpfte. Camila wollte die Serviette falten, doch die Serviette faltete ihre Hände. Zwischen Stuhl und Tisch war sie gefangen, ohnmächtig, den ersten Schritt zu tun. Sie zog den Fuß zurück; der erste Schritt war getan. Cara de Angel schaute nach, wie spät es war, und kehrte in sein Zimmer zurück, um die Handschuhe zu holen. Seine Schritte dröhnten aus der Ferne wie in einer unterirdischen Höhle. Er sagte etwas. Etwas. Seine Stimme war undeutlich. Nach einem Augenblick kam er mit dem Fächer seiner Frau in den Salon zurück. Er wußte nicht mehr, was er in seinem Zimmer hatte holen wollen, und suchte hilflos; schließlich erinnerte er sich, aber er hatte die Handschuhe bereits angezogen.

»Laßt die Lichter nicht brennen; löscht sie aus, schließt die Türen gut und geht zu Bett«, sagte Camila zu den Mägden, die schauten, wie sie wegfuhren.

Der Wagen verschwand mit ihnen im Bach der klingenden Münzen des Pferdegeschirrs. Camila lag tief in den Sitz des Wagens zurückgebettet, unter dem Gewicht einer unbarmherzigen Mattigkeit, das tote Licht der Straßen in den Augen. Manchmal hob sie das Wanken der Droschke aus dem Sitz, kleine Sprünge, die die Bewegung ihres Körpers unterbrachen, der dem regelmäßigen Rhythmus des Wagens folgte. Die Feinde Cara de Angels flüsterten schon, der Günstling stünde nicht mehr in der Gunst des Herrn Präsidenten, und rieten dem Kreis der Freunde des Herrn Präsidenten, ihn nicht mehr bei seinem Namen, sondern Miguel Canales zu nennen. In der Wiege der rollenden Räder kostete Cara de Angel das Erstaunen, das seine Anwesenheit auf dem Fest hervorrufen würde.
Der Wagen riß sich von den Steinen der Straße los und rollte mit einem Geräusch von plätschernden Wellen zwischen den Rädern einen sanften, mit hauchfeinem Sand bedeckten Abhang hinunter. Camila fürchtete sich. Man sah nichts außer den Sternen in der Finsternis der Landschaft, man hörte nichts außer dem trockenen Gesang der Grillen. Aus Furcht rollte sie sich zusammen, als würde man sie auf einem Weg dem Tod entgegen schleppen, auf einem Weg, der auf der einen Seite an einen hungrigen Abgrund grenzte, auf der andern an den Flügel des Teufels, der sich wie ein Fels in der Finsternis ausbreitete.
»Was ist mit dir«, fragte Cara de Angel und faßte sie sanft an den Schultern, um sie von der Wagentür wegzuziehen.
»Angst!«
»Pst! Schweig!«
»Dieser Kutscher bringt den Wagen noch zum Fallen. Sag ihm, er soll nicht so schnell fahren. Sag es ihm! Unglaublich, du scheinst nichts zu merken! Sag es ihm! Du schweigst noch immer!«
»In diesem Wagen ...«, begann Cara de Angel, aber der Druck der Hand seiner Frau und ein trockener Schlag der Feder ließen ihn schweigen. Beide glaubten, in den Abgrund zu stürzen.
»Es ist schon vorüber, es ist schon vorüber«, beruhigte er sie, »die Räder müssen in ein Loch geraten sein ...«

Hoch oben heulte der Wind mit dem Stöhnen zerreißender Segel durch die Felsen. Cara de Angel streckte den Kopf zum Fenster hinaus und schrie dem Kutscher zu, er solle besser aufpassen. Dieser drehte sein finsteres, pockenvernarbtes Gesicht und ließ die Pferde im Begräbnisschritt gehen.

Der Wagen hielt am Ausgang eines Dorfes. Ein Offizier im Kaput trat ihnen mit klirrenden Sporen entgegen, er erkannte sie und befahl dem Kutscher, weiterzufahren. Der Wind seufzte zwischen den trockenen und gebrochenen Maisblättern. In einem Pferch gewahrte man die Umrisse einer Kuh. Die Bäume schliefen. Zweihundert Meter weiter traten wieder zwei Offiziere heran, um zu sehen, wer sie seien, aber der Wagen hielt nicht an. Und als sie sich schon ans Aussteigen machten, näherten sich drei Obersten, um den Wagen zu durchsuchen.

Cara de Angel grüßte die Offiziere des Generalstabs. (Er war schön und schlecht wie Satan.) Eine laue Sehnsucht nach dem Nest lag in der endlos weiten Nacht. Ein Scheinwerfer am Horizont bezeichnete die Stelle, wo eine Artilleriefestung über das Leben des Präsidenten der Republik wachte.

Camila senkte die Augen vor einem Mann mit mephistophelischem Aussehen, mit gekrümmtem Rücken, verschlagenen Augen und dünnen, langen Beinen. Sie wollten eben an ihm vorbeigehen, als er mit einer langsamen Bewegung den Arm ausstreckte und die Hand öffnete, als wolle er, anstatt zu sprechen, eine Taube fliegen lassen.

»Parthenios aus Nikaia«, sprach er, »wurde in Mithridates' Krieg zum Gefangenen gemacht und nach Rom gebracht, wo er den Alexandrinervers lehrte. Von ihm lernten wir ihn, Propertius, Ovid, Vergil, Horaz und ich ...«

Zwei Damen vorgerückten Alters unterhielten sich bei der Pforte, unter der der Präsident die Geladenen begrüßte.

»Ja, ja«, sagte die eine und fuhr sich mit der Hand über ihren Lockenkopf, »ich habe ihm schon gesagt, daß er sich wieder wählen lassen muß.«

»Und er, was antwortete er? Das würde mich interessieren ...«

»Er lächelte nur; aber ich weiß, daß er sich wieder wählen lassen wird. Für uns, Candidita, ist er der beste Präsident, den wir je gehabt haben. Denn seit er Präsident ist, hat Moncho, mein Mann, immer eine gute Stellung.«
Hinter diesen Damen predigte der Titscher einem kleinen Grüpplein von Freunden:
»Es ist, als zöge man der, die ein Haus erhält, das heißt, die sich verheiratet, einen Rock aus...«
»Der Herr Präsident fragt nach Ihnen«, sagte der Kriegsrichter nach rechts und nach links, »der Herr Präsident fragt nach Ihnen, der Herr Präsident fragt nach Ihnen...«
»Danke sehr!« antwortete ihm der Titscher.
»Danke sehr!« antwortete ein schwarzer Jockei mit krummen Beinen und goldenen Zähnen, der sich angesprochen glaubte.
Camila wäre am liebsten unbemerkt vorbeigehuscht. Es war jedoch unmöglich. Ihre exotische Schönheit, ihre großen grünen, seelenlosen Augen, ihr zarter Körper, dessen Linien sich unter dem Rock aus weißer Seide abzeichneten, ihre straffen Brüste, die anmutigen Bewegungen, doch vor allem ihre Herkunft: Tochter des Generals Canales, lenkten die Aufmerksamkeit aller auf sie.
In einer Gruppe kommentierte eine Frau:
»Nicht der Rede wert. Eine Frau, die kein Korsett trägt... Man sieht, wie vulgär sie ist...«
»Und ihr Hochzeitskleid ließ sie ändern, um damit zum Fest zu kommen«, wußte eine andere zu sagen.
»Sie können sich nicht einmal richtig kleiden!« hielt eine Dame mit dünnem Haar für angebracht, beizufügen.
»Wie schlecht sind wir doch! Ich sagte das vom Kleid, weil man sieht, daß sie arm sind.«
»Natürlich sind sie arm, da haben Sie recht!« bemerkte die Dame mit dem spärlichen Haar, und leiser fuhr sie fort: »Man erzählt, seit er sie geheiratet habe, gebe ihm der Präsident nichts mehr...!«
»Aber Cara de Angel hält doch fest zum Präsidenten...«
»Er hielt... Es wird erzählt, so unglaublich es auch scheinen mag, er habe die, die jetzt seine Frau ist, nur entführt, um der Polizei Sand in die Augen zu streuen, um so dem

General, seinem Schwiegervater, zur Flucht zu verhelfen. Und so entkam er auch!«

Camila und Cara de Angel schritten durch die Gruppen der Geladenen gegen den Hintergrund des Saales, in dem sich der Präsident befand. Seine Exzellenz unterhielt sich, umringt von Damen, mit einem Priester, dem Dr. Irrefragable. Die Damen schluckten, als der Herr sich ihnen näherte, was sie gerade sagen wollten, hinunter, so wie man eine brennende Kerze schluckt und dann nicht mehr zu atmen oder die Lippen zu öffnen wagt. Neben ihnen stand das Grüpplein der vom Gesetz verfolgten, gegen eine Kaution freigelassenen Bankiers, das der Jakobinerbeamten, die den Präsidenten unverwandt anblickten, es aber nicht wagten, ihn zu grüßen, wenn er einmal zu ihnen hinschaute, oder sich zurückzuziehen, wenn er nicht mehr auf sie achtete; das der Dorfwürdenträger mit ihren unsinnigen politischen Ideen und ihrem Restchen Menschlichkeit in der Würde ihrer kleinen Löwenköpfe, die sich beleidigt fühlten, als sie merkten, daß sie nur Rattenschwänze waren.

Camila und Cara de Angel näherten sich dem Präsidenten, um ihn zu grüßen. Cara de Angel stellte seine Gattin vor. Der Herr bot Camila seine kleine Rechte dar, ein kalter Druck, und blickte sie scharf an, als er ihren Namen aussprach, wie wenn er sagen wollte: »Schauen Sie, wer ich bin!« Der Geistliche grüßte mit Garcilasos Worten das Kommen der Schönheit, die den seltsamen Namen der Geliebten des Albanio trug:

»Ein Werk nur wollte die Natur
schaffen wie diese; dann zerschlug sie die Form,
die diente zu dieser Figur.«

Die Diener servierten Champagner, Gebäck, Salzmandeln, Zuckerwerk und Zigaretten. Der Champagner entzündete das flammenlose Feuer des diplomatischen Empfangs, und wie durch einen Zauber schien im Spiegel alles Wirklichkeit, im Salon alles Täuschung.

»General...«, dröhnte die Stimme des Präsidenten, »führen Sie die Herren hinaus; ich will allein mit den Damen speisen...«

Durch die Türen schritten die Männer in geschlossener Gruppe in die klare Nacht hinaus, wortlos, sich drängend, um dem Befehl des Herrn rasch zu gehorchen oder um in der Eile den Unwillen zu verbergen. Die Damen blickten sich an und wagten nicht einmal, die Füße unter dem Tisch zu bewegen.

»Der Dichter kann bleiben ...«, ordnete der Präsident an.

Die Offiziere schlossen die Türen. Der Dichter wußte nicht, wo er sich hinsetzen sollte unter all den Damen.

»Rezitieren Sie, Herr Dichter«, befahl der Präsident, »aber etwas Schönes; das Hohelied ...«

Und der Dichter rezitierte, was er von den Versen Salomonis in Erinnerung hatte:

»Das Lied der Lieder von Salomon.
Daß mich küsse der Kuß seines Mundes!
Schwarz bin ich, doch schöner,
Töchter Jerusalems,
als die Zelte Salomons,
Beachtet nicht, daß ich braun bin,
Die Sonne hat mich verbrannt ...

Ein Büschel Myrrhen ist mein Freund,
zwischen meinen Brüsten ruhend ...
Seinen Schatten begehr' ich, nieder sitz' ich,
und süß ist meinem Gaumen seine Frucht.
Er führte mich in die Kelter,
über mir weht seine Liebe ...

Ich beschwör' euch, Töchter Jerusalems,
rühret sie nicht, weckt sie nicht,
die Liebe, bevor sie von selber aufwacht.
Schön bist du, meine Freundin, schön,
Tauben sind deine Augen hinter dem Schleier.
Deine Haare gleichen einer Ziegenherde,
Deine Zähne einer Schar von Lämmern,
aus der Schwemme steigend,
alle zwillingsträchtig,
kein Mißfall unter ihnen ...

Sechzig sind der Königinnen, achtzig der Kebsweiber ...«

Der Präsident erhob sich, unheilvoll. Seine Schritte glichen dem Schleichen eines Jaguars, der durch ein trockenes Flußbett voller Steine flüchtet. Er verschwand durch eine Tür. Die Vorhänge, die er zur Seite geschoben hatte, peitschten ihm den Rücken.
Zuhörer und Dichter sanken in Erstaunen, in eine Leere, in der sie sich ganz klein vorkamen; kosmisches Unbehagen des Augenblickes, da sich die Sonne senkt. Ein Adjutant bat zum Essen. Die Türen wurden geöffnet, und während die Herren, die im Korridor gewartet hatten, vor Kälte zitternd wieder eintraten, näherte sich der Dichter Camila und lud sie zum Essen ein. Sie erhob sich und wollte ihm den Arm geben, als eine Hand sie von hinten zurückhielt. Beinahe hätte sie geschrien. Cara de Angel hatte sich in der Nähe seiner Frau hinter einem Vorhang versteckt gehalten, und alle sahen ihn nun aus seinem Versteck hervortreten. Wie Hobelspäne vibrierten seine Glieder unter der Trommel, der kleine Särge als Resonanzboden dienten.

36 Die Revolution

Man sah nichts vor sich. Hinten krochen die Reptilien, lautlos, lang, Wegscharmützel, die flüssige Wellen schlugen, schlüpfrig, kalt. Man konnte die Rippen der Erde in den trockenen, mageren und winterlosen Sümpfen zählen. Die Vögel stiegen auf die höchsten Äste der dichtbelaubten Bäume, um besser atmen zu können. Kleine Feuer leuchteten in den Augen der müden Pferde. Ein Soldat pißte, den Rücken gegen den Wind gedreht. Man sah seine Beine nicht. Man hätte es ihm erklären sollen, aber seine Kameraden sagten nichts; sie waren damit beschäftigt, ihre Waffen mit Fett und Fetzen von Unterröcken, die noch nach Frauen rochen, zu reinigen. Der Tod trug sie hinweg, riß sie einen um den anderen aus dem Bett; doch niemand gewann etwas dabei. Es war gescheiter, sein Leben aufs Spiel zu setzen, um zu wissen, was kommen würde. Die Kugeln fühlen nichts, wenn sie den Körper eines Menschen durchlöchern; sie glauben, das Fleisch sei laue Luft, etwas dicke, süßliche Luft. Sie pfeifen wie große Vögel. Man hätte es ihm erklären sollen, aber seine Kameraden sagten nichts; sie waren damit beschäftigt, ihre Bajonette zu schleifen, die sie in einem längst niedergebrannten Messerladen für die Revolution gekauft hatten. Die Scheide blinkte wie das Lachen eines Negers. »Sing, Bruder«, sprach eine Stimme, »schon aus der Ferne hörte ich dich singen!

> Warum machtest du mir den Hof,
> Undankbarer, der du verheiratet bist?
> Besser, du hättest mich
> wie einen Baum vertrocknen lassen...

Fahr fort, Bruder, mit dem Lied...

> Das Fest in der Lagune
> überraschte uns plötzlich;
> diesmal schien der Mond nicht,
> und keine Leute kamen.

Sing, Bruder!

> Am Tag, da du die Welt erblicktest,
> erblickte sie auch ich.
> Es gab ein solches Fest im Himmel,
> daß selbst Gott daran teilnahm.

Sing, Bruder, sing...!« Der Mond schien über einer Chininlandschaft, und die Blätter der Bäume raschelten. Ein fernes Gebell ließ ein unsichtbares Dorf ahnen. Es tagte. Die Truppe stand still; letzte Nacht war sie bereit gewesen, die erste Garnison anzugreifen, aber jetzt fühlte sie eine seltsame, unterirdische Macht, die ihr die Beweglichkeit raubte, und ihre Männer wurden zu Stein. Der Regen machte einen Brei aus dem sonnenlosen Morgen. Er rann über die Gesichter und die nassen Rücken der Soldaten. Die Tränen Gottes verstärkten jedes Geräusch. Zuerst waren es nur Bruchstücke von Nachrichten, sich widersprechende Meldungen. Dünne Stimmen, die aus Angst vor der Wahrheit nicht alles sagten, was sie wußten. Etwas Spitzes härtete sich in den Herzen der Soldaten: Eine Kugel aus Eisen, eine Spur von Knochen. Wie eine einzige Wunde blutete das ganze Feld: General Canales war gestorben. Silben und Sätze formten die Nachricht. Buchstaben aus dem Abc-Buch. Sätze aus einer Totenmesse. Zigaretten und Schnaps mit Pulver und Verdammung. Man durfte nicht glauben, was gemeldet wurde, und wäre es auch die Wahrheit. Die Alten warteten ungeduldig, bis sie die ganze Wahrheit erfuhren, die einen stehend, die anderen liegend oder kauernd. Die einen rissen sich den Strohhut vom Kopf, warfen ihn zu Boden und kratzten sich zornig im Haar. Die jungen Kämpfer kamen hastig herbeigeeilt, nach Nachricht dürstend. Das Schimmern der Hitze nach dem Regen macht matt. Ein Schwarm Vögel erhob sich in der Ferne. Dann und wann knallte ein Schuß. Der Nachmittag senkte sich. Ein mörderischer Himmel über Wolkenfetzen. Die Lagerfeuer erloschen, und alles schmolz zu einer großen, finsteren und schmerzvollen Masse zusammen: Himmel, Erde, Tiere, Menschen. Ein Pferd störte mit seinem Galopp die Stille. Wie eine Multiplikationstabelle vervielfachte das Echo die Hufschläge. Von Schildwache zu Schildwache hörte man ihn näher kommen, bis er schließlich mitten in der Gruppe stand, die die Nachricht in Verwirrung brachte. General Canales war plötzlich gestorben, nachdem er gegessen hatte und im Begriff stand, sich an die Spitze der Truppen zu stellen. Nun lautete der Befehl: warten! »Man hat ihm etwas gegeben, Chiltepewurzeln vielleicht, ein Gift, das tötet, ohne eine Spur zu hinterlassen; seltsam, daß er gerade jetzt starb«, rief eine Stimme. »Er hätte aufpassen sollen«, seufzte eine andere. »Ah ...« Alle schwiegen, bis in ihre im Kot steckenden Absätze ergriffen. »Und seine Tochter ...?«

Und nach einer langen Pause sprach eine Stimme wie nach einem Alpdruck:

»Wenn ihr wollt, verfluche ich sie; ich kenne einen Spruch; eine Hexe von der Küste unten lehrte mich ihn, als der Mais in den Bergen fehlte und ich hinunterstieg, um Nahrung zu kaufen ... Wollt ihr ...?«

»Nun, was mich anbelangt«, antwortete eine andere Stimme aus der Finsternis, »so bin ich einverstanden, denn sie hat ihren Vater getötet.«

Der Galopp des Pferdes vibrierte wieder über den Weg; Galopp, Galopp, Galopp; wieder hörte man die Rufe der Schildwache; dann kam die Stille. Das Echo der Schreie der Schakale stieg wie eine Leiter zum Mond hinauf, der spät und von einem großen Hof umgeben aufging. Dann hörte man ein Fallen.

Mit einem jeden, der seinen Tod erzählte, stieg Canales aus seinem Grabe und wiederholte sein Sterben: er setzte sich im Licht einer Öllampe zum Essen an einen Tisch ohne Tischtuch. Man hörte die Schritte seines Adjutanten, wie er sich ein Glas Wasser eingoß, wie er eine Zeitung öffnete, und ... nichts mehr, nicht einmal ein Stöhnen. Mit dem Kopf auf dem Tisch, auf dem »Nacional« fanden sie ihn tot. Seine Augen waren offen, glasig, in ferne Gedanken verloren.

Mit Unlust kehrten die Männer zu ihren täglichen Pflichten zurück. Sie wollten nicht länger wie Haustiere behandelt werden; denn mit Chamarrita, so nannten sie General Canales vertraulich, waren sie in die Revolution gezogen, um sich ein anderes Leben zu erkämpfen. Chamarrita hatte versprochen, ihnen ihre Felder zurückzugeben, die die Regierung unter dem Vorwand der Abschaffung der Gemeinden gestohlen hatte. Er wollte auch die Wasserquellen gerecht verteilen, den Pranger abschaffen, die »Tortilla« innerhalb zweier Jahre zum obligatorischen Essen machen, landwirtschaftliche Genossenschaften zur Importförderung gründen, gutes Saatkorn, reinrassiges Vieh, Dünger und Techniker heranschaffen, die Verkehrsbedingungen verbessern, den Export und den Verkauf der einheimischen Erzeugnisse unterstützen, die Presse nur den vom Volk gewählten und dem Volk gegenüber verantwortlichen Redakteuren freigeben, die Privatschulen abschaffen, die gleitende Steuerskala einführen, die Arzneimittel verbilligen, die Ärzte und die Advokaten ausrotten, die Glaubensfreiheit gewähren, so daß die Indianer straflos ihren Gottheiten huldigen und ihre Tempel wiederaufbauen könnten.

Camila erfuhr den Tod ihres Vaters erst viele Tage später. Eine unbekannte Stimme meldete ihr die Nachricht durchs Telefon.
»Ihr Vater starb, als er in der Zeitung las, daß der Präsident der Republik Trauzeuge Ihrer Heirat gewesen ist...«
»Das ist nicht wahr!« schrie sie.
»Es ist nicht wahr?« lachte man sie aus.
»Es ist nicht wahr, er war nicht Zeu... Hallo! Hallo!«
Die Verbindung war abgebrochen. Langsam hatte man die Gabel niedergedrückt, langsam, als verkröche man sich.
»Hallo! Hallo! Hallo...!«
Sie ließ sich in einen Weiderutensessel fallen. Sie fühlte nichts mehr. Einen Augenblick später schien ihr das Zimmer ganz verändert, ganz anders, als es vorher gewesen war. Vorher waren die Farbe, die Luft ganz anders gewesen. »Tot! Tot! Tot!« Camila drückte die Hände, als wollte sie etwas brechen... und sie brach mit zusammengepreßten Kiefern und Tränen in den grünen Augen in Lachen aus.
Ein Wasserwagen holperte durch die Straße. Vom Hahn tropften Tränen, und die Eimer lachten.

37 Der Tanz des Tohil

»Die Herren trinken...?«
»Bier...«
»Für mich nicht; ich nehme einen Whisky...«
»Für mich einen Kognak...«
»Das macht...«
»Ein Whisky und ein Kognak...«
»Und belegte Brötchen...«
»Das macht ein Bier, ein Whisky, ein Kognak und belegte Brötchen...«
»Und F... freunde, mich hole der Teufel!« hörte man Cara de Angels Stimme, der zurückkehrte und sich mit einer gewissen Hast die Hosen zuknöpfte.
»Was nehmen Sie?«
»Irgend etwas; bringen Sie mir ein Mineralwasser.«
»Das macht also ein Bier, ein Whisky, ein Kognak und ein Mineralwasser.«

Cara de Angel zog einen Stuhl herbei und setzte sich neben einen zwei Meter großen Mann, der, obwohl er weiß war, die Haltung und die Bewegungen eines Negers hatte, dessen Rücken einer Eisenbahnschiene und dessen Hände zwei Ambossen glichen; zwischen seinen blonden Augenbrauen loderte eine Narbe.

»Machen Sie mir Platz, Mr. Gengis«, sagte Cara de Angel, »ich werde meinen Stuhl neben den Ihren stellen.«

»Mit Vergnügen ...«

»Ich trinke nur mein Glas und gehe dann; der Chef erwartet mich.«

»Ah«, erwiderte Mr. Gengis, »wenn Sie zum Herrn Präsidenten gehen, müssen Sie all den Kindereien ein Ende bereiten und ihm sagen, daß nichts von dem wahr ist, daß gar nichts wahr ist von dem, was über Sie geredet wird.«

»Das ist doch selbstverständlich«, bemerkte einer der vier, der, der Kognak verlangt hatte.

»Und mir sagen Sie so etwas«, unterbrach Cara de Angel, sich an Mr. Gengis wendend.

»Ihnen und der ganzen Welt!« rief der Amerikaner aus und schlug dabei mit seinen flachen Händen auf den Marmortisch. – »Selbstverständlich! Denn ich war in jener Nacht dabei, ich hörte mit meinen eigenen Ohren, wie der Kriegsminister behauptete, Sie seien gegen die Wiederwahl des Präsidenten und zusammen mit dem verstorbenen Canales für die Revolution.«

Cara de Angel konnte sein Unbehagen nur schlecht verbergen. Unter diesen Umständen den Präsidenten aufzusuchen, war eine Kühnheit.

Der Kellner kehrte mit dem Bestellten wieder. Er trug eine weiße Weste, auf die, von einer roten Kette umrahmt, das Wort »Gambrinus« gestickt war.

»Es waren ein Whisky ... ein Bier ...«

Mr. Gengis goß sich den Whisky, ohne mit der Wimper zu zucken, hinunter, wie man ein Abführmittel schluckt. Dann zog er seine Pfeife hervor und stopfte sie.

»Jawohl, mein Freund, als man am wenigsten daran dachte, kamen diese Dinge dem Herrn Präsidenten zu Gehör, und Sie hätten kaum Grund, lustig zu sein. Nun aber ist der günstige Augenblick gekommen, da Sie ihm sagen können, was wahr ist und was nicht.«

»Danke für den guten Rat, Mr. Gengis, und auf Wiedersehen; ich nehme einen Fiaker, um schneller dort zu sein. Besten Dank und auf Wiedersehen!«

Mr. Gengis zündete die Pfeife an.

»Wie viele Whiskys haben Sie schon getrunken, Mr. Gengis«, fragte einer aus der Runde.

»Achtzehn«, antwortete der Amerikaner mit der Pfeife im Mund, ein Auge geschlossen und das andere, das tiefblaue, offen über der gelben Flamme des Streichholzes.

»Recht haben Sie; der Whisky ist das beste Getränk!«

»Nur Gott weiß das, nicht ich. Fragen Sie die, die nicht wie ich trinken, nicht aus bloßer Verzweiflung ...«

»Sagen Sie das nicht, Mr. Gengis!«

»Warum soll ich das nicht sagen, wenn es doch so ist? In meinem Land spricht jeder restlos aus, was er denkt!«

»Eine gute Eigenschaft ...«

»Ganz und gar nicht! Mir gefällt es hier besser, bei Ihnen: man sagt, was man gar nicht fühlt, wenn es nur schön ist!«

»Dann gibt's also bei Ihnen zu Hause keine ›Geschichten‹.«

»Nein, nie! Was die Geschichten betrifft, so stehen sie schon alle in der Bibel, göttlich!«

»Noch einen Whisky, Mr. Gengis?«

»Sicher; den nächsten werde ich schon noch trinken!«

»Bravo! So gefällt es mir! Sie gehören zu denen, die für ihr Ideal sterben!«

»Wie?«

»Mein Freund sagt, Sie gehörten zu denen, die für ihr ...«

»Ich habe verstanden; zu jenen, die für ihr Ideal sterben. Nein! Ich gehöre zu jenen, die ihr Ideal leben; ich lebe! Sterben ist nichts, und wenn ich es kann, werde ich nach den Geboten Gottes sterben.«

»Dieser Mr. Gengis, er möchte noch Whisky regnen sehen!«

»Nein, warum auch? Dann würde man Schirme nicht mehr als Schirme, sondern als Trichter verkaufen«, und nach

einer vom Rauch seiner Pfeife, von seinem baumwollenen Atem und dem Lachen der andern erfüllten Pause fuhr er fort: »Ein netter Kerl, dieser Cara de Angel; wenn er aber nicht tut, was ich ihm riet, wird er nie Verzeihung, sondern nur Haß finden!«
Eine Gruppe ruhiger Männer trat plötzlich ins Wirtshaus; sie waren zahlreich und konnten nicht alle zur selben Zeit durch die Tür treten; die meisten von ihnen blieben bei der Tür zwischen den Tischen nahe am Schanktisch stehen. Sie kamen nur schnell vorbei; es lohnte sich nicht, sich zu setzen. »Ruhe!« befahl ein Mann von mittlerer Größe, mittleren Alters, mit einer mittleren Glatze, halb gesund, halb von Sinnen, halb heiser, halb schmutzig, und breitete eine große gedruckte Proklamation aus, die er zusammen mit zwei anderen mit schwarzem Wachs auf einen der Spiegel des Wirtshauses klebte.

»Bürger:
Den Namen des Herrn Präsidenten der Republik aussprechen heißt, mit der Fackel der Freiheit die heiligen Interessen unserer Nation beleuchten, unserer Nation, die sich unter der weisen Führung des Herrn Präsidenten wertvolle Errungenschaften des Fortschrittes auf allen Gebieten zu eigen gemacht hat und zu eigen machen wird! Als freie Bürger, die sich der Pflicht bewußt sind, über ihr Schicksal zu wachen, das auch dasjenige des Vaterlandes ist, als gutgesinnte Männer und Feinde der Anarchie proklamieren wir, daß das Heil der Republik in der *Wiederwahl unseres großen Führers liegt, in nichts weniger als in seiner Wiederwahl!* Warum sollen wir das Schiff des Staates durch unbekannte Gewässer treiben lassen, wenn sich an unserer Spitze der bedeutendste Staatsmann unserer Zeit befindet, jener, den die Geschichte als den Großen der Großen, als den Weisen der Weisen, als den liberalen Denker und Demokraten begrüßen wird? Der bloße Gedanke an einen andern an seiner hohen Stelle ist ein Attentat gegen das Wohlergehen der Nation, gegen unser eigenes Wohlergehen, und der, der es zu denken wagt – niemand wird es wagen –, sollte als gemeingefährlicher Geisteskranker

eingesperrt werden oder, wenn er bei normalem Verstande ist, gemäß unseren Gesetzen als Verräter des Vaterlandes verurteilt werden. *Bürger, die Urnen erwarten Euch! Wählet unseren Kandidaten, den das Volk wiederwählen wird!*«

Die Verlesung der Proklamation weckte in allen Anwesenden Begeisterung. Auf das Verlangen aller sprach ein Zerlumpter mit schwarz flatternden Haaren und unsicheren Augen.

»Patrioten, meine Gedanken sind die eines Dichters, meine Worte die eines aufrichtigen Bürgers. Dichter ist der, der den Himmel erfunden hat, und ich spreche nun zu Ihnen als Erfinder dieses so unnützen, aber schönen, Himmel genannten Dinges. Lauscht meinen improvisierten Worten! Als dieser Deutsche, der in Deutschland nicht verstanden wurde (weder Goethe noch Kant, noch Schopenhauer), vom Übermenschen sprach, fühlte er ohne jeden Zweifel, daß Vater Kosmos mit Mutter Natur im Herzen Amerikas den ersten wirklich über den andern stehenden Menschen zeugen würde. Ich spreche, meine Herren, vom Gerechten der Gerechten, den das Vaterland den Wohlverdienten, den Parteichef und Beschützer der lernbegierigen Jugend nennt. Ich spreche, meine Herren, vom konstitutionellen Herrn Präsidenten der Republik, wie Sie sicher alle verstanden haben, denn er ist dieser Übermensch Nietzsches, der einzige Übermensch! Ich sage dies und wiederhole es von der Höhe dieser Rednerbühne herab!« Und während er so sprach, schlug er mit der Faust auf den Schanktisch...

»Ohne, liebe Mitbürger, von jenen zu sein, die von der Politik leben, oder von jenen, die den chinesischen Kopfschmuck erfunden haben wollen, weil sie die Heldentaten des Chilperico auswendig lernten, glaube ich tief, ehrlich und uneigennützig, daß, solange nicht unter uns Bürgern ein zweiter Superübermensch, ein Überbürger gedeiht, man verrückt oder blind, blind oder verrückt zum Anbinden sein müßte, wenn man die Zügel der Regierung aus den Händen unseres einzigartigen Lenkers, der jetzt und immer den Wagen unseres geliebten Vaterlandes führt, in die Hände eines anderen Bürgers gleiten ließe, irgendeines

Bürgers, eines gewöhnlichen Bürgers, liebe Mitbürger, der, und trüge er auch alle Verdienste der Erde, nicht mehr denn ein Mensch wäre. Die Demokratie vertrieb die Kaiser und Könige im alten Europa, aber wir müssen zugeben, und erfreut geben wir es zu, daß die Demokratie hier in Amerika die beinahe göttliche Pfropfung des Übermenschen erfahren hat und daß so eine neue Regierungsform entstanden ist: die Überdemokratie! Und nun, meine Herren, habe ich das Vergnügen, Ihnen etwas vorzutragen aus . . .«

»Rezitieren Sie, Herr Dichter«, rief eine Stimme, »aber nicht die Ode . . .«

». . . aus meinem Nocturne in C-Dur an den Übermenschen!«

Auf den Dichter folgten andere Redner, die von den Worten gegen das, was sie Partei der Schande, Johannesfibel, Abc-Buch der Abrakadabra oder theologisches Stuhlzäpfchen nannten, noch erhitzter waren. Einem der Assistenten triefte Blut aus der Nase, und zwischen den Reden verlangte er mit lauten Schreien nach einem in Wasser getränkten Backstein, um durch seinen Geruch das Bluten stillen zu können.

»Und zu dieser Zeit«, meinte Mr. Gengis, »steht Cara de Angel zwischen der Mauer und dem Herrn Präsidenten. – Es gefiel mir, wie dieser Dichter sprach, aber ich glaube, das Leben eines Dichters ist sehr traurig; noch trauriger aber ist es, Anwalt zu sein. Nun, ich trinke noch einen Whisky! Noch einen Whisky«, rief er, »aufs Wohl dieses Superhypereisenbahnzugführers!«

Als Cara de Angel aus dem »Gambrinus« trat, traf er den Kriegsminister.

»Und wohin gehen Sie, General?«

»Zum Chef . . .«

»Dann können wir ja zusammen hingehen.«

»Gehen Sie auch zu ihm? Warten wir auf meinen Wagen; er wird gleich hier sein! Ich sage es Ihnen nicht, aber ich war bei einer Witwe . . .«

»Ich weiß, die lustigen Witwen gefallen Ihnen, General.«

»Spotten Sie nicht!«

»Ich spotte nicht; Sie waren bei der Cliot!«
»Weder Cliot noch Indianerin. Ein wahres Prachtsweib!«
»Teufel!«
Der Wagen rollte geräuschlos wie auf Rädern von Fließblatt. An den Ecken hörte man die Signale der Posten, die sich zuriefen: »Der Herr Kriegsminister kommt. Der Herr Kriegsminister kommt. Der Herr Kriegs . . .«
Der Präsident ging mit kurzen Schritten in seinem Büro auf und ab, den Hut auf seinem Kopf nach vorn gezogen, den Kragen hochgestellt, ein Halstuch um den Nacken gebunden, die Weste aufgeknöpft. Schwarzer Anzug, schwarzer Hut, schwarze Schuhe . . .
»Was macht das Wetter, General?«
»Kühl, Herr Präsident . . .«
»Und Miguel ohne Mantel . . .«
»Herr Präsident . . .«
»Nichts, du zitterst ja und willst mir sagen, du hättest es nicht kalt. Du bist sehr unvernünftig. General, lassen Sie sofort Miguels Mantel holen.«
Der Kriegsminister verließ den Raum inmitten eines Schwarmes von Grüßen, wenig fehlte, und er hätte den Säbel fallengelassen, während der Präsident sich auf einem Rohrstuhl niederließ und Cara de Angel den nächsten Sessel anbot.
»Siehst du, Miguel, ich muß mich hier um alles kümmern, denn ich regiere ein Volk von gierigen Menschen«, sagte er, als er sich setzte. »Dazu brauche ich Freunde, die das für mich tun, was ich nicht selbst tun kann. Gierige Menschen«, er machte eine Pause, »will heißen, Leute mit der besten Absicht der Welt, etwas zu tun, etwas zu zerstören, die aber aus Mangel an Willen weder etwas machen noch etwas zerstören, die wie Papageikegel weder riechen noch stinken. Und so verbringt bei uns der Industrielle sein Leben, indem er immer wieder sagt: Ich werde eine Fabrik bauen, neue Maschinen herbeischaffen, ich werde das, ich werde jenes tun; der Bauer: Ich werde meine Felder besäen, meine Erzeugnisse exportieren; der Literat: Ich werde ein Buch schreiben; der Professor: Ich werde eine Schule gründen; der Kaufmann: Ich werde dieses oder jenes Geschäft

abzuschließen versuchen; und die Journalisten, diese Schweine, die die Butter Seele nennen: Wir werden die Lage des Landes verbessern. Doch wie ich dir schon am Anfang sagte, tut niemand etwas, und natürlich bin ich es, der Präsident der Republik, der alles tun muß, und wenn es auch umsonst ist. Man kann sagen, ohne mich gäbe es keine Fortuna, denn sogar die blinde Göttin muß ich in der Lotterie spielen ...«

Mit seinen durchsichtigen, zarten, riedgrasfarbenen Fingerspitzen strich er sich den Schnurrbart und änderte den Ton:

»All das, um dir zu sagen, daß mich die Umstände zwingen, die Dienste derer in Anspruch zu nehmen, die mir wie du wertvoll sind, sei es in meiner Nähe oder außerhalb der Republik, wo die Machenschaften meiner Feinde, Intrigen und Schmähschriften, im Begriff sind, meine Wiederwahl scheitern zu lassen ...«

Ohne im Sprechen eine Pause zu machen, senkte er seine Augen, die zwei müden, bluttrunkenen Mücken glichen.

»Ich denke dabei weder an Canales noch an seine Mitläufer; der Tod war und wird immer der beste Verbündete sein, Miguel! Ich denke an die, die versuchen, die Meinung der Vereinigten Staaten zu beeinflussen, damit Washington mir das Vertrauen entziehe. Wenn dem Raubtier in seinem Zwinger die Haare ausfallen, so will es deswegen nicht, daß man sie ausreißt! Wohlan! Einige behaupten, ich sei ein Greis mit saucenweichem Gehirn und einem Herz von Hartholz. Schlechte Leute, doch sie sollen es nur sagen! Daß aber meine Mitbürger aus politischen Gründen das ausnutzen, was ich getan habe, um sie von der Ausbeutung dieser Hurensöhne zu befreien, das ist das Unsägliche. Meine Wiederwahl ist in Gefahr, und daher habe ich dich holen lassen. Es wird nötig sein, daß du dich nach Washington begibst und mir eingehend berichtest, was in dieser Finsternis des Hasses an Wahrem ist, in diesen Begräbnissen, wo man, um die schöne Rolle zu haben, der Tote sein müßte ...«

»Der Herr Präsident ...«, stammelte Cara de Angel zwischen der Warnung des Mr. Gengis, die Dinge klarzustellen, und der Angst, aus Unvorsichtigkeit auf eine Reise verzichten zu müssen, die, wie er vom ersten Augenblick an wußte, seine Rettung war. »Der Herr Präsident weiß, daß ich ihm für alles, was er befiehlt, bedingungslos zu Diensten stehe. Wenn der Herr Präsident mir jedoch zwei Worte gestatten wollte, denn ich wünsche ja nichts mehr, als der letzte seiner Diener, aber der ergebenste, der treueste zu sein, würde ich ihn fragen, ob er kein Hindernis sähe, sich, bevor er mir eine so heikle Mission anvertraut, zu bemühen, über die Wahrheit der Anschuldigung, ich sei ein Feind des Herrn Präsidenten, des – um ihn zu nennen – Herrn Kriegsrichters nachforschen zu lassen...«

»Wer achtet schon auf diese Dummheiten?«

»Der Herr Präsident kann nicht an meiner bedingungslosen Treue ihm und seiner Regierung gegenüber zweifeln. Aber ich möchte sein Vertrauen nicht genießen, bevor er die Anschuldigungen des Richters nicht prüft.«

»Ich frage dich nicht, Miguel, was ich tun soll! Kommen wir damit zu Ende! Ich weiß alles und werde dir noch mehr sagen: In diesem Schreibtisch habe ich die Akte, die der Kriegsrichter wegen der Flucht des Generals Canales gegen dich geschrieben hat. Mehr noch: Ich kann dir versichern, daß du den Haß des Richters einem Umstand verdankst, den du vielleicht gar nicht kennst: Der Kriegsrichter wollte im Einverständnis mit der Polizei die, die jetzt deine Frau ist, rauben und sie der Besitzerin eines Bordells verkaufen, von der er, wie du weißt, einen Vorschuß von zehntausend Pesos erhalten hatte. Schließlich bezahlte eine arme Frau dafür, die nun halb von Sinnen ist.«

Cara de Angel blieb ruhig; er meisterte jede seiner Bewegungen vor dem Herrn. Hinter dem schwarzen Samt seiner Augen verbarg er seine Gefühle im Herzen; sein Äußeres war bleich und starr wie der Rohrsessel.

»Wenn es der Herr Präsident erlaubt, möchte ich ihn lieber an seiner Seite mit meinem Blut verteidigen.«

»Heißt das, daß du nicht annimmst?«

»Auf keinen Fall, Herr Präsident...«

»Dann ist all dieses Geschwätz überflüssig. Morgen werden die Zeitungen von deiner baldigen Abreise berichten, und es ist keine Rede davon, daß du mich sitzenläßt. Der Kriegsrichter hat den Befehl, dir noch heute das Geld für die Vorbereitungen der Reise zu geben. Das Reisegeld und die Instruktionen wirst du am Bahnhof erhalten.«

Cara de Angel fühlte das unterirdische Ticken einer unterirdischen Uhr, die die Schicksalsstunden schlägt. Durch ein weitoffenes Fenster sah er zwischen seinen schwarzen Augenbrauen neben Zypressen von grüner Kohle und Mauern aus weißem Rauch in einem von der Nacht überschleierten Hof eine Masse von Schildwachen und ein Samenbeet von Sternen. Vier priesterliche Schatten bezeichneten die Ecken des Hofes, alle vier vom Moos der Flußallegorien bekleidet, alle vier mit Händen von Froschhaut, die eher grün als gelb war, alle vier mit einem geschlossenen Auge in der rußlosen Hälfte des Gesichts, alle vier mit einem offenen, in die Brustwarze einer Limone auslaufenden Auge in der vom Schatten verschlungenen Hälfte des Gesichts. Bald hörte man ein Bumbum, ein Bumbum, bumbum, eine Menge als Tiere verkleidete Männer traten im Gänsemarsch hüpfend ein. Von den blutroten und vibrierenden Ästen des Bumbum der Trommeln kletterten die Krabben, und die Würmer krochen aus den Feuergräben. Die Männer tanzten, um nicht vom Lärm der Trommel gegen den Boden gedrückt oder in der Luft gefangen zu werden, und nährten das Feuer mit dem Terpentin ihrer Stirnen. Aus dem miststockfarbenen Schatten schlich ein kleiner Mann mit einem Güisquilkopf, dessen Zunge die Wangen füllte, mit Stacheln auf der Stirn, ohne Ohren, eine behaarte Schnur um den Nabel, an der Kriegerköpfe und Ayoteblätter hingen. Er näherte sich, um auf die Feuergarben zu blasen, und unter der blinden Freude der Beutelratten stahl er das Feuer mit seinem Mund, indem er es wie Kopal kaute, damit er sich nicht brannte. Ein Schrei zerriß die Finsternis, die auf die Bäume kletterte, und man hörte aus der Nähe, aus der Ferne die klagende Stimme der Stämme, die, in der Wildnis verlassen, von Geburt auf blind, gegen ihren Magen ein hungriges Tier gegen ihre Kehle, ein durstiger Vogel, gegen ihre Furcht und gegen ihren Ekel, gegen ihre körperlichen Bedürfnisse kämpften und vom Feuergeber Tohil die brennende Fichte des Lichtes verlangten. Tohil kam auf einem Fluß von Taubenbrüstchen, der wie Milch floß, geritten. Die Eichhörnchen rannten, damit sich das Wasser nicht staute, Eichhörnchen mit Hörnern, die zarter als der Regen waren und deren kleine Pfötchen sich in Luftzüge verwandelten. Die Vögel flogen, damit ihr auf dem Wasser schwimmendes Spiegelbild nicht stillstand. Vögel mit einem Skelett, das feiner als ihre Federn war. Bumbum, bumbum, bum ... Ein Donner dröhnte aus der Erde. Tohil verlangte Menschenopfer. Die Stämme führten ihre besten Jäger vor ihn, jene, die Blasrohr und Schleuder immer geladen trugen. »Und diese Männer, was werden sie jagen? Menschen?« fragte Tohil.

Bumbum, bumbum, bum ..., donnerte die Erde.

»Was du verlangst«, antworteten die Stämme, »wenn du uns das Feuer wiedergibst, du, der Feuergeber, wenn unser Fleisch, das unsere Knochen umgibt, die Luft, die Fingernägel, die Zunge und die Haut nicht mehr erfrieren. Wenn uns das Leben nicht ausstirbt, obwohl wir alle abschlachten, um den Tod am Leben zu erhalten!«

»Ich bin zufrieden«, antwortete Tohil.

Bumbum, bumbum, bum ..., donnerte die Erde.

»Ich bin zufrieden. Auf Menschen, die Menschen jagen, kann ich mein Reich gründen. Es wird kein wahres Leben, keinen wahren Tod geben. Tanzt mir die ›Jícara‹! Zu meiner Ehre.« Jeder Jäger ergriff eine Schale und tanzte im Takt der Trommel, zum Donner und zum Rollen der Gräber, die in Tohils Augen tanzten.

Cara de Angel verabschiedete sich vom Präsidenten nach dieser unerklärlichen Vision. Unter der Tür traf er den Kriegsminister, der ihn rief und ihm ein Bündel Noten und seinen Mantel gab.

»Verreisen Sie nicht, General?« er fand die Worte kaum.

»Wenn ich könnte ... Vielleicht folge ich später nach, oder wir sehen uns sonst wieder; ich muß hierbleiben, sehen Sie ...«, und er drehte den Kopf nach rechts, um die Stimme seines Herrn besser zu hören.

Der Fluß, der über das Dach strömte, während sie die Koffer packte, mündete nicht ins Haus; er mündete weit weg, in die Unendlichkeit des Blickes auf die Landschaft, vielleicht aufs Meer. Ein starker Windstoß schlug das Fenster auf; der Regen fiel ins Zimmer, als sei die Scheibe zerbrochen, die Vorhänge wehten, lose Papierzettel flatterten umher, Türen schlugen zu, aber Camila fuhr in ihrer Arbeit fort. Die Leere der Koffer, die sie füllte, verschluckte sie; selbst wenn das Gewitter kleine Blitze in ihrem Haar entzündet hätte, würde sie nichts ganz, nichts vom andern verschieden gefühlt haben, sondern alles gleich, leer, bedeutungslos, ohne Gewicht, ohne Körper, ohne Seele, so wie sie selbst war.

»Hier oder weit weg vom Raubtier leben, gibt es einen Unterschied?« fragte sich Cara de Angel, als er das Fenster schloß. »Was sagst du...? Wir haben Glück! Sonst wäre ich vielleicht geflohen!«

»Aber die wilden Zauberer, von denen du mir gestern nacht erzähltest, daß sie im Palast tanzten?«

»Die sind nicht so wichtig...!« Ein Donnerschlag übertönte seine Stimme... »Und, übrigens, sag mir: Was könnten sie schon erraten? Denk doch, er selbst schickt mich ja nach Washington; er selbst zahlt die Reise. Zum Teufel! Daß ich in der Ferne plötzlich anders denken könnte, damit muß er doch rechnen; du folgst mir nach unter dem Vorwand, du seiest krank oder ich sei es, und dann kann er uns im Adreßbuch suchen!«

»Und wenn er mich nicht wegreisen läßt?«

»Dann kehre ich stillschweigend zurück, und wir haben dabei nichts verloren, verstehst du? Wer nichts wagt, gewinnt nichts!«

»Dir scheint alles immer so leicht...«

»Mit unserem Geld können wir überall leben, leben, wirklich leben, ohne uns dauernd zu sagen: ›Ich denke mit dem Kopf des Herrn Präsidenten, also bin ich; ich denke mit dem Kopf des Herrn Präsidenten, also bin ich.‹«

Camila betrachtete ihn mit feuchten Augen, mit einem

Mund, der voller Haare, mit Ohren, die voller Wasser schienen.
»Aber warum weinst du ...? Weine doch nicht!«
»Was soll ich denn tun?«
»Mit den Frauen ist es immer dasselbe!«
»Laß mich!«
»Du wirst noch krank, wenn du so weiter weinst! Um Gottes willen, hör doch auf!«
»Nein, laß mich!«
»Man könnte meinen, ich müßte sterben oder würde lebendig begraben!«
»Laß mich!«
Cara de Angel nahm sie in seine Arme. Über die Wangen dieses Mannes, der nie hatte weinen können, rollten zwei brennende Tränen wie gekrümmte Nägel, die sich nicht ausreißen lassen.
»Schreib bald ...«, hauchte Camila.
»Natürlich!«
»Ich bitte dich! Noch nie sind wir getrennt gewesen. Schreib mir bitte, denn ohne deine Briefe werden die Tage nicht zum Aushalten sein ... Und sieh dich vor! Vertraue niemandem, hörst du? Höre auf niemanden, am wenigsten auf unsere Landsleute, denn sie sind alle schlecht. Doch was ich dir am meisten ans Herz lege ...«, die Küsse ihres Mannes brachen den Satz ab ..., »ans Herz lege ... ist, daß du mir ... schreiben ... sollst!«
Cara de Angel schloß den Koffer, ohne seinen Blick vom kindlich zärtlichen seiner Frau abzuwenden. Es regnete in Strömen. Das Wasser floß in den Straßengräben schwer wie Ketten. Das beängstigende Kommen des folgenden Tages würgte sie; der Morgen rückte näher; ohne ein Wort zu sagen, alles war bereit, zogen sie sich aus und legten sich schlafen. Das Ticktack der Uhr zerschlug ihre letzten Stunden. Ticktack! ticktack! ticktack ...! Die summenden Mükken störten ihren Schlaf.
»Wie ungeschickt, ich vergaß, den Mägden zu sagen, sie sollten die Fenster gut verschließen, daß die Mücken nicht herein können. Bei Gott, wie dumm ich doch bin!«
Als einzige Antwort preßte sie Cara de Angel gegen seine Brust. Er fühlte sie wie ein Lämmchen, so schwach und ohne Stimme.

Er wagte nicht, das Licht auszudrehen, die Augen zu schließen oder auch nur ein Wort zu sagen. Sie waren so sehr viel näher beisammen im Licht; die Stimme erzeugt eine große Entfernung zwischen denen, die sprechen; die Augenlider trennen uns von dem, was wir sehen ... In der Dunkelheit würden sie sich weit voneinander glauben; und mit allem, was sie sich in dieser letzten Nacht sagen wollten, wären doch nur Telegrammfragmente daraus geworden.

Das Geschrei der Mägde, die ein Huhn über das Saatfeld verfolgten, erfüllte den Hof. Der Regen hatte aufgehört, und wie in einer Wasseruhr trieften die letzten Tropfen durch die Dachrinne. Das Huhn lief, gackerte und schlug mit den Flügeln, um dem Tode zu entgehen.

»Mein kleiner Mühlstein«, flüsterte Cara de Angel an ihrem Ohr und liebkoste ihren Körper mit der flachen Hand.

»Liebster!« sprach sie und schmiegte sich an ihn. Ihre Beine zeichneten sich durch das Leintuch ab wie zwei Ruder, die gegen das gekräuselte Wasser eines bodenlosen Flusses gestemmt werden.

Die Mägde hielten nicht inne. Hin und her. Schreie. Das Huhn entglitt ihren Händen, erregt, verwirrt, mit weitoffenen Augen, offenem Schnabel, halb gekreuzten Flügeln und hastigem Atem.

Eng aneinandergeschmiegt liebkosten sie sich mit ihren zitternden Fingern, halb tot, halb schlafend, leicht, beinahe schwebend.

»Liebster!« sagte sie ...

»Himmel«, murmelte er ...

»Mein Himmel«, antwortete sie ...

Das Huhn rannte gegen die Mauer, oder die Mauer stürzte über das Huhn. Es fühlte beides in seinem Herzen. Man drehte ihm den Hals um. Es flatterte mit den Flügeln, als wollte es auch tot noch fliegen.

»Sogar schmutzig gemacht hat mich das Vieh!« rief die Köchin, indem sie die an ihrer Schürze haftenden Federn wegschüttelte; dann wusch sie sich die Hände im Trog mit Regenwasser.

Camila schloß die Augen ... Das Gewicht ihres Mannes ...

Das Flügelschlagen... Der Schmutzfleck...
Das langsame Tick-tack, Tick-tack, Tick-tack der Uhr...

Cara de Angel blätterte die Papiere, die ihm der Präsident durch einen Offizier am Bahnhof übergeben ließ, hastig durch.

Die Stadt kratzte den Himmel mit den schmutzigen Fingernägeln der Dächer, als sie immer weiter zurückblieb. Die Dokumente beruhigten ihn. Welch ein Glück, sich von diesem Menschen in einem Erster-Klasse-Wagen, von Aufmerksamkeiten umhegt, ohne Spion an den Fersen und mit den Taschen voller Schecks entfernen zu können! Mit halbgeschlossenen Augen dachte er nach. Der Zug setzte die Felder in Bewegung, und sie rannten wie Kinder eines dem andern nach, eines dem andern, eines dem andern: Bäume, Häuser, Brücken...

Welch ein Glück, sich von diesem Menschen im Erster-Klasse-Wagen entfernen zu können!

Eins dem andern, eins dem andern, eins dem andern...

Das Haus verfolgte den Baum, der Baum die Hecke, die Hecke die Brücke, die Brücke den Weg, der Weg den Fluß, der Fluß den Berg, der Berg die Wolken, die Wolken die Saat, die Saat den Sämann, der Sämann das Tier...

...Von Aufmerksamkeiten umhegt, ohne Spion an den Fersen...

...Das Tier das Haus, das Haus den Baum, der Baum die Hecke, die Hecke...

...Die Tasche voller Schecks...

Eine Brücke dehnte sich wie eine Bratsche durch die Öffnung der Fenster... Licht und Schatten, Stufen, Eisenstäbe, Schwalbenflügel...

...Die Hecke, die Brücke, die Brücke den Weg, der Weg den Fluß, der Fluß den Berg, der Berg...

Cara de Angel ließ den Kopf auf das Kissen seines Rohrsessels sinken. Die flache, heiße und gleichförmige Landschaft der Küste. Seine Augen waren schlaftrunken. Seine Sinne waren erregt; er fuhr im Zug und hatte das Gefühl, nicht im Zug zu fahren, hinter dem Zug zurückzubleiben, immer mehr zurückzubleiben, immer mehr, jedesmal noch mehr, jedesmal weiter zurück, jedesmal weiter, weiter zurück jedesmal, jedesmal weiter, weiter, wei...

Plötzlich riß er die Augen auf – unruhiger Schlaf des Flüchtenden, Furcht dessen, der weiß, daß sogar die Luft, die er atmet, voller Gefahren ist – und fand sich in seinem Sessel, als sei er durch ein unsichtbares Loch in den Zug gesprungen; der Nacken schmerzte, Schweiß bedeckte das Gesicht, und Mücken umsummten die Stirn.

Über den Gewächsen häuften sich unbeweglich die Himmel, durchtränkt von Meerwasser, und versteckten die Krallen der Blitze hinter grauen Plüschwolken.

Ein Dorf kam, kam und ging vorbei, ein scheinbar unbewohntes Dorf von kleinen Mandelteighäuschen auf trokkenen Maisblättern zwischen Kirche und Friedhof. Der Glaube, der die Kirche baute, sei mein Glaube! Kirche und Friedhof. Nur der Glaube und die Toten leben fort, dachte Cara de Angel. Doch die Freude seiner Abreise befeuchtete seine Augen. Jenes Land des ewigen Frühlings war sein Land, sein geliebtes Land, seine Mutter beinahe. Wenn er auch die Erinnerung an diese zurückbleibenden Dörfer mitnahm, würde er doch immer ein Toter unter Lebendigen bleiben, überschattet von der unsichtbaren Anwesenheit dieser Bäume, dieser Grabsteine zwischen den Menschen anderer Länder.

Bahnhof folgte auf Bahnhof. Der Zug fuhr, ohne anzuhalten, ein wenig wankend über die schlechtgelegten Schienen. Hier ein Pfiff, dort ein Quietschen der Bremsen, eine schmutzige Rauchfahne auf dem Rücken eines Hügels. Die Reisenden fächerten sich mit Hüten, Zeitungen oder Taschentüchern frische Luft zu und hingen in der brennenden Atmosphäre der tausend Schweißtropfen, die ihr Körper geweint hatte; sie waren müde vom Sitzen in den unbequemen Sesseln, vom Lärm, von der Wäsche, die sie stach, als sei sie aus Insektenbeinen gewoben, die über ihre Haut kribbelten, vom Kopf, der kitzelte, als würden die Haare darüberspazieren; sie waren durstig wie nach einem Abführmittel und traurig wie Tote.

Der Nachmittag stieg hernieder, das senkrechte Licht; dann das Leiden unter einem Regen ohne Erfrischung; später

flimmerte der Horizont, und in der Ferne, weit weg in der Ferne, glitzerte eine Sardinenbüchse in bläulichem Öl.
Ein Beamter kam vorbei und zündete die Lichter in den Wagen an. Cara de Angel brachte seinen Kragen, seine Krawatte in Ordnung und blickte auf die Uhr... Nur noch zwanzig Minuten bis zum Hafen; ein Jahrhundert für ihn, der kaum mehr warten konnte, bis er frei und sicher auf dem Schiff umhergehen konnte! Er schaute durchs Fenster und versuchte in der Dunkelheit etwas zu erkennen. Er hörte das Rauschen eines Flusses. Später nochmals, vielleicht war es derselbe Fluß.
Der Zug bremste seine Fahrt in den Straßen eines Dorfes, die wie im Schatten gespannte Hängematten aussahen. Er fuhr immer langsamer, und die Leute der zweiten Klasse, aufgeregt und schreiend, sprangen ab, während der Zug noch dem Hafen entgegenrollte. Schon hörte man das Echo lauter Schläge, schon erriet man die Umrisse des nach Teer stinkenden Zollgebäudes...
Cara de Angel grüßte den am Bahnhof wartenden Hafenkommandanten von weitem: »Major Farfán!« Es beglückte ihn, in diesem bedeutsamen Augenblick den Mann zu treffen, dem er einst das Leben gerettet hatte. »Major Farfán!«
Farfán grüßte ihn von weitem und rief, er brauche sich nicht mit seinem Gepäck abzumühen; einige Soldaten würden es aufs Schiff tragen. Als der Zug anhielt, stieg er ein und drückte Cara de Angel unter vielen Ehrenbezeugungen die Hand. Die anderen Reisenden drängten aus dem Wagen.
»Was tun Sie? Wie geht es Ihnen?«
»Wie geht es Ihnen, Major? Ich sollte zwar nicht fragen, man sieht es an Ihrem Gesicht, daß Ihnen nichts fehlt.«
»Der Herr Präsident befahl mir telegrafisch, Ihnen in allen Dingen behilflich zu sein.«
»Sehr liebenswürdig, Major!«
In wenigen Augenblicken hatte sich der Wagen geleert. Farfán rief mit lauter Stimme zu einem der Fenster hinaus: »Leutnant, sehen Sie zu, daß die Koffer aufs Schiff geschafft werden! Beeilen Sie sich!«
Auf seine Worte erschienen Gruppen bewaffneter Soldaten unter den Türen. Cara de Angel verstand das Manöver zu spät.

»Auf Befehl des Herrn Präsidenten«, sprach Farfán mit dem Revolver in der Hand, »verhafte ich Sie!«

»Aber Major...! Der Herr Präsident...? Wie soll das sein...? Kommen Sie, kommen Sie, bitte, und lassen Sie mich telegrafieren...«

»Der Befehl ist strikt, Don Miguel, Sie verhalten sich besser ruhig!«

»Wie Sie wollen, doch darf ich das Schiff nicht versäumen; ich habe eine geheime Mission. Ich kann nicht...«

»Schweigen Sie, bitte, und geben Sie alles, was Sie bei sich tragen, her!«

»Farfán!«

»Geben Sie alles her, sage ich!«

»Major, hören Sie mich an!«

»Widersetzen Sie sich nicht, verstanden! Widersetzen Sie sich nicht!«

»Hören Sie mich erst an, Major!«

»Genug des Geschwätzes!«

»Ich habe vertrauliche Instruktionen des Herrn Präsidenten! Sie tragen die Verantwortung...!«

»Wachtmeister, untersuchen Sie den Herrn! Wir werden ja sehen, wer der Stärkere ist!«

Eine Gestalt mit dem Gesicht hinter einem Halstuch verborgen löste sich aus der Dunkelheit: Sie war groß wie Cara de Angel, bleich wie Cara de Angel, halb blond wie Cara de Angel. Der Unbekannte nahm, was der Wachtmeister dem wahren Cara de Angel entriß, Paß, Schecks, Heiratsurkunde, er spuckte, als er ihm den Ehering, auf dem der Name seiner Frau eingraviert war, abzog. Manschettenknöpfe, Taschentücher..., und verschwand sogleich.

Lange später hörte man die Sirene des Schiffes. Der Gefangene hielt sich die Ohren zu. Tränen blendeten ihn. Er hätte am liebsten die Türen eingeschlagen, wäre geflohen, gerannt, übers Meer geflogen, hätte ein anderer als er selbst, der nun zurückblieb, sein wollen, ein tobender Strom unter der Haut, ein Narbenjucken im Körper! Er hätte der andere sein wollen, der sich mit seinem Gepäck und seinem Namen in Kabine Nummer 17 mit Kurs auf New York entfernte.

Alles lag in der tiefen Ruhe, die dem Wechsel der Gezeiten vorausgeht, außer den salzig-feuchten Grillen, die Sternenfunken und den wie eine Sicherheitsnadel im Finstern verlorenen Widerschein des Leuchtturms auf ihren Flügeln trugen; außer dem Gefangenen, der wie nach einem Kampf erregt auf und ab schritt, die Haare wirr über der Stirn, unfähig, sich zu setzen, der sich wand wie einer, der stöhnend in der Hand Gottes kämpft, die ihn wegtragen will, weil sie seiner für einen gewalttätigen Tod, für ein kaltblütiges Verbrechen bedarf, einer, der mit aufgeschlitztem Bauch erwacht.

»Der einzige Trost hier ist Farfán!« wiederholte er immer wieder. »Wenn der Kommandant nicht hier wäre! Meine Frau wird wenigstens wissen, daß man zwei Kugeln auf mich feuerte, mich begrub und daß sonst nichts zu melden ist!«

Man hörte ein Schlagen gegen den Boden; wie ein zweifüßiger Hammer; die Schildwachen, zweifüßige Hämmer nagelten den Wagen mit ihren Schritten auf dem Geleise fest. Er aber war weit weg, in der Erinnerung der kleinen Dörfer, die er soeben gesehen hatte, zwischen Nebelfetzen, im blendenden Staub seiner lichten Tage; die Furcht vor der Kirche und dem Friedhof quälte ihn, die Kirche und der Friedhof, Kirche und Friedhof! Nur noch der Glaube und die Toten lebten!

Die Uhr der Kommandantur schlug. Die Spinnen schauerten. Die halbe Stunde; der große Zeiger hatte das Kap der Mitternacht überwunden. Lässig zog Kommandant Farfán seinen Rock an, zuerst mit dem rechten, dann mit dem linken Arm in die Ärmel fahrend. Mit derselben Trägheit knöpfte er ihn von unten her zu. Er sah nichts von dem, was er vor sich hatte: eine Karte der Republik in der Form eines Gähnens, ein Handtuch mit zerquetschten und schlafenden Fliegen, eine Schildkröte, ein Gewehr und etwas Mundvorrat... Knopf um Knopf bis hinauf zum Kragen. Als er beim Kragen angelangt war, hob er seinen Kopf, und sein Blick fiel auf etwas, von dem er ihn nicht abwenden

konnte, bevor er nicht Stellung angenommen hatte: das Bild des Herrn Präsidenten.
Als er den Rock zugeknöpft hatte, zündete er sich an der Öllampe eine Zigarette an, nahm die Peitsche an sich und ... auf die Straße. Die Soldaten hörten ihn nicht vorübergehen; sie schliefen auf der Erde, wie Mumien in ihre Dekken gehüllt. Die Wachen grüßten ihn mit den Waffen, und der Offizier erhob sich, versuchte den Stummel seiner Zigarette auf den Boden zu spucken, fand aber nur noch Zeit, ihn beim Grüßen mit dem Handrücken von seinen schlafenden Lippen zu wischen: »Nichts zu melden, Herr Kommandant!«
Wie Katzenmäuler in die Milch tauchten die Flüsse ins Meer. Die flüssigen Schatten der Bäume, die schwere Masse der kotbedeckten Krokodile, das Sumpffieber, die zermalmten Tränen, alles floß ins Meer.
Ein Mann kam Farfán mit einer Laterne entgegen, als er in den Wagen stieg. Zwei Soldaten folgten ihm lächelnd und versuchten mit ihren vier Händen das Seil zu entwirren, mit dem sie den Gefangenen fesseln wollten. Auf Farfáns Befehl banden sie ihn und schleppten ihn in Richtung des Dorfes weg; zwei Wachen folgten ihnen. Cara de Angel wehrte sich nicht. In der Haltung und in der Stimme des Kommandanten, im Eifer, den er von den Soldaten verlangte, die ihn sonst schon grob genug behandelten, glaubte er ein geschicktes Manöver des Freundes zu erblicken, um ihm später auf der Kommandantur helfen zu können, ohne sich schon im voraus zu verraten. Beim Verlassen des Bahnhofs bogen sie gegen das äußerste Ende der Eisenbahnschienen ab, und mit Stößen brachten sie Cara de Angel in einen Wagen, dessen Boden mit Kot bedeckt war. Sie schlugen ihn grundlos, als gehorchten sie Befehlen, die sie vorher erhalten hatten.
»Aber warum schlagen sie mich, Farfán?« wandte er sich an den Major, der dem Zuge folgte und sich mit dem Mann mit der Laterne unterhielt.
Ein Kolbenhieb war die Antwort; statt ihn auf den Rücken zu schlagen, trafen sie ihn am Kopf. Ein Ohr blutete, und Cara de Angel stürzte vornüber in den Dreck.

Er hustete, um den Kot aus seinem Mund zu spucken. Blut tropfte über seinen Anzug. Er wollte sich wehren.
»Schweig! Schweig!« schrie Farfán mit erhobener Peitsche.
»Major Farfán!« schrie Cara de Angel ohne Furcht, außer sich; die Luft roch bereits nach Blut.
Farfán fürchtete sich vor dem, was er sagen wollte, und schlug zu. Die Peitsche zeichnete sich auf der Wange des Unglücklichen ab, der, am Boden kniend, versuchte, seine Hände vom Rücken zu lösen.
»Ich verstehe... Mit diesem Kampf... wollen Sie... sich weitere Sporen verdienen!«
»Schweigen Sie, wenn Sie nicht...«, kreischte Farfán, die Peitsche aufs neue erhoben.
Der Mann mit der Laterne hielt ihm den Arm.
»Schlagen Sie, halten Sie nicht ein, haben Sie keine Angst! Dazu bin ich ein Mann, und die Peitsche ist die Waffe der Kastrierten!«
Zwei, drei, vier, fünf Peitschenhiebe fielen innerhalb weniger als einer Sekunde über das Gesicht des Gefangenen.
»Beruhigen Sie sich, Herr Major!« bat der Mann mit der Laterne, dazwischen tretend.
»Nein! Dieser Hurensohn wird mir in den Sand beißen! Was er gegen die Armee gesagt hat, bleibt nicht ungerächt! Bandit... Scheißkerl!« Nicht mehr mit der Peitsche, die zerbrochen war, sondern mit dem Knauf der Pistole schlug er Haarwische und Fleischstücke aus dem Gesicht des Gefangenen. Bei jedem Schlag wiederholte er mit erstickter Stimme: »Armee... Einrichtung... Scheißkerl, so, nun...«
Als man den regungslosen Körper im Kot zusammengelesen hatte, wurde er im Wagen von einem Ende des Geleises zum andern geschoben, bis der Güterzug, der ihn in die Hauptstadt zurückbringen sollte, zusammengestellt war.
Der Mann mit der Laterne nahm im Wagen Platz. Farfán begleitete ihn. Sie waren bis zur Abfahrt in der Kommandantur gewesen, wo sie sich unterhalten und getrunken hatten.
»Das erste Mal, als ich in die Geheimpolizei eintreten wollte«, erzählte der mit der Laterne, »war ein Freund von mir Lucio Vásquez, den man ›den Samtweichen‹ nannte...«

»Ich habe von ihm gehört«, unterbrach ihn der Major.

»Damals wurde ich aber nicht aufgenommen. Lucio war ein gerissener und schonungsloser Kerl, obwohl man ihn ›den Samtweichen‹ nannte. Ich kam ins Gefängnis und verlor dabei das Geld, das ich mit meiner Frau – damals war ich noch verheiratet – in ein kleines Geschäft gesteckt hatte. Meine Frau, die Ärmste, kam sogar in den ›Süßen Zauber‹.«

Bei den Worten »Süßer Zauber« wachte Farfán auf. Doch der Gedanke an die »Schamlose« mit dem nach Klosett stinkenden Geschlecht, der ihn früher begeistert hätte, ließ ihn nun kalt. Er kämpfte wie einer, der unter Wasser schwimmt, gegen das Bild Cara de Angels, der ihm wiederholte: »Weitere Sporen ... weitere Sporen.«

»Und wie hieß Ihre Frau? Sie werden sehen, ich kannte fast alle vom ›Süßen Zauber‹ ...«

»Oh, ihr Name würde Ihnen nichts sagen, denn kaum war sie dort, so war sie auch schon wieder weg. Unser Kind ist dort gestorben, und das machte sie blöd. Sehen Sie, wenn man für etwas nicht geschaffen ist ... Jetzt arbeitet sie bei den Schwestern im Waschhaus des Spitals. Sie ist eben nicht zur Dirne geboren!«

»Natürlich kannte ich sie! Ich war es, der von der Polizei die Bewilligung erhielt, daß die Totenwache des Kleinen bei der Chon durchgeführt werden konnte. Aber ich hatte keine Ahnung, daß es Ihr Kind war.«

»Und ich saß damals, ohne einen Pfennig ... Wenn man in die Vergangenheit zurückblickt, möchte man am liebsten davonlaufen.«

»Und ich ahnte nichts, als ein Luder mich beim Herrn Präsidenten verleumdete ...«

»Seit damals war dieser Cara de Angel mit General Canales verbündet. Er verstand sich gut mit der Tochter, die später seine Frau wurde; er hat auch, wie man erzählt, die Flucht des Generals vorbereitet. Ich weiß das alles, weil Vásquez, ›der Samtweiche‹, ihn einige Stunden vor dem Verduften des Generals in einer Kneipe, die ›El Tus-Tep‹ heißt, getroffen hat.«

»›El Tus-Tep‹?« wiederholte der Major und versuchte sich zu erinnern.

»Es ist die Schenke an der Ecke, jawohl, gerade an der Ecke. Himmel, zwei Figuren sind auf die Mauer gemalt, eine auf jeder Seite der Tür, eine Frau und ein Mann. Die Frau sagt mit einladender Gebärde zum Mann, sogar an die Worte erinnere ich mich: ›Tanz mit mir einen kleinen Tustep!‹ Und der Mann antwortet mit einer Flasche in der Hand: ›Nein, denn ich tanze schon einen großen Tustep!‹«
Der Zug fuhr langsam an. Ein schwacher Morgenschimmer lag über dem Blau des Meeres. Im Halbdunkel erriet man die Strohhütten des Dorfes, die fernen Berge, die elenden Schiffe des Küstenhandels und das Gebäude der Kommandantur, eine Zündholzschachtel voller Grillen in Soldatenkleidern.

40 Blindekuh

»So viele Stunden sind schon vorbei, seit er wegfuhr!« Am Tag des Abschieds beginnt man die Stunden zu zählen, bis es so viele sind, daß man sagen kann: »Schon viele Tage sind es her, seit er wegfuhr!« Aber nach zwei Wochen verliert sich die Rechnung der Tage, und man sagt: »Schon so viele Wochen sind es her, seit er wegfuhr!« Bis zu einem Monat. Dann verliert sich die Rechnung der Monate. Bis zu einem Jahr. Dann verliert sich die Rechnung der Jahre.
Camila spähte durch eines der Fenster des Salons auf den Briefträger; sie hielt sich hinter den Vorhängen versteckt, damit man sie von der Straße her nicht sehen konnte. Sie war schwanger und nähte Säuglingswäsche.
Den Briefträger hörte man von weitem wie einen Verrückten, der zum Vergnügen an allen Häusern läutet. Glocke um Glocke näherte er sich bis unter ihr Fenster. Camila ließ die Näharbeit, als sie ihn kommen hörte, ihn sah; ihr Herz sprang vor Freude in der Brust. »Schon ist der erwartete Brief da!« – »Meine geliebte Camila: Doppelpunkt...« Doch der Briefträger läutete nicht. Vielleicht... Vielleicht später... Sie nähte weiter und summte Lieder, um den Kummer zu vertreiben.
Am Nachmittag kam der Briefträger wieder vorbei. Un-

möglich, auch nur einen Stich zu nähen in der Zeit, die sie benötigte, um vom Fenster zur Tür zu gelangen. Starr, mit angehaltenem Atem, ganz Ohr, wartete sie auf das Läuten; dann, als nichts die Stille des Hauses unterbrochen hatte, schloß sie die Augen aus Furcht; Seufzer, plötzliche Brechreize und Stöhnen schüttelten ihren Körper. Warum öffnete sich die Tür nicht? Vielleicht... Vielleicht hatte der Briefträger den Brief vergessen; er würde ihn morgen bringen. Briefe austragen war ja sein Beruf...

Am folgenden Tage hätte sie die Tür beinahe aus den Angeln gerissen, so heftig schlug sie sie auf. Sie wartete auf den Briefträger, nicht nur, um ihm zu sagen, er solle sie nicht vergessen, sondern auch, um dem Glück nachzuhelfen. Er aber ging vorbei wie alle Tage, wich ihren Fragen aus; er war grün gekleidet; grün, sagt man, ist die Hoffnung. Seine Augen waren grün wie die einer Katze, seine Zähne entblößt wie die eines Skeletts in der Anatomie einer Universität...

Ein Monat, zwei Monate, drei, vier...

Sie zog sich unter der Last ihres Schmerzes aus den Räumen, die auf die Straße hinausgingen, in die inneren Gemächer des Hauses zurück. Sie fühlte sich so verächtlich geworden wie ein Werkzeug aus Holz oder Kohle, wie ein Krug oder wie Abfall.

»Das sind keine Wünsche, sondern Gelüste«, erklärte eine Nachbarin, die etwas vom Hebammenberuf verstehen wollte, den Mägden, die ihr den Fall, wohl eher um etwas zu schwatzen zu haben, als um Rat zu suchen, unterbreiteten; den Rat wußten sie selbst: Kerzen für die Heiligen und kleine Diebstähle, um das Gewicht des Hauses zu erleichtern. Alles, was Wert hatte, schafften sie fort.

Doch eines Tages ging die Kranke auf die Straße. Leichen schwimmen. Weit ins Polster des Fiakers zurückgelehnt, die Augen von allen Bekannten, die sie traf, abwendend – fast alle drehten übrigens den Kopf, um sie nicht grüßen zu müssen –, wollte sie so schnell wie nur möglich zum Präsidenten. Ihr Frühstück, Mittag- und Nachtessen war ein tränennasses Taschentuch. Im Vorzimmer hätte sie es beinahe aufgegeben. Wieviel Elend, nach den wartenden

Leuten zu urteilen! Die Bauern saßen auf dem äußersten Rand der vergoldeten Stühle. Die Städter machten es sich bequemer und lehnten gegen die weichen Rückenpolster. Den Damen bot man leise die Fauteuils an. Jemand sprach unter einer Tür. Der Präsident! Beim bloßen Gedanken schauderte sie zusammen. Ihr Söhnchen gab ihr kleine Fußtritte in den Bauch, als wollte es sagen: »Gehen wir weg von hier!« Die Geräusche derer, die ihre Stellung änderten. Gähnen. Worte. Die Schritte der Offiziere des Generalstabs. Die Bewegungen eines Soldaten, der die Scheiben eines Fensters reinigte. Fliegen. Die Fußtritte des kleinen Menschen, den sie im Bauch trug: »Warum so bös? Wozu dieser Zorn? Wir wollen den Präsidenten nur fragen, was mit dem Herrn ist, der nicht einmal weiß, daß es dich gibt, und der dich sehr liebhaben wird, wenn er zurückkommt! Ach, du kannst kaum mehr warten, bis du an dem, was man Leben nennt, teilhaben wirst! Nein, es ist nicht, weil ich es nicht haben will; aber es geht dir besser dort, wo du bist; dort bist du geschützt!«

Der Präsident empfing sie nicht. Jemand sagte ihr, es sei besser, eine Audienz zu verlangen. Telegramme, Briefe, versiegelte Schreiben ... Alles war nutzlos.

Nächte senkten sich, und Tage grauten in der Leere ihrer Schlaflosigkeit und spiegelten sich manchmal in der Lagune ihrer Tränen. Ein großer Hof. In einer Hängematte ausgestreckt spielte sie mit einem Karamelbonbon aus »Tausendundeiner Nacht« und mit einem kleinen schwarzen Stoffball. Das Karamel im Mund, den Ball in der Hand. Als sie das Karamel von der einen auf die andere Seite schieben wollte, entglitt ihr der Ball, fiel auf den Boden des Korridors unter der Hängematte und rollte weit in den Hof hinaus; das Karamel wurde größer im Mund, der Ball immer kleiner, bis er schließlich verschwand. Sie schlief nicht ganz. Ihr Körper zitterte bei der Berührung der Leintücher. Es war ein Traum mit Märchenlicht, trotz der elektrischen Beleuchtung. Die Seife entglitt ihren Händen zwei- und dreimal, wie der Ball, und das Frühstücksbrot – sie aß nur, weil sie mußte – wuchs in ihrem Mund wie das Karamel.

Durch die öden Straßen – die Leute waren noch in der

Messe – eilte sie schon in die Ministerien, um dort auf die Minister zu warten; sie wußte nicht, wie sie die Pförtner gewinnen könnte, diese schimpfenden Alten, die ihr nicht antworteten, wenn sie mit ihnen sprach, oder sie grob zurückwiesen, wenn sie weiter drängte.

Aber ihr Mann war dem Ball nachgeeilt. Jetzt erinnerte sie sich an den anderen Teil ihres Traumes. Der große Hof. Der schwarze Ball. Ihr Mann immer kleiner, immer ferner, wie durch eine Linse verkleinert, bis er hinter dem Ball verschwand, während ihr – sie dachte nicht an ihr Kind – das Karamel im Munde wuchs.

Sie schrieb dem Konsul nach New York, dem Minister in Washington, dem Freund einer Freundin, dem Schwager eines Freundes und bat um Nachricht über ihren Mann; es war, als hätte sie die Briefe auf den Abfallhaufen geworfen. Durch einen jüdischen Krämer erfuhr sie, daß der ehrenwerte Sekretär der amerikanischen Legation, er war Detektiv und Diplomat, Informationen besaß, nach denen Cara de Angel bestimmt in New York angekommen sei. Man wisse nicht nur ganz offiziell, daß er sich ausschiffte, dies stehe im Hafenregister, in den Registern der Hotels, in denen er übernachtete, in den Registern der Polizei, sondern man vernahm es auch durch die Zeitungen und durch Leute, die von dorther kamen. »Und jetzt suchen sie ihn«, sagte der Jude; »und tot oder lebendig werden sie ihn finden, obwohl es scheint, daß er von New York aus auf einem anderen Schiff nach Singapur reiste.«

»Und wo ist das?« wollte sie wissen.

»Wo soll es denn sein? In Indochina«, antwortete der Jude und klapperte dabei mit seinem Gebiß.

»Und wie lange braucht ein Brief von dort, bis er hier ist?« fragte sie weiter.

»Genau weiß ich es nicht, es werden aber mehr als drei Monate sein.« Sie zählte es an den Fingern ab. Vor vier Monaten war Cara de Angel weggefahren.

In New York oder in Singapur ... Sie fühlte sich von einem großen Alpdruck befreit. Welch großer Trost, ihn fern zu fühlen, zu wissen, daß er nicht schon im Hafen ermordet worden ist, wie die Leute zu behaupten anfingen; fern, in New York oder in Singapur, aber in Gedanken bei ihr!

Sie stützte sich auf den Ladentisch des Juden, um nicht bewußtlos hinzusinken. Vor Freude schwindelte ihr. Halb in der Luft hängend, ohne die in Silberpapier eingewickelten Schinken, die Flaschen in ihren Strohmänteln, die Konservenbüchsen, Schokoladen, Äpfel, Heringe, Oliven, Stockfische und Trauben zu berühren, besuchte sie am Arm ihres Gatten ferne Länder. Wie dumm war ich doch, mich so zu quälen! Jetzt weiß ich, warum er nicht geschrieben hat; und ich muß die Komödie weiterspielen. Die Rolle der verlassenen Frau, die blind vor Eifersucht den sucht, der sie verließ ... oder die der Frau, die im schweren Augenblick des Gebärens an der Seite ihres Mannes sein möchte.
Die Kabine war reserviert, das Gepäck bereit, aber auf höheren Befehl verweigerte man ihr den Paß. So etwas wie ein Überfluß von fettem Fleisch um ein Loch mit nikotingelben Zähnen herum wand sich von oben bis unten, von unten bis oben, um ihr zu sagen, daß ihr auf höheren Befehl kein Paß ausgehändigt werden dürfe. Sie bewegte die Lippen von oben bis unten, von unten bis oben und versuchte seine Worte zu wiederholen, als habe sie schlecht verstanden.
Sie gab ein Vermögen für Telegramme an den Präsidenten aus. Er antwortete nicht. Die Minister konnten nichts tun. Der Untersekretär des Kriegsgerichtes, ein den Damen wohlwollender Herr, riet ihr, nicht weiter zu drängen, denn man würde ihr den Paß unter keinen Umständen geben. Ihr Mann habe versucht, den Herrn Präsidenten zu betrügen, und alles sei nutzlos.
Man riet ihr, sich an jenen kleinen Priester zu wenden, der vor Hämorrhoiden auf Fröschen zu sitzen schien, oder an eine Mätresse des Stallmeisters des Präsidenten, und da zu jener Zeit das Gerücht im Umlauf war, Cara de Angel sei in Panama an Gelbfieber gestorben, begleiteten sie viele sogar zu den Spiritisten, um Gewißheit zu erlangen.
Diese ließen es sich nicht zweimal sagen. Nur das Medium wehrte sich. »Daß ich in mir den Geist eines, der ein Feind des Präsidenten war, einfangen soll«, sprach sie, »gefällt mir nicht sehr«, und unter ihren eisigen Kleidern zitterten die dürren Beine. Aber die Bitten, wenn sie von Münzen

begleitet sind, erweichen sogar Steine, und indem man ihr die Hand füllte, gewann man auch ihre Zustimmung. Das Licht wurde gelöscht. Furcht packte Camila, als sie hörte, wie man den Geist Cara de Angels rief, und sie mußte beinahe bewußtlos fortgetragen werden: Sie hatte die Stimme ihres Mannes gehört, der, wie die Stimme sagte, auf hoher See gestorben sei. Jetzt befinde er sich in einer Zone, wo nichts »sein« könne und doch alles »sei«, im besten der Betten mit Matratzen von Wasser und Federn von Fischen, im Nichts, dem weichsten der Kissen.

In ihrem eingefallenen, trotz ihrer zwanzig Jahre schon wie eine alte Katze runzligen Gesicht sah man nur noch ihre Augen, ihre grünen Augen mit Ringen, die so groß waren wie ihre durchsichtigen Ohren. Sie gebar ein Knäblein, und auf den Rat des Arztes fuhr sie, sobald sie aufstehen konnte, aufs Land. Zunehmende Blutarmut, Tuberkulose, Wahnsinn und Blödheit bemächtigten sich ihrer, während sie tastend mit dem Kind in den Armen, ohne Nachricht von ihrem Mann, ihn in den Spiegeln, wo nur Ertrunkene sich hinfinden, in den Augen des Kindes oder, wenn sie sich zu ihm in New York oder Singapur träumte, in ihren eigenen Augen suchend, über das dünne Seil schritt.

Zwischen den wandernden Schatten der Pinien, den Obstbäumen der Gärten und der Felder, die höher als die Wolken waren, graute ein Tag in der Nacht ihres Schmerzes: es war der Pfingstsonntag, da ihr Sohn das Salz, Öl, Wasser und den Namen Miguel empfing. Die Stare wetzten ihre Schnäbel, zwei Federwische und ein endloser Triller. Die Schafe spielten und leckten ihre Jungen ab. Ein ruhiges Gefühl sonntäglichen Wohlseins strömte aus dem Hin und Her der Zungen über das Neugeborene, das vor Wonne die langwimperigen Augen halb schloß. Die Fohlen tummelten sich hinter den Stuten mit feuchtem Blick. Die Kälber brüllten, und Speichel triefte von ihren Mäulern, als sie sich dem prallen Euter näherten. Ohne zu wissen warum, als würde das Leben in ihr auferstehen, drückte sie ihren Sohn nach dem Taufgeläute an ihr Herz.

Der kleine Miguel wuchs auf dem Lande auf und bebaute die Felder; Camila kehrte nie wieder in die Stadt zurück.

Durch die Öffnung in der Decke gelangte das Licht, von Spinnweben filtriert, alle zweiundzwanzig Stunden einmal ins Verlies. Mit dem Licht senkte sich alle zweiundzwanzig Stunden ein alter verrosteter Benzinbehälter mit dem Essen für den Gefangenen an einer faulen, mit vielen Knoten reparierten Schnur ins unterirdische Verlies. Als er den Behälter mit der fettig-trüben Brühe, den Fleischresten und Tortillaabfällen sah, wandte sich der Gefangene von Nummer 17 angeekelt ab. Lieber sterben, als einen einzigen Bissen davon essen! Während Tagen stieg der Behälter wieder hinauf, so wie er heruntergekommen war. Doch der Hunger siegte. Sein Blick wurde glasig in diesem kläglichen Pferch des Hungers, seine Augen schwollen an; er sprach laut, während er im Verlies, das kaum vier Schritte maß, auf und ab ging. Er rieb sich die Zähne mit den Fingern, zog sich an den kalten Ohren, und eines Tages, als sich der Behälter senkte, stürzte er sich auf ihn, als wollte ihn jemand ihm wegnehmen, und begrub Mund, Nase, das ganze Gesicht, die Haare darin; er verschluckte sich, denn er wollte zur selben Zeit die Brühe schlürfen und das Fleisch kauen. Er ließ nichts übrig. Als die Büchse wieder hochgezogen wurde, blickte er ihr mit dem Genuß eines befriedigten Tieres nach. Er hörte nicht auf, sich die Finger abzulecken, sich mit der Zunge über die Lippen zu streichen ... Seine Freude war kurz; zwischen Stammeln und Stöhnen erbrach er. Das Fleisch und die Tortilla klebten an seinen Magenwänden und wollten sich nicht lösen; bei jedem Würgen des Magens konnte er nur noch den Mund öffnen und sich gegen die Wand stützen, wie einer, der über einen Abgrund lehnt. Endlich konnte er wieder atmen; alles drehte sich. Seine Hand fuhr durchs Haar und glitt hinter seinen Ohren gegen den vom Speichel nassen Bart. Seine Ohren dröhnten. Eisiger, klebriger und wie die Flüssigkeit einer elektrischen Batterie beißender Schweiß bedeckte sein Gesicht. Das Licht verging, jenes Licht, das doch erst zu scheinen begonnen hatte. Als kämpfte er gegen sich selbst, hielt er sich an den Überresten seines Körpers, setzte sich, streckte die Beine, lehnte mit dem Kopf gegen die Wand und sank unter dem Gewicht der Lider wie unter der plötzlichen Wirkung eines Betäubungsmittels zusammen. Aber er schlief nicht gut; zum mühsamen Atmen in der stinkigen Luft kam das verkrampfte Hin und Her seiner Hände über seinem Körper, das Anziehen und Strecken des einen und des anderen Beines und das Reiben seiner Fingernägel, die versuchten, den Feuerbrand aus seiner Kehle zu reißen.

Halb wach, begann er wie ein Fisch ohne Wasser den Mund zu öffnen und zu schließen, die eisige Luft mit seiner trokkenen Zunge zu kosten; er versuchte zu schreien. Wach, aber vom Fieber betäubt, schrie er. Er erhob sich nicht nur, sondern stand auf den Zehenspitzen, reckte sich so hoch wie möglich, damit man ihn besser höre. Die Mauern zerstäubten seine Schreie von Echo zu Echo. Er schlug mit der flachen Hand gegen sie, stampfte mit den Füßen, rief und rief wieder mit einer Stimme, die bald nur noch Geheul war: »... Wasser, Suppe, Salz, Fett, irgend etwas; Wasser, Suppe ...«

Der Blutfaden eines zerquetschten Skorpions rann über seine Hand ... vieler Skorpione, denn er rann immer weiter ... aller zerquetschten Skorpione des Himmels, die den Regen machen. Er stillte leckend seinen Durst, ohne zu ahnen, wem er dieses Geschenk, das später zu seiner größten Qual wurde, verdankte. Stunden und Stunden stand er auf dem Stein, der ihm als Kissen diente, damit er seine Füße nicht ins Wasser halten mußte, das sich während des Winters am Boden des Verlieses ansammelte. Stunden und Stunden, durchnäßt bis in die Haare, Wasser verdunstend, stand er schaudernd und gähnend mit feuchten Knochen unruhig da und wartete auf die Blechbüchse mit trüber Brühe, die schon hätte kommen sollen ... Er aß wie die Mageren, um einen fetten Schlaf zu haben; nach dem letzten Bissen schlief er stehend ein. Später wurde der Kessel hinuntergelassen, in dem die unterirdischen Gefangenen ihre Bedürfnisse verrichteten. Das erstemal, als der Gefangene von Nummer siebzehn ihn hinuntergleiten hörte, glaubte er, es sei sein Essen, und da er damals noch nichts aß, ließ er ihn unberührt wieder aufsteigen, ohne zu bemerken, daß er voller Exkremente war, denn er hatte den gleichen Geruch wie die Brühe. Dieser Kessel wurde in jedes Verlies gesenkt und war bis in die Mitte aufgefüllt, wenn er dann bis zu Nummer siebzehn kam. Es war schrecklich, ihn gegen die Mauer schlagen zu hören und kein Bedürfnis zu verspüren. Manchmal kam der Kessel zu spät, manchmal auch vergaßen sie ihn. Dann glaubte er das Gehör zu verlieren, so stark schlug er mit dem Kopf gegen die Mauer: Geläut einer stummen Glocke. Beinahe jeden Tag kam es vor, daß die Schnur riß. Einer der Gefangenen erhielt dann eine stinkende Dusche. Der bloße Gedanke an den Gestank ekelte ihn, der Gedanke an die dampfende Wärme des Kotes, an die messerscharfen Ränder des Gefäßes, an die Anstrengung; und dann, wenn Kessel und Bedürfnis verschwunden waren, begann die Marter des Wartens bis zum nächstenmal, zweiundzwanzig Stunden voll von Koliken, Ängsten, Tränen, Verrenkungen, schlüpfrigen Worten, nach Kupfer schmeckendem Speichel; wenn der Drang zu groß wurde, mußte er sich am Boden erleichtern und wie ein Hund oder ein Säugling sich leeren. Nur der Tod schaute ihm dabei zu.

Zwei Stunden Licht, zweiundzwanzig Stunden völlige Finsternis, eine Blechbüchse Fleischbrühe und ein Kessel Kot, Durst im Sommer und Überschwemmung im Winter, das war das Leben in jenen Verliesen.

»Jeden Tag wiegst du weniger«, der Gefangene in Nummer siebzehn kannte seine eigene Stimme kaum mehr, »und wenn der Wind dich fortblasen kann, bringt er dich dorthin, wo Camila wartet! Das Warten muß sie erschöpft haben; sie ist sicher ganz unbedeutend, ganz klein geworden! Was macht es, wenn du dürre Hände hast? Die Wärme ihrer Brust wird sie stärken!... Schmutzig?... Mit ihren Tränen wird sie sie waschen... Ihre grünen Augen?... Ja, jene Alp im österreichischen Tirol, die in ›La Illustración‹ abgebildet war... oder das goldene Bambusrohr mit meerblauen Flecken, und die Anmut ihrer Worte, der Geschmack ihrer Lippen, ihrer Zähne, der Geschmack ihres Geschmackes... und ihr Körper, wenn sie ihn gibt, wie eine gedehnte Acht, eine schmale Hüfte wie die Rauchgitarren, die die Feuerräder bilden, bevor sie erlöschen und ihre Drehkraft verlieren. Ich entriß sie dem Tod in einer Nacht voller Feuerwerk. Die Engel schritten, die Wolken schritten, die Dächer schritten mit den kleinen Schritten der Nachtwächter, die Häuser, die Bäume, alles schritt durch die Luft mit ihr und mit mir.«

Und im seidenen Pulver des Tastsinns, in seinem Atem, in seinen Ohren, zwischen seinen Fingern, an seiner Brust fühlte er Camilas Körper, die über den blinden Eingeweiden zitterte wie die Wimpern über den Augen.

Und er besaß sie ...

Der Krampf kam langsam, ohne die geringste Verdrehung, mit einem sanften Schauer in der Wirbelsäule, in der Dornensäule; ein heftiges Zusammenziehen der Stimmritze und das Herabfallen seiner Arme, die vom Körper gelöst zu sein schienen ...

Der Ekel, den ihm die Verrichtung seiner Bedürfnisse in die Blechbüchse verursachte, und das schlechte Gewissen, weil er sich mit der Erinnerung an Camila auf eine so feige Weise seinen fleischlichen Trieben ergab, lähmten in ihm jede Kraft.

Mit einem kleinen Blechstücklein, das er von seinen Nesteln weggerissen hatte – das einzige Metallwerkzeug in seinem Bereich –, kratzte er den Namen Camilas und den seinen eng verbunden in die Mauer, und indem er alle zweiundzwanzig Stunden das Licht ausnutzte, fügte er ein Herz bei, einen Pfeil, eine Dornenkrone, einen Anker, ein Kreuz, ein Segelschiff, einen Stern, drei Schwalben in der Form eines V und einen Eisenbahnzug mit spiralförmigem Rauch.

Seine Schwäche ersparte ihm zu seinem Glück die Qual des Fleisches. Mit zerstörtem Körper dachte er an Camila, wie man an einer Blume riecht oder ein Gedicht anhört. Sie erinnerte ihn an die Rose, die jeden April und Mai unterm Fenster des Eßzimmers blühte, wo er als Kind mit seiner Mutter aß. Eine seltsame kleine Rosenblüte! Das Vorbeiziehen seiner Kindertage betäubte ihn. Das Licht verging. Verging ... Jenes Licht, das doch erst gekommen war. Die

Finsternis verschlang die Mauern wie Oblaten, und bald würde der Kessel mit dem Kot kommen. Oh, jene Rose! Die Schnur glänzte, und der Kessel tanzte vor Freude zwischen den Mauern der unterirdischen Eingeweide. Ihn schauderte beim Gedanken an den Gestank, der den vornehmen Besuch begleitete. Der Kessel wurde wieder hochgezogen, nicht aber der Gestank. Oh, jene Rose, zart wie die Milch des Morgenkaffees ...!

Nach wenigen Jahren hatte der Gefangene in Nummer siebzehn stark gealtert. Kummer wiegt schwerer als Jahre. Viele tiefe Runzeln durchfurchten sein Gesicht; es wuchsen ihm weiße Haare, wie den Ameisen im Winter Flügel wachsen. Nicht mehr er und sein Gesicht, er und seine Leiche. Ohne Luft, ohne Sonne, ohne Bewegung, von Durchfall, Rheuma und chronischen Neuralgien gequält, fast blind, lebte er nur noch vom einzigen, vom Letzten, von der Hoffnung, seine Frau wiederzusehen. Nur die Liebe hielt sein Herz wie mit Schmirgelpapier blank!

Der Direktor der Geheimpolizei schob den Stuhl, auf dem er saß, zurück, hielt die Beine darunter, stützte sich auf die Fußspitzen und legte die Arme über den Tisch aus schwarzem Holz. Er hielt die Feder ins Licht der Lampe und entfernte mit der Zange seiner Fingernägel den Faden, der das Papier verschmiert hatte. Dazu knirschte er mit den Zähnen. Er schrieb weiter:

»... und gemäß den Instruktionen«, die Feder kratzte das Papier von Schnörkel zu Schnörkel, »befreundete sich der obgenannte Vich mit dem Gefangenen von Nummer siebzehn, nachdem er zwei Monate dort eingeschlossen gewesen war und ständig die Komödie des Weinens, des Schreiens und des wiederholten Selbstmordversuches gespielt hatte. Nummer siebzehn faßte Zutrauen und fragte, welches Verbrechens er sich gegen den Herrn Präsidenten schuldig gemacht habe, um nun dort zu sein, wo jede menschliche Hoffnung aufhört. Der obgenannte Vich antwortete nicht, sondern schlug mit dem Kopf gegen den Boden und stieß Verwünschungen aus. Nummer siebzehn fragte so beharrlich weiter, daß Vich schließlich redete: ›Sprachenkenner, aufgewachsen in einem Land von Sprachenkennern. Kunde von einem Land, wo es keine Sprachenkenner gibt. Reise. Ankunft. Ideales Land für Ausländer. Empfehlungen hier, Empfehlungen dort, Freundschaften, Geld, alles ... Bald, eine Frau auf der Straße, die ersten Schritte hinter ihr her, zweifelnd, halb widerwillig. Verheiratet ...? Ledig ...? Witwe ...? Er weiß nur, daß er ihr folgen muß. Die schönen grünen Augen! Ein rosiger Mund! Welcher Gang! Welche Schönheit ...! Er macht ihr den Hof, umschleicht ihr Haus, nähert sich ihr, aber vom Augenblick an, da er mit ihr sprechen will, sieht er sie nicht mehr, und ein Mann, den er nicht kennt und nie vorher gesehen hat, folgt ihm überall hin wie sein Schatten ... Freunde, was bedeutet das ...? Die Freunde wenden sich ab. Steine der Straße, was bedeutet das ...? Die Steine der Straße zittern, als sie ihn hören. Alles, was er verstehen kann, ist, daß er unvorsichtig war: er hat der Lieblings ... des Herrn Präsidenten den Hof gemacht, einer Frau, die, wie er erfuhr, die Tochter eines Generals war, der als Anarchist eingekerkert wurde: Sie tat es, um sich an ihrem Mann zu rächen, der sie verlassen hatte.‹

Der Obgenannte erklärt, bei diesen Worten ein Geräusch wie das einer im Dunkeln kriechenden Schlange vernommen zu haben. Der Gefangene habe sich ihm genähert und ihn mit einer Stimme, die schwach war wie die Flosse eines Fisches, gebeten, ihm den Namen dieser Frau zu sagen. Der Obgenannte wiederholte den Namen zum zweitenmal ...

Von diesem Augenblick an habe sich der Gefangene gekratzt, als würde sein Körper, den er schon nicht mehr fühlte, langsam verbrennen. Er habe sein Gesicht zerfetzt, als er die Tränen wegwischen wollte, denn er war nur noch trockene Haut und Knochen. Er fuhr mit der Hand gegen seine Brust und fand sie nicht: ein Spinngewebe von feuchtem Staub fiel zu Boden ...

Gemäß den Instruktionen übergab ich Vich persönlich, nachdem ich seine Aussagen wörtlich hatte niederschreiben lassen, siebenundachtzig Dollar für die Zeit, die er im Gefängnis verbracht hatte, einen gebrauchten Anzug und eine Fahrkarte nach Wladiwostok. Die Todesurkunde des Gefangenen von Nummer siebzehn lautet wie folgt: An Ruhrinfektion gestorben.

Dies ist, was ich dem Herrn Präsidenten mitzuteilen die Ehre habe ...«

EPILOG

Der Student blieb am Rande des Gehsteiges stehen, als habe er noch nie einen Mann in einem Talar gesehen. Es war aber nicht der Talar, der ihn so sehr erstaunte, sondern das, was der Küster ihm ins Ohr flüsterte, während sie sich vor Freude über ihre Freiheit umarmten:
»Ich bin auf höheren Befehl so gekleidet ...«
Und dort wäre er stehengeblieben, hätte er nicht eine Reihe von Gefangenen gesehen, die zwischen zwei Reihen Soldaten durch die Straße schritten.
»Arme Leute ...!« murmelte der Küster, als der Student auf den Gehsteig trat. »Die Zerstörung der Pforte kommt sie teuer zu stehen! Es gibt Dinge, die man einfach nicht glauben kann!«
»Man sieht sie«, bekräftigte der Student, »fühlt sie und kann sie nicht glauben! Ich spreche von der Stadtverwaltung ...«
»Ich glaubte, Sie dachten an meinen Talar ...«
»Es genügte ihnen nicht, die Pforte auf Kosten der Türken zu bemalen; um den Protest gegen die Ermordung des Mannes mit dem Maultier über jeden Zweifel zu heben, mußte die Pforte niedergerissen werden ...«
»Passen Sie doch auf, man kann uns ja hören! Um Gottes willen, schweigen Sie! Es ist nicht sicher ...«
Der Küster wollte weitersprechen, aber ein kleiner Mann, der ohne Hut über den Platz rannte, stellte sich zwischen sie und sang schreiend:

»Figürlein, Figur,
wer fand dich
und formte dich
zur Figur!«

»Benjamin ...! Benjamin!« rief eine Frau, die hinter ihm herstürzte mit einem dem Weinen nahen Gesicht.

»Benjamin der Puppenspieler
fand dich nicht.
Wer formte dich,
du Priester, in Figur?«

»Benjamin ...! Benjamin!« schrie die Frau schon halb weinend. »Hören Sie nicht auf ihn, meine Herren, achten Sie nicht auf ihn, er ist verrückt; der Gedanke, daß es keine Pforte des Herrn mehr gibt, will nicht in seinen Kopf!«
Und während die Frau des Puppenspielers ihn beim Studenten und beim Küster entschuldigte, sang Don Benjamin sein Liedchen einem übelgelaunten Polizisten vor:

»Figürlein, Figur,
wer fand dich,
wer formte dich
zur Figur?
Benjamin der Puppenspieler
fand dich nicht.
Wer formte dich,
du Priester, in Figur?«

»Nein, Herr, verhaften Sie ihn nicht! Er macht es nicht absichtlich! Sie sehen ja, er ist verrückt!« Die Frau Don Benjamins trat zwischen den Puppenspieler und den Polizisten.
»Sie sehen ja, er ist verrückt! Verhaften Sie ihn nicht! Nein, nein, schlagen Sie ihn nicht! Denken Sie, wie verrückt er ist, denn er behauptet, die ganze Stadt wie die Pforte zerstört gesehen zu haben.«
Don Benjamin entglitt den Händen des Polizisten, der immer heftiger mit der Frau zankte, und begrüßte die Gefangenen mit den improvisierten Worten:
»Ah, wer sieht dich und wer sah dich, Pancho Tanancho, dich mit dem Messer, das Leder frißt und mit der Freude eines Schlafzimmers aus Kork sticht ...! Wer sah dich und wer sieht dich, Juan Diego, Lolo Cusholo, das Buschmesser immer bereit ...! Wer sieht dich zu Fuß und sah dich zu Pferd, Mixto Melindres, süßes Wasser für den Degen, Held

und Verräter ...! Wer sah dich mit dem Revolver, als du noch Domingo hießest, und wer sieht dich jetzt ohne Waffe, traurig wie ein Werktag ...! Die, die euch die Nisse gab, soll nun auch die Läuse zerquetschen ...! Wer kein Schloß hat, um sich die Schnauze zu schließen, der trage Handschellen ...!«

Die Angestellten der Geschäfte verließen ihre Arbeitsplätze. Die Straßenbahn war überfüllt. Hie und da ein Wagen, ein Auto, ein Fahrrad ... Schaumwirbel des Lebens, der so lange dauerte, bis der Küster und der Student den Vorhof der Kathedrale, die nun zur Zufluchtsstätte der Bettler, zum Abfallhaufen der Glaubensgenossen geworden war, durchquert hatten. Unter der Tür des Erzbischofspalastes verabschiedeten sie sich.

Der Student schritt auf einer Bretterbrücke über die Ruine der Pforte des Herrn. Ein Windstoß wirbelte eine dicke Staubwolke auf. Feuerloser Rauch der Erde. Überreste einer fernen Eruption. Ein anderer Windstoß ließ Aktenbündel auf das regnen, was einst der Sitzungssaal des Rathauses gewesen war. Von den Mauern herabhängende Stoffetzen wehten wie Fahnen im Wind. Plötzlich kam der Schatten des Puppenspielers auf einem Besen geritten: hinter ihm der blaue Himmel mit den Sternen, an seinen Füßen fünf kleine Vulkane von Schutt und Stein.

Plum! Plum ...! tauchten die Glockenschläge der achten Stunde in die Stille ... Plum! Plum!

Der Student gelangte zu seinem Haus. Es stand in einer Sackgasse. Als er die Tür öffnete, hörte er zwischen dem Hüsteln der Mägde, die sich auf den Wechselgesang vorbereiteten, die Stimme seiner Mutter, die den großen Rosenkranz betete: »Für die Leidenden und die Irrenden ... Damit Friede sei zwischen den christlichen Fürsten ... Für die Verfolgten ... Für die Feinde des katholischen Glaubens ... Für die Bedürfnisse der heiligen Kirche und für unsere eigenen Bedürfnisse ... Für die armen Seelen des Fegefeuers ...«

Kyrie eleison ...

Vierter Teil

Nachschrift, Jahre später

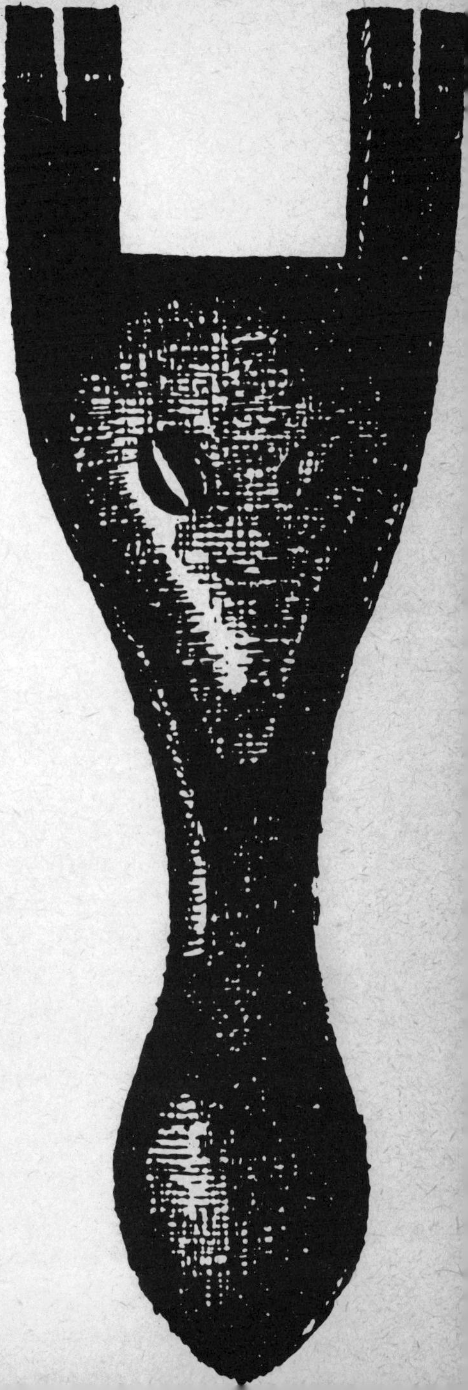

*Nachschrift**

DER HERR PRÄSIDENT als Mythos

1

Romane sind wie Flüsse, die in den Leser münden, könnten wir sagen, in Abwandlung jener Maxime von Jorge Manrique: "Unsere Leben sind die Flüsse, die ins Meer münden, welches das Sterben ist." Nur daß die Flüsse der Romane in den Leser münden, und dieser ist das Leben. Dieser lebt und er-lebt die Personen der Romane so intensiv, daß er, nicht zufriedenzustellen mit der reinen Fiktion, deren Geschichte zu erforschen trachtet, sich fragt, wie weit sie real gewesen sein könnten, und herauszufinden sucht, wie der Schriftsteller es machte, um sie (die Personen) einzufangen und in die Seiten seiner Romane zu bannen. *Seine* Romane... *meine* Romane — seltsame Form des Privatbesitzes, denn ein veröffentlichter Roman, ein Fluß, der in den Leser mündet — jenen Leser, der dem Roman doch erst das Leben einhaucht —, wie soll man da einen Besitzer ausmachen können?

Oder kann man sich vorstellen, daß jemand sagte "meine Flüsse", so wie ich gesagt habe "meine Romane"?

Doch das eine und andere weiß ich von der Geschichte meiner Romane. Und ich will mir Mühe geben, die Déformation professionelle zu vermeiden, der Geschichte zu lassen, was ihr gehört, die *Geschichte* meiner Romane zu schreiben und nicht den Roman meiner Romane — auch wenn der Unterschied zwischen Fabel und Geschichte so einfach nicht immer auszumachen ist. Zunächst will ich versuchen, die Personen noch einmal lebendig zu machen, wie sie historisch waren, bevor sie Romanfiguren wurden; sie sollen zurückwaten in jenem Fluß, der ins Meer mündet, gegen den Strom der Fiktion, und ihre Geschichte zurückgewinnen, Geschichte *sein* — oder doch Bruchstücke der Geschichte, wenigstens einige von ihnen, die Hauptpersonen, die bekanntesten. Paradoxerweise erweisen sich diejenigen, die in Wirklichkeit historische Personen waren,

* *Erschien erstmals in: "Studi di letteratura Ispano-Americana", Mailand 1967 (Deutsche Erstveröffentlichung).*

in den Romanen als am meisten "erfunden". Das ist der Fall im Roman *Der Herr Präsident.*

2

Tod und Wiederauferstehung des Schriftstellers...

So war denn der Schriftsteller gestorben. Ja, er war gestorben, hatte aufgehört zu existieren, und zwar an einem Ort, so weit entfernt von aller menschlichen Zivilisation, daß niemand da war, ihn zu beerdigen. Niemand. Kein Mensch jedenfalls, niemand aus Fleisch und Blut. Andere kamen, um sich seines Leichnams anzunehmen. Nicht etwa die Tiere, die sich von Leichen ernähren, Geier oder Säugetiere, denen Aas besonders schmeckt — dienstwillige Begräbnishelfer. Am Vormittag des Tages, an dem der Schriftsteller starb, ohne daß irgendein Nahestehender, Verwandter, Freund, Bekannter in seiner Nähe gewesen wäre, um die zu empfangen, die dann kamen, stellte sich ein mittelgroßer, weißschnäuziger Mann ein, gekleidet in strenger Trauer, der, als er den Schriftsteller von jenseits des Grabes fragen hörte "Wer ist es?", antwortete: "Der Herr Präsident..."

Sprach's und trat sogleich gemessenen Schrittes vor, der Hut schwarz wie sein Anzug, seine Schuhe, Handschuhe, Krawatte, das Tüchlein, das ihm nach amerikanischer Mode aus der Brusttasche guckte. Dann verharrte er reglos, feierlich, hielt den schwarzen Filzhut in seinen schwarz behandschuhten Händen, drückte ihn leicht an sein makellos weißes Hemd und den oberen Teil der schwarzen Weste und fragte: "Und die andern?"

Sie trafen nach und nach ein: *Pelele* mit dem Schaum des letzten Epilepsie-Anfalls vor dem Mund; *Mosco,* ohne Beine; *Patahueca,* der schrie "Es lebe Frankreich!" und schließlich die schwangere Taubstumme, die weinte — nicht weil der Schriftsteller gestorben war, sondern weil dieser, warf sie ihm vor, ihr für immer ein Kind in den Eingeweiden gelassen habe, denn nirgendwo, auf keiner Seite seines Romans sei die Rede davon, daß dieses Kind zur Welt gekommen sei.

"Wir sind gekommen", erklärte der Präsident, herrisch und mit Nachdruck, "weil keiner von den Lebenden sich von seinen Alltagsgeschäften freimachen konnte, und es liegt an uns...", er neigte den Kopf, so daß man sein schütteres Haupthaar sehen konnte, "...dich zu begraben, an uns Fiktionen, Ausgeburten deiner Fantasie — nicht ganz allerdings, denn in Wahrheit wurden wir ja der Realität entnommen."

Er machte eine Pause und fragte: "Will jemand die Rede mit den üblichen Lobhudeleien halten?"

"Ja", antwortete *Lengua de Vaca* (die "Kuhzunge"), "aber zunächst brauchen wir den *Doktor Barreño,* damit er den Totenschein ausstellt."

"Woran starb er?" fragte dieser, doch gab er sich, an den Präsidenten gewandt, gleich selber die Antwort: "Woran gefällt es dem Herrn Präsidenten, daß dieser Gentleman gestorben ist? Nicht daß noch 'wegen dem dummen Geschwätz alberner Ärzte' die Regierung zu Schaden kommt!"

Und während der Doktor den Totenschein aufsetzte, trat *Doña Fedina* ein; sie ging zum toten Schriftsteller, schüttelte ihn heftig und stellte ihn ebenso heftig zur Rede: "Warum...warum verhören sie mich weiterhin: Wo ist der General? Wo ist der General? Wo ist der General? Soll das Jahrhunderte so weitergehen? Das was damals, in jenen Augenblicken im Kerker geschah — soll ich das für immer in den Ohren haben? Die Polypen sind weniger grausam! Das sage ich Ihnen, ich, Fedina de Vásquez, eine Frau aus dem Volk: Weniger grausam, die Polypen! Die haben mich gefoltert, verhört und wieder verhört, während mein Kleines vor Hunger starb: Wo ist der General?, bis ich ohnmächtig wurde. Aber das war einmal und wäre bei dem einen Mal geblieben. Jetzt aber, in diesem Roman, hört das gar nie mehr auf..."

Camila und *Cara de Angel* betreten den Ort, schrittlos beinahe, auf Zehenspitzen. Sie wagen kaum, sich dorthin zu wenden, wo der Dichter ruht. Es scheint ihnen unpassend, jetzt von ihm zu fordern, was sie nicht forderten, als er noch lebte. Daß sie starben alle beide, *Camila* ohne zu wissen, ob *Cara de Angel* sie tatsächlich verlassen hatte und *Cara de Angel* ohne zu wissen, ob *Camila* sich tatsächlich vom Präsidenten hatte verführen lassen...

Etwas vom Unglaublichsten, was es gibt, ist dieses Phänomen von Leuten, die sterben und wieder lebendig werden, und doch — so unglaublich auch wieder nicht, denn immer wieder liest man in den Zeitungen von solchen Fällen. Im Fall des

Schriftstellers handelte es sich um eine Muskelstarre, die sich glücklich wieder löste. Er öffnete die Augen, inmitten seiner Personen, und sagte: "Ich habe alles gehört und kehre nun ins Leben zurück, um diese Dinge zurechtzurücken, und ihr, meine Personen..." Hier richtete der Präsident sich drohend auf. "Ich habe Sie erfunden, Herr Präsident!" rief der aus der Starre erwachte Schriftsteller. "Ich habe euch alle erfunden, auch wenn, immer wieder ...die menschliche Undankbarkeit... Ihr habt nur darauf gewartet, daß ich verschwinde, um anzufangen, Forderungen zu stellen, damit ihr nur alle, reingewaschen von aller Schuld, auf dem weißen Pferd aus dieser Geschichte hervorgehen würdet..."

"Tier!" — Der Schriftsteller fuhr zusammen. "Tier!" wiederholte der Präsident, und erst als der Schriftsteller es zum zweiten Mal hörte, realisierte er, daß der Präsident seinen Sekretär rief, jenen kurzsichtigen Mann mit der rötlichen Haut, der das Tintenfaß über den unterschriebenen Schriftstücken ausgeschüttet hatte. "Tier! Laß den Herrn wissen, daß ich unter keinen Umständen zulasse, daß er in meiner Gegenwart sage, die Personen des Romans "Der Herr Präsident" stammten nicht vom Präsidenten, sondern seien von *ihm* erfunden. Was ist denn das nun wieder für eine Geschichte? Sehr schön! Mich, der ich der echte, der wahrhaftige Schöpfer war, ohne den sie nie existiert hätten, der wahre Dichter — jede Diktatur ist ein Roman —, mich will man von dem berauben, was mir gehört..."

"Was Ihnen — historisch — gehörte...", wagt der Schriftsteller hier einzuwerfen.

"Von wem stammt dieser Roman?" — der Präsident nun laut und herrisch — : "Er ist mein. Bin ich denn vielleicht nicht mehr Präsident? Ich glaube, es ist an der Zeit, daß man einige Absichten klärt, A b s i c h t e n", unterstrich er, "die im Roman nicht eindeutig sind. Zum Beispiel: Dort wo von der Flucht des Generals Eusebio Canales die Rede ist, wird daran gezweifelt, ob ich wirklich gewollt hätte, daß dieser floh. Ich wollte tatsächlich, daß er fliehen konnte und nicht daß die Polizei ihn tötete. Das sollte somit also klar sein. Ebenso ungenau ist, daß ich an einem der Palastfeste gesagt haben soll, ich wollte mit den Damen allein bleiben. Tatsache ist vielmehr, daß ich gegen Mitternacht die Meldung erhielt, irgendein Subjekt sei bewaffnet und wolle mich töten. Daraufhin wurden die Männer, die am Fest teilnahmen, abgesondert, damit man sie nach Waffen durchsuchen konnte. Sehen Sie, mein Herr Schriftsteller, wie in Wahrheit alles ganz anders aussieht?"

"Das sind Details", sagte der Schriftsteller. "Was wir diskutierten, war doch, ob ich Sie durch meinen Roman Ihrer Welt beraubt habe, oder ob nicht vielmehr dem Herrn Präsidenten nur das Historische gehörte — was einen Unterschied macht. Wenn wir von der Ära des Herrn Präsidenten reden und von denen, die zu seiner Zeit gelebt haben, dann reden wir von Geschichte. Wenn man diese Personen jedoch aus ihrer Zeit herausnimmt und in die Fiktion überführt, die ohne Zeit ist, dann reden wir vom Roman."

"Vom historischen Roman..."

"Nein. Einen historischen Roman schreibt man auf der Grundlage von Ereignissen, die der Schriftsteller aus Büchern oder aus Berichten kennt. Was jedoch meinen Roman betrifft: Ich *lebte* die ihm zugrundeliegende Geschichte — nämlich seine historische Zeit — ein Er-Leben, das mir die Übertragung in die Fiktion erlaubte, in eine lebendige Fiktion ohne Geschichte und ohne Vergangenheit. Die Personen im Roman *Der Herr Präsident* sind nicht Personen, die gelebt haben, sondern die am Leben sind."

"Und eben das ist ja das Scheußliche, das Grausame, das Untolerierbare", schrie *Mosco,* an seinem Folterseil baumelnd, "daß ich hier weiterschreien muß 'Der Pelele war's', 'Der Pelele war's!' — und es ist doch die Wahrheit!"

"Aber nicht die offizielle Wahrheit", bekräftigte der Kriegsrichter. "Natürlich wußten auch wir, daß dieser Verrückte es war, aber die offizielle Wahrheit lautete anders. Offiziell haben der General Eusebio Canales und der Rechtsanwalt Abel Carvajal Parrales Sonriente ermordet."

"Diese offizielle Wahrheit", mischte sich *Cara de Angel* ein, "mag zu ihrer Zeit gut gewesen sein. Aber wie kann man sich erklären, daß der Schriftsteller sie in seinen Roman einbringt und sie dort weiterhin als Wahrheit erscheint? Es sei denn — wie ich nämlich vermute —, daß Romanfiktion eine Art Beschwörung von Sprache, von Wörtern ist, die einmal Gesagtes fixiert... Im übrigen möchte ich klarstellen", fuhr *Cara de*

Angel fort, “der Herr Präsident hat meine Eheschließung mit Camila als die Handlung eines Geistesschwachen beurteilt...”

“Jeder Mann”, warf der Präsident ein, “ist im Moment, in dem er heiratet, in der Lage eines Geistesschwachen. Doch was ebenfalls überhaupt nicht klar wird, ist das mit dem Tod von General Canales. Stirbt er vergiftet? Nahm er irgendeinen tödlichen Trank zu sich? Biß ihn eine giftige Schlange? Im Roman heißt es, Canales sei gestorben, als er in der Zeitung gelesen habe, daß ich, sein größter Feind, Trauzeuge bei der Hochzeit seiner Tochter gewesen sei. Doch das ist nur teilweise wahr, in Wirklichkeit starb Canales, vergiftet mit einem Zeitungsexemplar, das mit einer tödlichen Spezialtinktur eigens für ihn präpariert worden war, so tödlich wie ein elektrischer Schlag.”

“Lüge!” Diesmal war es der Schriftsteller, der sich empörte. “Das ist eine glatte Lüge!”

“Verwegener!” donnerte die Stimme des Herrn Präsidenten.

“Verzeihung”, ließ sich da der Schriftsteller vernehmen, “aber weshalb wollen Sie sich auch noch das Gebiet der Fantasie aneignen? Begnügen Sie sich doch damit, das Reale geschaffen zu haben, der Schöpfer dieser Welt zu sein, dieses Universums von Perversität und Verbrechen.”

“Ja”, lächelte der Präsident, “ich habe Gebiete eingenommen — nicht zuletzt deswegen, um die Grenze zwischem dem Historischen und dem Imaginären genauer festlegen zu können. Canales starb an einem Herzschlag. Aber immerhin hätte man sich das mit der Zeitung und der tödlichen Tinktur vorstellen können. Im übirgen enthalten die Zeitungen auch sonst schon genügend Gift, ausreichend nicht nur, um einen armen Sterblichen zu vernichten, sondern Millionen von Menschen.

“Das, Herr Präsident, wäre das perfekte Verbrechen gewesen”, sagte *Cara de Angel.*

“Ein anderer Traum...”

“Das perfekte Verbrechen?”

“Das ist unnötig, und mein Günstling müßte es eigentlich wissen. Es ist deshalb nicht nötig, weil in einer Diktatur jedes Verbrechen perfekt ist.”

“Aber jetzt müssen wir diesen Schriftsteller begraben”, sagte der Kriegsrichter, “dazu sind wir schließlich gekommen.”

“Aber er lebt doch, Herr Präsident!” warf *Camila* in flehendem Ton ein.

“Dann begraben wir ihn lebend, zusammen mit uns. Wie bei den antiken Völkern, bei denen sich der Herrscher zusammen mit seinem Gefolge begraben ließ, so werde ich mich zum Gedenken der Leute, zusammen mit dem Schriftsteller und seinen Personen begraben lassen. Wir und er, lebendig, lebendig begraben in dieser ‘Zeit ohne Zeit’, welches die Zeit der Fiktion ist.”

“Da kommen andere Personen, Herr Präsident”, gab *Cara de Angel* zu bedenken. “Es ist wohl besser, wenn wir jetzt gehen. Die Menschenmenge greift Ihr empfindliches Herz an...”

Der Schriftsteller trat einen Schritt vor und sagte: “Kann ich noch eine Frage stellen?”

“Welche sie wollen!” antwortete der Herr Präsident. Und während er sich den Hut aufsetzte: “Vor den Toten nehme ich den Hut ab, vor den Lebenden nie.”

“Können Sie mir sagen”, fuhr der Schriftsteller fort, “welche Stelle meines Romans Ihnen am besten gefällt?”

Der Herrscher zog die Augenbrauen zusammen, spielte mit den schwarz behandschuhten Fingern, und nach einigem Bohren in der Erinnerung antwortete er: “Da wo der Pelele die Treppe an der Pforte des Herrn herunterstürzt, heißt es: ‘Niemand sah etwas, aber an einem Fenster des Bischofspalastes standen die Augen eines Heiligen dem Unglücklichen in seinem Sterben bei, und als sein Leichnam hinunterrollte, erteilte ihm eine mit Amethyst beringte Hand die Absolution und öffnete ihm das Reich Gottes.’ — Hier blieb Ihre Fantasie beschränkt, Herr Schriftsteller. Warum haben Sie nichts davon gesagt, wie jener Heilige, der dem Pelele die Absolution erteilte, zum Erzbischof wurde? Und Sie hätten es nicht einmal erfinden müssen. Ich bin überhaupt nicht einverstanden mit dem Unterschied, den man hier zwischen dem Realen und dem Fiktiven gemacht hat. Warum also sagen Sie nicht, daß dieser Mann ein hochangesehener Advokat war, den man mit der Verteidigung einer Kirchgemeinde in einem Güterstreit beauftragt hatte? Er aber übernahm diese Verteidigung nicht, sondern ordnete an, man möge ihn in eine Soutane stecken und die Plaza Central kehren lassen. Einer solchen Erzählung hätte auch der sentimentale

Anstrich nicht gefehlt; jener Advokat nämlich, der später Erzbischof wurde, legte die Soutane nie wieder ab, gab seiner Braut den Verlobungsring zurück — denn er stand kurz vor dem Heiraten — und trat ins Kloster ein." Nach einer kurzen Pause, während er mit dem Gefolge seiner Knechte und seiner Opfer schon aufbrach, bekräftigte der Herr Präsident noch einmal: "Wir, die wir diese Anekdote kennen und dann lesen, daß dieser Mann, ohne daß jemand ihn sah, auf dem gleichen Platz, den er, in eine Soutane gekleidet, gekehrt hatte, dem Pelele die Absolution erteilte, haben doppelte Freude dran."

3

Der Herr Präsident wurde nicht in sieben Tagen geschrieben, sondern in sieben Jahren. Ende 1923, glückliche Jahre waren es gewesen, hatte ich eine Erzählung vorbereitet für einen Literaturwettbewerb einer der Zeitungen in Guatemala. Diese Erzählung hieß *"Los Mendigos Politicos"* (Das politische Bettelpack). Als ich dann nach Europa ging, nahm ich sie mit. In diesem Jahr, 1923, kamen wir, verschiedene lateinamerikanische Schriftsteller, in Paris zusammen; fast jeden Abend trafen wir uns zu Gesprächen im Café de la Rotonde. Jeder von uns erzählte dann Anekdoten aus seinem Land, malerische, beißende, tragische. Wie als Reaktion auf das malerische Amerika, welches den Europäern so sehr gefällt, traten in diesen Berichten die düsteren Töne in den Vordergrund, begannen schreckliche Geschichten von Gefängnissen, Verfolgungen, Barbarei und Vandalismus in den lateinamerikanischen Diktaturen miteinander zu konkurrieren. Auch ich mußte in dieser makabern Übung meine Geschichte zum besten geben. Aus dem Gedächtnis tauchten Geschichten auf, Erzählungen, die man nur mit leiser Stimme und hinter verschlossenen Türen weitererzählt.

Meine *Mendigos Politicos,* die später das erste Kapitel meines Romans bildeten, des ersten Romans, den ich geschrieben habe, *Der Herr Präsident,* blieben nicht länger eine Erzählung, sondern ergaben ein Ganzes mit den Geschichten, die ich in den Pariser Cafés erzählte. So unglaublich es klingen mag: Beim Entstehen von Literatur spielt der Zufall eine wichtige Rolle. "Der Herr Präsident" ist so entstanden, gesprochen, nicht geschrieben. Wenn ich erzählte, hörte ich mir selber auch zu, und ich war erst zufrieden, wenn es gut klang. Ich erzählte so oft, daß ich mit der Zeit ganze Kapitel auswendig kannte. Am Anfang, das muß man immer wieder betonen, wurde nichts aufgeschrieben, sondern es wurde erzählt. Es war die Zeit, als das Wort wieder neu entdeckt wurde — als Ausdrucksmittel und als magische Aktion. Bestimmte Wörter, bestimmte Klänge... Sie lösten Verzauberung aus, Hypnose, Trance. Vom Wort zur Tat, sagt man, ist ein weiter Weg. Aber vom gesprochenen zum geschriebenen Wort ist der Weg noch länger. Man mußte dem gesprochenen, erzählten und laufend Veränderungen unterworfenen Romanmaterial eine feste Form geben. Aber wie konnte man den Laut zwingen, sich in Buchstaben einfangen zu lassen? Wie ihm Beständigkeit verleihen, ohne seine emotionale Dynamik — die Tochter des gesprochenen Wortes zu opfern? Wie vermeiden, daß das geschriebene Wort verblaßt und seine Klangfarbe verliert? Denn genau das geschieht mit Geschichten unfehlbar, wenn sie zu lange auf der Zunge und im Kopf gewälzt werden. Auf einmal kann man sie gar nicht mehr schreiben, weil man spürt, daß sie beim Schreiben verfälscht, verraten werden.

Und dann das Problem mit der Sprache. Wenn ich erzählte, tat ich dies natürlich in meiner Sprache; aber würde es mir auch beim Schreiben gelingen, das auszudrücken, was ich beabsichtigte? Innerhalb der spanischen Sprache gibt es verschiedene Idiome: ein kastilisches, also sehr spanisches Idiom, ein mexikanisches, ein argentinisches...; was ich aber suchte, war die guatemaltekische Art — ohne dabei ins Kreolische zu verfallen. Ich rief mir die bekanntesten guatemaltekischen Schriftsteller der Vergangenheit ins Gedächtnis. Wie hatten sie es angestellt, dem Guatemaltekischen möglichst gerecht zu werden und dennoch jeden Sprachseparatismus zu vermeiden? Meine Studien über präkolumbische Religionen halfen mir dann, mit den zwei verschiedenen Wirklichkeiten zurechtzukommen, der realen und derjenigen des Traumes. Der Indio ist Realist im Detail, aber dieser Realismus läßt ihn auch in eine Traum- und Fantasiewelt eintauchen, die ihn beide Zeiten erleben läßt: die historische Zeit und die mythologische, das heißt, eine Zeit, deren Rhythmus von dem der historischen Zeit verschieden ist: die Zeit des

Traums. Dann gab es auch eine Strömung, die man als mythologisches Verhalten im Geschriebenen bezeichnen könnte, und das führt mich zur Frage, was *Der Herr Präsident* für mich als Mythos eigentlich verkörpert.

4

Der Roman nimmt in der modernen Gesellschaft den Platz ein, den das mündliche Vortragen mythischer Erzählungen in den primitiven Gesellschaften innehatte; darin stimmen die meisten überein, die sich in neuerer Zeit mit Mythologie und heutiger Literatur befaßt haben. Von jedem literarischen Urteil einmal abgesehen, kann *Der Herr Präsident* in diesem Sinne durchaus zu den sogenannten mythischen Erzählungen gerechnet werden. Da ist einmal der Roman — literarisch gesprochen — und da ist die politische Anklage; aber im Hintergrund von alledem entsteht in der Person eines Präsidenten einer lateinamerikanischen Republik das Konzept einer uralten sagenhaften Macht, die nur scheinbar unserer heutigen Zeit angehört. Es ist der Mensch-Mythos — jenes übermächtige Wesen (auch wenn wir es nicht wahrhaben wollen), das in primitiven Gesellschaften die Funktion des Stammes-Totems versieht, ausgestattet mit übernatürlichen Kräften, unsichtbar wie Gott, denn je weniger greifbar es ist, um so geheimnisvoller seine Wirkung. Die Faszination, die es auf alle ausübt, auch auf seine Feinde, und der Heiligenschein des Übernatürlichen, der es umgibt, all das trägt zur Reaktivierung des Sagenhaften bei, das außerhalb der chronologischen Zeit angesiedelt wird. Ist das nicht überhaupt der wesentliche Inhalt des *Herrn Präsidenten* — nämlich daß er in Wirklichkeit ein Mythos ist? das Überleben eines großen Anfangsmythos, dem in gewissen Ländern immer noch starkes Gewicht beigemessen wird; die Herrschaft des Halbreligiösen mit seinen fanatischen Anhängern und mit seinen Verdammten, die in unsäglichen Höllen eingekerkert sind? Werden solche Herren Präsidenten denn nicht in den Rang übernatürlicher Wesen erhoben? Sind sie nicht grauenhafte, schreckerregende Realitäten — und gleichzeitig auch so etwas wie Geißeln Gottes, und als solche wiederum losgelöst von jeder Realität? Werden nicht in der Umgebung solcher Herren Präsidenten alle möglichen

Rituale entfaltet — Personenkult, wie man heute sagt —, wobei es aber im Grunde genommen gar nicht um die gegenwärtige Person geht, sondern vielmehr um das, was diese Person als überlieferte Macht darstellt?

Ich höre bereits die Einwände. All diese Mythen und Mythologien seien doch längst überholt, hätten nichts mehr zu schaffen mit heutigem Leben, welches doch in jeder Hinsicht so fortgeschritten ist. In gewisser Weise stimmt der Einwand. Denn in Wahrheit sind auf die Mythen, oder besser gesagt auf die Erscheinungsformen der alten Mythen aus Epochen vor unsere Zeitrechnung, jene gleichen Mythen in neuer Verpackung gefolgt, in aktualisierter Form. Gerade deshalb aber muß der Mythos genommen werden als etwas Weiterlebendes — heute noch —, vor dem es gilt, sich zu beugen und gegen das man nicht aufkommt, weil es durch Tabus geschützt ist. Das ist die Auffassung, die im *Herrn Präsidenten* zum Ausdruck kommt. Er, der Allgegenwärtige, der Mythos, die Allmacht — nicht nur im politischen Rahmen (das Politische wird zweitrangig), sondern eben als Manifestation einer primitiven Macht, als ein heute noch wirksames Überleben der alten Laster archaischer Gesellschaften.

Ich glaube, hier kommen wir zum Angelpunkt. Diesen "Herren Präsidenten" unserer Republiken, in ihrer Eigenschaft als Mythen, als der Mythos schlechthin, aber vor allem auch als reale Figuren, geht es letztlich um nichts weniger als um die Aufrechterhaltung der Unantastbarkeit der Autorität, der ersten Vorbedingung dazu, daß sie gefürchtet werden und gleichzeitig als Spender aller Gnaden vor ihren Gläubigen auftreten können; denn in solchen Systemen äußerster Bedrängnis, genau wie in den religiösen Systemen, ist man entweder ein Gläubiger oder man ist kein Gläubiger, glaubt man an den Herrn Präsidenten oder glaubt man nicht an ihn, und wer letzteres wagt, verfällt der Verdammnis. Es liegt mir selbstverständlich fern, für das, was *Der Herr Präsident* uns vermittelt, irgendeine Rechtfertigung im Mythos zu suchen oder etwa aus jener vorgeschichtlichen Macht, jener ursprünglichen Macht, die Wurzeln dieser Schreckens- und Blutregime herzuleiten, um sie zu entwurzeln.

Aber wie erklären wir uns, wenn wir es uns vor Augen führen, daß diese großen und nicht endenwollenden Diktaturen ausgerechnet in Lateinamerika, in Heimatländern der Mythen, entstehen? Müßte man da nicht von einer Überführung des religiösen Mythos in den politischen Mythos sprechen? Spielen Mythen, Magie, das Sakrosankte nicht auch heutigentags immer noch eine entscheidende Rolle, etwa im Falle des Papa Doc*, des gewalttätigen Diktators von Haiti?

Der Herr Präsident ist keine erfundene Geschichte, ist nicht der Fantasie eines Romanautors entsprungen. In den letzten Jahren seiner Herrschaft umgibt er sich mit lauter eingeborenen Hexenmeistern, die er aus den in Belangen der Magie namhaftesten Orten kommen läßt; in einem der letzten Kapitel, im 37. Kapitel nehmen wir am Tanz der Tohil teil. Tohil, die einheimische Maya-Quiché-Gottheit, die Menschenopfer forderte. Aber was fordert der Herr Präsident? Doch nichts anderes als ebenfalls Menschenopfer. Denn da ging es nicht um Exekution, nein, sondern um Opfer! Und geschah nicht im Grunde dasselbe in der unermeßlichen Welttragödie der Hitlerdiktatur?

Und der Pelele im 4. Kapitel, auf dem Grunde einer Kehrichtgrube, zugedeckt vom ganzen Müll einer Stadt — erfährt er nicht auch seinen Mythos beim Anhören des Zaubervogels aus den Kindermärchen? Für Pelele allerdings, muß man hinzufügen, ist es nicht Traum, nicht Einbildung, sondern mythische Wirklichkeit, lebendige Tatsache, er kann das Paradies mit seinen Händen berühren, kann in dieser Welt höchster Glückseligkeit leben und sich bewegen. Hier vermischt sich der Mythos, so ursprünglich auch seine Herkunft ist, mit dem katholischen Mythos. Pelele bezieht seine Vision einer Wiedererstehung mythologischer Welten aus beiden Religionen, aus der heidnischen seines Landes und aus der katholischen. Und im gleichen Kapitel 4, wo der Holzfäller Cara de Angel trifft, wie er Pelele aus dem Müll ausgräbt, und es zu Hause seiner Frau erzählt — sagt er da nicht wörtlich zu ihr: "In der Kehrichtgrube habe ich einen Engel gesehen..."?

Und wenn Camila wieder ins Leben zurückkehrt — vermittels Eheschließung, einer Magie *in extremis* — handelt es sich hier nicht auch um Formen mythologischer Gläubigkeit?

* *"Papa Doc": François Duvalier, Vater des heutigen Diktators von Haiti, Jean-Claude Duvalier, genannt "Baby Doc".*

Und die katholischen Bilder, die Heiligen und Reliquien im Freudenhaus — sind nicht auch sie Ausdruck der Schutzmächte? Und die Eigentümerin jenes Frauenhauses entrüstet sich wirklich über Cara de Angel, als er eine Anspielung auf die für sie heiligen Bilder macht.

Leben die Leute im "Herrn Präsidenten" nicht zwischen Magischem und Heiligem? Alles, was sich auf Seine Exzellenz bezieht, ist tabu. Selbst das Gedachte wird erraten. Für Gegner und Unzufriedene geht es nicht ums Mundhalten — auch denken dürfen sie nicht. Und die Anrufungen des Herrn... "Herr, Herr, erfüllt sind Himmel und Erde von Eurer Herrlichkeit!" Und die bukolischen Landschaften! Sind nicht auch diese bukolischen Landschaften Teil des Herr-Präsidenten-Mythos?

Im Mittelalter finden wir zwischen zahllosen messianischen und utopischen Vorstellungen auch jenen famosen Regenten Friedrich II., in den Rang eines Messias erhoben, nachdem Gott gegen Ende des ersten Jahrtausends bereits beschlossen hatte, mit dieser Welt Schluß zu machen; aber da ging dieser Stern auf, dieser Friedrich II., und besaß unermeßliche Kräfte. In seiner Gegenwart beschloß Gott alsbald, den Weltuntergang zu verschieben, denn dieser neue Christus verhieß den Menschen den Frieden, die Freude und den Überfluß. Und dieser Mythos von Friedrich II. war mit seinem Tode nicht zu Ende. Lange Zeit glaubte man, er liege im Ätna begraben; noch im 15. Jahrhundert glaubte man, daß er in irgendeinem Erdenwinkel weiterhin am Leben weile.

Dazu muß bemerkt werden, daß ein Mythos ein so zähes Leben hat, daß, als der Herr Präsident zu Fall kam und gefangengesetzt wurde, das Volk glaubte, es sei ein anderer. Der wahre Präsident bleib weiterhin dem Schutz des Mythos unterstellt. Nicht so der gefangene; und die einfachste Erklärung dafür war die, daß der mythologische aufgehört habe zu existieren, während der gefangene einfach irgendeiner sei.

5

Unter den gegenwärtigen Mythen der Science-fiction-Literatur ist der Superman (ein Über-Mensch) der bekannteste. In allen Gegenden der Welt spielen die Kinder Superman. Der Superman ist von einem Planeten herabgestiegen und hat sich als Reporter verkleidet, um unter die Leute zu kommen. Und in den Kriminalromanen entstehen neben den alten, den "klassischen" Mythen wie Sherlock Holmes, Nick Carter, Buffalo Bill, in großer Zahl neue, modernisierte Figuren; Biggy Multon ist in den USA zum Nationalhelden geworden. Dann die Mythen des Kinos, die Filmstars; der Mythos Auto (neuestes Modell!), der Mythos Antiquitäten, der zur wunderbaren Vermehrung der Antiquitätenhändler führt. Und das, was sie "Hobbies" nennen, die Manien — sind sie nicht auch eine Art kleiner Mythen, der Sehnsucht entsprungen, die Grenzen des Praktischen und des Alltäglichen zu sprengen?

Kehren wir zum *Herr Präsidenten* zurück, unserem Mythos von heute, und versuchen wir etwas, das wir als Versuch zur Entmachtung des Mythos bezeichnen würden — des Mythos nicht als Fiktion, das würde wenig bringen, sondern des Mythos als etwas, das weiterlebt und weiterwirkt.

6

Man müßte unsere politische Literatur untersuchen. Eine solche Studie müßte die Mythen vor der spanischen Eroberung umfassen, die Mythen der präkolumbischen Völker; dann die Mythen der Kolonialzeit, als Amerika unter spanischer Herrschaft war — dieses ganze Universum von Monstern und sagenhaften Reichtümern, wie sie die europäische Fantasie erschaffen hatte; die Mythen des 19. Jahrhunderts nach der *Unabhängigkeit,* all die Mythen der französischen Revolution, die hierher verpflanzt worden waren; und dann die Mythen des Fortschritts, des Positivismus aus den Anfängen dieses 20. Jahrhunderts.

Es wäre interessant, im Kapitel, das sich mit der politischen Entschlüsselung der Mythen der präkolumbischen Epoche befaßte, die beiden damals schon wohldefinierten Mächte einander gegenüberzustellen in ihrer unterschiedlichen Art, die Geschicke der Völker, der Menschen, zu manipulieren. Auf der einen Seite der blutdürstige Aztekengott Huitzilopochtli oder "Krieger, der seinen Pfeil nach Süden richtet"; dieser Gott (bei den Maya-Quiché war es Tohil) verlangte Menschenopfer: Nur

Opferblut konnte die Existenz der Sonne gewährleisten. Falls ein Mangel an Gefangenen zum Opfer einträte, würde die Sonne ihr Scheinen einstellen und sterben, würden ewige Nacht und Kälte hereinbrechen. Daher wurden die sogenannten "Blumen-Kriege" geführt, Turniere, in deren Verlauf die Besiegten in die Gewalt der Sieger kamen und sich dabei in Opfer verwandelten; ihnen wurde das Herz herausgeschnitten — die rote Kakteenfrucht, die rote Tuna — und als Brandopfer der Sonne dargebracht.

Auf der anderen Seite Quetzalcóatl, oder Kukulkán bei den Maya, die andere Macht: sie wies Menschenopfer zurück und war intellektuell so weit entwickelt, daß an Stelle von Brandopfern menschlichere Formen der Ehrbezeugung den Göttern gegenüber zur Anwendung kamen, nämlich Tieropfer und Getreidekörner aus guten Ernten.

Beide Kräfte, die sich in unseren lateinamerikanischen Ländern auch heute noch wiederfinden, waren also bereits vorhanden: die blutgierige unter dem Zeichen des Mythisch-Militärischen — und jene andere, die eine Ordnung repräsentiert, die auf friedlichem Austausch und Zusammenleben beruht. Wie dieser wären Hunderte von Vergleichen möglich, an denen sichtbar würde, wie die primitiven Mythen der Vorfahren im politischen Leben noch heutigentags weiterwirken und wovon *Der Herr Präsident* gewißermassen eine Wiederspiegelung ist.

Ich komme zum Schluß. Mit dieser Betrachtung über meinen Roman, der bis anhin lediglich von literarisch-politischen Gesichtspunkten her betrachtet wurde, erweitere ich den Rahmen für eine ebenso notwendige Untersuchung im Zusammenhang mit jener mythischen oder kosmischen Sichtweise, die davon ausgeht, daß es sich nicht um Mythen im Sinne von Fiktion, also nichtvorhandener Tatsachen, handelt, sondern von durchaus lebenden und fortzeugenden Mythen, die mit der Unterstützung von Schießpulver dieses Schießpulver noch wirksamer machen —, und mit Unterstützung durch religiöse Vorstellungen auch die Religionen verstärken — wie das Schießpulver und den Terror; und daß sie dann herrschen wie in den rückständigsten Zeitläuften der Weltgeschichte. Kommt erschwerend hinzu, daß sie heute über die Fortschritte der ganzen Kommunikationstechnik verfügen, die es ihnen ermöglicht, ihre Macht nicht nur via Presse, Radio, Television und Kino noch zu verstärken, sondern daß sie inzwischen mit psychologischen Mitteln regelrechte Meinungsströmungen erzeugen können, für oder gegen bestimmte Auffassungen, und daß sie auf diese Weise ihr Hauptziel erreichen: die unterworfenen Völker in der Dienstbarkeit derer zu erhalten, die sie ausbeuten.

rotpunktverlag: **Francis Pisani: Muchachos — Tagebuch der sandinistischen Revolution in Nicaragua,** *mit Interviews, Fotos, 384 Seiten, Fr. 24.80/ DM 27.80, ISBN 3-85869-017-1* Immer noch aktuell sind die vom "Le Monde"-Zentralamerikakorrespondenten Francis Pisani unmittelbar nach dem "Triunfo" niedergeschriebenen Tagebuchaufzeichnungen — sie erschienen vor 1 1/2 Jahren in deutscher Übersetzung — über die Endoffensive der Frente Sandinista de Liberation Nacional.

Pisani, "rasender Reporter" und gewiefter Kenner der Region aus dessen Schreibmaschine verschiedene ausführliche Reportagen über die Länder am Isthmus stammen, hatte während der entscheidenden Woche bis zum Sturz des Tyrannen am 19. Juli 1979 Gelegenheit, Vorbereitungen, Ablauf, Hoffnungen, Realität, Träume und Ängste dieser Schlussoffensive direkt an verschiedenen Fronten zu erleben.

Es ist für uns, die wir meist nur Sieges- und Niederlagenmeldungen aus Befreiungskriegen erfahren — es gibt löbliche Ausnahmen (!) — überraschend und ernüchternd, wie breit das Spektrum, wie unterschiedlich Motivation und Ursache der Teilnahme am Volksaufstand war. Die Endoffensive fusste zwar auf Plänen, Diskussionen und Überlegungen, war aber in der nüchternen Realität von vielerlei Zufällen, unvorhergesehenen Zwischenfällen und aussergewöhnlich mutigen Aktionen und Verhaltensweisen Einzelner abhängig. Dies soll aber den Verdienst der "Frente" nicht schmälern! Die Gruppe der "Sehenden", die den bewaffneten Kampf 1961 im bergigen Gebiet des Flusses 'Rio Coco y Bocay' an der honduranischen Grenze aufnahm, war klein, viele stiessen im Lauf der Jahre dazu und eine — zugrosse Anzahl Muchachos gaben für die Befreiung ihr Leben. Wenige hatten ein Konzpt über die anzustrebenden Veränderungen, über die Ursachen der Somoza-Dynastie und deren internationalen Verflechtungen und die einen Weg sahen, sie zu beseitigen — selbst heute gibt es noch zuwenig Kader in den Reihen der FSLN.

Pisanis Tagebuch ist eine geglückte Mischung zwischen Dokumentarbericht und Erzählung. Die Theorie, die zur Praxis wird, macht er sichtbar; und was dabei ändert, was Neues dazukommt und was scheitert. An einigen Stellen wird der Befreiungskrieg gar skuril, lustig, ja beinahe zum Abenteurertum — etwa die ersten verschrobenen Ansätze dessen, was sich "Fuerza Aerea Sandinista" (Sandinistische Luftwaffe) nannte. Oder die vielen kreativen, halsbrecherischen Methoden, mit denen die Muchachos, wie die Kämpfer zärtlich von der Bevölkerung genannt werden, die Überlegenheit der Guardia Nacional in Bewaffnung, Mannschaftsstärke und Ausbildung wett machen — durch Motivation und eine gute Moral. Beeindruckend, wie dieser Aufstand tausende von Zivilisten, Passiven, Frauen, Männern, Halbwüchsigen, Alten, Jungen zu mobilisieren vermochten. Was da aus der Not der Situation, dem Gebot des Handelns alles möglich und machbar wurde!

Zu jedem der zwanzig aufgezeichneten Tage kommt ein Kurzinterview mit einem verantwortlichen Sandinista, in dem versucht wird, das Gedankengut der FSLN transparenter zu machen.

Im Gegensatz zur französischen Ausgabe ist die 'ropunkt'-Version des Buches ausführlichst illustriert und dokumentiert. Zu erleben, wie die "Insurrecion" von 1979 zustande kam, gibt auch Kenntnisse über das Land und Volk, dessen Rad der Geschichte nicht mehr zurückgedreht werden darf. *"Mittelamerika-Magazin", Kiel*

Rodolfo Walsh
Operación Masacre
Argentinischer Tatsachenbericht nach Aussagen Erschossener

Rudolfo Walsh, argentinischer Schriftsteller, 1977 enführt durch die Repressivkräfte der Militärjunta, gegen die er bis zuletzt mit keinen anderen Waffen kämpfte als mit seiner Schreibmaschine, mit kühlem Kopf und heissem Herz — und mit der ganzen Empörung eines integren politischen Menschen. «Operación Masacre» ist das Resultat seiner journalistischen und kriminalistischen Nachforschungen in einem politischen Massenmord des Jahres 1956; inzwischen ein Klassiker der Gattung literarischer Tatsachenberichte (testimonio). Ausserdem leider von unverminderter Aktualität der Aussage.

Vorwort: Mario Paoletti
Nachruf: Gabriel García Márquez
R.W.: «Offener Brief an die Militärjunta» — März 1977
208 Seiten, Fr. 17.80/DM 19.80

Miguel Angel Asturias
Weekend in Guatemala

«Meinem Vaterland Guatemala, in dem das Blut seiner Helden-Studenten, seiner Märtyrer-Bauern, seiner hingeopferten Arbeiter, seines kämpfenden Volkes weiterlebt.» Asturias stellte dieses Motto 1956 an den Beginn dieses Buches, zwei Jahre, nachdem er seine Heimat verlassen musste. Die Originalveröffentlichung im Jahre 1958 hatte diplomatische Proteste und massive Presseangriffe zur Folge. Dem Autor und seiner Frau wurde die Erschiessung angedroht. Den historischen Hintergrund der acht Novellen bildet die 1954 vom amerikanischen Wirtschaftsimperialismus und Castillo Armas installierte Militärdiktatur in Guatemala, die ihre Aussenpolitik dem State Department und ihre Innenpolitik der United Fruit Company überliess. Innerhalb von zwölf Tagen war das von Präsident Arbenz eingeleitete Reform-Experiment, war die junge Republik Guatemala beseitigt.

«Weekend in Guatemala» ist der unverschlüsselte poetische Bericht über diese blutigen Ereignisse. Asturias schildert den Überfall der amerikanischen Legionäre, das Wüten der Reaktion. Aber er zeigt auch den spontanen Widerstand der indianischen Bevölkerung, die Empörung und Sorge um seine Heimat. Die politische Wirklichkeit unserer Tage verleiht dem Buch seine beständige Aktualität und Allgemeingültigkeit. Es gehört zu den grossen literarischen Zeugnissen Lateinamerikas, ist Ausdruck seines politischen und sozialen Denkens, seines moralischen Bewusstseins und persönlichen Schicksals.

272 Seiten, Fr. 18.80/DM 21.20

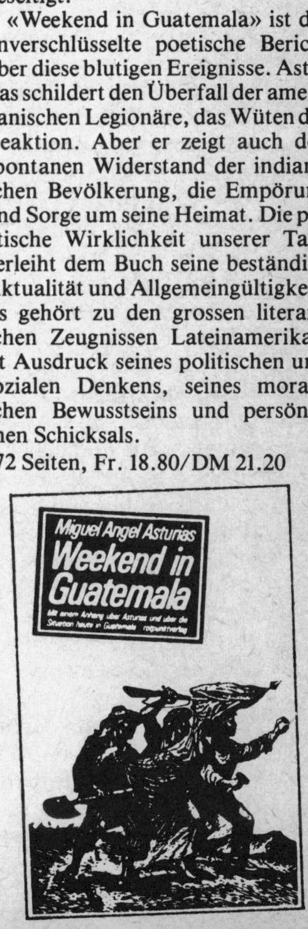

rotpunktverlag **Erwin Marti: Aufbruch — Sozialistische- und Arbeiterliteratur in der Schweiz,** *224 Seiten, reich illustriert, Fr. 10.—/DM12.—, ISBN 3-85869-004-X.* Das Buch des Literaturwissenschaftlers Erwin Marti ist tatsächlich ein Aufbruch zu einer faszinierenden Reise in die Geschichte der sozialistischen und Arbeiterliteratur der deutschsprachigen Schweiz. Glücklicherweise ist es keine trockene Abhandlung geworden, sondern vielmehr ein wirklich lesbares Buch mit sehr gut ausgewählten Textbeispielen und vielen Illustrationen (Moreau, Zbinden, Erni, Varlin u.a.). Von den «Vorgängern» Bräker und Zschokke spannt der Autor den Bogen über die sozialdemokratische und kommunistische Literatur bis zum antifaschistischen Schaffen vor dem 2. Weltkrieg. Marti schreibt aber nicht nur über die Literatur, vielmehr stellt er diese in den notwendigen historischen, politischen und sozialen Rahmen, wie z.B. in den Kapiteln «Sozialdemokratie und Literatur bis 1914» oder «Die Arbeiterbewegung zwischen Generalstreik und Antifaschismus».

Viele längst vergessene Namen und Werke werden uns vorgestellt, aber nicht etwa mit nostalgisch verklärtem Blick, sondern sachlich und kritisch. Marti deckt die Widersprüche schonungslosauf und scheut sich nicht, auch vernichtende, entlarvende Urteile abzugeben. Jakob Bührer, Carl Albert Loosli und die als heimatlos bezeichneten Literaten zwischen Bürgertum und Arbeiterbewegung werden in eigenen Kapiteln behandelt. Die Kommunisten, unter ihnen auch Hans Mühlestein, nehmen einen breiten Raum ein, wie natürlich auch die Literatur des antifaschistischen Widerstandes. Abgerundet wird das Buch durch ein Nachwort von Bernhard Wenger, in dem er die Schweizer Literatur vom 2. Weltkrieg bis heute darstellt.

So ist ein gerade für unsere Zeit sehr wichtiges, gutes Buch entstanden, das dieMöglichkeit bieten könnte, an alte, fast vergessene Traditionen der Arbeiterbewegung und ihrer Literatur anzuknüpfen. *"Das Konzept", Zürich.*

rotpunktverlag: **Karl Hofmaier: Memoiren eines Schweizer Kommunisten 1917 - 47,** *304 Seiten, gebunden, illustriert, dokumentiert, Fr. 20.—/DM 24.—, ISBN 3-85869-006-6.* Erinnerungen aus der Zeit von 1917 bis 1947, das heisst für einen Schweizer Kommunisten sich erinnern an die «alte» KPS, an den Zusammenschluss der Altkommunisten mit der neugegründeten bolschewistischen KP, an das Verbot der KPS im Jahre 1940, an die darauffolgende Illegalität, an die Gründung der Partei der Arbeit 1944. Karl Hofmaier hat diese Erfahrungen als aktiver Kommunist und Funktionär der KPS und der PdA gemacht. Seine und der Partei Arbeit war ständig begleitet von Verfolgungen durch den bürgerlichen Staat, sie war auch begleitet von Auseinandersetzungen unter den linken Parteien. Und sie endete mit einem «Skandal», als er, Zentralsekretär der PdA, 1947 wegen Geldmanipulationen aus der Partei ausgeschlossen wurde.
Hofmaiers Erinnerungen sind Zeugnisse des Kampfes der kommunistischen Arbeiterbewegung in der Schweiz um Einflussnahme auf die Schweizer Politik. Sie sind aber auch Zeugnisse für die inneren Reibereien, welche die Arbeiterbewegung ständig in Atem hielten und auch schwächten.
Hofmaier war auch international tätig, als Funktionär der Komintern (1924-36), als Instruktor in Italien, wo er von der faschistischen Geheimpolizei verhaftet und für sieben Jahre in den Kerker verbannt wurde.
Seine Memoiren sind knapp in der Ausführung, sie beschränken sich auf die Beschreibung der Ereignisse. Persönliches kommt eher zu kurz. Der Memoirenband (Format A 4) besteht denn auch zur Hälfte aus Dokumenten von Hofmaiers Arbeit oder zu den Auseinandersetzungen, in welche er verwickelt war. Er gewinnt insbesondere seine Bedeutung aus dem Umstand, dass Hofmaier der wohl bekannteste noch lebende Schweizer Kommunist der ersten Stunde ist. *"Das Konzept", Zürich.*

rotpunktverlag: **Vilma Hinn: “mannundfrauspielen”,** *312 Seiten, Fr. 22.80/ DM 24.80, ISBN 3-85869-021-x* “Mannundfrauspielen” handelt von einer Liebesgeschichte zwischen Vilma und Ivan. Vilma ist Schweizerin, Ivan ein Flüchtling aus Uruguay. Die beiden begegnen sich zum ersten Mal in einer Kuba-Ausstellung. Ivan sucht Arbeit und Kontakt zu Schweizern, um die Sprache zu erlernen. Vilma, die spanisch spricht, hilft ihm bei der Integration in den Kreisen der Zürcher Linken und der neuen Frauenbewegung, in denen sie sich fortbewegt. Vilma betreibt Forschungen zur Frauenfrage, arbeitet politisch und schreibt Werbe-Texte für ihren Lebensunterhalt. Ivan muss sich, nach Folterungen und einem Gefängnisaufenthalt in Argentinien, erst wieder in seinem Leben zurechtfinden und seine Zukunft planen. Er schlägt Vilma für die kurze Zeit, die er noch in der Schweiz bleiben kann, einen kleinen Freundschaftspakt vor, unter Bewahrung der gegenseitigen Selbständigkeit. Seine Vergangenheit ist in Liebesdingen belastet von einer langjährigen Beziehung zu Marta, einer dominanten Frau. Vilma ihrerseits hatte sich nach verschiedenen Beziehungserfahrungen in Algerien plötzlich wieder verliebt, nachdem sie in einem Lager der saharauischen Frauen eine andere Welt, andere Menschen und eine neue Arbeitsteilung der Aufgaben der Geschlechter kennengelernt hatte. Die Beziehung zwischen Ivan und Vilma entwickelt sich in Sprüngen, beide lernen die Vergangenheit ihres Partners kennen. Vilmas grösste Abneigung ist die vor der Küche als dem Zentrum einer Beziehung, wo eine Frau bei uns in ihre soziale Rolle eingepasst wird. Ivan bringt bald einmal einen Polstersessel mit und richtet sich bei Vilma häuslich ein. Nach Ablauf der Vertragszeit des kleinen Paktes zieht Ivan nach Genf, wo er sich sprachlich besser bewegen kann. Aus seinen Plänen, nach Algerien oder Spanien zu gehen, wird nichts. Er bleibt in Genf hängen, wo er schliesslich eine Elektrikerlehre anfängt. Während langer Zeit schwankt die Beziehung hin und her zwischen Nicht-Existenz und sporadischem Leben. Vilma treibt ihre Forschungen über die Liebe voran und entdeckt überall Herrschaftsverhältnisse statt Liebesbeziehungen, auch schon im Spiel der Kinder. Vilma fährt mit einem früheren Freund in die Ferien. Nach einem Unfall von Ivan beschliessen Vilma und er, in Genf zusammenzuziehen. Beide bringen etwas Besonderes in den neuen Hausstand mit: Ivan ein Auto, Vilma ihre Autobiographie. In Le Lignon, einer Satellitenstadt von Genf, finden sie eine grössere Wohnung. Vilma studiert die Verhältnisse in dieser Wohnmaschine. Ihre eigene Wohnung wird zunehmend kollektiv genutzt von Ivans Freunden und Bekannten, die im Exil leben. Sie alle erwarten von Vilma die Erfüllung ihrer Rolle als Hausfrau und Gastgeberin, der nachzukommen sie sich aber weigert. Ivan versteht dieses Verhalten nicht. Die Beziehung verschlechtert sich. Vilma bekommt Depressionen. Sie hält ihre Erlebnisse in Form eines Tagebuchs fest. Die Beziehung ist gescheitert, weil sie ihr wahres Gesicht als Machtverhältnis offenbart hat. In der Auflösung des Buchs, für die man das Buch umdrehen muss, steigt Vilma ins Labyrinth hinab und stösst auf die wahre Bedeutung der alten Mythen etwa der Ariadne und des Minotaurus, von Zeus und Hera, von Adam und Eva usw. sowie auf ein neues feministisches Manifest. Ihr Scheitern mit Ivan kann sie jetzt als vergeblichen Wiedergutmachungsversuch einer früheren Schuld erkennen, der Schuld der Ausübung eines Herrschaftsverhältnisses an ihren Brüdern in ihrer Jugend. *“Kulturmagazin”, Zürich.*